HORST ECKERT

DIE STUNDE DER WUT

THRILLER

WILHELM HEYNE VERLAG
MÜNCHEN

Sollte diese Publikation Links auf Webseiten Dritter enthalten, so übernehmen wir für deren Inhalte keine Haftung, da wir uns diese nicht zu eigen machen, sondern lediglich auf deren Stand zum Zeitpunkt der Erstveröffentlichung verweisen.

Dieses Buch ist auch als E-Book erhältlich.

MIX
Papier aus verantwortungsvollen Quellen
FSC® C083411

Penguin Random House Verlagsgruppe FSC® N001967

2. Auflage
Originalausgabe 04/2021

Redaktion: Lars Zwickies
Printed in Germany
Umschlaggestaltung: Anke Koopmann, Designomicon,
unter Verwendung von Motiven von © Michal Sanca/shutterstock (Frau),
Malivan_Iuliia (Mann) und Zone7/shutterstock (Gebäude)
Satz: KompetenzCenter, Mönchengladbach
Druck und Bindung: CPI books GmbH, Leck
ISBN: 978-3-453-44103-3

www.heyne.de

Oh, a storm is threatening
My very life today
If I don't get some shelter
Oh yeah, I'm gonna fade away

(The Rolling Stones, »Gimme Shelter«)

POLIZEIPRÄSIDIU

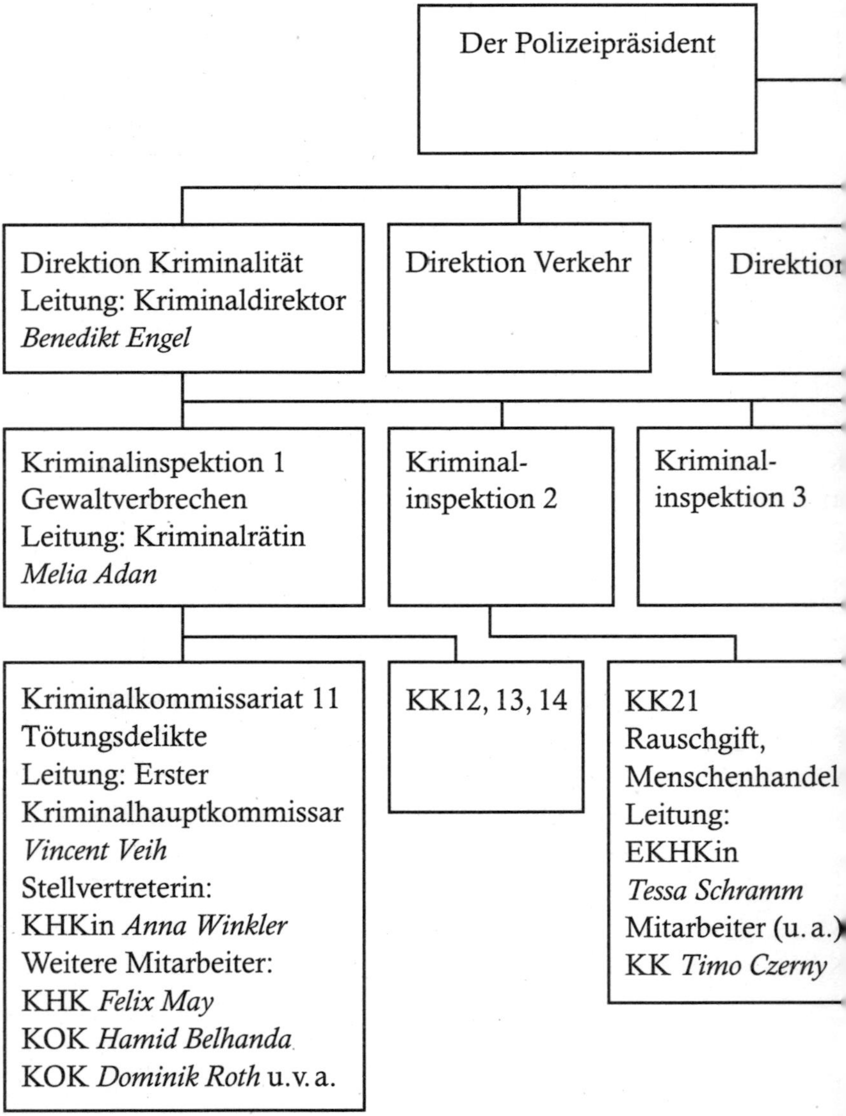

DÜSSELDORF

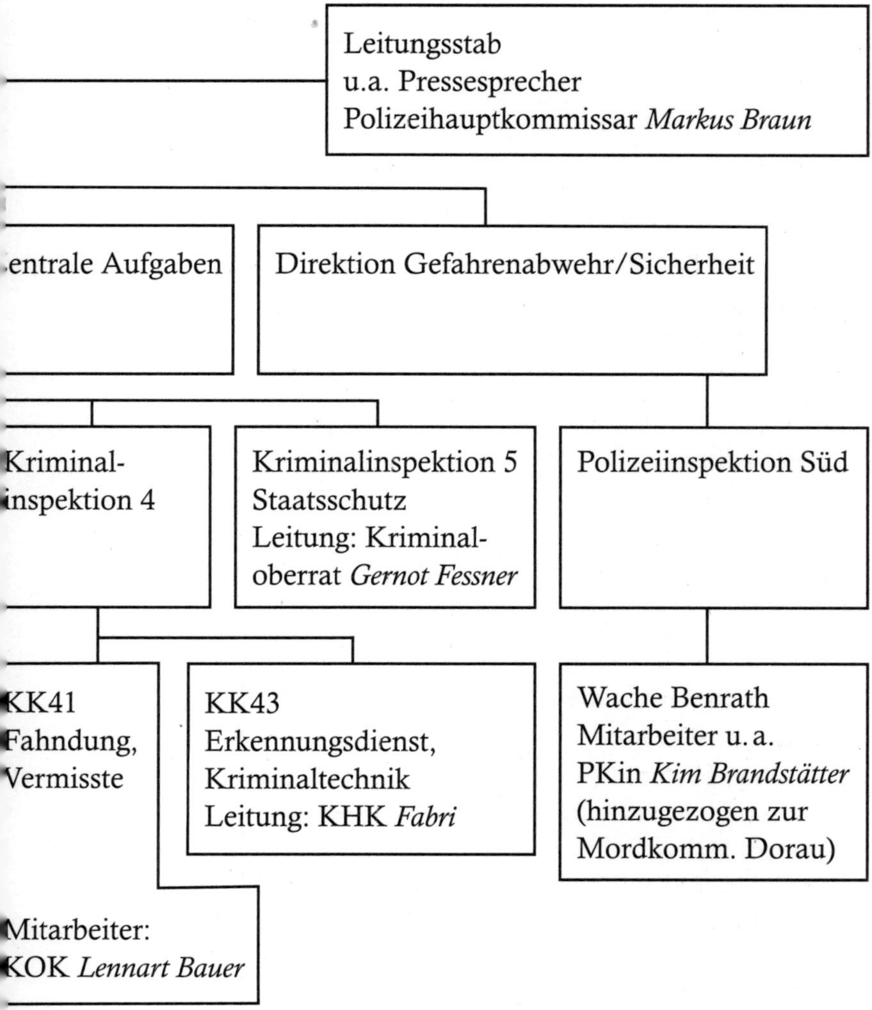
Leitungsstab
u.a. Pressesprecher
Polizeihauptkommissar *Markus Braun*
entrale Aufgaben
Direktion Gefahrenabwehr/Sicherheit
Kriminal-
inspektion 4
Kriminalinspektion 5
Staatsschutz
Leitung: Kriminal-
oberrat *Gernot Fessner*
Polizeiinspektion Süd
KK41
Fahndung,
Vermisste
KK43
Erkennungsdienst,
Kriminaltechnik
Leitung: KHK *Fabri*
Wache Benrath
Mitarbeiter u. a.
PKin *Kim Brandstätter*
(hinzugezogen zur
Mordkomm. Dorau)
Mitarbeiter:
KOK *Lennart Bauer*

VOR EINEM JAHR

WAS DAMALS GESCHAH, WIEDERHOLT sich in jeder schlaflosen Nacht aufs Neue. Die Erinnerung wird sie für immer verfolgen, dessen ist sich Melia sicher.

An jenem Tag wollte die Stationsärztin Melia nicht gehen lassen. Ihr Zustand müsse weiterhin kontrolliert werden, behauptete sie. Die Schussverletzung am Bein könne zu Komplikationen führen.

Doch Melia blieb stur und zog sich an. Sie hasste es, wenn jemand sie bevormunden wollte. Zudem glaubte sie, etwas zu Ende bringen zu müssen. Sollte sich das Bein entzünden, würde sie eben wiederkommen, ganz einfach.

Reinhard Zacharias klopfte an die Tür, Melias Kollege, den sie gebeten hatte, sie abzuholen.

Er sagte: »Im Innenministerium ging schon das Gerücht um, du seist tot.«

Sie lachte. »Das hätten die wohl gern.«

Sie schnappte sich die Krücken und versuchte, sich nicht anmerken zu lassen, wie sehr jede Bewegung schmerzte. Als sie vor der Klinik an die frische Luft trat, ging ihr zum ersten Mal der Gedanke an eine berufliche Veränderung durch den Kopf.

Scheiß auf den Inlandsgeheimdienst.

»Du musst mit dem Abteilungsleiter reden«, sagte ihr Kollege, als sie losfuhren.

»Mit ihm, mit dem Ministerpräsidenten und mit meinem Vater«, erwiderte Melia. »Aber zuerst mit Solveig. Weißt du, wo sie steckt? Ich erreiche sie nicht.«

Zacharias blickte sie an.

»Was?«, fragte Melia.

»Seit gestern hat keiner mehr etwas von ihr gehört. Sie ist spurlos verschwunden.«

Melia nahm ihr Telefon, tippte auf Wahlwiederholung und hörte erneut Solveigs Mailbox-Ansage. Solveig hatte ihr beigestanden. Sie brauchte sie immer noch.

In der Tiefgarage des Ministeriums wurde Melia vor Schmerzen fast ohnmächtig. Die geprellten Rippen, der zerschossene Oberschenkel. Sie biss die Zähne zusammen, humpelte zu den Aufzügen und fuhr in den vierten Stock.

Dort steuerte sie den Flur des Referats 623 an. Solveigs Büro befand sich ganz hinten. Melia klopfte und drückte die Klinke herunter. Zu ihrer Verwunderung war die Tür nicht abgeschlossen.

Ein kleines überheiztes Kabuff mit Blick auf die trostlose Rückseite des Nachbargebäudes. Melia setzte sich auf den Drehstuhl. Solveig Fischer, was hast du herausgefunden? Warum meldest du dich nicht?

Sie bewegte die Computermaus, der Monitor wurde hell. Die Kollegin war abgehauen, ohne den Rechner abzuschalten. Also hatte sie geplant, vor dem gestrigen Feierabend noch einmal zurückzukommen.

Melia gab das Passwort ein, das Solveig ihr genannt hatte. Eine Seite von Google Maps erschien. Melia blickte auf die Darstellung einer Route, die vom Zentrum Düsseldorfs rund fünfzehn Kilometer weit nach Nordwesten führte. Zu einer Adresse am Ortsrand von Osterath.

Die Chronik des Browsers zeigte an, dass Solveig vorher recherchiert hatte, was sich dort befand. Es handelte sich um zwei Vereine: *Outdoor-Sport e. V.* sowie *Nation und Freiheit e. V.* Melia war klar, was das bedeutete.

Sie klickte auf die Satellitenansicht.

Mehrere Gebäude, umringt von Feldern. Ein ehemaliger Bauernhof. Eine schmale Straße führte dorthin und endete in einer Sackgasse.

Melia fröstelte bei dem Gedanken, was Solveig an diesem Ort geschehen sein könnte.

ERSTER TAG

01

FUCK, DACHTE KLARA.

Schweiß trat ihr auf die Stirn, und zugleich wurde ihr kalt. Keinen Meter entfernt lag das Telefon. Eine ziemlich große Distanz, wenn man gerade ein Messer in den Bauch bekommen hatte.

Sie kroch mühsam auf das Telefon zu und streckte die Hand aus. Ein Schwall Blut ergoss sich dabei aus ihrer Wunde am Bauch. Dass es nicht wehtat, konnte nur am Adrenalin liegen. Einen Moment lang wurde ihr schwummrig, dann sah sie wieder halbwegs klar.

Ich bin echt am Arsch.

Endlich hielt sie das Ding in den Fingern und schaffte es, die Eins-eins-zwo zu wählen.

»Notrufzentrale. Mit wem spreche ich?«

Klara hörte nebenan Geräusche. War das Monster etwa noch da?

»Fuck«, entfuhr es ihr.

»Geht das bitte etwas konkreter?«

»Ich glaube, ich …«

»Können Sie lauter sprechen?«

»… verblute.«

Sie fror, die Kälte schüttelte sie durch, dann hörte sie den Mann am anderen Ende fragen: »Ihr Name?«

Fuckfuckfuck, dachte sie. Ich will nicht sterben.

Nicht mit neunzehn und nicht auf diese Art.

02

VIERZIG MINUTEN ZEIT ZWISCHEN DER morgendlichen Inspektionsleiterrunde, die hinter ihr lag, und einem Gespräch mit einem Oberstaatsanwalt, das heikel werden würde. Melia fuhr in ihrem neuen Kleinwagen durch die Stadt und fühlte sich bereits am Vormittag gestresst.

Als Vorgesetzte einer Kriminalinspektion sind Sie Problemlöserin, so hatte Kripochef Engel ihre Aufgabe umschrieben, als sie vor zehn Monaten ihren neuen Posten übernommen hatte. Sie halten den Sachbearbeitern den Rücken frei, zugleich geben Sie die Richtung vor. Ein Netzwerk loyaler Kollegen wird Ihnen dabei helfen.

Doch das Knüpfen von Beziehungen war nie ihre Stärke gewesen. Sie zu pflegen, erst recht nicht. Noch immer gab man ihr das Gefühl, die Neue zu sein, die nicht richtig dazugehörte.

Melia hatte lernen müssen, dass auch die Netten nicht immer ehrlich waren. Es kam Melia so vor, als lauerten manche nur darauf, dass sie einen Fehler beging.

Sie, die Frau, die *Person of Colour.*

Die mit Mitte dreißig viel zu jung für die Position einer Kriminalrätin war.

Die größte Herausforderung für ihre Arbeit war der Personalmangel. Ausgerechnet beim KK11, der Dienststelle für Todesermittlungen, war es schwer, Leute zu finden. Früher war das anders gewesen, sagte man ihr. Die kriminalistische Aufgabe hatte die Besten angelockt, und sie blieben bis zur Pensionierung. Doch heute prägte die Sparpolitik den Dienst, der Stress nahm überhand. Wer Tötungsdelikte bearbeitete, hatte im Grunde nie wirklich frei. Es gab zu wenige Planstellen, und jemanden mit Erfahrung zu finden war praktisch unmöglich. Und jetzt grassierte auch noch eine Grippewelle.

Bloß kein Mord in dieser Woche, dachte Melia.

Sie fand die Straße, in der Solveig Fischer gewohnt hatte, parkte kurzerhand vor einer Einfahrt und ging auf den Gedenkbaum zu. Drei Leute hatten sich hier versammelt, darunter Solveigs jüngere Schwester Iris. Sie knüpfte ein Band um den Stamm, an dem einige Fotos hingen. Die anderen, ein Pärchen in zerknautschten Hippie-Klamotten, streuten Blütenblätter auf die Erde. Sie scherten sich weder um die vorbeifahrenden Autos noch um die Blicke der Passanten.

Melia grüßte und blickte auf die Uhr.

In fünf Minuten muss ich wieder los. Eigentlich sollte ich gar nicht hier sein.

»Frau Adan«, stellte Iris sie vor. »Solveigs Kollegin.«

»Ex-Kollegin«, korrigierte Melia.

Sie hatten beide beim Geheimdienst gearbeitet, beim Landesamt für Verfassungsschutz. Im letzten Frühjahr hatten sie ein rechtes Netzwerk aufgedeckt, das Anschläge und die Übernahme der Regierung plante. Mehrere Kollegen waren daran beteiligt gewesen, ein paar von ihnen kamen straflos davon oder wurden dank ihrer guten Beziehungen sogar befördert. Desillusioniert hatte sich Melia zur Düsseldorfer Polizeibehörde versetzen lassen, wo ihre berufliche Laufbahn vor gut zwölf Jahren begonnen hatte. Hier hoffte sie, einigermaßen frei von Rankünе und politischen Machtspielchen arbeiten zu können.

Melia legte den Strauß ab, den sie mitgebracht hatte. Hinter welchen Fenstern des gelb getünchten Altbaus Solveig gewohnt hatte, wusste sie nicht. Weil ihre Leiche noch immer nicht aufgetaucht war und es deshalb keine Grabstelle gab, hatte Iris die Platane zum Ort des Erinnerns auserkoren.

Heute war der Jahrestag von Solveigs Verschwinden.

»Hab ich Sie nicht im Fernsehen gesehen?«, fragte die Hippie-Frau. »Ich kann mich an Ihr Gesicht erinnern.«

An meine Hautfarbe, dachte Melia. Ihren Auftritt in der *Aktuellen Stunde* des WDR, bei dem sie um Hinweise aus der Bevölkerung bat, hatten mehr Leute mitbekommen, als sie zunächst vermutet hatte.

»Hat es was gebracht?«, fragte der Hippie-Mann.

»Vielleicht kommt noch etwas.«

Das Pärchen brach auf. Melia wusste nicht, worüber sie mit Iris reden sollte. Sie hatte sie schon alles gefragt. Ich muss jetzt wirklich wieder zur Festung zurück, dachte sie.

Die Schwester deutete auf die Rosen. »Sie sind die Einzige aus Solveigs Behörde, die noch Anteil nimmt.«

Aus schlechtem Gewissen, dachte Melia.

»Waren Sie eng befreundet?«, fragte Iris.

»Nein, gar nicht.«

Iris blickte sie erstaunt an.

»Wie geht es Ihren Eltern?«, fragte Melia.

»Beschissen. Das Schlimmste ist die Ungewissheit. Ihr Fernsehauftritt hat sie ziemlich aufgewühlt. Hoffnungen geweckt, verstehen Sie?«

Melia dachte an den ehemaligen Bauernhof in Osterath. Im vergangenen Jahr hatten sie das brach liegende Areal völlig auf den Kopf gestellt, an mehreren Stellen gegraben und Spürhunde eingesetzt.

Ohne Ergebnis.

Jetzt hatte ein Immobilienentwickler die Liegenschaft aufgekauft, und um weiterzusuchen brauchte sie die Mitwirkung des Staatsanwalts.

»Meine Schwester hat mir immer erzählt, sie arbeite im Landesamt für Statistik.«

»Lügen gehörten bei uns zum Job.«

»Das habe ich begriffen. Aber woran hat Solveig zuletzt gearbeitet? Hat sie vielleicht etwas Brisantes entdeckt und stand jemandem im Weg?«

Natürlich, dachte Melia. Was sonst.

Sie blickte wieder auf die Uhr.

»Bitte reden Sie!«

»Das ist mir nicht gestattet.«

»Aber Sie arbeiten doch nicht mehr beim Geheimdienst!«

»Ich muss jetzt wirklich aufbrechen.«

Iris hielt ihre Hand fest. »Wen schützen Sie, Frau Adan?«

»Ich? Niemanden. Glauben Sie mir.«

»Sie wissen, wer hinter Solveigs Verschwinden steckt. Darauf wette ich!«

»Lassen Sie mich los, Iris.«

»Auf wessen Seite stehen Sie?«

Melia riss sich los. Langsam wurde die Frau unverschämt.

Iris folgte ihr und redete mit weit ausholenden Gesten weiter auf sie ein. »Sie haben uns den Floh ins Ohr gesetzt, dass Solveig für eine gute Sache unterwegs war. Und dass Sie kurz davor sind, sie zu finden. Zumindest ihre Leiche. Geben Sie mir endlich eine Antwort, Frau Adan. Bitte!«

Melia blieb stehen. »Ich tue alles, was in meiner Macht steht. Das können Sie mir glauben.«

»Wirklich?«

Ihr schossen die Ereignisse von damals durch den Kopf. Der Sprengsatz, die Schüsse. Sie hatte überlebt, und seitdem quälte sie die Frage: Warum soll ausgerechnet ich es verdient haben, am Leben zu sein?

»Frau Adan …«

Melia wandte sich Solveigs Schwester zu. Die Frau konnte nicht älter als Mitte zwanzig sein. Melia erinnerte sich daran, wie sie selbst in diesem Alter gewesen war. Idealistisch und voller Tatendrang. Ich habe geglaubt, der Verfassungsschutz schütze die Verfassung.

»Ich verspreche es Ihnen«, sagte Melia. »Ich bin auf Ihrer Seite.«

03

WEIL DER NOTRUF ÜBER EIN Festnetztelefon abgesetzt wurde, konnte der Disponent in der Leitstelle die Adresse von seinem Monitor ablesen. Zugleich zeigte ihm der Rechner an, welche Rettungswache am nächsten lag. Es war die der Malteser am Fürstenwall.

»Ihr Name?«, fragte er noch einmal und begann, auf seiner Tastatur zu tippen.

»Klara.« Ihr Atem ging sehr schnell, und sie ergänzte hastig: »Dorau.«

Er drückte die Enter-Taste. Dadurch erhielten die diensthabenden Sanitäter über ihren Piepser Bescheid. In höchstens sechzig Sekunden würden sie ausrücken. Egal ob sie gerade noch einen Döner gegessen oder im Schlafraum süß geträumt hatten.

»Welches Stockwerk?«, fragte er.

Keine Antwort.

»Klara, hören Sie mich?«

»Drittes.«

»Welcher Art ist Ihre Verletzung?«

Ein leises, lang gezogenes Stöhnen drang durch die Leitung.

»Gibt es weitere Verletzte?«

»Nein, aber … uhh …«

»Halten Sie durch, ein Rettungswagen wird in drei Minuten bei Ihnen sein!«

Der Notarzt würde länger brauchen. Der aus der Hauptwache befand sich bereits im Einsatz. Ich muss ein Team der Universitätsklinik losschicken.

Wieder die Enter-Taste, dann war auch dieser Auftrag raus.

Die junge Frau murmelte etwas.

»Klara?« Er presste mit beiden Händen die Muscheln des Kopfhörers gegen seine Ohren. »Sie müssen lauter sprechen!«

»Messerstiche …«

Er hielt den Atem an. »Ist der Täter noch vor Ort?«

Ein kurzes Poltern, als sei der Anruferin das Telefon aus der Hand gefallen.

Mist, dachte der Disponent. Kein gutes Zeichen.

Er verständigte mit wenigen Mausklicks die Polizei.

In der Leitung des Notrufs herrschte jetzt Stille.

Gib mir ein Zeichen, dass du lebst, Klara. Wenigstens ein Atemgeräusch.

Ein Schrei, falls du Schmerzen hast.

Irgendetwas, bitte!

Wieder drückte er gegen den Kopfhörer, um mehr hören zu können als nur das Grundrauschen des Äthers.

Halte durch, Klara. Für die Menschen, die dich lieben.

04

GUT ZWANZIG KILOMETER ENTFERNT fiel Timo Czerny der Spruch ein, den man in Klappentexten von Thrillern oder Ankündigungen von Fernsehkrimis oft las: *Nichts ist, wie es scheint.*

Er und seine Kollegen vom Spezialeinsatzkommando hatten die Villa des Clans am Ortsrand von Solingen umstellt.

Tara Heldt, die leitende Kripokommissarin, redete unterdessen auf den unglücklichen Kollegen ein, der undercover gegen die Schwester des libanesischen Clanchefs ermittelt hatte und so blöd gewesen war, sich in die Frau zu verlieben. Er trug das gemeinsame Baby in einem Tuch vor seiner Brust und weigerte sich beharrlich, über die kriminellen Geschäfte seiner Freundin und ihrer weitläufigen Familie auszupacken.

Timo fragte sich, wie er selbst sich in einer solchen Situation verhalten würde.

»Verraten Sie mir wenigstens, wo die Leiche versteckt ist«, forderte Tara Heldt den verdeckten Ermittler auf, der nicht wahrhaben wollte, dass es besser wäre einzulenken.

Stattdessen riss er der Kommissarin die Pistole aus dem Holster und drückte ihr die Mündung gegen den Hals.

Dumm gelaufen, dachte Timo.

Er und ein halbes Dutzend weiterer Beamter richteten ihre Waffen auf den Kollegen. Aus dem verliebten Idioten war mit einem Mal ein Krimineller geworden. Und der Mann hatte nicht die geringste Chance. Das sollte er eigentlich wissen.

Zu allem Überfluss kam die Schwester des Clanchefs jetzt aus dem Haus gelaufen. Sie heulte und ruderte hilflos mit den Armen. »Roger, bitte!«

»Geben Sie ihr das Baby«, beschwor ihn Tara Heldt.

Stattdessen zog Roger die Kommissarin rückwärts gehend mit der Hand am Kragen weg und nutzte sie als Deckung.

»Ich verlange ein Auto und freies Geleit für meine Familie!«, rief er.

Sie bewegten sich auf die Straße zu. Blaulicht flackerte ihnen entgegen, Streifenwagen waren dort postiert. Ein zweiter Kripobeamter kam auf den Undercover-Mann zu. Es war Hasslinger, der langjährige Partner von Tara Heldt.

»Roger, gib das Baby her!«, rief er. »Wenn sich ein Schuss löst und dein Kind tötet – damit willst du nicht leben!«

Der Angesprochene blieb stehen und blickte Hasslinger verzweifelt an.

Tara Heldt fasste sich ein Herz. Obwohl er sie noch immer mit der Pistole bedrohte, nahm sie ihm den Säugling ab und übergab ihn der Mutter. Timo eilte dazu und brachte Mutter und Kind in Sicherheit.

Tara ist einfach großartig, dachte er.

Hasslinger legte seine Waffe auf den Boden und streckte die geöffneten Hände in die Luft, um seine gute Absicht zu demonstrieren.

»Roger, ich weiß, wie du dich fühlst«, beteuerte er. »Ich

war auch mal undercover und hab mich auf die Scheiße eingelassen. Hey, Roger, mach nicht denselben Fehler wie ich!«

Dem Angesprochenen war anzumerken, dass er bald aufgeben würde.

Da knallte ein Schuss von der Straße her.

Hasslinger brach zusammen.

Überraschung, dachte Timo.

»Cut!«, brüllte der Regisseur.

05

DIRK LORENZ ZOG DIE ROTE Dienstjacke über, schnappte sich das Alarmfax aus dem Ausgabefach des Druckers und rannte hinaus auf den Hof, wo Alex Schlösser gerade die Fahrertür des Rettungswagens aufriss. Ein Mercedes Sprinter 519, wegen seiner Ausstattung teurer als jeder Ferrari. Dirk lief zur anderen Seite und nahm Platz, während sein junger Kollege bereits losfuhr.

Blaulicht und dröhnendes Martinshorn. Wer Lärm nicht verträgt, ist hier fehl am Platz – alte Sani-Weisheit.

Sie bogen auf den Fürstenwall ein. Die anderen Verkehrsteilnehmer zeigten Respekt.

Dirk drückte die Taste drei am Funkgerät: *Einsatz übernommen.*

Dann hielt er sich das Alarmfax vor die weitsichtigen Augen, kniff sie zusammen und las vor: »Klara Dorau, Burghofstraße 14, dritter Stock. Stichwunde, starker Blutverlust.«

»Klara Dorau?«

»Sagt dir der Name was?«

Alex beschleunigte weiter.

Eine Stimme tönte aus dem Äther: »Leitstelle für RTW Malteser.«

Dirk führte das Handgerät an seinen Mund und drückte die Sprechtaste. »Sind unterwegs. Was gibt's?«

»Der Täter ist vielleicht noch vor Ort.«

»Kam das über den Notruf?«

»Nicht explizit, aber es klang, als sei die Person Opfer einer Messerstecherei geworden. Wartet zur Sicherheit auf die Polizei.«

»Verstanden«, bestätigte Dirk.

»Bullshit!«, entfuhr es Alex.

Die Straße wurde von einer Baustelle verengt.

Alex musste abrupt bremsen, denn der SUV vor ihnen wich nur zögerlich aus. Im Schneckentempo rollte er über den Bordstein zur Seite. Alex schlug auf das Lenkrad.

»Dem sind mal wieder die Felgen wichtiger als ein Menschenleben!«

»Beruhige dich, Alex.«

Sie schoben sich durch die Lücke. Kurz darauf ging es gar nicht mehr voran. Der Verkehr hatte sich vor einer roten Ampel gestaut. Einige Pkw machten Platz, doch der vorderste Wagen blieb einfach stehen.

Dirk griff nach dem Mikro und ließ die Außenlautsprecher dröhnen: »DER BLAUE OPEL – BITTE IN DIE KREUZUNG FAHREN!«

Endlich ging es weiter. Dirk schätzte, dass sie mindestens eine Minute verloren hatten. Er warf einen Blick auf seinen Kollegen. Alex umklammerte mit weißen Knöcheln das Lenkrad und kaute stumm auf seiner Unterlippe.

»Was ist los mit dir?«, fragte Dirk.

»Die Adresse kenn ich. In dem Haus wohnt Miran, mein bester Kumpel. Und seine Freundin heißt …« Alex schluckte trocken.

Endlich waren sie da und sprangen aus dem Wagen, öffneten die Heckklappe, entluden ihren Kram: Notfallrucksack, EKG-Einheit, Sauerstofftasche, Absaugpumpe.

Alex hängte sich zwei Taschen um und wollte sofort nach oben eilen, doch Dirk hielt ihn zurück.

»Du hast gehört, was die Leitstelle gesagt hat. Die Polizei ist gleich da.«

»Scheiß drauf! Wir haben schon zu viel Zeit verloren!«

»Hey, da oben kann sich noch ein Messerstecher aufhalten!«

Alex wurde laut. »Hör zu, Miran hat mir das Leben gerettet. Fußball-EM in Frankreich. Englische Hooligans. Die hatten ebenfalls Messer. Miran hat das nicht gestört. Also ich geh jetzt rein. Wenn du Schiss hast, bleibst du eben hier.«

Er riss sich los. Dirk griff sich den Rest und folgte dem Kollegen ins Haus. Ihm war nicht wohl dabei, aber er konnte ihn nicht im Stich lassen.

06

MANCHMAL GLAUBTE ROLAND KRACHT, die Welt verberge sich hinter einer verschlossenen Tür, und er vergeude sein Leben damit, den Schlüssel zu suchen.

Er zog sein kleines Olympus-Gerät aus der Tasche seines olivfarbenen Parkas und drückte die Taste. Im Display blinkte das Aufnahmesymbol, hektische Ziffern begannen, die Sekunden zu addieren. Ein schwarzer Balken schlug aus, als plötzlich hinter ihnen ein durchgeknallter Vespa-Fahrer mit brüllendem Motor durch den Park jagte.

Der Schreck ließ Rolands rechte Hand zittern. Er nahm das Gerät in die Linke, umklammerte die Armlehne der Parkbank und hoffte, dass sein Gesprächspartner nichts davon mitbekam.

Der Junge mit dem türkischen Namen saß breitbeinig und selbstbewusst neben ihm. Schlitze in seinen Hosenbeinen stellten dünne Knie zur Schau. Der Bengel trug ein Shirt, dessen Ärmel abgeschnitten waren, lange Haarsträhnen hingen ihm in die Stirn.

Eine abstoßende Gestalt.

Roland konzentrierte sich wieder auf das Display des Rekorders.

»Wie lief die Begegnung ab?«, fragte er.

»Na ja, ich hab ein Auge dafür, ob ein Kerl schwul ist und ob er auf Minderjährige steht.«

Geschwätz, dachte Roland. »Und dann?«

»Wie immer.« Ein Schulterzucken. »Blickkontakt, alles klar. Der Typ folgt mir aus dem Bierzelt. Hinten bei den Dixie-Klos stehen Büsche. Im Dunkeln ist gut Munkeln, wenn du verstehst, was ich meine. Doch schon beim Schießstand holt er mich ein. Fragt mich nach meinem Namen. Echt nette Stimme. Sympathisch, der Mann, zumindest im ersten Moment. Dass er ein hohes Tier in der Regierung ist, wusste ich da noch nicht.«

Der Gedanke an die Kirmes ließ Roland schaudern. Zu viel Trubel, zu viel Lärm. Und dann auch noch ein Schießstand.

»Und dann?«, fragte er.

»Ist das die Art, wie du Leute zum Quatschen bringst? Und dann und dann und dann?«

»Rede weiter!«

»Bist du wirklich ein Privatdetektiv? Hast du ’ne Lizenz, Großer? Kannst du dich ausweisen oder so?«

Roland zog einen Fünfzig-Euro-Schein aus der Hosentasche und gab ihn dem Jungen. Es war bereits der dritte.

Der Türkenbengel quittierte mit einem Grinsen. »Alles klar.«

»Also?«

»Der Kerl will wissen, wie alt ich bin, und ich sag ihm, ich bin volljährig, wie es die meisten Typen hören wollen. Doch aus irgendeinem Grund glaubt er mir nicht und kneift. Das war’s dann. Sorry, Großer.«

»Wie bitte?«

»Ich hab ihn mit meinen Kulleraugen angeblinzelt, doch

er wollte nicht mehr. Lässt mich einfach stehen, der feine Herr Politiker. Hab mich gefühlt, als hätte er mir 'nen Bierkrug vor den Kopf gestoßen.«

Roland drückte die Stopp-Taste. »Gestern am Bahnhof hast du mir noch was anderes …«

»Ich hab nur gesagt, dass …«

»MIST!«

Der Junge zuckte zusammen. Roland blickte sich um, doch zum Glück war kein Passant in der Nähe. Er überlegte, wie er seinen Auftrag noch retten könnte.

Er fuhr die Aufnahme zurück, hörte sie ab und stoppte bei der Stelle mit dem Gebüsch hinter den Dixie-Toiletten, exakt am Ende des Satzes.

Die kleine Schwuchtel hob beschwichtigend die Hände. »Ich lüg echt nicht, wenn ich sag, dass der Kerl auf dem Babystrich Frischfleisch aufgabelt. Ein Kumpel von mir ist erst vierzehn und hat ihm neulich …«

»Dann besorg mir diesen Kumpel!«

»Geht nicht. Nein, echt nicht.«

»Dann erzähl mir die Geschichte so, als hätte der Kerl *dich* aufgegabelt, an dem Abend auf der Kirmes. Hinter den Büschen im Dunkeln. Den ganzen schwulen Pädo-Scheiß. Komm, mach endlich, sonst …« Er blickte so finster, wie er nur konnte.

Der Junge wich zurück.

In Rolands Gesicht zuckte ein Muskel, und er fürchtete, dass sich das Flimmern am Rand seines Blickfeldes zum Migräneanfall auswachsen würde.

»Stehst du etwa auf die abgefahrene Tour, Großer?« Der Türken-Bubi blinzelte. »Bist du der richtig harte Typ?« Der Junge machte Kulleraugen und blinzelte.

Am liebsten hätte Roland ihm eine Ohrfeige verpasst.

Widerlicher Abschaum. Er griff in seine Hosentasche und warf dem Jungen weitere Geldscheine in den Schoß.

Drei oder vier – egal.

Der Pisser faltete sie, dann sprach er seine Aussage ins Aufnahmegerät. Als Lügner ein Naturtalent, erkannte Roland. Flüssig und überzeugend bis in die letzten widerlichen Homo-Details.

»Wie alt warst du zum Zeitpunkt der letzten Kirmes?«, fragte Roland, als der Junge fertig war.

»Fünfzehn.«

»Dein Name?«

Das Bürschchen nannte ihn nach kurzem Zögern.

»Hier aus Düsseldorf?«

»Mhm.«

»Bist du bereit, die Geschichte gegebenenfalls der Polizei zu erzählen?«

»Wenn's unbedingt sein muss.«

Roland drückte auf Stopp und steckte den kleinen Digitalrekorder ein.

»Noch einen Fuffi, und ich blas dir einen.«

»Halt's Maul!«

»Ich weiß doch, dass du darauf stehst, Großer.«

Roland sprang auf und rieb sich den Kopf. Migräne im Anmarsch.

Der Türken-Bubi lästerte: »Was bist du denn für ein Clown?«

Auf dem Weg zu seinem Auto griff Roland nach seinem Handy. In der Kontaktliste suchte er die Nummer seines Auftraggebers.

Nach nur einem Klingeln nahm dieser ab. »Was gibt's?«

»Staatssekretär Meinertshagen ist erledigt«, gab Roland durch.

07

DORAU/ALVER STAND AUF EINEM KLINGELSCHILD im dritten Stock. Alex drückte mehrfach die Taste. Drinnen schrillte es. Sonst gab es keine Reaktion.

»Zur Seite!«, sagte Dirk und trat gegen die Tür.

Krachend flog sie auf. Ein Flur, der zu einer Wohnküche führte. Teller standen herum, eine Matratze lehnte an der Wand.

Auf den Dielenbrettern lag eine junge Frau.

»Klara!«, stieß Alex hervor.

Unter ihr hatte sich eine Blutlache ausgebreitet. Daneben ein Telefon, Scherben einer Keramikschale, Weintrauben, Mandarinen. Spuren eines Kampfes, dachte Dirk.

Er öffnete den Mund der Frau und hielt sein Ohr an ihre Lippen. Sie atmete, wenn auch flach und schnell. So weit er in den Hals sehen konnte, schienen die Atemwege frei zu sein. Die Gesichtshaut war blass, die Lippen bläulich.

Alex zerschnitt ihr das Sweatshirt. Aus einer Verletzung am Oberbauch sickerte Blut, er drückte mit einer Kompresse dagegen. Währenddessen bildeten sich Bläschen auf einer zweiten Wunde oberhalb des BHs. Dirk war klar, was das bedeutete.

Momentan das dringlichere Problem.

Er hörte die Lunge mit dem Stethoskop ab. Rechtsseitig kein Atemgeräusch, also war der Lungenflügel kollabiert, weil durch den Stich Luft zwischen Brustkorb und Lungenfell geraten war.

Dirk nahm ein Thoraxpflaster aus der Tasche und klebte es auf die Wunde.

Wieder hielt er das Ohr an die Lippen der Frau.

Weil er nun gar nichts mehr hörte, entschloss er sich zu einer Entlastungspunktion. Er riss eine Air-Release-Nadel aus der Verpackung und stach sie zwischen zwei Rippen.

Das Ventil am Ende der Kanüle zischte – die Luft, die auf die Lunge drückte, entwich.

Kaum merklich hob und senkte sich jetzt die Brust der Verletzten. Die Atmung setzte wieder ein, wenn auch schwach.

»Kommt sie durch?«, fragte Alex.

Ein Rumpeln im Nachbarzimmer.

Alex sprang auf.

Dirks Puls ging schneller. Als hätte er nicht schon genug Adrenalin im Kreislauf.

»Bleib hier«, flüsterte er.

Alex ignorierte ihn. Er riss eine Schublade auf, fand ein Brotmesser und rannte damit nach nebenan.

Dirk wandte sich wieder der Patientin zu. Er griff nach ihrer Hand und quetschte einen Fingernagel. Es dauerte Sekunden, bis er wieder Farbe annahm. Ein schlechtes Zeichen.

Der Blutverlust war massiver, als es die Lache auf dem Boden vermuten ließ. Er rief mit seinem Handy die Leitstelle an.

Erneut Geräusche aus dem Nebenraum.

Eine Katze huschte auf den Flur.

Dummes Vieh, dachte Dirk. Wie kannst du uns nur so erschrecken?

»Alex!«, rief er zur halb offenen Tür hin. »Load and go!«

Im Handy meldete sich der Disponent.

Dirk informierte ihn: »Wir haben ein Polytrauma und brauchen sofort OP-Kapazität!«

Im nächsten Moment traf ihn etwas Hartes am Kopf.

Die Antwort des Disponenten nahm Dirk nicht mehr wahr.

08

NORMALERWEISE FÜHRTE MELIA TELEFONATE mit der Staatsanwaltschaft lieber von ihrem Schreibtisch aus. Dort hatte sie die Tastatur ihres Rechners in Griffweite, Akten, ihre Stichpunkte auf losen Zetteln. Aber sie hatte mit Martin Kilian eine feste Uhrzeit vereinbart, die Rückfahrt zum Präsidium würde mindestens eine Viertelstunde dauern, und sie wollte das Gespräch hinter sich bringen – jetzt erst recht.

Also setzte sie sich hinter das Steuer ihres Autos, blickte Iris hinterher und tippte die Nummer des Oberstaatsanwalts in ihr Handy.

»Frau Adan!«, meldete sich Kilian, und sofort tauchte sein Bild vor ihrem geistigen Auge auf. Älteres Semester, faltiges Gesicht und graues Haar, das sich über Ohren und Kragen wellte. Eine Krawatte mit kleinen aufgedruckten Elefanten. Als sie sich das letzte Mal begegnet waren, hatte er eine Strickjacke dazu getragen. Oder war es ein Cordsakko gewesen?

»Erinnern Sie sich an Solveig Fischer?«, fragte Melia und warf unwillkürlich einen Blick zum Gedenkbaum hinüber.

»War das nicht die Vermisstensache, die wir im letzten Herbst eingestellt haben?«

Die *Sie* eingestellt haben, dachte Melia.

»Gibt es denn etwas Neues?«

»Sie erinnern sich, dass Solveig und ich hinter einem Naziverein her waren, der am Ortsrand von Osterath ein Schulungszentrum betrieben hat. Die hatten vor, eine Sporthalle zu errichten. Ich habe inzwischen herausbekommen, wann dafür das Fundament gegossen wurde.«

»Und?«

»Raten Sie mal.«

»Wir sprechen von dem alten Bauernhof?«

»Richtig. Sie erinnern sich auch, dass ich den Rechner in Solveig Fischers Büro gecheckt habe.«

»War das der Rechner, der verschwunden ist?«

»Verschwunden ist das falsche Wort. Das Landesamt für Verfassungsschutz hält ihn unter Verschluss. Jedenfalls wurde das Fundament exakt am Tag nach Solveigs Verschwinden betoniert.«

»Und jetzt wollen Sie von mir den richterlichen Beschluss, darunter nach der Leiche …?«

»Erraten.«

»Gibt es *irgendeine* Zeugenaussage, die Frau Fischer mit dem Bauernhof in Verbindung bringt?« Seine Stimme wurde etwas lauter. »Ihr Auto wurde in Holland gefunden, wenn ich das noch richtig im Kopf habe. *Falls* die Gesuchte einem Verbrechen zum Opfer fiel, wofür wir keinerlei Anhaltspunkte haben, dann dort, nicht wahr?«

Melia startete einen zweiten Versuch. »Ich bin im Gespräch mit der Redaktion von *Aktenzeichen XY*. Bitte geben Sie mir grünes Licht für diese Form der Öffentlichkeitsfahndung. Das würde die Chance erhöhen, dass sich Zeugen bei uns melden.«

»Sie waren doch erst vor ein paar Tagen im Fernsehen.«

»Ja, aber …«

»Ohne sich das Okay der Staatsanwaltschaft zu besorgen!«

»Das war eine ganz andere Situation, Herr Kilian. Ein Reporter hat mich interviewt. Er war durch seine Recherchen auf das Thema gekommen, das ging nicht von mir aus.«

»Das soll ich Ihnen abkaufen?«

Müssen Sie, dachte Melia. Der WDR-Mann, dem ich die Story eingeflüstert habe, wird Ihnen das Gleiche erzählen.

»Es gibt kein grünes Licht, Frau Adan. Nicht für noch größeren Medienrummel und auch nicht dafür, den Fußboden einer Sporthalle aufzubrechen, nur weil Sie sich einen Mordfall einbilden. Sie sind noch nicht lange auf Ihrem Posten, und ich weiß, dass Ihnen die frühere Kollegin sehr am Herzen liegt, aber trotzdem hätte ich Ihnen mehr Urteilsvermögen zugetraut.«

Sie mich auch, dachte Melia verärgert.

Und zwar kreuzweise.

»Wird etwa Druck auf Sie ausgeübt?«, entgegnete sie.

»Wie meinen Sie das?«

Melia dachte voller Grimm an hohe Tiere in der Justizverwaltung. An Minister oder andere Parteifreunde des Oberstaatsanwalts, falls Kilian der Regierungspartei angehörte. Oder an Leute, die glaubten, über der Politik zu stehen. Weil sie sich jeder Kontrolle entzogen.

Solche Typen gab es zur Genüge in ihrer früheren Behörde.

Eine Behörde, die Solveigs Rechner nicht herausrückte und die Verbindungsdaten ihres Handys unter Verschluss hielt.

Es war eine übliche Praxis des Inlandsgeheimdienstes,

der Polizei Steine in den Weg zu legen. Aber hier ging es nicht um irgendeinen kriminellen Neonazi, den man deckte, weil er als Spitzel diente. Oder um einen Cannabis-Verkäufer, den man bei Islamisten einschleusen wollte.

Sondern um eine Beamtin aus dem eigenen Haus.

Kilians Stimme hatte jeden Rest an Freundlichkeit verloren. »Wenn uns etwas unter Druck setzt, Frau Adan, dann ist es die Erwartungshaltung der Öffentlichkeit, die *Sie* durch Ihr mediales Vorpreschen geweckt haben. Ein großer Fehler, dieses ganze Tamtam. Ich rate Ihnen dringend, ab sofort die Hufe still zu halten!«

Melia steckte das Handy weg und startete den Motor ihres Wagens.

Sie musste sich etwas anderes einfallen lassen.

09

»DIRK!« JEMAND RÜTTELTE AN IHM.

Er schlug die Augen auf. Sein Schädel schmerzte, als er sich aufsetzte. Im Treppenhaus polterten Schritte. Die Katze blickte dem Geräusch hinterher und schien zu überlegen, ob sie ebenfalls abhauen sollte.

»Wach auf, Alter!«

Endlich konnte Dirk wieder klar denken und kam auf die Beine. Fast wäre er über einen Baseballschläger gestolpert, der vorher noch nicht dort gelegen hatte.

Alex stand ganz krumm da. Er rieb sich die Seite und verzog schmerzerfüllt das Gesicht. »Das Arschloch war die ganze Zeit hier!«

Wovor ich dich gewarnt habe, dachte Dirk.

»Was ist mit Klara?«, fragte sein junger Kollege.

Dirk wandte sich der Patientin zu, die immer noch ohne Bewusstsein war. Die Air-Release-Nadel war aus dem Thorax gerissen worden, und sie atmete nur schwach. Er drückte die Nadel zurück zwischen die Rippen.

»Kannst du mit anpacken, Alex?«

Sie schnallten die Schwerverwundete auf die Trage, trugen sie mühsam die drei Stockwerke hinunter und schoben sie dann in den Transporter. Unterdessen traf ein erster Streifenwagen ein. Dirk beschloss, sich nicht mit Erklärungen aufzuhalten und auch nicht auf den Notarzt zu warten.

Mit Vollgas und Martinshorn fuhren sie los.

Während Alex den Wagen steuerte, setzte Dirk der jungen Frau die Sauerstoffmaske aufs Gesicht und legte zwei Zugänge, die sie brauchen würde, falls sie die nächsten Minuten überlebte. Sein Kopf dröhnte nach wie vor.

Sie erreichten die Klinik, zogen die Trage aus dem Wagen, klappten die Rollen aus und rannten damit los. Dreißig Sekunden bis in den Schockraum, wo sie ein Team aus Ärzten und Pflegekräften empfing. Jetzt konnten Dirk und Alex nur noch zusehen.

Wie Klara ans EKG angeschlossen wurde.

Wie der Monitor die Null-Linie zeigte – kein Puls.

Wie ein Blaukittel der Verletzten Adrenalin spritzte.

Es blieb beim Strich auf dem Bildschirm.

Dirk ballte die Fäuste. Hektisch klemmte ein Arzt in der Bauchwunde zerstörte Arterien ab. Andere öffneten mit surrenden Maschinen den Brustkorb. Es stank nach verbranntem Fleisch.

Dirk registrierte, wie eine Ärztin nach Klaras Herz griff, um sie per Hand wiederzubeleben.

Die Null-Linie zuckte kein einziges Mal.

Nach einigen Minuten stellte das Team die Rettungsversuche ein.

Ein Pfleger zog ein Laken über die junge Frau.

»Verdammte Scheiße«, entfuhr es Dirk.

Neben ihm ließ Alex seinen Tränen freien Lauf.

Dirk spürte wieder, wie sehr sein Kopf dröhnte. Ich brauche selbst einen Arzt, dachte er.

Aber im Moment war ihm das völlig egal.

10

DREISSIG MINUTEN DREHPAUSE. Timo Czerny holte einen Kaffee vom Cateringwagen, suchte sich ein ruhiges Plätzchen und zündete sich eine Zigarette an. Plötzlich vernahm er die Frauenstimme, die jeder im Land kannte, der in den letzten elf oder zwölf Jahren auch nur ab und zu seinen Fernseher eingeschaltet hatte – dunkel, rau, einzigartig.

»Haben Sie noch eine für mich?«

Jennifer Arnold stand vor ihm, der mit Abstand prominenteste Star am Set. Sie spielte Tara Heldt, die Kommissarin der gleichnamigen Krimireihe des ZDF. Selbst in ihrem sportlichen Outfit wirkte sie mondän. Timo hoffte, dass der Star ihm seine Nervosität nicht ansah.

»Aber nur, wenn es nicht Ihre letzte ist«, ergänzte sie.

Er schüttelte einen Glimmstängel aus der Schachtel und gab der Schauspielerin Feuer. Sie war fünfunddreißig, also sechs Jahre älter als er, und kleiner, als sie auf dem Bildschirm wirkte, was in Timo sofort den Beschützerinstinkt weckte. Er musste an die Schlagzeilen im vergangenen Herbst denken. Ein Autounfall, Spekulationen über das Ende ihrer Karriere. Doch Jennifer Arnold war zurückgekommen.

Erst gestern war wieder eine Folge *Tara Heldt* gesendet worden – mit einer Spitzen-Einschaltquote. Timo erinnerte sich, dass darin ein syrischer Flüchtling unter Mordverdacht geraten war und um ein Haar von Wutbürgern gelyncht worden wäre. Wegen des Themas hatte der Film schon im Vorfeld für Aufmerksamkeit gesorgt. Der Syrer entpuppte sich dann als unschuldig.

»Sie sind ein echter Polizist. Ich sehe Ihnen das an.«

»Tatsächlich?«

»Nein, der Aufnahmeleiter hat so etwas erwähnt.« Sie lachte. »Sieht aus, als seien wir die einzigen Raucher weit und breit.«

Ihm fiel keine schlagfertige Antwort ein.

»Ein Schnaps wäre mir jetzt recht«, sagte sie. »Irgendwas, um den Scheiß zu ertragen.«

»Ich finde es großartig.«

»Ach, kommen Sie. Eine typische deutsche Fernsehproduktion. An der gesamten Geschichte stimmt rein gar nichts. Alles nur Kitsch und Effekthascherei, ohne Rücksicht auf die Logik. Man sollte Sie als Berater einsetzen, nicht als Komparsen. Und das Schlimmste sind mal wieder die Dialoge.«

»Die Zuschauer wird das nicht stören. Sie überstrahlen alle Schwächen, Frau Arnold. Ihnen sieht man immer gerne zu.«

Ihr Lächeln wirkte spöttisch. Doch ihre großen braunen Augen leuchteten sanft.

Die aufregendste Schauspielerin Deutschlands.

Timo stand da wie gelähmt. Bereit, verspeist zu werden.

»Schmeichler«, antwortete sie, wobei ihre Stimme noch tiefer klang, und pustete den Rauch zur Seite.

Die Maskenbildnerin kam herbeigeeilt. Jennifer Arnold

warf die Zigarette ins Gras und ließ sich die Wangen nachpudern. Dann stellte eine Frau vom ZDF der Schauspielerin einen Radioreporter vor, der sie um ein Interview bat, in dem es um die gestrige Folge gehen sollte.

Timos Blick folgte Jennifer, während sie mit dem Reporter zur Villa schlenderte. Er bemerkte, wie ihr Bein bei einem der ersten Schritte fast unmerklich einknickte. Danach war der Schauspielerin nichts Ungewöhnliches mehr anzumerken.

Eine Zeit lang hatte sie sogar in Hollywood gelebt, wie Timo wusste. Mit Johnny Depp gedreht. Mit George Clooney geflirtet. Jetzt ging sie es ruhiger an, hieß es. Sie wohnte in Düsseldorf mit Blick auf den Rhein. Im sündteuren Andreas-Quartier. So schrieben es die Illustrierten.

Kurz darauf rief der Aufnahmeleiter die Komparsen zusammen. Die Darsteller des Spezialeinsatzkommandos nahmen ihre Position ein. Auch der Rest war bereit.

»Und bitte!«, rief der Regisseur.

Die Hauptdarstellerin ging sofort in ihrer Rolle auf. Kommissarin Tara Heldt. Geisel eines Undercover-Polizisten auf Abwegen. Eine kleine, zierliche Frau, die ein großer Star war.

Timo wusste, dass sie ihn morgen bereits vergessen haben würde.

Ach was, schon jetzt.

11

ES KLOPFTE AN MELIAS TÜR, und bevor sie darauf reagieren konnte, stand Vincent im Raum. Vincent Che Veih, ihr erfahrenster Kommissariatsleiter. Er wirkte ernst und angespannt, seine Kiefermuskulatur arbeitete.

»Wir haben eine Leichensache«, sagte er.

»Erzähl mir mehr.«

Dass sie sich duzten, war unüblich zwischen Beamten des höheren und des gehobenen Dienstes. Aber Melia hatte Vincent schon gekannt, bevor sie seine Chefin geworden war.

Der Hauptkommissar nahm auf der Vorderkante des Besucherstuhls Platz, als wollte er gleich wieder aufbrechen. »Eine Schülerin wurde in ihrer Wohnung in Bilk tödlich mit einem Messer verletzt«, erklärte der Hauptkommissar. »Mehr weiß ich selbst noch nicht. Die Kriminaltechnik ist am Tatort, ich bin auf dem Sprung dorthin.«

»Täter bekannt?«

»Bislang nicht. Die junge Frau hat mit ihrem Freund zusammengewohnt, einem Studenten mit türkischen oder kurdischen Wurzeln, den wir noch nicht erreicht haben.«

»Jedenfalls keine große Lage, oder?«

»Nein.«

»Wie viele Leute brauchst du zur Verstärkung? Sechs? Acht?«

»Vier wären schon toll, Hauptsache möglichst rasch.«

Melia nickte. »Wer leitet die Mordkommission?«

»Ich selbst. Anna hat Urlaub, Bruno ist krank. Warum guckst du so, passt dir das nicht?«

»Nein, mir ging etwas anderes durch den Kopf.«

»Was denn?«

Ein Messer als Tatwaffe. Messermann – Rassisten pflegten mit dieser Vokabel Migranten aus Nordafrika und dem Nahen Osten zu verunglimpfen. Aber warum musste sie gleich daran denken, dass die Rechten die Tat politisch ausschlachten würden?

Melia winkte ab und fragte: »Hast du schon eine Uhrzeit, wann ihr euch zusammensetzt?«

»Willst du dabei sein?«

»Sollte der Fall Wellen schlagen, muss ich euch sowieso gegenüber der Behördenleitung vertreten.«

»Falls es dazu kommt, haben wir die große Lage, und du fungierst als Polizeiführer.«

»Polizeiführerin. Aber wahrscheinlich läuft es auf eine Beziehungstat raus, oder?«

»Meistens ist es so.« Vincent stand auf und hatte schon die Klinke in der Hand. »Fünfzehn Uhr. Passt das?«

Melia nickte und griff zum Telefon.

12

ROLAND KRACHT STIEG AUS seinem alten Wagen und stutzte, als er das Häuflein Demonstranten bemerkte. Gut dreißig Personen standen mit Schildern und Transparenten vor der Konzernzentrale der *Osterkamp Group* im Medienhafen und schienen auf Verstärkung zu warten. Oder darauf, dass der Chef sich blicken ließ und sie ihm ihren linksgrünen Hass entgegenbrüllen konnten.

Unter misstrauischen Blicken eilte Roland auf den Eingang zu. Am liebsten hätte er die Nichtsnutze zur Rede gestellt. Rasch betrat er das Bürogebäude.

Ein großes Werbebanner schmückte das Foyer. Es zeigte gläserne Hochhäuser, einen tiefblauen Himmel sowie den Slogan der Osterkamp-Entwicklungsgesellschaft.

The Future Is Now.

Daneben ragte ein mannshoher Marmorsockel auf. Darauf saß ein ausgestopfter Hund, der eine Zeitschrift zwischen den Zähnen hielt. Mit seinen funkelnden Glasaugen wirkte er, als könne er jeden Augenblick vom Sockel springen, wäre da nicht der gläserne Kasten, der den Kadaver vor Staub schützte. Roland las die Inschrift, die in den Marmor graviert war.

Hardy 2015.

Was auch immer das bedeutete.

Er nahm den Aufzug nach oben und klingelte an der Glastür, die zur Chefetage führte. Ein junger Mann mit kahl geschorenem Schädel öffnete ihm. Trotz des warmen Wetters trug er einen blauen Anzug. Seine breiten Schultern und das hautfarbene Spiralkabel, das zu einem Knopf in seinem Ohr führte, wiesen ihn als Bodyguard aus. Auf der Brust trug er das Wappen mit den Buchstaben *OF&S* – Osterkamp Firm & Secure.

»Ich habe etwas abzugeben«, sagte Roland und nahm eine Haltung an, die seine Körpergröße von 1,92 Meter zur Geltung brachte.

Der Typ streckte seine Hand aus.

»Nein, persönlich«, ergänzte Roland.

»Hier kommen Sie jetzt nicht rein.«

Eine zierliche Frau um die vierzig trat neben den Glatzkopf. Es war Nelli, Osterkamps Chefsekretärin. Mit einem Lächeln blickte sie zu Roland auf. Schon bei ihrer letzten Begegnung war ihm ihre Freundlichkeit aufgefallen. Als fühle sie sich von ihm angezogen.

Er nahm seine Kappe ab. Man hatte ihm beigebracht, höflich zu Frauen zu sein.

»Tag, Nelli. Was ist da unten los?«, fragte er und war froh, sich ihren Namen eingeprägt zu haben.

»Das Übliche. Ein paar Spinner protestieren immer gegen den Fortschritt. Dabei macht jede Kaufhausschließung auch Platz für etwas Neues. Ist es nicht so?«

»Ihren Ausweis bitte«, verlangte der Glatzkopf.

»Herr Kracht ist in Ordnung«, sagte Nelli in einem Ton, der keinen Widerspruch zuließ.

Sie führte Roland in Osterkamps Büro, wo gerade der

Fernseher lief. Zwei Mitarbeiter in Anzügen verfolgten gemeinsam mit dem Chef eine Nachrichtensendung. Osterkamp thronte in einem schweren, ledernen Drehsessel. Er hatte seine Füße, die in feinen Budapestern steckten, auf dem Schreibtisch abgelegt und die Hemdsärmel aufgerollt.

»Schwachsinn«, knurrte er, während er den Blick weiter auf den riesigen Bildschirm inmitten der Monitorwand gerichtet hielt. Seine Wangen waren tiefrot angelaufen. Er keuchte, als strenge ihn bereits das Sitzen und Zusehen an.

Wie Roland wusste, hatte der bullige Mittsechziger sein Vermögen mit Immobilien gemacht. Er kaufte in Großstädten überall in Deutschland Wohnungsgenossenschaften auf und brachte die Häuser auf Vordermann. Er baute Einkaufszentren in ganz Europa. Er übernahm Kaufhausketten, fusionierte sie und schlachtete sie aus. Was er anpackte, wurde zu einer Erfolgsgeschichte.

Vor Jahren hatte er zur Bewachung seiner Großimmobilien mit *OF&S* ein Security-Unternehmen gegründet, das zum größten seiner Art angewachsen war. Um damit in neue Dimensionen zu expandieren, plante Osterkamp den Bau und Betrieb privater Gefängnisse nach amerikanischem Vorbild – eine Branche mit glänzenden Zukunftsaussichten.

Für die sechzehn Landesregierungen war so etwas hingegen völliges Neuland. Osterkamp arbeitete hart daran, die Entscheider zu überzeugen. Alle schielten mittlerweile auf Nordrhein-Westfalen. Doch ausgerechnet hier blockierten Bedenkenträger wie Staatssekretär Meinertshagen das Projekt.

Roland hatte Hochachtung vor Visionären wie Osterkamp. Die Säulen unseres Landes. Ihr Kapital hält die Wirtschaft in Gang. Wir sollten stolz auf sie sein.

Stattdessen rotten sich linke Zecken vor ihren Firmensitzen zusammen.

Im Fernsehen lief eine Liveübertragung aus dem Landtag. Hinter dem Rednerpult stand Meinertshagen. Jung, schlank, gut gekleidet. Er wirkte smart, auch in seinen Formulierungen. Definitiv ein Hoffnungsträger seiner Partei.

Unaufgeregt und in freier Rede begründete er, warum die Regierung es ablehnte, den Strafvollzug in private Hände zu geben. Keine Zwischenrufe der Opposition. Roland vernahm Begriffe wie *Hoheitsaufgaben* und *private Gewinnerzielung*, die sich gegenseitig ausschlössen.

Roland musste unentwegt an den jugendlichen Stricher denken. Die schwulen Kulleraugen.

Osterkamp warf einen Briefbeschwerer in Richtung des Bildschirms, ohne ihn zu treffen. »Dieser Scheißstaatssekretär spricht wie ein Scheißkommunist!«

Vom Parkplatz drangen Parolen herauf, offenbar waren es mehr Demonstranten geworden.

Mietenterror macht uns krank – enteignet Hartmut Osterkamp!

Nelli schloss die Fenster.

Roland bückte sich nach dem Briefbeschwerer, einem Stein in Form eines Herzens, und legte ihn zurück auf den Tisch. Der Milliardär hob verwirrt seinen Blick.

»Das ist Herr Kracht«, erklärte Nelli. »Der Detektiv.«

»Verstehe.«

Roland legte die Speicherkarte aus seinem kleinen Olympus-Gerät auf die Tischplatte. »Damit ist Meinertshagen erledigt.«

»Sicher?«, fragte der Milliardär.

»Der Mann fickt minderjährige Jungs.«

Osterkamps Miene hellte sich schlagartig auf. »Und das ist da drauf?«

»Ein Zeuge hat es mir bestätigt. Aus erster Hand.«

Osterkamp nahm erstaunlich schwungvoll die Füße vom Tisch und richtete sich auf. Er legte seine Hände auf Rolands Schultern. Die Schweißflecke unter seinen Achseln waren tellergroß. »Gute Arbeit, Herr …«

»Kracht«, ergänzte Nelli.

»Unser gemeinsamer Bekannter hat mir gesagt, dass Sie früher Elitesoldat waren.«

Roland stand stramm. »Kommando Spezialkräfte.«

Osterkamps Finger gruben sich fester in Rolands Schultern. »Ein Jammer ist das, mein lieber Kracht, wie man in diesem Land mit Männern wie Ihnen umgeht. Höchste Zeit, dass der Wind sich dreht!«

13

RASCH ERHIELT MELIA VON DEN Dienststellen, die ihr außer Vincents KK11 unterstanden – also den Kommissariaten für Sexualdelikte, Raub und Einbruch – die Zusicherung, jeweils einen Sachbearbeiter an die Mordkommission zu delegieren. Allerdings erst am nächsten Morgen, was Melia nicht behagte.

Sie erinnerte sich an Kim Brandstätter aus der Wache Benrath, eine junge, aber sehr aufgeweckte Beamtin, die schon einmal an Vincents Seite ermittelt hatte. Erst holte sie sich das Okay des Wachleiters, dann ließ sie sich mit Kim verbinden.

»Können Sie sich jetzt gleich im Präsidium einfinden?«, fragte Melia. »Herr Veih braucht Sie für die Tatortarbeit.«

»Habe ich noch Zeit, mir Zivilklamotten anzuziehen?«

»Natürlich.«

»Ich meinte das ironisch. Als es letztes Jahr im KK11 eine freie Stelle gab, war ich Ihnen nicht gut genug. Aber jetzt soll ich den Notnagel spielen, endlose Schichten ableisten und auf die nächsten freien Wochenenden verzichten. Fair ist das nicht.«

»Sie wissen genau, dass ich Sie damals wollte, aber der

Personalrat hat leider nicht mitgespielt. Beim nächsten Mal wird es klappen.«

»Es wird kein nächstes Mal geben, weil ich zum Kriminalkommissariat Süd wechseln werde. Geregelte Arbeitszeiten, gewohntes Revier.«

»Wollen Sie sich damit zufriedengeben?«

»Ihr Kollege von der Inspektion drei baggert seit …«

»Geben Sie ihm einen Korb, Frau Brandstätter. Im KK11 steht schon im kommenden Jahr Ihre Beurteilung an und damit die Beförderung zur Kriminaloberkommissarin. Sie wollen doch etwas erreichen in dieser Behörde. Bei mir können Sie das. Dafür werde ich sorgen.«

Brandstätter zögerte.

»Und bedenken Sie, was Sie an Vincent Veihs Seite lernen können«, fügte Melia hinzu. »In Ihnen steckt Potenzial. Nutzen Sie es.«

»Was soll das heißen?«

»Melden Sie sich bei Felix May. Er ist der Aktenführer in der aktuellen Mordkommission. Alles Weitere regeln wir dann.«

Melia nahm den Paternoster hinunter zur Kantine, die sich neuerdings *Kasino* nannte, ohne dass sich etwas an der bescheidenen Qualität der Speisen geändert hatte. Bevor der allgemeine Ansturm zur Mittagszeit losbrach, wollte sie sich noch rasch ein belegtes Brötchen besorgen.

Im Foyer kam ihr Tessa Schramm entgegen, die Leiterin des KK21 – Betäubungsmittel und Menschenhandel. Eine große, stämmige Frau, die Tatkraft ausstrahlte. Breite rote Wangen, das Haar zurückgebunden, die Ärmel ihrer roten Bluse hochgekrempelt. Erst vor wenigen Tagen war Schramms Team ein Schlag gegen eine Drogenbande geglückt. Albaner, hatte Melia gehört – eine Umschreibung für Leute, deren Familien aus verschiedenen Balkanländern stammten, die aber gleichwohl zusammenhielten wie Pech und Schwefel, als hätte es dort nie einen Krieg gegeben.

Schramm hatte die Bande geknackt. Fünf Kilo Kokain waren sichergestellt worden, der Fang hatte tagelang die Schlagzeilen bestimmt. Der Presse war die Hauptkommissarin als Starpolizistin präsentiert worden.

»Ich habe Ihnen noch gar nicht gratuliert«, sagte Melia. »Tolle Arbeit!«

»Vielen Dank. Ich habe gehört, Sie stellen gerade eine Mordkommission zusammen. Brauchen Sie noch jemanden?«

Melia wusste, dass ein paar Kollegen aus dem KK21, das der zweiten Kriminalinspektion unterstand, öfters bei Tötungsdelikten aushalfen. Nicht nur, wenn ein Drogenhintergrund vermutet wurde.

»Wie schnell könnte das gehen?«, fragte sie zurück.

»Halbe Stunde höchstens. Ich gebe Timo Bescheid. Timo Czerny, unser bester Scheinkäufer, ein wahrer Schauspieler. Observation gehört ebenfalls zu seinen Stärken. Er hatte den Vormittag frei, müsste aber gleich reinkommen. Für heute habe ich ihn noch nicht verplant.«

Damit habe ich sogar fünf Leute, dachte Melia. Und zwei davon schon heute für das Tatortteam. Damit kann Vincent arbeiten.

»Sie sind ein Schatz, Frau Schramm.«

»Aber gern, Frau Adan. Es gibt bei uns viel zu wenig Frauen in leitenden Funktionen. Wir müssen zusammenhalten.«

»Das machen wir.«

Die Drogenfahnderin zwinkerte.

Melia war erleichtert.

14

JENNIFER ARNOLD KLINGELTE AN DER TÜR eines hellblau gestrichenen Reihenhauses in Holzbüttgen. Ihre Schwester öffnete.

»Hey«, grüßte Sabrina. »Wie war dein Drehtag?«

»Wo ist Finn? Weiß er nicht, dass ich komme?«

»Doch. Er ist schon den ganzen Tag schlecht drauf.«

Jennifer zog ihre Schuhe aus. Bei ihren letzten Besuchen war ihr Sohn immer sofort angerannt gekommen und ihr um den Hals gefallen.

Fernsehgeräusche drangen aus dem Wohnzimmer.

»Ich hab den Kindern erlaubt, einen Disney-Film zu gucken«, erklärte Sabrina. »Anders komme ich nicht dazu, mich um den Haushalt zu kümmern.«

»Ich kann dir helfen.«

»Nein, lass mal. Ich schaff das schon.«

Jennifer fand, dass ihre Schwester verhärmt wirkte, als sei sie die Ältere. Dabei war Sabrina drei Jahre jünger. Jennifer schlüpfte in die Filzpantoffel, die für Besucher bereitlagen. Dann ging sie mit einem Bilderbuch, das der Händler ihres Vertrauens in Geschenkpapier gewickelt hatte, ins Wohnzimmer.

Finn saß mit Emilia und Johanna auf dem Sofa. Gebannt schauten sie zu, wie die Hexe die geraubte Königstochter in ihren Turm sperrte. Man hätte die drei Kinder für Geschwister halten können.

»Hallo, ihr Süßen!«, rief Jennifer.

»Hallo!«, antworteten die Mädchen.

Jennifer setzte sich zu Finn und reichte ihm das schmale Päckchen. »Guck, was deine Mama dir mitgebracht hat.«

Der Dreijährige rückte von ihr ab. »Du bist nicht meine Mama.«

»Ist sie wohl«, sagte Johanna, die Älteste.

Finn versetzte ihr einen Hieb mit seiner kleinen Faust. Das Mädchen schlug zurück. Der Junge begann lautstark zu heulen. Jennifer versuchte, ihn zu trösten. Daraufhin boxte ihr Sohn nach ihr.

»Schluss jetzt!«, rief Sabrina aus der Küche herüber. »Sonst ist das Video sofort zu Ende!«

Die Kinder gaben Ruhe.

Jennifer verließ das Zimmer. Mit klopfendem Herzen gesellte sie sich zu ihrer Schwester, die gerade die Spülmaschine einräumte.

»Kaffee?«, fragte Sabrina.

Jennifer schüttelte den Kopf.

»Der Junge kommt wieder zur Vernunft. Du wirst sehen, das ist nur eine Phase.«

Jennifer überlegte, ob sie ihn zu sich nehmen sollte. Ein Raum ihres Apartments würde sich bestimmt zum Kinderzimmer umfunktionieren lassen. Und ich bin stabil, zumindest momentan.

»Es kann so nicht weitergehen«, sagte sie.

»Du hast recht«, stimmte ihre Schwester zu. »Vielleicht hältst du dich eine Weile von ihm fern.«

»Was sagst du da?«

»Beruhige dich, Jenny.«

»Willst du mir meinen Sohn wegnehmen?«

»Unsinn. Wir wollen beide nur sein Bestes.«

Jennifer konnte nicht verhindern, dass Tränen in ihre Augen schossen. Sabrina berührte ihre Schulter. Jennifer schüttelte sie ab und trat in den Flur, wo sie wieder die Schuhe wechselte.

Ihre Schwester folgte ihr. »Jenny, ich bitte dich! In diesem Zustand solltest du nicht … Du hast doch nichts genommen, oder? Bau nicht wieder einen Unfall!«

Jennifer verließ das Haus und schlug die Tür lautstark hinter sich zu.

15

MENSCHLICHE TRAGÖDIEN FINDEN IN PALÄSTEN ebenso statt wie in Hütten, das war Vincent bewusst. Der abgewrackte Kasten aus den Sechzigern, den man zwischen zwei Altbauten in eine Bombenlücke gesetzt und offensichtlich nie renoviert hatte, wirkte jedoch wie die perfekte Location für einen besonders düsteren Film. Dunkelgrau verdreckter Außenputz, innen rissiges Linoleum und knarrende Holzstufen. Vom Geländer blätterte der Lack.

Im dritten Stock des finsteren Treppenhauses fiel Vincents Blick durch ein Bullaugenfenster auf den Bahndamm und die zweigleisige Strecke, die von Neuss zum Hauptbahnhof führte. Er fragte sich, wie man hier nachts ruhig schlafen konnte.

Vor der Wohnungstür zog er den weißen Overall an, den ihm ein Kollege der Kriminaltechnik reichte. Dazu Haube, Handschuhe und Überzieher für seine Schuhe. Ihm wurde sofort warm.

»Ist Fabri da?«, fragte er.

»Drinnen.«

»Wie sieht die Tür aus?«

»Die Sanis haben sie eingetreten, hab ich gehört. Ansonsten sehe ich keine Einbruchspuren. Am Schloss nicht ein nennenswerter Kratzer. Der Täter hatte einen Schlüssel, wenn du mich fragst. Oder das Opfer hat ihn hereingelassen.«

Vincent fiel im Flur angetrocknetes Blut auf. Fußspuren. Er zeigte darauf.

»Könnte vom Täter stammen.«

»Alles schon vermessen und dokumentiert.«

»Danke, das wollte ich nur hören.«

Entlang der rechten Wand war rot-weißes Plastikband ausgelegt worden, wie es sonst zur Absperrung von Tatorten diente. Es markierte den Pfad für die Kripoleute, damit sie nicht alles zertrampelten oder falsche Spuren legten.

Vincent gelangte in die Küche. Er registrierte kaputtes Geschirr auf dem Boden, ein Telefon, noch mehr Blut – Tropfen, Spritzer und eine verwischte Lache, in die jemand getreten war. Obst lag zwischen den Scherben, daneben ein Baseballschläger.

Fabri saß auf dem Heizkörper und tippte etwas in seinen Laptop. Er blickte auf.

»Ermittelst du alleine?«

Vincent musste lachen. Er hatte ein Team zur Leiche in die Uniklinik geschickt. Weitere Kollegen befragten die beiden Sanitäter. Hier in der Wohnung gab es nichts außer den Spuren, die Fabri und seine Leute sicherten.

Er sagte: »Die Tatwaffe war ein Messer, hab ich gehört.«

»Nicht gefunden.«

»Dann hat es der Täter mitgenommen.«

»Sozusagen messerscharf kombiniert, Sherlock.«

Zum Glück hatte der Täter die Waffe nicht auch gegen die Sanitäter eingesetzt, dachte Vincent. Er hatte es allein auf die Frau abgesehen.

Kein Amokläufer, kein Psycho, der in wilder Panik handelte.

Vincent folgte weiter dem Plastikband. Außer der geräumigen Küche gab es nur ein kleines Schlafzimmer sowie ein gelblich gefliestes Bad ohne Fenster, das muffig roch. Eine Waschmaschine rotierte im Schleudergang. Sie quietschte und wackelte, als würde sie jeden Moment loslaufen. Womöglich hatte Klara Dorau sie noch selbst eingeschaltet.

Überall herrschte Unordnung, zumindest empfand Vincent das so. Es sah allerdings nicht nach einer hastigen Durchsuchung aus. Keine leer gefegten Regale, keine ausgekippten Schubladen. Vincent ging in die Küche zurück.

Eine Matratze lehnte an der Wand. Benutztes Frühstücksgeschirr in der Spüle und auf dem Tisch. Vincent zählte Teller, Kaffeebecher und Besteck – alles dreifach vorhanden.

»Was guckst du?«, fragte Fabri.

Jemand hatte bei Klara Dorau und Miran Alver übernachtet. Wenn man den Tisch beiseiteschob, war ausreichend Platz, um die Matratze auf den Boden zu legen.

»Könnt ihr das Ding nach DNA-Spuren absuchen?«, bat Vincent. »Das benutzte Geschirr auch. Vielleicht findet ihr Fingerabdrücke. Hier war noch eine dritte Person. Mit viel Glück haben wir sie in der Datei.«

»Gib mir zehn Minuten.«

»Seit wann seid ihr so schnell?«

Fabri verdrehte die Augen. »Das war ein Scherz.«

Während sich Vincent vor der Tür die Schutzkleidung wieder auszog, kam Kim Brandstätter die Treppe herauf.

»Schön, dich zu sehen«, sagte Vincent. »Und dass es so rasch geklappt hat.«

»Deine Chefin hat mir einen Posten im KK11 versprochen.«

Vincent wusste nichts von einer freien Stelle, aber er hielt den Mund. Ein Typ in ihrem Alter folgte Kim. Groß, schlank, freundliches Gesicht. Ein Typ, auf den die Schwiegermütter standen, schätzte Vincent. Er gab auch ihm die Hand.

»Timo Czerny, KK21«, stellte der junge Mann sich vor.

Das Kommissariat für Betäubungsmittel, das Tessa Schramm leitete. Mit zwei alten Hasen aus dieser Dienststelle hatte Vincent schon öfters zusammengearbeitet. Gern hätte er wenigstens einen davon im Team gehabt.

Stattdessen hat mir Tessa einen Grünschnabel geschickt. Was denkt sie sich dabei?

Vincent versuchte, sich nichts anmerken zu lassen. »Willkommen an Bord.«

»Timo kommt frisch von einer Geiselnahme«, erklärte Kim und lachte.

Offenbar steckte ein Scherz dahinter, doch Vincent interessierte sich nicht für die Pointe. Hauptsache, Kim kam mit dem Kollegen zurecht.

»Dann entspannt euch jetzt beim Klinkenputzen«, sagte er. »Was haben die Nachbarn heute Morgen mitbekommen? Wer außer den Wohnungsinhabern geht hier ein und aus? Hat es Streit gegeben? Krach in der Beziehung oder mit Dritten? Welches Auto fahren Klara Dorau und Miran Alver, welches ihr Besuch?«

»Meinst du den Mörder?«, fragte Kim, während Timo eifrig etwas in ein Notizbuch schrieb.

»Erst einmal meine ich nur ›Besuch‹. Sieht aus, als hätte jemand heute Nacht auf einer Matratze in der Küche gepennt.«

»Mann oder Frau?«

»Richtig. Solche Fragen stellt ihr den Nachbarn. Ihr habt

Zeit bis 15 Uhr. Dann treffen wir uns in der Festung, und ihr erzählt dem Rest des Teams, was ihr herausgefunden habt.«

16

KURZ VOR DER AUTOBAHNAUFFAHRT zwitscherte das Handy und riss Jennifer aus ihren Gedanken. Weil keine Bluetooth-Verbindung zur Freisprechanlage bestand, bremste sie scharf und hielt in der Einmündung eines Feldwegs an. Sie wühlte in ihrer Tasche herum und fand das Gerät.

Auf dem Display war das Profilbild von Doris, ihrer Agentin, zu sehen.

Jennifer nahm das Gespräch mit einer Daumenbewegung an und meldete sich.

»Gute Nachrichten, Jenny. Der Sender hat zwei weitere Folgen in Auftrag gegeben. Das Jahr sollte damit für dich finanziell gerettet sein. Was sagst du dazu?«

»Okay.«

»Freust du dich nicht?«

Jennifer wischte sich eine letzte Träne aus dem Gesicht. »Doch, klar.«

»Was ist los, Jenny?«

Sie atmete einmal tief durch. »Wir reden über *Tara Heldt*.«

»Worüber sonst?«

»Ich hatte schon ganz andere Rollen.«

»Das weiß ich, und da krieg ich dich auch wieder hin.

Erst einmal ist es wichtig, dass du die Kurve kriegst. Im Moment läuft es doch super. Die Leute lieben Tara Heldt. Und darauf bauen wir auf!«

»Okay.«

Jennifer beendete das Gespräch. Sie durchwühlte ihre Tasche und das Handschuhfach, fand aber keine Zigaretten. Im nächsten Moment war ihr schon wieder zum Heulen zumute.

Ich bin eine schlechte Mutter.

Scheiß auf Tara Heldt!

Ihr wurde klar, dass sie dringend eine *Line* brauchte.

Der Gedanke löste Unruhe in ihr aus. In ihrem Auto führte Jennifer seit ihrem Unfall kein Koks mehr bei sich. Zwei Gramm hatten die Bullen im Handschuhfach entdeckt. Anlass genug für ein peinliches Verhör.

Sie hatte sich geschworen, kein zweites Mal auffällig zu werden. Stundenlang hatte sie große Ängste ausgestanden. Um ihren Ruf, ihre Karriere, ihr Leben. Am Ende hatte die leitende Drogenfahnderin von einer Anzeige abgesehen. Noch mal Glück gehabt.

Jennifer nahm wieder ihr Smartphone zur Hand und schrieb eine WhatsApp-Nachricht an ihren Dealer. Eine Line, dachte sie, und ich begegne dem Alltag wieder auf Augenhöhe.

Der Optimismus ihrer Agentin hatte sich in Jennifers Ohren wie Hohn angehört.

Im Moment läuft es doch super.

Von wegen, dachte sie. Ich bin total am Arsch.

17

ZURÜCK IN IHREM DIENSTZIMMER FIEL Melias Blick auf die Pinnwand, an der ein Ausdruck von Solveig Fischers Porträtfoto befestigt war. Ihre Eltern hatten es für die Fahndung zur Verfügung gestellt. Darauf wirkte Solveig ernst, fast bedrückt. Das halblange, dunkelblonde Haar hatte sie zu Locken gedreht und in der Mitte gescheitelt. Die Stirn wirkte auffällig hoch. Die kleine Lücke zwischen ihren oberen Schneidezähnen war nicht zu sehen. Der Fotograf hatte sie mit geschlossenem Mund erwischt. Man konnte sagen, Solveig kniff die Lippen zusammen.

Melia erinnerte sich daran, wie sie die Mitarbeiterin des Referats für Rechtsextremismus kennengelernt hatte. Solveig hatte sie angesprochen, weil sie sich von einigen Kollegen gemobbt fühlte und deshalb das Referat wechseln wollte. Zunächst war sich Melia nicht sicher gewesen, ob sie der Frau trauen konnte. Ob Solveig nicht in Wahrheit für das braune Netzwerk arbeitete, dem sie zu jener Zeit auf der Spur gewesen war.

Das hasste Melia an der Geheimdienstarbeit am meisten. Paranoia prägte das Klima, und jeder war davon infiziert. Heute wusste sie, dass Solveig es ehrlich gemeint hatte.

Und deshalb war sie beseitigt worden.

Ich hätte besser auf sie aufpassen müssen.

Melia schwor sich erneut, alles in Bewegung zu setzen, um Solveigs Verschwinden aufzuklären. Sie hatte die Familie bedrängt, eine Vermisstenanzeige aufzugeben. Sie hatte die Kollegen des KK41 angespornt, die der Anzeige nachgingen. Insgeheim hatte sie sogar einen ehemaligen Mitarbeiter ihres Verfassungsschutzreferats eingespannt.

Dass Oberstaatsanwalt Kilian auf ihrer Seite stehen würde, hatte sich als Irrtum erwiesen.

Die Sache war viel zu früh zu den Akten gelegt worden, wovon sich Melia aber nicht beirren ließ. Sie gewann Vertraute und wühlte weiter. Ließ auf eigene Kosten Flugzettel drucken, klebte sie vor Ort an die Laternenmasten und steckte sie in Briefkästen. Sie knüpfte Kontakte zu den Medien, trat im Regionalfernsehen des WDR auf und bekam einen halbseitigen Artikel in der *Düsseldorfer Morgenpost*.

Sie wirbelte Staub auf. Redete Tatzeugen über die Medien ins Gewissen. Machte Tatbeteiligte mürbe. Das hoffte sie zumindest.

Irgendwann wird sich jemand melden, redete sie sich ein.

Melia wählte eine Durchwahlnummer im Präsidium.

»Lennart Bauer, KK41«, sagte eine vertraute Stimme.

Melia und Lennie kannten sich schon lange. Sie hatten zeitgleich im Düsseldorfer Staatsschutzkommissariat angefangen, bevor Melia sich entschloss, die Ausbildung zum höheren Dienst zu absolvieren und ins Innenministerium zu wechseln. Durch einen glücklichen Zufall hatte es sich ergeben, dass Lennie inzwischen im Kommissariat für Vermisstenfälle arbeitete.

»Ich bin's«, antwortete sie.

»Oje.«

»Was?«

»Immer wenn du anrufst, bringst du mich in irgendwelche Kalamitäten.«

»Lass uns noch einmal rausfahren. Ich will sehen, was inzwischen aus dem Schulungszentrum geworden ist. Vielleicht treffen wir Leute an, Handwerker oder so, die schon vor einem Jahr dort gearbeitet haben. Jemanden, der vielleicht dabei war, als das Fundament für die Sporthalle gegossen wurde.«

»Ist dir klar, wie unwahrscheinlich das ist?«

»Lass es uns versuchen, Lennie.«

»Aktion Strohhalm.«

Er unterstand ihr nicht, sie konnte ihn nur bitten.

Melia vernahm einen tiefen Seufzer, dann fragte der Kollege: »Warum schaffe ich es nicht, dir aus dem Weg zu gehen?«

»Weil du genauso denkst wie ich.«

Und weil du hoffst, du hättest Chancen bei mir, dachte Melia. Schon damals beim Staatsschutz hatte er ihre Nähe gesucht. Immerhin war er nicht aufdringlich geworden.

Lennie war nett, aber nicht ihr Typ.

»Kommenden Montag kann ich mir ein paar Stunden freinehmen«, antwortete er.

»Wir treffen uns in fünf Minuten bei der Fahrbereitschaft.«

»Kann das nicht noch etwas …«

»Um 15 Uhr sind wir zurück«, ergänzte Melia. »Und steck für alle Fälle deine Dienstwaffe ein.«

18

DAS VIERTEL, IN DEM DIE ELTERN und die Schwester der Ermordeten wohnten, lag im Norden der Stadt. Eine ruhige Gegend, viel Grün. Die Häuser waren zumeist hinter Hecken und Sträuchern versteckt. Zwischen ihnen lag gebührender Abstand. Singvögel und Rasensprenkler waren alles, was man hörte. Kleinwagen parkten an den Straßenrändern. Nicht die Fahrzeuge der Leute, die hier wohnten, vermutete Vincent, sondern die ihrer Gärtner und Putzfrauen.

Die Villa der Doraus lag inmitten einer Rasenfläche ohne Zaun. Die Fassade des blenden weißen Monoliths, die zur Straße lag, wurde in regelmäßigen Abständen von schmalen, bodentiefen Fenster unterbrochen – ein Architektentraum. Die Hausnummer stand auf dem Briefkasten. Schieferplatten führten zwischen sorgfältig getrimmten Buchsbaumskulpturen zum Eingang. Vincents Blick fiel auf die Garage – beide Tore waren nach oben gefahren, ein Mercedes-SUV parkte darin, der Platz daneben war leer.

Es gab zwei Klingelknöpfe. An einem davon stand *Praxis Dr. Markus Dorau, Facharzt für Neurologie und Psychiatrie, Termine nach Absprache*.

An dem anderen *Privat.*

Vincent drückte beide.

Nach einer Weile öffnete eine Frau und blickte ihn misstrauisch an. Hellblonde Locken, von einem Stirnband gebändigt, abgeschnittene Jeans, die über den Knien in Fransen endeten, sowie ein Kittel voller Farbflecken, an dem sie sich die Hände abwischte.

»Ja, bitte?«, fragte sie.

»Sandra Dorau?«

Die Blonde nickte kurz. Mitte dreißig, schätzte Vincent. Also vermutlich nicht Klaras leibliche Mutter, sondern die zweite Frau des Psychiaters.

Er zeigte ihr seine Marke. »Veih, Kripo Düsseldorf.«

»Ist etwas mit meinem Mann?«

»Kann ich kurz reinkommen?«

Sie zögerte einen Moment lang, dann führte sie ihn ins Innere. An den Praxisräumen vorbei und einen Flur entlang in den hinteren Teil des Hauses, das sich als noch größer entpuppte, als man es von der Straße aus vermuten konnte. Sie betraten einen großen, lichtdurchfluteten Raum. Jenseits der Fensterfront erstreckte sich ein dicht bewachsener Garten, ein kleiner Dschungel in der Stadt.

Die Dame des Hauses wies auf eine Gruppe von Sesseln, doch Vincent blieb stehen. Er registrierte die Einrichtung des Wohnzimmers: modernes Design, klare Formen, alles sehr aufgeräumt. Eine Holztreppe führte zu einer Galerie hinauf. Graubraune Tonfiguren saßen in einem Regal und auf einem Sideboard. Breitbeinig, mit fassförmigen Körpern und ausgeprägten Geschlechtsteilen. Sie erinnerten Vincent an Repliken antiker Skulpturen, die er in Mexiko gesehen hatte. Doch diese Figuren hier waren anders. Selbst gemacht – irgendwo im Haus gab es ein Atelier.

Ich habe Sandra Dorau bei ihrem kreativen Hobby gestört, dachte er.

»Ist Markus … etwas zugestoßen?«

Es gab keine schonende Art, Todesnachrichten zu überbringen. Vincent hatte sich darum angewöhnt, es direkt und ohne Umschweife zu tun.

»Nicht Ihrem Mann, sondern Ihrer Tochter Klara. Es tut mir leid, sie lebt nicht mehr.«

Sandra Dorau presste sich die Faust gegen den Mund und starrte ihn an. Fast tonlos fragte sie: »Was ist passiert?«

»Das versuchen wir gerade zu rekonstruieren. Offenbar ist es in der Wohnung, die sie mit ihrem Freund teilt, zu einer Auseinandersetzung mit einem unbekannten Täter gekommen, der ihr mehrere Stichverletzungen zufügte. Sie konnte noch einen Notruf absetzen und in die Uniklinik gebracht werden, ist dort aber ihren Verletzungen erlegen.«

»Was sagt Miran?«

»Mit dem Freund Ihrer Tochter haben wir noch nicht gesprochen. Vielleicht können Sie uns sagen, wie wir ihn erreichen können.«

Getrappel auf den Treppenstufen. »Was ist mit Miran?«

Ein Mädchen kam nach unten, fünfzehn oder sechzehn Jahre alt. Klaras jüngere Schwester, schätzte Vincent. Sie trug ein ärmelloses Kleid, die Schlüsselbeine traten deutlich hervor. Langes, dunkles Haar fiel bis auf den Rücken.

»Sind Sie Lotte?«, fragte Vincent. Anhand der Meldedaten hatte er vorab in Erfahrung gebracht, wer hier wohnte.

»Und Sie?«, fragte das Mädchen zurück.

»Kriminalpolizei. Mein Name ist Vincent Veih.«

Lotte richtete den Blick auf ihre Mutter.

»Deine Schwester ist ermordet worden«, sagte Sandra Dorau unter Tränen.

»Fuck«, stieß das Mädchen hervor.

»Und Miran ist verschwunden.«

»Was heißt das?«

Vincent erklärte: »Ein Unbekannter hat Klara in ihrer Wohnung überfallen und mit einem Messer tödlich verletzt. Wir werden Sie beide noch in Ruhe und in aller Ausführlichkeit vernehmen. Aber vorab muss ich von Ihnen wissen: Hatte Klara Feinde? Steckte sie in Schwierigkeiten? Sie oder ihr Freund?«

Sandra schniefte. Lotte blickte stumm in den Garten.

»Hatte sich Klara in letzter Zeit verändert? Gab es Streit?«

»Miran war das nicht«, sagte Lotte zu ihrer Mutter.

Die Blonde verschränkte die Finger wie zum Gebet. »Woher willst du das wissen?«

»Er hat sie geliebt. Sie haben Pläne geschmiedet. Der Urlaub nach dem Abi. Eine neue Wohnung.«

»Was verstehst du schon. Denk an Nazemin. Mirans Vater hat sie auch geliebt.«

Das dünne, blasse Mädchen wandte sich an Vincent. »Meine Stiefmutter glaubt, weil Mirans Vater gewalttätig war, ist er es auch. Sie meint, alle Kurden wären so. Sie ist eine Rassistin.«

»Spinnst du?«, stieß die Frau im Künstlerkittel hervor.

»Und Sie empfindet es als Makel, dass er aus einfachen Verhältnissen stimmt.«

»Unverschämtes Gör!«

»Wer ist Nazemin?«, fragte Vincent.

»Mirans Mutter«, antwortete Lotte. »Sie schmeißt den Laden in der Hafenbar. Ich kann Ihnen die Nummer geben. Miran ist entweder an der Uni oder in einer unserer Wohnungen, die er verwaltet. Wenn nicht, weiß sicher seine Mutter Bescheid. Miran hängt sehr an ihr.«

»Danke. Eine Frage noch. Jemand hat letzte Nacht bei Klara und Miran übernachtet, wie es scheint. Wer könnte das gewesen sein?«

Ratloses Schulterzucken.

Vincent sprach Sandra Dorau an: »Kann ich Ihren Mann sprechen? Befindet er sich in der Praxis?«

»Im Moment macht er einen Krankenbesuch.«

»Als Neurologe und Psychiater?«

»Markus ist auf Traumatherapie spezialisiert. Seine Privatpatienten sind sehr anspruchsvoll, und mein Mann gibt ihnen die beste Behandlung, die sie bekommen können.«

Vincent fiel auf, dass die Tochter ihre Mundwinkel verzog. Als verkneife sie sich eine weitere böse Bemerkung. Schlechte Stimmung im Hause Dorau.

Oder ihre spezielle Art, den Schock der Todesnachricht zu verarbeiten.

Er nickte den beiden Frauen zu. »Bitte kommen Sie alle drei morgen früh zu uns. Um acht Uhr ins Präsidium am Jürgensplatz. Melden Sie sich an der Pforte und bringen Sie ein bisschen Zeit mit. Ihre Aussage ist sehr wichtig für uns.«

19

JENNIFERS APARTMENT, DAS SIE SEIT zwei Jahren bewohnte, war hell und schick, nicht allzu groß, dafür in bester Altstadt-Lage und trotzdem ruhig. Zumindest der hinten gelegene Teil. Der einzige Haken war die hohe Miete. Purer Wahnsinn, fand sie. Aber solange es mit *Tara Heldt* weiterlief, konnte sie sich die Bude leisten. In nervöser Erwartung ihres Besuchs tigerte sie durch die Zimmer und räumte ein wenig auf. Warf einen vergammelten Blumenstrauß in den Müll, zog die Jalousie im Schlafzimmer herunter und sortierte die Wäsche, die sie neulich gebügelt hatte, in den Schrank.

Endlich klingelte es.

Dr. Markus Dorau füllte das Sichtfeld der Kamera am Eingang aus. Der Psychiater auf Hausbesuch.

Jennifer drückte den Knopf. Statt den Aufzug zu nehmen, kam er die Treppe heraufgesprintet, als hätte er es mit seinen zweiundfünfzig Jahren nötig, seine Sportlichkeit zu beweisen.

Er huschte herein und wollte ihr einen Kuss auf die Wange drücken, doch sie schob ihn weiter ins Wohnzimmer, wo er seine Tasche auf den Couchtisch stellte und sich in den Sessel fallen ließ.

Sie bemerkte ein Veilchen an seinem linken Auge.

»Was ist passiert?«, fragte sie. »Hat dir Sandra endlich mal die Meinung gegeigt?«

»Hab beim Tennis einen Schläger ins Gesicht bekommen. Nicht der Rede wert.«

»Ich kann's dir mit etwas Make-up abdecken.«

Er winkte ab. »Wie geht's *dir*, Jenny?«

»Rate mal. Ich brauche eine Line. Ohne das Zeug halte ich diesen Scheißtag nicht aus.«

Markus schüttelte den Kopf. »Du musst runter vom Koks.«

»Das sagt ausgerechnet mein Dealer?«

Er zog einen Rezeptblock aus der Tasche. »Als dein Arzt verschreibe ich dir ein Mittel, das deine Stimmung aufhellt, aber nicht süchtig macht. Du musst unbedingt dein Leben ändern. Denk an deinen Jungen.«

»Das Thema passt jetzt nicht.«

»Hast du mir nicht erzählt, dass deine Schwester dich sonst beim Jugendamt anschwärzt? Zum Wohl des Kleinen?«

»Das Biest will Finn allein für sich und hat es fast schon geschafft.«

Die Worte des Jungen: *Du bist nicht meine Mama*.

Markus beugte sich vor, ein beschwörender Blick aus seinen blauen Psychiater-Augen fixierte sie. »Mach den Entzug, und das Amt ist auf deiner Seite. Außerdem steht mein Angebot, solange du nicht rückfällig wirst.«

»Fang nicht wieder damit an.«

»Du weißt, ich liebe dich, Jenny.«

»Hör auf, du spinnst!«

»Ich würde Sandra sofort verlassen. Du musst nur Ja sagen.«

Meinte der Kerl es wirklich ernst? Als sie nach ihrer

Rückkehr aus den USA in eine Krise geraten war, weil zunächst die Rollenangebote ausblieben, hatte sie sich nur deshalb auf den gut aussehenden Psychiater eingelassen, weil er sie mit Koks versorgte. Oft sogar gratis.

Der Idiot hatte sie falsch verstanden.

Ich spiele eben zu gut.

»Schieb endlich was von deinem Stoff rüber.«

Markus' Miene versteinerte. Verärgert warf er den Rezeptblock zurück in die Tasche.

»Sei jetzt nicht eingeschnappt.«

»Ich kann dir den Stoff nicht umsonst geben.« Seine Stimme war hart.

»Ist klar.«

»Wie viel?«

Sie überlegte. Wenn sie sich gewaltig am Riemen riss, kam sie mit zehn Gramm einen Monat lang aus. Dann rief sich Jennifer ihren vollen Terminkalender ins Gedächtnis. Einen Durchhänger konnte sie sich nicht erlauben. Weder vor der Kamera noch in der Öffentlichkeit. Eine Line am Tag würde nie und nimmer genügen. Außerdem wollte sie Markus nicht so bald wieder rufen.

»Zwanzig Gramm«, antwortete sie.

»Im Ernst?«

»Hast du so viel nicht dabei?«

»Doch, aber das macht dreitausend Euro«, sagte Markus. »Hundertfünfzig pro Gramm. Das ist der Freundschaftspreis. Von anderen Kunden nehme ich mehr.«

»Geht's nicht billiger?«

»Womit pflegst du deine Haut, Jenny?«

»Warum fragst du das?«

»Was schmierst du dir ins Gesicht? Erdölprodukte? Chemie, die du nicht kennst?«

»Natürlich nicht.«

»Eben.«

Er legte zwei Zehn-Gramm-Briefchen auf den Tisch.

»Mein Koks ist unverschnitten. Ich liefere frei Haus. Ohne Risiko, dass die Bullen etwas spannen. Das hat nun mal seinen Preis. Du bist nicht die Frau, die sich das Zeug bei den Albanern auf der Toilette einer schmierigen Disco holt.«

Jennifer stieß einen Theaterseufzer aus, ging zu ihrem antiken Sekretär, holte ihren Bargeldvorrat hervor, zählte die Summe ab und legte sie neben das Koks.

Die Kräfte des Marktes, dachte sie.

Der Typ sitzt am längeren Hebel.

Von wegen *Ich liebe dich*.

Markus berührte ihren Arm. »Jenny …«

»Vergiss es.«

»Geh in die Klinik. Tu es für deinen Sohn. Die sind dort sehr diskret. Du checkst unter falschem Namen ein, keiner wird etwas erfahren. Ich kann das arrangieren.«

»Dazu fehlt mir die Zeit.«

Markus wandte den Blick von ihr ab und strich die Geldscheine ein.

Sie deutete auf sein Veilchen. »Das waren die Albaner, stimmt's?«

Sein Handy gab einen Ton von sich. Er zog es aus der Tasche und wischte über das Display.

»Sandra fragt, wo ich bleibe. Komisch. So anhänglich ist sie sonst nie.«

»Geh jetzt, Markus. Fahr heim zu deiner Familie. Ich gebe dir Bescheid, wenn ich wieder was brauche.«

Jennifer brachte ihn zur Tür, wo die beiden sich ohne Verabschiedung trennten. Während er die Treppe hinunterlief, verriegelte sie die Tür und kehrte rasch in ihr Wohnzimmer zurück.

Sie öffnete ein Tütchen, legte eine fette Line und schnupfte sie bis auf den letzten Krümel.

Endlich.

Sie hatte es geschafft, so lange zu warten, bis Markus wieder weg war.

Darauf war Jennifer stolz.

20

LENNART BAUER STEUERTE DEN ZIVIL lackierten Dreier-BMW, den ihnen die Fahrbereitschaft zugeteilt hatte. Zügig fuhren sie auf der A57 nordwärts. Auf Lennie war Verlass. Während ihrer Zeit beim Staatsschutz hatte er sie gegen manchen rassistischen oder frauenfeindlichen Spruch verteidigt. Als Melia das Referat Linksradikalismus beim Verfassungsschutz leitete, war er ihr guter Draht zur Kripo in der Landeshauptstadt geblieben. Und die Suche nach Solveig hatte sie fast zwangsläufig wieder zusammengeführt.

Auch nachdem Kilian die Ermittlungen einstellen ließ, stand ihr Lennie zur Seite. Von ihm stammte die Information über das Datum, an dem das Betonfundament der Sporthalle gegossen worden war. Sie teilten sich die Arbeit. Natürlich war Melia klar, dass sie Lennies Gefühle ausnutzte, die er unausgesprochen ihr gegenüber hegte.

»Hast du etwas über den Verein herausgefunden?«, fragte er, während sie auf dem Beifahrersitz in ihrer Privatakte zum Fall Solveig Fischer blätterte.

»*Nation und Freiheit e. V.* wurde aufgelöst. Der schwäbische Fabrikant, der hinter allem stand, hat den Bauernhof an Hartmut Osterkamp verkauft.«

»An den Baulöwen?«

»Manche behaupten, Osterkamp hätte auch schon zuvor heimlich die Fäden gezogen, und der Schwabe sei nur sein Strohmann gewesen. Jetzt macht Osterkamp aus dem Schulungszentrum ein Domizil für betuchte Senioren.«

»Als wir mit den Hunden dort waren, lag alles noch ganz verlassen da.«

»So konnte niemand nach einem Durchsuchungsbeschluss fragen.«

»Weißt du noch, der Schießstand im Keller? Nicht schlechter ausgestattet als unserer. Und das Zimmer, in dem sich die Tauben eingenistet hatten, mit der Reichskriegsflagge an der Wand?«

»Ja, gruselig.«

Vor allem erinnerte sich Melia daran, dass die Suche nichts gebracht hatte. Weder in den Gebäuden noch auf dem Gelände, das sie umgab. Warum ist mir das verdammte Fundament nicht früher in den Sinn gekommen?

»Was versprichst du dir davon, noch einmal hinzufahren?«, fragte Lennart.

»Osterkamps Baufirma hat den Bauernhof einst zum Schulungszentrum umgebaut. Seine Leute haben den Betonboden gegossen, während ich an Solveigs Rechner gesessen habe. Ich könnte mich in den Hintern beißen, dass wir den Boden nicht viel früher aufgebrochen haben.«

»Wäre schade darum.«

»Um das Fundament?«

»Um deinen Hintern.«

Sie blickte ihn missbilligend an.

»Ihr habt das Schulungszentrum doch damals beobachten lassen, oder?«, fragte er.

Natürlich, dachte Melia. Worauf wollte Lennie hinaus?

»Das ging vom Referat 623 aus«, antwortete sie. »An die Akten komme ich nicht heran.«

»Aber du hast doch sicher noch einen Draht zu deiner alten Behörde.«

Melia sah ihn an.

»Sorry, ich will dich nicht aushorchen.«

»Das hoffe ich.«

Er setzte den Blinker und verließ die Autobahn. In fünf Minuten würden sie ihr Ziel erreichen.

»Auch deshalb fahren wir hin«, sagte Melia. »Mein Kontaktmann braucht Namen, um weiter zu recherchieren. Mal sehen, was uns die Bauarbeiter zu erzählen haben.«

21

ROLAND KRACHT HOB DIE GROSSEN Stoffbeutel aus dem Kofferraum. Großeinkauf – für Roland Leichtgewichte.

»Lass mich auch etwas tragen«, sagte Linda.

»Kommt nicht infrage.«

Sie ging voraus und hielt ihm die Tür auf. Im Hausflur blieb sie vor dem Schwarzen Brett stehen. Mit der Nase dicht vor einem Aushang versuchte sie, etwas zu entziffern.

»Mist.« Sie gab es auf. »Hab meine Lupe nicht dabei.«

Roland sah sich das Schreiben an. Laut Datum hing es seit vorgestern hier. Seit eine von Osterkamps Firmen das große Mietshaus gekauft hatte, gab es ständig Neuerungen. Das Treppenhaus war saniert worden. Es gab einen neuen Hausmeister. Man hatte endlich die Briefkästen repariert.

»Die Fassade wird neu gestrichen, darum wird das ganze Haus eingerüstet«, las Roland vor. »Die Mieter werden gebeten, die Fenster zu schließen, wenn sie die Wohnung verlassen. Wegen der Einbruchsgefahr.«

»Bei mir gibt es nichts zu holen.«

»Und wann verlässt du schon die Wohnung?«

Linda stellte sich ihm in den Weg. »Du sollst nicht alles alleine schleppen.«

»Fang nicht schon wieder an.«

Er folgte ihr die Treppen hinauf. Linda Salié war zweiundsiebzig und sehr übergewichtig. Zudem tat ihr die Hüfte weh. Er hatte ihr schon oft geraten, sich ein künstliches Gelenk einsetzen zu lassen, doch davon wollte sie nichts wissen. Zudem litt sie an einer irreparablen und voranschreitenden Erkrankung der Netzhaut, die ihr Blickfeld ins Unscharfe verschwimmen ließ. Deshalb half er ihr gelegentlich beim Einkauf und anderen Erledigungen.

Linda war die Mutter von Philipp Salié, seinem besten Kameraden.

Der in seinen Armen gestorben war, damals, in den Hügeln von Baghlan.

Für ihre gemeinsamen Besorgungen wählte Roland üblicherweise den frühen Morgen, wenn im Supermarkt nicht so viel los war. Menschenansammlungen und hektisches Treiben lösten bei ihm Angstzustände aus, auch nach sechs Jahren noch. Der Bundeswehr erschien seine posttraumatische Belastungsstörung zu gravierend, um ihn weiter zu beschäftigen. Aber nicht ausreichend, um ihm eine Rente zu gewähren, von der er leben konnte. Am Anfang war Roland noch davon überzeugt gewesen, dass die Panikattacken und das Zittern sich irgendwann legen würden.

Wir beide sind Krüppel, Linda und ich. Auf jeweils eigene Art.

Er bewunderte Philipps Mutter für ihre Tapferkeit. Steif und fest behauptete sie, noch immer alles genau erkennen zu können. Sie wirkte fröhlich und angstfrei. Dabei hatte sie eine ganze Reihe von Schicksalsschlägen erlitten. Erst ihren Gatten verloren und dann auch den Sohn.

Linda schloss nach einigem Stochern ihre Wohnungstür auf. Roland trug die Taschen in die Küche. Linda verstaute den Inhalt im Kühlschrank und im Regal ihrer Vorratskammer.

Manchmal bat sie ihn darum, ihr von Philipps letzten Stunden zu erzählen. Er war froh, dass sie es heute unterließ. Denn er hasste es, der armen Frau vorzulügen, ihr Sohn sei ohne Schmerzen gestorben.

Auf dem Tisch lagen ein Stift, die Lupe sowie die *Morgenpost*, deren Abo sie wegen der täglichen Sudoku-Rätsel noch nicht gekündigt hatte. Die Ausgabe war bereits ein paar Tage alt. Die Regionalnachrichten waren aufgeschlagen. Roland sprang ein Foto ins Auge.

Es zeigte das Schulungszentrum in Osterath, in dem er für einen patriotischen Verein gearbeitet hatte.

Die Überschrift lautete: *Wer hat Solveig Fischer zuletzt gesehen?*

Der Name sagte ihm nichts, doch Roland wusste Bescheid. Er las das Datum, an dem die Frau verschwunden war. Eine turbulente Zeit. Damals war einiges aus dem Ruder gelaufen. In der Folge wurde das Zentrum aufgegeben, der Verein aufgelöst.

Roland konnte sich denken, wer die Frau war.

»Darf ich den Teil mitnehmen?«, fragte er, als Linda ihre Sachen eingeräumt hatte.

»Aber lass mir das Rätsel da.«

»Natürlich.«

Sie drückte seinen Arm. »Ich bin froh, dass Philipp einen so guten Kameraden hatte.«

Roland wich ihrem Blick aus.

Sie bot ihm Kaffee an, doch er verabschiedete sich.

»Morgen habe ich einen Termin beim Augenarzt.«

»Ist notiert.«

Er tippte an seine Kappe und verließ die Wohnung.

Unten auf der Straße atmete er tief durch. Bevor er den Motor seines Wagens startete, studierte er den Zeitungsbericht genauer. Der Artikel füllte die halbe Seite. Es gab noch ein kleineres Foto. Darauf war eine Frau zu sehen, die etwa in Rolands Alter war. Sie hatte schwarzes, krauses Haar.

Polizeioberrätin Melia Adan von der Düsseldorfer Kripo bittet die Bevölkerung, etwaige Beobachtungen zu melden. »Wir stehen bei den Angehörigen in der Pflicht, ihre quälende Ungewissheit zu beenden und ihnen eine Antwort auf ihre Fragen zu geben«, erklärte sie gegenüber unserer Zeitung.

Roland konnte es nicht fassen.

Eine dunkelhäutige Kriminalbeamtin, die einen Kanaken-Namen trug. Garantiert muslimisch. So weit war es mit Deutschland also schon gekommen. Wir sind nicht mehr Herr im eigenen Land, dachte er. Da krieg ich so einen Hals.

Wann stoppt endlich jemand diese Entwicklung?

Roland zerknüllte das Papier, stopfte es in die Türablage und trat beim Losfahren das Gaspedal durch.

22

DER BAUZAUN WAR NEU. Soweit Melia es überschauen konnte, umgab er das Gelände hinter dem Hauptgebäude lückenlos. Lennart ließ den BMW auf die gepflasterte Zufahrt rollen, wo er dann neben dem Mercedes-Sprinter einer Handwerksfirma parkte.

Die Fassade des alten Bauernhofs war eingerüstet. Ein Transparent wies den Ort als Baustelle der *Osterkamp Hoch- und Tiefbau GmbH* aus und verkündete den Slogan, den Melia in letzter Zeit immer öfter las.

The Future Is Now.

Während sie ausstiegen, schlurfte ein kleiner, runder Mann im blauen Overall aus dem Haus. Er öffnete die Heckklappe des Transporters und zog laut scheppernd eine Leiter heraus, die er dann schulterte.

Melia sprach ihn an: »Haben Sie schon letztes Jahr hier gearbeitet?«

Der Handwerker ignorierte sie. Er griff nach einem Metallkoffer, warf die Klappe zu und wollte ins Haus zurückkehren. Lennart stellte sich ihm in den Weg und zeigte seine Marke.

»Kripo Düsseldorf.«

»Warum sagen Sie das nicht gleich?«

»Und?«, fragte Melia.

An Lennart gewandt, erklärte der Mann: »Meine Firma baut hier bloß den Aufzug ein, und wir sind erst seit heute früh da. Wenden Sie sich besser an jemanden von Osterkamp. Kaminski heißt der Typ, der das Sagen hat. Treibt sich irgendwo auf dem Hof herum.«

Sie folgten dem Mann in das Gebäude und verließen es durch den hinteren Ausgang wieder. Auf der Stufe spürte Melia einen leichten Schmerz im Oberschenkel, als melde sich irgendeine Faser an der Stelle, wo sie vor einem Jahr ein Neunmillimetergeschoss getroffen hatte. Zurzeit häuften sich die Erinnerungen an damals.

Baulärm schlug ihnen entgegen. Ein Bagger hob dort eine Grube aus, wo beim letzten Mal noch der Stall gestanden hatte, den die inzwischen verbotene rechtsextreme Westkreuz-Miliz als Garage für einen Teil ihrer Jeeps genutzt hatte.

Dahinter befand sich eine Scheune, die sicher auch bald weichen würde. Einige Leute standen vor der hölzernen Außenwand und berieten sich über einen Plan, der daran befestigt war. Melia und ihr Kollege stapften durch den lehmigen Matsch auf die Gruppe zu. Sie ärgerte sich darüber, dass sie nicht an Gummistiefel gedacht hatte.

»Herr Kaminski?«, rief sie, während sie sich der kleinen Gruppe näherten.

»Wer will das wissen?«, antwortete der Älteste. Graues Haar, sorgfältig gestutzter Vollbart. Anorak, Jeans und schwere Arbeitsschuhe.

Wieder zeigte Lennart seine Marke.

»Wir ermitteln in einer Vermisstensache«, erklärte Melia.

»Was hab ich damit zu tun?«, fragte Kaminski.

»Hier wurde schon im letzten März umgebaut und renoviert. War das damals nicht auch Ihre Baustelle?«

Schulterzucken, ein Wink zurück zum Hauptgebäude. »Gehen wir rein. Da haben wir mehr Ruhe.«

Kaminski stapfte voraus. Als sie wieder an dem Bagger vorbeikamen, fiel Melia ein, dass sie unweit dieser Stelle nach Solveig gegraben hatten, weil der Leichenspürhund dort anschlug.

Ihr Blick suchte die aufgeworfene Halde ab, doch da waren nur braune und rötliche Erdbrocken. Dann sah sie zur Sporthalle hinüber. Mittlerweile war sie fertiggestellt worden, zumindest im Rohbau.

Kaminski hielt Melia und Lennart die Tür auf und lotste sie in einen größeren Raum im Erdgeschoss. Die Heizung lief auf Hochtouren. Auf dem Tisch röchelte leise eine Kaffeemaschine. Kisten mit Mineralwasser und Cola Light in einer Ecke. Zeichnungen an der Wand. War dies der Saal gewesen, den beim letzten Besuch noch die Reichskriegsflagge geschmückt hatte?

»Ich kenn Sie«, sagte Kaminski und deutete mit dem Finger auf Melia. »Waren Sie nicht neulich im Fernsehen?«

»Melia Adan, Kripo Düsseldorf. Das ist mein Mitarbeiter Lennart Bauer.«

»Hansjörg Kaminski.« Kein Handschlag. Stattdessen wandte sich der Grauhaarige ab und schloss sein Handy an ein Ladegerät an.

»Vorarbeiter, Bauingenieur?«, fragte Melia.

»Letzteres.«

»Osterkamp Hoch- und Tiefbau GmbH.«

»Richtig.«

»Bis vor einem Jahr gehörte der Bauernhof einem Verein aus dem rechtsextremen Milieu. Nation und Freiheit e. V.«

»Mit Politik hab ich nichts am Hut. Da sind Sie bei mir an der falschen Adresse.«

»Zu der Zeit verschwand Solveig Fischer. Dunkelblondes Haar, Locken, Mittelscheitel. Etwa meine Größe und mein Alter. Sie war Beamtin des Innenministeriums von Nordrhein-Westfalen. Wir haben Anhaltspunkte, dass sie zuletzt hier war. Hier, auf diesem Hof.«

»Anhaltspunkte? Das heißt, Sie sind sich nicht sicher.«

Melia ignorierte Lennarts Seitenblick. »Versuchen Sie bitte, sich zu erinnern, Herr Kaminski. Konkret geht es um den 5. März des letzten Jahres.«

»Damals war hier im Hauptgebäude die Renovierung bereits abgeschlossen, das weiß ich sicher. Auf dem Hof hatte das meiste noch gar nicht begonnen.«

Sie zeigte dem Ingenieur Solveigs Foto.

Er nickte. »Das Bild hatten Sie schon in dem Fernsehbericht dabei. Aber ich hab die Frau nie gesehen, tut mir leid. Außerdem war ich im März so gut wie gar nicht hier. Sie müssen wissen, das ist nicht die einzige Baustelle, die ich zu betreuen habe.«

»Am 6. März wurde das Fundament der Sporthalle gegossen. Ich brauche die Namen aller Mitarbeiter, die daran beteiligt waren.«

»Können Sie gerne haben, Frau Adan. Aber wenn einer meiner Männer eine Leiche bemerkt hätte, dann hätte er mir das sicher mitgeteilt.« Kaminski stellte drei Becher auf den Tisch und goss sich einen Kaffee ein. »Sie auch?«, fragte er.

Melia lehnte dankend ab. Wer wusste schon, wie lang die Brühe schon auf der Wärmeplatte gestanden hatte und ob die Becher sauber waren. Auch Lennart schüttelte den Kopf.

»Trotzdem hätte ich gern die Namen und Adressen Ihrer sonstigen Mitarbeiter, die hier zu tun hatten.«

»Ist klar.« Kaminski schaufelte Zucker in seinen Kaffee. »War's das?«

»Ihr Auftraggeber war damals das Schulungszentrum beziehungsweise der Trägerverein.«

»Mit dem Geschäftlichen hab ich nichts zu tun.«

»Aber Sie hatten Ansprechpartner hier vor Ort.«

»Da gab es einen ehemaligen Soldaten. Der war so etwas wie der Geschäftsführer hier.«

»Name?«

»Er hieß Udo. Fragen sie mich nicht nach dem Nachnamen, den hab ich mir nicht gemerkt. Auf Baustellen duzt man sich.«

»Denken Sie nach.«

Der Ingenieur kratzte sich die bärtige Wange. »Krieg oder Kriem oder so ähnlich.«

»Und sonst?«

»Das Haus war meistens voller Leute. Wechselnde Gruppen aus ganz Deutschland. Ein paar Gesichter hat man öfter gesehen. Hausmeister, Kursleiter oder so. Ein paar davon waren ehemalige Bundeswehrsoldaten. Aber ich hatte nur mit Udo zu tun.«

Melia bedankte sich. Sie hatte sich mehr erhofft.

Kaminski deutete zum Fenster. »Und Sie glauben, unter der Sporthalle liegt die Leiche der Frau, die Sie suchen?«

»Gut möglich.«

»Krass.«

Als sie wieder im Wagen saßen, sagte Lennart: »›Kriem oder Krieg oder so ähnlich‹ – dafür sind wir also hier rausgefahren?«

»Danke, dass du mich begleitet hast.«

»Und jetzt?«

»Es gab Ermittlungsverfahren rund um den Naziverein, der hier aktiv war. Sicher hat das Staatsschutzkommissariat noch Akten und Vermerke dazu.«

»Mag sein.«

»Die brauchen wir.«

»Wir?«

»Du hilfst mir doch weiterhin, Lennie, oder nicht?«

Er schwieg.

»Wir brauchen Namen und Adressen. Udo Dingsbums und die übrigen Ex-Soldaten.«

Lennart hielt das Lenkrad umklammert und blickte sie wortlos an.

»Was?«, fragte sie.

»Sei ehrlich, Melia. Gibt es den Computer wirklich, auf dem Solveig Fischer die Route zu diesem Ort berechnet hat? Ich meine, hast du das echt mit eigenen Augen gesehen?«

»Glaubst du, dass ich eine Meise unterm Afro habe?«

Lennie sah sie mit einem seltsamen Blick an.

»Oder dass ich alle Welt belüge?«

»Du musst zugeben, dass deine Theorie auf wackligen Füßen steht.«

»Hör zu, Lennie, ich reiß dir den Kopf nicht ab, wenn du mit mir nichts mehr zu tun haben willst. Die Suche nach Solveig wird Staub aufwirbeln. Das kann ich versprechen. Und damit macht man sich Feinde. Mein heutiger Streit mit dem Oberstaatsanwalt war erst der Anfang.« Melia berührte seinen Arm. »Wenn du abspringen willst, dann sag es mir jetzt.«

Ihr ehemaliger Staatsschutzkollege senkte den Blick.

»Lennie?«

»Akten zu politischen Ermittlungen sind nicht irgendwelche Akten. Ich kann nicht einfach hingehen und das Zeug kopieren.«

»Das ist mir klar«, antwortete Melia.

Er nickte.

Sie bemühte sich, ihre Erleichterung nicht zu zeigen.

23

ZU FUSS WAREN ES VOM PRÄSIDIUM gerade mal zehn Minuten zum einstigen Industriehafen, der sich in den letzten Jahrzehnten zur Büro- und Ausgehmeile gemausert hatte. Weil es schick klang und die Vermarktung der Immobilien beflügelte, hieß er nun *Medienhafen*. Vincent fielen Aufkleber an den Laternenmasten auf.

Rote Fäuste und schwarze Schrift: *Miethaie enteignen!*

Die Hafenbar war keine Bar, sondern ein feines Restaurant. Zu dieser Nachmittagsstunde herrschte wenig Betrieb, nur ein paar Anzugträger saßen noch beim Business-Lunch, als Vincent das Lokal betrat. Er brauchte einen Moment, bis sich die Augen auf die schummrigen Lichtverhältnisse eingestellt hatten. Viel dunkles Holz und braunes Leder. Magnolienzweige in großen Bodenvasen. Nichts war hier maritim außer dem Namen und der Speisekarte, wie Vincent gehört hatte – Fisch und Meeresfrüchte schmeckten in der Hafenbar angeblich besonders gut.

Dann bemerkte er Mike Echternach. Der ehemalige Kollege brütete an einem Ecktisch mit Blick auf den Eingang über seinem Smartphone. Echternach hatte bei den Drogenfahndern gearbeitet, später für kurze Zeit in der Kriminalwache, bis er wegen einer Schlägerei, in die er privat verwickelt gewesen war, den Dienst quittieren musste. Zwei oder drei Jahre war das her, und Vincent wusste, dass der einstige Kommissar danach im privaten Sicherheitsgewerbe angeheuert hatte.

Mike war schon immer von stattlicher Statur gewesen, aber seit Vincent ihm zuletzt begegnet war, hatte er an Gewicht noch zugelegt. Seine Bomberjacke stand offen, das eng sitzende Hemd stellte einen muskulösen Brustkorb und einen nicht minder eindrucksvollen Bierbauch zur Schau. Vor ihm stand ein Glas Wasser. Wegen der guten Küche war Mike also nicht gekommen.

Der Ex-Kollege blickte auf und zog die Ohrstöpsel ab, als Vincent zu ihm an den Tisch trat. »Hey, lange nicht gesehen!«

»Hallo, Mike. Seit wann braucht ein Restaurant in dieser Gegend Schutz?«

»Gerade hier!« Echternach verzog das Gesicht. »Die Konkurrenz ist hart und nicht zimperlich.«

»Ist Frau Alver da?«

Mike winkte einem jungen Kellner. »Harry, sag der Chefin, ein ganz scharfer Hund von der Kripo …«, er zwinkerte Vincent zu, »… ist da und will sie sprechen.« Der Kellner verschwand.

Vincent befürchtete, dass Mike Echternach von ihm erwartete, sich zu ihm zu setzen und ihn mit Small Talk zu unterhalten. Doch im nächsten Moment kam Nazemin Alver bereits auf ihn zu.

Die Wirtin der Hafenbar trug ein stylisch geschnittenes Kleid aus nachtblauem Seidenstoff. Um Kopf und Hals hatte sie locker ein farblich passendes, mit Blüten bedrucktes Tuch drapiert, das auf einer Seite viel von ihrem dunklen

Haar sehen ließ, auf der anderen tief ins Gesicht fiel. Sehr orientalisch, dachte Vincent. Und würdevoll.

»Sie sind der scharfe Hund?«, fragte die Frau und lächelte. »Sieht man Ihnen gar nicht an.«

»Vincent Veih.« Er zeigte seine Marke.

Sie lotste ihn zu einem Tisch an der rückwärtigen Fensterfront, wo sie das äußere Becken des Rheinhafens und das Hyatt-Hotel auf der anderen Seite überblickten und ganz unter sich waren.

Miran Alvers Mutter warf Vincent einen fragenden Blick zu und zupfte ihr Tuch zurecht. Die Art, wie sie sich bewegte, verlieh ihr etwas Aristokratisches. Er schätzte sie auf Anfang vierzig, sie musste ihren Sohn in sehr jungen Jahren bekommen haben. Ihm fielen die zahlreichen Ringe an ihren Fingern auf.

Bevor er das Gespräch beginnen konnte, winkte sie dem Kellner.

»Darf ich Ihnen etwas zu essen anbieten?«, fragte sie Vincent.

»Nicht nötig, danke.«

»Aber einen Kaffee. Espresso, stimmt's?«

Vincent nickte.

Der Kellner trat an den Tisch.

»Harry, zwei doppelte Espressi und eine Flasche San Pellegrino mit zwei Gläsern, bitte.«

Der Kellner wiederholte die Bestellung. Er schien neu im Job zu sein und war sichtlich bemüht, der Geschäftsführerin zu gefallen. Sie ging geduldig mit ihm um und strahlte Wärme aus, Klugheit und Humor.

Nachdem der Kellner gegangen war, sagte Vincent: »Frau Alver, der Grund meines Besuchs ist, um es ganz direkt zu sagen: Wir ermitteln in einem Mordfall. Klara Dorau ist heute Morgen in Mirans Wohnung erstochen worden. Wir wissen noch nicht, von wem.«

»Mein Gott!« Die Frau schlug die Hände vors Gesicht.

Vincent wartete, bis sie sich etwas gefangen hatte, dann begann er die Fragen zu stellen, die er schon an Sandra und Lotte Dorau gerichtet hatte. Steckten Klara oder Miran in Schwierigkeiten? Hatte es Streit gegeben?

Nazemin verneinte. Tränen in den Augen.

Vincent registrierte ihre zunehmende Anspannung.

Der junge Kellner brachte die Getränke, schenkte die Gläser halb voll, drehte die Griffe der Espresso-Tassen nach rechts und beeilte sich, wieder zu verschwinden.

»Wissen Sie, wo Ihr Sohn gerade steckt?«

Die Wirtin hielt sich am Wasserglas fest. »An der Uni, schätze ich. Oder er ist wegen einer der Wohnungen unterwegs, um die er sich kümmert.«

»Wissen Sie, wo die sind?«

»Das müssen Sie Markus fragen.«

»Dr. Markus Dorau?«

»Ja. Mein Chef ist auch Mirans Chef.«

»Entschuldigen Sie. Herrn Dorau gehört auch dieses Restaurant?«

»Dachten Sie, eine alleinstehende kurdische Witwe besitzt einen solchen Laden? Ich bin hier nur die angestellte Geschäftsführerin.«

»Und was hat es mit den Wohnungen auf sich?«

»Markus kauft von Zeit zu Zeit Apartments, die er herrichten lässt und möbliert an Firmen vermietet, die etwas Längerfristiges für ihre Mitarbeiter suchen. Das läuft ganz gut. Miran koordiniert die Handwerker und kümmert sich um die Einrichtung. Er hat ein Händchen für Interior Design. Bevor ich hier etwas neu dekoriere, konsultiere ich meinen Jungen …« Sie unterbrach sich. Tränen liefen ihr über die Wangen. »Dass Klara tot ist, wird ihn zerstören. Sie kannten sich seit ihrer frühen Kindheit.«

Sie zog ein Taschentuch hervor, tupfte ihre Augen ab und schnäuzte sich.

»Sie hätten sehen sollen, wie liebevoll sie miteinander umgegangen sind«, fuhr sie fort. »Ein wunderschönes Paar.«

»Können Sie morgen Vormittag zu uns ins Präsidium kommen?«

»Am Vormittag? Ja, gern.«

Vincent ließ sich Mirans Telefonnummer geben. Dann nahm er den letzten Schluck Kaffee und gab der Geschäftsführerin seine Visitenkarte. »Falls sich Ihr Sohn bei Ihnen meldet, sagen Sie ihm bitte, dass wir dringend mit ihm reden müssen.«

»Natürlich.«

Mit dem Kinn deutete Vincent zum Ecktisch am Eingang, wo sein Ex-Kollege Mike Echternach Wache hielt. »Gab es einen Zwischenfall in letzter Zeit?«

Nazemin Alver schüttelte den Kopf. »Eine kaputte Scheibe. Wahrscheinlich die Kinder, die draußen manchmal Fußball spielen.«

»Ihr Sicherheitsmann hat angedeutet, dass die Konkurrenz gern den Laden übernehmen möchte.«

»Davon höre ich zum ersten Mal.«

Vincent fragte sich, wie das sein konnte. Hatte Markus Dorau den Fleischklops dort drüben engagiert, ohne seine Geschäftsführerin einzuweihen?

Er verabschiedete sich von Mirans Mutter und nickte noch einmal Mike zu. Dann trat er hinaus in das blendende Licht des Nachmittags. Sein Blick erfasste die Lokale in der Nachbarschaft. Ein Italiener. Eine Currywurst-Stube.

Keine spielenden Kids weit und breit.
Alles schien völlig friedlich zu sein.

24

MELIA GOSS SICH AUS DER großen Thermoskanne Kaffee ein und beobachtete, wie sich der Besprechungsraum füllte. Dass Vincent die Ermittlungen selbst leitete, ging ihr eigentlich gegen den Strich. Administrative Arbeit würde liegen bleiben. Aber derzeit gab es offenbar keine andere Wahl.

Ihr ging durch den Kopf, wie sie Anfang letzten Jahres noch als Verfassungsschutzbeamtin hier gesessen hatte. Als Expertin für Linksextremismus hatte sie Vincent Che Veih und seinem Team in einem politischen Fall unter die Arme gegriffen – das damalige Mordopfer hatte wie Vincents Mutter der RAF angehört.

Vincent setzte sich ans andere Ende des Tisches und sortierte seine Notizen. Im letzten Jahr war er fünfzig geworden, doch er verströmte in Melias Augen mehr Vitalität als so mancher junge Kerl. Er trieb Sport und achtete auf seine Ernährung – das sah man ihm an.

Oberstaatsanwalt Kilian riss Melia aus ihren Gedanken, indem er unmittelbar neben ihr seine Ledertasche auf den Tisch stellte und sein rehbraunes Cordsakko über die Stuhllehne hängte. Er begrüßte Melia mit Handschlag und breitem Lächeln, als hätten sie sich am Morgen nicht gestritten.

Du falscher Hund.

Sie lächelte zurück.

Nora, die korpulente Schreibkraft aus der Geschäftsstelle des KK11, verteilte Listen mit Namen und Handynummern und packte Servietten sowie einen Teller mit billigen Keksen neben den Kaffeebehälter. Felix May, der Aktenführer, pinnte Fotos an eine Stellwand.

Dann verstummten die Privatgespräche. Vincent ergriff das Wort und hieß vor allem die Kollegen willkommen, die aus anderen Kommissariaten stammten und wegen Melias Anforderung der Mordkommission zugeteilt worden waren.

Felix May referierte die Faktenlage, soweit sie feststand. Klara Dorau, das Opfer, war die ältere von zwei Töchtern des Psychiaters Dr. Markus Dorau aus erster Ehe. Die leibliche Mutter hieß Gabriele und wohnte ebenfalls in Düsseldorf. Es gab neben der jüngeren Schwester noch einen älteren Bruder namens Paul, der unter der Adresse der Mutter gemeldet war. Sowohl die leibliche Mutter als auch der Bruder waren noch nicht befragt worden.

Klara hatte kurz vor ihrem Abitur gestanden. Vor zwei Wochen hatte sie ihren neunzehnten Geburtstag gefeiert und war am selben Tag von zu Hause ausgezogen, um sich bei ihrem Freund Miran Alver an der Burghofstraße im Stadtteil Bilk einzunisten. Alver studierte Architektur an der hiesigen Universität. Alle Versuche, ihn zu erreichen, waren bislang fehlgeschlagen.

»Dominik, du warst bei der Obduktion«, sagte Vincent. »Was kannst du uns berichten?«

»Todesursächlich waren massive innere Blutungen. Der Täter hat ein Messer benutzt. Vielleicht ein Taschenmesser, denn die Rechtsmedizinerin schätzt die Länge der Klinge auf nicht mehr als sechs Zentimeter. Der Stich in den Bauch ging tiefer als der in die Brust, weil er mit größerer Wucht durchgeführt wurde. Dabei wurde eine wichtige Arterie durchtrennt. Die typischen Abwehrverletzungen fehlen. Das Opfer wurde überrascht. Offenbar hat es mit dem Angriff nicht gerechnet.«

Stille im Raum.

Vincent sagte: »Dazu passt, dass es keine Einbruchspuren an der Tür gibt. Das Opfer hat dem Täter arglos geöffnet.«

»Oder er gehört zum Haushalt«, entgegnete May. »Vielleicht eine Beziehungstat?«

»Haben wir dazu irgendwelche Anhaltspunkte?«, wollte der Oberstaatsanwalt wissen.

Vincent hob die Schultern. »Die Mutter verdächtigt den Freund. Die Schwester hält das für Quatsch.«

»Der Junge ist jedenfalls abgetaucht«, sagte Felix. »Und niemand hat uns bislang sagen können, wo er sich aufhält. Miran Alver – was für ein Landsmann ist der eigentlich?«

»Deutscher«, antwortete Vincent.

»Du weißt, was ich meine.«

»Deutscher mit kurdischen Wurzeln.«

»Da haben wir's. Mitbürger aus diesem Kulturkreis greifen bekanntlich gern zum Messer.«

Melia mischte sich ein: »Wir sollten uns an Fakten orientieren, nicht an Vorurteilen.«

»Der Junge ist flüchtig. Das ist schon mal ein Fakt.«

»Keine voreiligen Schlüsse«, bemerkte Vincent. »Nur weil wir ihn noch nicht erreicht haben, muss da keine Fluchtabsicht bestehen. Zumal sich noch eine dritte Person in der Wohnung aufgehalten hat. Jemand hat die Nacht auf einer Matratze in der Küche verbracht und gemeinsam mit Klara und Miran gefrühstückt.«

»Mann oder Frau?«, fragte Martin Kilian und zupfte an seiner Krawatte.

Vincent wandte sich an Fabri: »Kannst du uns etwas zur Spurenlage sagen?«

»Wir haben verschiedene Fingerspuren, zu denen es aber keinen Treffer in der Datei gibt. Und wir haben DNA. Bis morgen sollten wir zumindest wissen, ob es sich bei dem Gast um Männlein oder Weiblein gehandelt hat.«

»Auch eine Spur vom Täter?«

»Wenn er es war, der durch das Blut gelatscht ist, hat er Schuhgröße 46.«

Einen Moment lang herrschte Schweigen.

Kim Brandstätter räusperte sich. »Der Mörder war noch in der Wohnung, als die Sanitäter eintrafen. Warum hat er sich nicht sofort nach der Tat aus dem Staub gemacht?«

Timo Czerny aus dem KK21 hob seinen Finger wie ein eifriger Schüler. »Wenn es Alver war, wollte er vor der Flucht noch seine Sachen packen. Und bekam nicht mit, dass es seiner Freundin gelungen ist, den Notruf zu wählen.«

Melia erwiderte: »Oder der Täter hat nach etwas gesucht.«

»In der Wohnung herrscht Unordnung«, sagte Vincent. »Aber sie sieht nicht so aus, als hätte sie jemand auf den Kopf gestellt.«

»Oder der Täter wollte auf Klaras Freund warten, um auch ihn zu ermorden.«

»Was ebenfalls erklären würde, warum Miran Alver sich verborgen hält.«

»Keine voreiligen Schlüsse«, brummte Felix May.

»Guter Spruch«, erwiderte Vincent grinsend. »Könnte von mir sein.«

Gut, dass ich ihn auf diesem Posten habe, dachte Melia.

25

JENNIFER ÖFFNETE EINE E-MAIL von ihrer Agentin. Als Anhang hatte Doris ihr den Vertrag geschickt. Einschließlich der Folge, an der sie gerade arbeitete, würde es mindestens noch drei weitere Episoden von *Tara Heldt* geben. Sie markierte die Drehzeiten in ihrem Kalender.

Es gab keine Überschneidungen mit anderen Projekten, weil es keine anderen Projekte gab. Das war die Crux, wenn man die Hauptrolle in einer solchen Reihe spielte. Sie war festgelegt auf die taffe Kommissarin, galt obendrein als Gesicht des Senders – und niemand käme auf den Gedanken, sie für etwas anderes zu besetzen.

Jennifer druckte den Vertrag aus, unterschrieb ihn und steckte ihn in einen Umschlag, den sie an ihre Agentin adressierte.

Erst einmal ist es wichtig, dass du die Kurve kriegst.

Doris hat recht, dachte Jennifer.

Markus auch – ausgerechnet mein Dealer.

Geh in die Klinik. Tu es für deinen Sohn.

Jennifer blätterte in ihrem Kalender. Wie lange würde ein Entzug dauern? Vielleicht genügte der Zeitraum zwischen den Dreharbeiten zu zwei Folgen von *Tara Heldt*. Falls der

Sender in dieser Zeit keinen Auftritt in der Öffentlichkeit anberaumte.

Doris muss mir den Rücken frei halten. Aber wie erkläre ich ihr, dass ich vorübergehend verschwinden muss?

Zu Beginn hatte das Kokain geholfen. Es verlieh ihr Selbstbewusstsein und half ihr dabei zu glänzen – und was wäre ein Star ohne Glanz? Inzwischen aber brauchte sie es, um die Entzugserscheinungen zu bekämpfen. Die Depression, in die sie fiel, sobald das Gift in ihrem Körper abgebaut wurde.

Früher hatte sie es aus eigener Kraft absetzen können. War monatelang ohne den Stoff ausgekommen. In L.A. hatte sie nur sporadisch etwas geschnupft. Doch jetzt war sie zu schwach, darauf zu verzichten. Schieb es nicht auf den Unfall, sagte sie sich. Es ging dir auch vorher schon so.

Das Handy, das sie auf dem Sofa abgelegt hatte, zwitscherte. Als sie hinüberging, fuhr ein Schmerz in ihre Hüften, und einen Moment lang hatte sie ihr Bein nicht richtig unter Kontrolle. Es lag am Rücken, ein Wirbel drückte auf den Nerv. Sie hoffte noch immer, ohne Operation auskommen zu können. Hauptsache, sie knickte nicht vor der Kamera um.

Das Display zeigte das Profilbild ihrer Schwester. Jennifer nahm das Gespräch an.

»Hallo, Sabrina.«

»Es tut mir leid, dass wir im Streit auseinandergegangen sind.«

Im Hintergrund dudelte das Radio, die Kinder waren nicht zu hören.

»Mir auch.«

»Du hast doch morgen drehfrei, oder?«

»Wieso fragst du?«

»Wir könnten einen Stadtbummel machen. Ich will mir etwas für den Sommer kaufen. Und ich bringe Finn mit. Er möchte seine Mama sehen, sagt er.«

Also doch.

Freude erfüllte Jennifer. Und Sehnsucht. Am liebsten wäre sie sofort nach Holzbüttgen hinausgefahren.

»Hey, du bist im Radio!«, rief Sabrina plötzlich.

Jennifer schaltete das Gerät ein, das auf dem Fensterbrett stand. Sie musste den Sender wechseln, bis sie endlich ihre Stimme hörte. Es ging um die heftigen Zuschauerreaktionen auf ihre letzte Sendung. Und um die Schande, dass noch immer Flüchtlinge im Mittelmeer ertranken. Um den hartnäckigen Rassismus am rechten Rand Deutschlands. Das Gespräch war geschnitten, aber nicht verstümmelt worden.

Jennifer fand, dass sie gut rüberkam.

»Hey, du bist ja richtig deutlich geworden«, sagte Sabrina, als wieder Musik aus dem Lautsprecher dudelte.

»Wenn man mich danach fragt, wieso nicht?«

»Was du über die AfD gesagt hast, wird denen nicht gefallen.«

»Soll es auch nicht.«

Sabrina lachte. Dann wurde sie schlagartig ernst. »Sag mal, Jenny, und sei jetzt bitte ganz ehrlich: Nimmst du noch Drogen?«

»Nein. Schon lange nicht mehr. Ich kann's mir gar nicht leisten.«

»Dann fang auch nicht wieder damit an, versprochen?«

»Hab ich nicht vor, mein Schwesterherz.«

»Ich drücke dir so sehr die Daumen.«

Schauspielern war schon immer meine Gabe, dachte Jennifer.

Und gerade auf Koks fiel ihr das Lügen leicht.

26

ROLAND HOLTE DIE ZERKNÜLLTE Zeitungsseite aus der Türablage, nahm sie mit ins Haus und glättete sie auf dem Tisch. Er zog seinen Parka aus und hängte ihn über den Stuhl. Die Kappe mit dem aufgestickten Emblem der rebellischen Südstaaten warf er auf die Anrichte.

Dann startete er seinen Rechner und googelte den muslimischen Namen der Polizeirätin aus dem Zeitungsbericht.

Melia Adan.

Die Suchmaschine lieferte ihm Links zu Fundstellen auf Online-Seiten verschiedener Medien. Offenbar war Adan auf der Suche nach der verschwundenen Tussi auch im Fernsehen aufgetreten. Roland fand die entsprechende Sendung in der Mediathek. Wieder hörte er den Namen Solveig Fischer.

Das ist sie, dachte Roland, auch wenn er sich an das Gesicht nicht erinnerte. Es beunruhigte ihn, dass die farbige Polizeirätin seine frühere Arbeitsstelle mit der Frau in Verbindung brachte. Mit wem konnte er darüber reden?

Roland wusste, dass der ehemalige Bauernhof gerade wieder umgebaut wurde. Dieses Mal zur Luxuswohnanlage für Senioren, ganz unpolitisch. Seit dem letzten Jahr hat sich viel verändert, dachte er. Und jetzt wühlt das Kanakenweib von der Kripo alles wieder auf. Wie gefährlich kann sie werden?

Mehr fand er nicht über sie im Internet. Keinen Facebook-Account unter ihrem Namen, auch in anderen Netzwerken schien sie nicht unterwegs zu sein. Es gab allerdings eine Zeinab Adan, die einen Laden namens Dog's Best in der Altstadt betrieb. Roland fand die Homepage des Geschäfts.

Dort konnte man selbst gebackene Hundekekse, Halsbänder, Fressnäpfe und anderen Schnickschnack kaufen. Die *Morgenpost* hatte vor einem Jahr über das Unternehmen berichtet, wie Roland herausfand. Es gab auch ein Foto von der Frau. Sie war attraktiv – wenn man auf reife Negerinnen stand.

Die Mutter, dessen war sich Roland sicher. Die Ähnlichkeit war nicht zu leugnen, auch wenn Zeinab deutlich dunkler war.

Roland schaltete das Radio ein.

Während er sich ein Fertiggericht aufwärmte – Klopse mit Reis und weißer Soße –, lief dort ein Interview mit einer bekannten Fernsehschauspielerin. Roland vernahm das Wort »Flüchtlinge«. Er wandte sich vom Herd ab und machte das Radio lauter.

Es ging um einen kürzlich ausgestrahlten TV-Krimi, in dem aufgebrachte Bürger einen kriminellen Asylanten jagten, der sich dann – typisch linksgrüne Gutmenschenideologie – als unschuldig entpuppte.

Roland fand, dass der Interviewer völlig zu Recht die Frage stellte, ob ein solcher Film die Flüchtlingsproblematik nicht verniedliche und die Zuschauer mit ihren berechtigten Sorgen …

Doch die arrogante Schauspielerin unterbrach ihn: »Wir müssen uns immer vor Augen halten …«

Ich muss einen Scheißdreck, dachte Roland aufgewühlt. Du hast mir schon mal gar nichts vorzuschreiben.

»… dass diese Menschen aus schlimmen Verhältnissen und auf lebensgefährlichen Wegen zu uns gekommen sind, weil sie Sicherheit und Freiheit suchen.«

Unsinn, du blöde Schlampe. Das Ungeziefer sucht Smartphones, Flachbildschirme und weiße Muschis. Und Deutschlands ferngesteuerte Regierung erfüllt ihnen jeden Wunsch. Mit unseren Steuergeldern.

»Wer mit Schwarzen und Muslimen nicht zusammenleben möchte, den nenne ich einen Rassisten, und so einer kann meinetwegen gern selbst das Land verlassen. Mir ist jeder freiheitsliebende Flüchtling tausendmal lieber als der braune Mob.«

Roland stockte der Atem.

Noch so eine Irre, die Deutschland in den Dreck zieht.

Er wandte sich dem Rechner zu und checkte seine Lieblingsforen. Mit Genugtuung stellte er fest, dass er mit seiner Empörung nicht allein war. Die Kommentarzeilen begannen sich schon jetzt zu füllen. Die ersten User wünschten der durchgeknallten Diva eine kulturelle Bereicherung durch nordafrikanische Messerstecher. Andere wurden deutlicher und fantasierten über eine Gruppenvergewaltigung durch gut bestückte Neger, die sie mit AIDS ansteckten, gern per Analverkehr, Hauptsache brutal.

Jennifer Arnold hieß die Frau.

Roland googelte und klickte durch das Netz.

Die Fernsehtussi lebte nur wenige Kilometer entfernt in Düsseldorf.

Ein Kribbeln fuhr durch seine Nerven. Er kannte das

Gefühl von damals, als man ihn in die Berge geschickt hatte, um Taliban-Führer aufzuspüren und auszuschalten. Roland verglich es mit dem Vibrieren eines Pfeils an der gespannten Sehne.

Jagdfieber.

27

ALS SIE WIEDER IN IHREM BÜRO war, checkte Melia die E-Mails und ihr Handy. Lennart Bauer vom KK41 hatte eine Nachricht auf der Mailbox hinterlassen. Offenbar war er bereits fündig geworden.

Sie rief ihn zurück.

»Bauer, vermisste Personen.«

Zu Melias Erleichterung hatte er sich noch nicht in den Feierabend verabschiedet.

»Was hast du ausgegraben?«, fragte sie.

»Nur ein paar Namen. Es ging damals vor allem um die Westkreuz-Miliz. Zum Teil habe ich auch damit zu tun gehabt. Das Schulungszentrum spielt dabei eine Rolle.«

»Und?«

»Udos Nachname lautet Griem. Griem mit G. Und dann gibt es noch einen Roland Kracht und einen Leo Mössner.«

»Adressen?«

»Da liegt das Problem. Damals haben sie auf dem Bauernhof gewohnt. Das Einwohnermeldeamt führt sie nach wie vor unter der Adresse. Mit anderen Worten: Alle drei sind umgezogen, ohne ihren neuen Wohnsitz bei der Behörde anzugeben.«

»Trotzdem gute Arbeit, Lennie.«

»Du hast prophezeit, dass es nicht jedem gefallen wird, wenn wir Staub aufwirbeln.«

»Und?«

»Erinnerst du dich an Kriminaloberrat Fessner? Der hat den Staatsschutz schon geleitet, als du noch dabei warst.«

»Und ob ich mich erinnere. Er war einer der Gründe, warum ich damals ins Innenministerium gewechselt bin.«

»Als er mitbekam, wonach ich suche, hat er mich kurzerhand rausgeworfen. Als hätte ich nicht vor einiger Zeit noch zu seinen Leuten gehört. In dem Kommissariat herrscht eine ganz seltsame Stimmung. Ich bin heilfroh, dass ich gewechselt habe.«

Melia bedankte sich und beendete das Gespräch. Sie blickte auf die Schreibunterlage, auf der sie die Namen notiert hatte: *Udo Griem, Roland Kracht, Leo Mössner.*

Sie gab sich einen Ruck und wählte die Handynummer von Reinhard Zacharias, dem einzigen Mitarbeiter ihres früheren Referats im Landesamt für Verfassungsschutz, mit dem sie noch Kontakt pflegte.

»Bin ich richtig beim Gartenbauamt?«, fragte sie, nachdem er sich gemeldet hatte.

Ein kurzer Moment der Stille.

»Beim Düsseldorfer Gartenbauamt?«, fragte er zurück.

»Ja.«

Zacharias ließ ein amüsiertes Lachen hören. »Tut mir leid, Sie müssen sich verwählt haben.«

Aufgelegt.

Melia riss die Ecke mit den drei Namen vom obersten Blatt ihrer Schreibunterlage, ließ den Schnipsel in ihrer Hosentasche verschwinden und gab der Sekretärin Bescheid, dass sie für eine gute halbe Stunde außer Haus sei.

28

TIMO WUNDERTE SICH DARÜBER, dass die Inspektionsleiterin den Aktenführer der Mordkommission beim leisesten Rassismusverdacht zurechtgewiesen hatte. In seiner Dienststelle herrschte ein anderes Klima, da ging es lockerer zu.

Er nahm den Paternoster in den dritten Stock der Festung, denn seine Chefin hatte ihn zu sich bestellt. Die Tür zu Tessa Schramms Büro stand offen.

Timo klopfte an den Rahmen.

»Komm rein und setz dich«, sagte sie.

Tessa trug die dunkelblonden Haare wie meistens zum Pferdeschwanz gebunden. Sie hatte gerade Dienstpläne abgeheftet. Jetzt holte sie eine Orange aus einer Tüte, klappte ihr Taschenmesser auf und begann, die Frucht zu schälen.

»Wie war's beim Film?«, fragte sie.

»Ich habe einen SEK-Rambo gespielt.«

»Ausgerechnet du?«

»Ja, leider keine Sprechrolle. Ein ziemlich aufwendiger Dreh. *Tara Heldt*.«

»Dann hast du Jennifer Arnold kennengelernt. Beeindruckende Frau, nicht wahr?«

»Auf jeden Fall der Star am Set.«

Bloß nicht rot werden, ermahnte sich Timo.

»Lass dich nicht vom Glamour blenden, mein Lieber. Wenn du in ihrem Auto zwei Gramm Koks findest und sie in dein Büro komplimentierst, verwandelt sich auch ein Promi wie die Arnold in ein Häufchen Elend.«

Tessa zwinkerte ihm zu. Sie wischte das Messer an ihrer Hose ab, klappte die Klinge ein und hielt Timo einen Teil der Orange hin. »Auch ein Stück?«

Er lehnte dankend ab.

Ihre Jeans spannte an Tessas Hüften, als sie von ihrem Platz aufstand, um hinter ihm die Tür zu schließen. »So, dann erzähl mal. Wie war's bei den Mördern?«

Timo gab seine Erkenntnisse wieder, während Tessa die Orange vertilgte. Wahrscheinlich eine Beziehungstat. Kurdisches Temperament. Die Stiefmutter lag wohl richtig mit ihrer Vermutung.

»Hast du mit Markus Dorau gesprochen?«, fragte Tessa mit vollem Mund. »Dem Vater des Opfers?«

»Nein, warum?«

»Du hast dich sicher bereits gefragt, warum ich dich zur Mordkommission delegiert habe.«

Damit ich Erfahrung sammle, überlegte er. Weil du mich für talentiert hältst und fördern willst.

Seine Chefin lächelte, als könne sie Gedanken lesen.

»Weil Berges und Hillebrandt in Urlaub sind?«, fragte Timo vorsichtig.

Tessa nickte, dann beugte sie sich zu ihm vor. So nah, dass er die Fältchen um Augen und Mundwinkel zählen konnte.

»Markus Dorau steht unter meinem Schutz«, sagte sie leise.

Timo holte tief Luft, blies die Backen auf und atmete langsam aus.

»Du weißt, was das bedeutet?«

Er nickte.

Plötzlich war ihm alles klar.

Der Mordfall Klara Dorau berührt das Kerngeschäft unseres Kommissariats. Und ich bin der engste Vertraute meiner Chefin. Was in diesem Raum auf den Tisch kommt, ist nur für uns beide bestimmt.

Der Vater der Ermordeten ist ein Spitzel des KK21.

Und Tessa führt ihn höchstpersönlich.

Mit dem Schutz der Informanten stand und fiel die Bekämpfung der organisierten Drogenkriminalität. Ihre Identität durfte auch vor Gericht nicht gelüftet werden. Manchmal hielt man sie sogar vor den eigenen Kollegen geheim.

Unter Tessas ernstem Blick kam sich Timo vor wie ein Schüler.

Ich darf das nicht vergeigen.

»Ohne den Psychiater wäre unser Erfolg gegen die Albaner nicht möglich«, sagte sie. »Die Mordermittlung darf unsere fruchtbare Beziehung zu Markus Dorau nicht beeinträchtigen. In keiner Weise, verstehst du?«

Timo verstand.

Tessa ist als Kriminalistin unübertroffen. Und sie setzt auf mich.

29

DIE SONNE STAND BEREITS TIEF, die Grasflächen lagen im Schatten, aber selbst abseits der Straßenzüge hielt sich die ungewöhnliche Wärme des Frühlingstags noch hartnäckig. Melia nahm auf einer Bank in der Nähe des Teichs Platz.

Jogger liefen durch den Park. Ein Mann hatte zwischen zwei Bäumen ein Seil gespannt, balancierte darauf und übte zirkusreife Kunststückchen. Ein Entenpärchen lief aufrecht über das Gras, und Melia fragte sich, ob sie bereits Junge hatten.

»Gartenbauamt« war das Codewort für Reinhard Zacharias, welches ihm zu verstehen gab, dass sie ihn im Florapark treffen wollte. Auf halber Strecke zwischen Präsidium und Innenministerium. Nach einer Weile blickte sie auf die Uhr. Wo blieb er nur?

Es konnte verschiedene Gründe geben, warum Zacharias sie versetzte. Ein dringender Auftrag, den er vorziehen musste. Ein Missverständnis. Oder die Furcht davor, mit ihr gesehen zu werden. Oder der Ex-Kollege hatte seine Prioritäten neu geordnet.

Ich bin ihm die Mühe nicht mehr wert, überlegte Melia. Was habe ich schon im Gegenzug für ihn getan?

Eine Frau schob telefonierend einen Kinderwagen vorbei. Melia sah ihr hinterher, bis sie verschwunden war. Dann erblickte sie Reinhard Zacharias.

Mit seinem grauen Schnurrbart und den eingefallenen Wangen schlenderte er den Weg entlang und biss von einem Sandwich ab, das aus einer Papiertüte lugte. Er würdigte sie keines Blickes, warf den Enten ein paar Brocken zu und verschwand über die Holzbrücke.

Zwei Minuten später kam er aus der entgegengesetzten Richtung zu Melias Bank und nahm mit etwas Abstand Platz. Er nahm einen weiteren Bissen und deutete auf die Enten.

»Man nennt sie Laufenten. Können nicht fliegen. Sind eigentlich verwandt mit Pinguinen.«

»Interessant.«

»Die junge Mutter hat den Park verlassen. Sie stellt kein Problem dar.«

Melia lächelte in sich hinein. Sie war heilfroh, nicht mehr wie Zacharias dem Paranoia-Club anzugehören. Er ging auf die sechzig zu, ein erfahrener Geheimdienstmann, dem keiner etwas vormachen konnte – vermutlich machte ihn genau das für seine neuen Vorgesetzten suspekt. Wegen seiner angeschlagenen Gesundheit galt er als Auslaufmodell. Aus Frust darüber ließ er ab und zu Melia gegenüber Luft ab.

Und plauderte Interna aus.

Zacharias wischte sich mit einer Serviette den Mund ab, zerknüllte die Papiertüte und warf beides in den Abfalleimer, der an seiner Seite der Bank angebracht war. Dann rutschte er etwas näher.

»Warum hast du mich herbestellt?«

Melia gab ihm den Zettel mit den drei Namen.

»Rote Zecken oder brauner Abschaum?«, fragte ihr ehemaliger Mitarbeiter nach einem kurzen Blick darauf.

»Du erinnerst dich an den Verein Nation und Freiheit? An das Schulungszentrum am Ortsrand von Osterath?«

Zacharias nickte. »Es geht also immer noch um Solveig Fischer.«

»Wir haben sie nicht näher gekannt. Sie hat in einem anderen Referat gearbeitet. Aber sie ist verschwunden, als sie uns helfen wollte, und ich …«

»Schon gut, Melia. Ich habe deine Suche in den Medien verfolgt. Und offenbar war sie eine von den Besseren. Was soll ich dir über die drei Nazis besorgen?«

»In erster Linie muss ich wissen, wo ich sie finden kann und was sie heute so treiben.«

Zacharias bückte sich, um seinen rechten Schuh zu binden. Dabei rollte er den Papierschnipsel zusammen und ließ ihn in seiner Socke verschwinden. Als er sich wieder aufrichtete, hustete er lange in die Armbeuge.

Es klang nicht gut.

Zacharias hob entschuldigend die Hände. »Ist nicht die Grippe. Ich steck dich nicht an.«

»Du musst diese Arbeit nicht für mich machen, Reinhard, wenn du befürchtest, dass dir dadurch Schaden entsteht.«

Er lächelte matt. »Ach, Melia. Ich denke so oft an die Zeit, als du bei uns warst. Mit den neuen Vorgesetzten macht es keinen Spaß mehr!«

30

WIND KAM AUF. VINCENT fröstelte in seinen verschwitzten Trainingsklamotten, als er die Haustür aufschloss. Wegen seiner zerschlissenen Knie lief er kaum noch, aber manchmal wurde der Drang, sich zu verausgaben, übermächtig. Und nach einem Arbeitstag wie diesem half eine Runde am Rheinufer ihm dabei, seine Gedanken zu sortieren.

Zum ersten Mal an diesem Tag öffnete er den Briefkasten. Darin lag eine Postkarte. Das Foto zeigte den Teide, Spaniens höchsten Berg. Der Text stammte von seiner Ex und war knapp und nichtssagend. Nina war offenbar mit Freundinnen nach Teneriffa geflogen – weiß der Geier, warum sie ihm Grüße schickte.

Während Vincent die Tür zu seiner Wohnung aufschloss, die lange Jahre ihre gemeinsame gewesen war, überlegte er, ob Nina mit ihm Schluss gemacht hatte oder umgekehrt. Er erinnerte sich nicht einmal an den Anlass. Sie war ausgezogen, und er hatte sich rasch an den neuen Zustand gewöhnt.

Er duschte und zog frische Sachen an. Während er das Hemd zuknöpfte, spielte sein Handy den Klingelton, den er kürzlich neu programmiert hatte. »Gimme Shelter« – das Intro des Songs fand er magisch.

Die Stimme von Nazemin Alver erkannte er sofort. Warm und weich – sie rief ihm die attraktive Erscheinung der Restaurantchefin vor Augen.

»Hat Ihr Sohn sich gemeldet?«, fragte Vincent.

»Deshalb rufe ich an.«

»Und, warum läuft er vor uns davon?«

»Er war's nicht.«

»Dann soll er mir das selbst mitteilen.«

»Miran hat Angst vor der Polizei.«

»Das muss er nur, wenn er Klara auf dem Gewissen hat.«

»Er hat angedeutet …« Sie machte eine Pause.

»Was?«

»Können Sie Miran nicht einfach in Ruhe lassen und in andere Richtungen ermitteln?«

»*Was* hat Ihr Sohn angedeutet?«

Die schöne Kurdin atmete hörbar durch. »Dass jemand aus Ihren Reihen mit dem Mord zu tun hat.«

Bullshit, dachte Vincent. Die billigste Ausrede der Welt, wenn ein Mörder seiner Mutter erklären will, warum er vor der Kripo davonläuft. Nazemin Alver tat ihm leid.

»Hat er einen konkreten Namen genannt?«

Die Mutter schwieg.

»Hat er nicht?«

»Nein.«

»Sie sind zu intelligent, um so eine Verschwörungstheorie zu akzeptieren.«

»Bitte tun Sie ihm nichts!«

Vincent wurde klar, dass Nazemin hinter der Fassade der taffen Geschäftsfrau verletzlich und voller Furcht war.

Doch deshalb lasse ich noch lange nicht locker.

»Wo hält er sich auf?«, fragte er.

»Das hat er nicht gesagt. Er meinte, mein Telefon wird

vielleicht abgehört. Miran hat echt Angst um sein Leben. Das war kein Theater. Eine Mutter spürt so etwas. Bitte versprechen Sie mir, dass ihm nichts passiert! Sie sind zu intelligent, um auf Vorurteile hereinzufallen.«

»So läuft das nicht, Frau Alver.«

»Vielleicht kann ich vermitteln. Ich habe ihm versichert, dass Sie in Ordnung sind.«

»Ich muss selbst mit ihm reden. Er kann nicht einfach seine Mutter vorschieben und die Polizei als Verbrecherbande darstellen. Sagen Sie mir, wo ich ihn finde.«

»Er ist kein Mörder.«

»Dass er sich versteckt, macht ihn nicht gerade vertrauenswürdig. Das spüren Sie doch selbst.«

»Ich weiß wirklich nicht, wo er sich aufhält.«

»Wann ruft er Sie wieder an?«

»Wir haben nichts Festes vereinbart.«

»Sagen Sie ihm, dass ich ihn fair behandeln werde. Und dass ich bereit bin, ihn allein zu treffen. Vor wem auch immer Ihr Sohn Angst hat – ich werde ihn schützen.«

Wieder war es still in der Leitung.

»Helfen Sie mir, dann helfe ich Ihrem Sohn.«

Vorausgesetzt, er ist tatsächlich unschuldig, fügte Vincent in Gedanken hinzu.

»Ich vertraue Ihnen, Herr Veih.«

Nachdem er aufgelegt hatte, starrte Vincent sein Handy an. Eigentlich sollte er heute noch einen Gerichtsbeschluss erwirken, um Nazemin Alvers Telefone abzuhören und ihre E-Mail-Korrespondenz zu lesen. Stattdessen spürte er das Bedürfnis, Nazemin beizustehen.

Was ist los mit mir?

31

MELIA SCHLOSS DIE WOHNUNGSTÜR hinter sich und legte den Querriegel vor. Dann ging sie zu ihrem Radio. Es war eins von der wuchtigen Sorte, die man in ihrer Jugend Ghettoblaster genannt hatte, konnte noch CDs abspielen und thronte wie ein UFO aus der Vergangenheit auf ihrer Kücheninsel. Sie legte eine Selbstgebrannte ein. Luis Alberto Spinetta, argentinische Rockmusik aus den Siebzigern, auf die sie kürzlich gestoßen war. Die Melancholie in der Stimme des Sängers berührte sie.

Im Kühlschrank fand sie einen Rest Lasagne von gestern, den sie in die Mikrowelle schob. Dann zog sie ihre Yogaklamotten an. Eigentlich war es falsch, kurz vor Beginn ihres Kurses im nahe gelegenen Fitnesscenter noch etwas zu essen. Aber sie war hungrig nach diesem ereignisreichen Tag. Ein Mord mit unbekanntem Täter. Neue Namen, die sie mit dem Verschwinden von Solveig Fischer in Verbindung bringen konnte.

Beim ersten Biss von der Lasagne verbrannte sich Melia den Gaumen. Rasch nahm sie einen Schluck Wasser.

Das Smartphone klingelte. Das Bild auf ihrem Display löste in ihr sofort ein Gefühl von Geborgenheit aus. Es hätte ein Schnappschuss von ihr selbst sein können, einer zwanzig Jahre älteren Ausgabe, mit dunklerer Haut und geglättetem Haar. Aber warum muss sie anrufen, wenn ich auf dem Sprung zum Sport bin?

»Hallo, Mama!«

»Wie geht es dir?«

»Gut. Ich bin in Eile, was gibt's?«

»Ich hab dir doch von Yasin erzählt, der meinen Bruder begleiten will.«

Melia erinnerte sich daran, dass ihr Onkel Bashir, der in England lebte, angekündigt hatte, seine Schwester in Düsseldorf zu besuchen. Den Namen Yasin hörte sie zum ersten Mal. Sie pustete auf die Lasagne und nahm einen zweiten Bissen.

»Und?«, fragte sie mit vollem Mund.

»Er hat beruflich im Rheinland zu tun und will mitkommen.«

»Yasin.«

»Ja, der Typ, den ich in London bei der Hochzeit meiner Nichte kennengelernt habe.«

Melia musste grinsen. »Der in dich verliebt ist.«

»Unsinn.«

»In den *du* verliebt bist.«

»Er ist nett, das ist alles.«

»Großartig! Wo ist das Problem?«

»Bashir ist auf einmal verhindert, und Yasin will trotzdem kommen. Was soll ich tun?«

Melia erkannte, dass das Thema einer eingehenden Beratung bedurfte. »Können wir das ein anderes Mal bereden? Ich muss gleich los.«

»Sehen wir uns morgen?«

»Das kann ich nicht versprechen. Ich ruf dich an.«

Melia tippte auf das rote Symbol und griff nach ihrer Sporttasche. Den Rest ihres Essens ließ sie für später stehen. Rasch noch ein Schluck Wasser.

Sie hatte ihre Mutter immer nur als alleinstehende Frau erlebt, seit sich Andreas, ihr Vater, aus dem Staub gemacht hatte. Dass es wieder einen Mann in Zeinabs Leben geben könnte, war für Melia ein ungewöhnlicher, aber interessanter Gedanke.

32

LOTTE DORAU HATTE SICH IN IHR Zimmer zurückgezogen. Die anderen saßen beim Wein, den sie ohnehin nicht trank, und ihre Stiefmutter heulte die ganze Zeit. Lotte fand das unpassend und peinlich, denn Sandra und Klara hatten sich nie gut verstanden. Zuletzt hatte es nur noch Zoff gegeben, häufig wegen Nichtigkeiten – auch deshalb war Klara zu ihrem Freund gezogen.

Lotte trauerte lieber allein.

Wenn ein Mensch stirbt, vergeht eine Welt.

Diesen Satz hatte jemand bei der Trauerfeier für ihre Oma gesprochen. Lotte wollte nicht wahrhaben, dass es auch im Fall ihrer Schwester so war. Konnte Klara nicht bloß vorübergehend fehlen und schon morgen Abend wieder vorbeikommen, mit Miran, zum Netflix-Gucken zu dritt?

Lotte nahm das Fotoalbum ihrer Kindheit aus dem Bücherregal. Ihre leibliche Mutter Gabi hatte jeder Tochter ein Exemplar zu Weihnachten geschenkt. Der Einband war grün-weiß gestreift und samtweich. Lotte strich mit den Fingern darüber, dann schlug sie das Buch auf.

Die ältesten Bilder stammten aus der Zeit von Klaras Einschulung. Sie selbst war damals noch in den Kindergarten gegangen. Beim Blättern zogen Erinnerungen vorbei. Die Familie vor dem Christbaum. Skiurlaub im tiefen Schnee. Sommer am Strand bei Cadiz, wo die Familie ihr Ferienhaus besaß. Papa wirkte glücklich mit Gabriele, obwohl sie das nur selten gewesen waren.

Lotte fiel auf, dass ihr Bruder Paul, der nach der Scheidung ihrer Eltern bei Mama geblieben war und den Papa stets nur als missraten bezeichnete, auf keinem Bild auftauchte.

Zuletzt wieder Cadiz: Lotte schmiegte sich neben dem Pool an ihre ältere Schwester. Unzertrennlich. Sie hatten sämtliche Geheimnisse geteilt und waren immer füreinander da gewesen, auch später noch.

So würde es niemals wieder sein.

Lotte legte das Album weg. Weil sie Beistand suchte, griff sie nach ihrem Smartphone und chattete mit ihrer liebsten Schulfreundin. Emilia schickte Trauer-Emojis, um zu versichern, dass sie mit ihr fühlte. Und postete Herzchen, um Lotte aufzumuntern.

Dann ging Emilia zu dem Thema über, das sie derzeit bewegte. Für Samstag war eine Demonstration gegen Wohnungsnot und Mietwucher angekündigt.

Kommst du mit?

Mal sehen. Vielleicht.

Emilia engagierte sich bei Fridays for Future. Sie trug T-Shirts, auf denen *Fuck the System* stand. Politik war ihr wichtig geworden.

Mir auch, dachte Lotte, aber nicht im Moment.

Wenn es nach ihrem Vater ginge, sollte sie sich zu Hause verbarrikadieren. Er redete von einem Leibwächter. Als hätte es der Mörder von Klara auf die gesamte Familie abgesehen.

Aber wieso?

Ein Knacken im Garten ließ Lotte aufschrecken.

Sie legte das Handy weg, löschte ihre Schreibtischlampe und trat ans Fenster. Unter ihr lag der Rasen im Mondlicht. Die Sträucher, das Gartenhäuschen. Keine Farben, nur unterschiedliche Abstufungen von Grau und schwarze Schatten. Zweige im Wind waren die einzige Bewegung.

Da ist nichts, sagte sich Lotte.

Ich verliere nur ein bisschen den Verstand.

Sie wollte sich gerade vom Fenster abwenden, als eine Gestalt aus dem Schuppen kam, eine Leiter abstellte und die Tür wie in Zeitlupe schloss, sichtlich bemüht, nicht noch einmal ein Geräusch zu machen.

Ein schlanker Kerl, der einen Rucksack trug.

Er verschwand aus Lottes Blickfeld.

Ihr Herz klopfte wie verrückt.

War das der Mörder? Sind wir als Nächste dran?

Sie lief ins Badezimmer, das sie früher mit Klara geteilt hatte. Von hier konnte man durchs Fenster auf die andere Seite sehen. Lotte beobachtete, wie der Typ die Leiter gegen die Garage lehnte. Er prüfte, ob sie sicher stand. Dann stieg er hinauf.

War das Miran, der sich immer noch nicht gemeldet hatte?

Lotte verfluchte, dass sie ihn nur von hinten sah.

Fakt war, dass dieser Kerl sich auf dem Grundstück auskannte.

Ursprünglich war die Garage nur für ein Auto gebaut worden. Darüber bildete das schräge Dach eine Kammer, in der sie als Kinder gern gespielt hatten. Später war die Garage um einen Anbau mit Flachdach erweitert worden. Dort kam der Typ mit dem Rucksack soeben an. Er zog die Leiter zu sich hoch, wandte sich dem Giebel zu und stemmte das kleine Fenster auf, das mit einem leisen Ächzen nachgab.

Schließlich schob er den Rucksack in die Dachkammer und zwängte sich selbst hinterher.

Das kann doch nur Miran sein, dachte Lotte.

Aber warum zum Teufel wollte er sich hier verstecken? Warum meldete er sich nicht lieber?

Lotte starrte noch eine ganze Weile hinüber. Dann hörte sie Stimmen im Haus. Tante Tessa wurde verabschiedet.

»Gute Nacht!«, rief die Kommissarin herauf.

»Lotte schläft schon«, erwiderte Papa leise, aber vernehmbar.

Gleich danach sprang ein Motor an.

Lotte verzog sich in ihr Zimmer, schloss die Vorhänge und ging zu Bett. Sie nahm sich vor, beim ersten Tageslicht Miran zur Rede zu stellen.

In der Ferne hörte sie ein Martinshorn, kurz darauf ein zweites.

Es tönte schier endlos – irgendetwas war schon wieder los in der Stadt.

Dann schlief Lotte ein.

ZWEITER TAG

33

ES WAR JAHRZEHNTE HER, dass sie sich zuletzt so lebendig gefühlt hatte. Fast hatte sie vergessen, wie großartig das war.

Die Frühlingsnacht war mild, und gleich würde es heiß werden. In hohem Tempo steuerte sie den Wagen durch die Einfahrt. Der Platz hinter dem flachen Bürogebäude glänzte im Licht der Laternen. Zwei Dutzend dunkle Kleinwagen und einige Geldtransporter parkten in Dreierreihe. Sie erkannte das Logo an den Seitentüren und wusste, dass sie hier richtig war.

Der Ort war unbewacht, das hatten ihre Mitstreiter überprüft. Das Herz schlug ihr trotzdem bis zum Hals.

Erneut wehte der Wind den Klang der Sirenen heran. Von weither – Polizei und Feuerwehr waren zu den Orten unterwegs, an denen sie bisher Station gemacht hatte. Auf diesen Betriebshof würden sie als Nächstes kommen.

Dann sind wir schon längst wieder fort.

Die Jungs, die fast ihre Enkel sein konnten, sprangen aus dem Wagen. Sie gingen systematisch vor, inzwischen hatten sie Übung. Sie legten Grillanzünder auf die Reifen der Fahrzeuge und entfachten sie.

Sie wendete, um nachher schneller wegzukommen. Ihr Sohn kam ihr in den Sinn. Er würde nie verstehen, was sie gerade empfand.

Die ersten Autos brannten, zunächst war da mehr Rauch als Feuer. Es dauerte eine Weile, bis die Flammen die Tanks erreichten.

Im Geiste formulierte sie das Bekennerschreiben. Sie stieg aus, zündete sich eine Zigarette an und nahm ein paar Züge. Das Feuer wurde lauter und wilder. Schließlich ein Fauchen und Knallen – die Symphonie der Tat.

Sie setzte sich wieder hinter das Steuer. Die Jungs rissen die Türen auf und stiegen mit keuchendem Atem ein. Sie legte den Gang ein und trat aufs Gas. Die Reifen drehten durch.

»Warte!«, rief einer ihrer Mitstreiter.

Sie hielt noch einmal an und starrte mit den anderen in die Flammen, um sich den Moment ins Gedächtnis zu brennen. Begeistert rissen sie sich die Sturmhauben vom Kopf und klatschten einander ab. Ihr fielen die unvergesslichen Worte ihres Genossen Helmut Pohl ein, der wie so viele andere nicht mehr lebte.

Was für eine Gewissheit wir hatten.

Und was für ein Lachen im Gesicht.

Grillparty nannten es die Jungs. Ein Fanal, das war es für sie.

Mit jeder Faser ihres siebzigjährigen Körpers spürte sie die Freiheit.

34

VINCENT PARKTE AN DER GLEICHEN STELLE wie gestern. Beim Aussteigen schlug ihm aus den Gärten Vogelgezwitscher entgegen, ein gemischter Chor der Lebensfreude. Es wurde gerade erst hell. Der Anruf hatte ihn gegen halb sechs erreicht, mitten in der zweiten Tiefschlafphase, so schien es ihm. Lotte Dorau war am anderen Ende der Leitung.

»Kommissar Veih? Frau Schramm meint, ich soll Sie verständigen.«

Jetzt wartete ein ganzes Empfangskomitee an der Tür der Villa. Das Mädchen, der Vater und die Stiefmutter. Sowie Tessa Schramm, Kommissariatsleiterin der Drogenfahndung. Erste Hauptkommissarin, wie er.

Was machte die Kollegin hier?

Die Tochter des Hauses ging voraus. Sie überquerten die Rasenfläche. Die Tür zum Werkzeugschuppen stand offen. Eine Leiter lehnte an der Rückseite der Garage.

Lotte deutete zu einer Luke hoch. »Dort hat er übernachtet.«

»Am besten, Sie erzählen alles der Reihe nach.«

»Gestern Abend habe ich beobachtet, wie jemand die

Leiter geholt hat und mit seinem Rucksack hinaufgeklettert ist.«

»Warum hast du uns nicht sofort Bescheid gesagt?«, fragte Markus Dorau.

Vincent registrierte eine blau-gelbe Verfärbung an seinem linken Auge. Der Schlag, den er abbekommen hatte, lag etwa drei bis fünf Tage zurück.

»Weil ich nicht glaube, dass Miran meine Schwester umgebracht hat. Er tat mir einfach nur leid, wie er sich da oben in seiner Trauer verkrochen hat, und ich dachte mir, dass er zuerst einmal Ruhe braucht.«

»Sind Sie sicher, dass es Miran war?«, fragte Vincent.

»Wer sonst?«

»Haben Sie ihn erkannt?«

»Nein.«

»Und dann?«

»Ich wollte ihm Frühstück bringen und mit ihm reden. Da ist noch eine zweite Leiter im Schuppen. Damit wollte ich zu ihm hoch. Aber irgendwie bekam ich Schiss …«

»Verständlich«, sagte die Stiefmutter.

»Und deshalb hab ich erst Tessa angerufen.«

»Als ich eintraf, war der Kerl schon weg«, erklärte die Drogenfahnderin. »Das Geräusch, das die verzogene Holztür macht, hat nicht nur Lotte zur Vernunft gebracht, sondern muss auch Miran geweckt haben.«

Vincent bat um eine Taschenlampe. Markus Dorau verschwand im Gartenhaus und kehrte mit einer wahren Monsterleuchte zurück. Vincent kletterte damit auf das Garagendach. Tessa Schramm folgte ihm.

Er kniete sich vor das Giebelfenster und leuchtete in die niedrige Kammer. Ein Schlafsack lag ausgebreitet auf dem Boden. Olivgrün, ein altes Bundeswehrmodell.

Abgesehen davon war der Raum leer.

»Habt ihr etwas angefasst?«, fragte er die Kollegin.

»Nein.«

»Spurensicherung verständigt?«

Sie schüttelte den Kopf. »Bin selbst erst seit wenigen Minuten hier.«

»Warum eigentlich?«

»Ich bin eine Freundin der Familie. Als die Mädchen klein waren, haben sie Tante zu mir gesagt. Lange Geschichte.«

Die du mir bei Gelegenheit erzählen wirst, dachte Vincent, während er Fabris Nummer wählte.

35

MELIA WAR FRÜHER AUF DEN BEINEN als sonst. Einsatzfahrzeuge waren lange vor Morgengrauen mit lautem Sirenengeheul durch ihr Viertel gerast und hatten sie geweckt. Danach konnte sie nicht mehr weiterschlafen, weil die Narbe an ihrem Oberschenkel pochte – ein Wetterumschwung kündigte sich an.

Sie hatte in ihrer Küche gerade den Wasserkocher eingeschaltet, als das Telefon klingelte.

Benedikt Engel, Leitender Kriminaldirektor. Als Chef der Kripo war er ihr unmittelbarer Vorgesetzter.

»Schon Radio gehört?«, fragte er.

»Was gibt's denn?«

»Lagebesprechung in einer Stunde bei mir.«

Sie blickte auf die Uhr an ihrem Handgelenk. »Also um acht?«

»Es fällt zwar nicht in Ihr Ressort, aber wir benötigen Ihre Expertise.«

»Inwiefern …«

Aufgelegt.

Der Kripochef war kein Freund langer Erklärungen.

Sie schaltete ihren Ghettoblaster auf Radiobetrieb um

und fand den Lokalsender. Die Sieben-Uhr-Nachrichten, gleich die erste Meldung: Unbekannte hatten in der Nacht an drei Orten im Stadtgebiet Autos abgefackelt.

Weil es sich dabei um Privatfahrzeuge von Hartmut Osterkamp und seiner Tochter, um Dienstwagen der Osterkamp Group sowie um den Fuhrpark der Security-Firma handelte, die zu Osterkamps Firmenimperium gehörte, ging die Staatsanwaltschaft von einem gezielten Anschlag auf den Milliardär aus.

Ein politisches Motiv lag nahe.

Melia fiel der alte Bauernhof ein, der gerade vom Schulungszentrum in eine Seniorenresidenz umgewandelt wurde. Auch hier mischte der Unternehmer mit. Angeblich hatte er mit seinem Geld auch hinter der Westkreuz-Verschwörung gesteckt, doch dafür gab es keine Beweise.

The Future Is Now.

Melia war klar, was Engel mit »Expertise« meinte.

Beim Verfassungsschutz hatte sie das Referat für Linksextremismus geleitet. Und Osterkamp zog als Immobilienhai nicht zuletzt den Hass der autonomen Szene auf sich. So weit sie wusste, war in Düsseldorf für den kommenden Samstag eine Demo gegen Mietspekulationen angemeldet worden. Möglich, dass militante Radikale den Protest für sich vereinnahmen wollten.

Einmal mehr spürte Melia, dass ihr früherer Job sie nicht losließ.

Ihr war nicht wohl dabei.

36

DIE FAMILIENMITGLIEDER WURDEN getrennt befragt. Markus und Sandra Dorau brachte Vincent zu Hamid Belhanda und Felix May. Ihre Tochter Lotte setzte er in sein Dienstzimmer. Gabriele Dorau, die Ex-Frau des Psychiaters, würde in einer Stunde eintreffen. Paul, den Bruder von Klara und Lotte, hatte man bislang nicht erreichen können.

Vincent fragte Lotte: »Oder möchtest du, dass dein Vater dabei ist, wenn wir uns unterhalten?«

Die Sechzehnjährige schüttelte selbstbewusst den Kopf.

Vincent suchte nach einem Kollegen, der das Protokoll schreiben würde und die korrekte Befragung bezeugen konnte – die Minderjährige allein zu vernehmen würde gegen die Regeln verstoßen. Im Besprechungsraum traf er Timo Czerny an. Der junge Drogenfahnder saß an dem langen Tisch und studierte Akten. Mit ihm hatte Vincent so früh nicht gerechnet.

»Schon fleißig?«

Timo räusperte sich. »Du kennst den Spruch mit dem Vogel und dem Wurm?«

Vincent warf einen Blick auf das Protokoll, das Timo aufgeschlagen hatte. Darin ging es um die Befragung eines der

Sanitäter, die Klara Dorau entdeckt hatten. Vincent hatte den Eindruck, es sei Czerny unangenehm, als er sich über seine Schulter beugte.

»Ich brauche dich für eine Vernehmung. Du schreibst mit und bezeugst, dass alles korrekt zugeht.«

Timo klappte die Akten zu. Kim Brandstätter traf ein, und Vincent nahm sie ebenfalls mit. In seinem Zimmer setzte er zuerst die Espressomaschine in Gang.

»Gibt es vielleicht auch Tee?«, wollte Lotte wissen.

Die Earl-Grey-Packung lagerte in einem Schrank des Geschäftszimmers, und Nora, die den Schlüssel besaß, war noch nicht da. Vincent verneinte. Das Mädchen gab sich cool und maulte über die Umweltbelastung durch Kaffeekapseln, trank aber eine Tasse mit.

Vincent bat Lotte, ihre Beobachtung vom vergangenen Abend detailliert zu schildern. Sie beschrieb den Mann mit dem Rucksack. Sie klang, als sei sie sicher, dass es Miran Alver gewesen war.

»Aber Sie haben ihn nicht erkannt?«, fragte Vincent noch einmal.

Lotte zögerte. »Hab ihn nur von hinten gesehen. Er hatte eine Kapuze übergezogen.«

»Es könnte also auch eine andere Person ähnlicher Statur gewesen sein?«

»Das ist richtig.«

»Warum haben Sie Tessa Schramm angerufen?«

»Ich war mir plötzlich nicht mehr sicher, ob es eine gute Idee ist, Miran zur Rede zu stellen – oder wer auch immer es war. Mein Vater meinte, der Mörder hätte es vielleicht auf die ganze Familie abgesehen. Ich bekam Schiss, sorry.«

»Nicht schlimm. Sie haben völlig richtig gehandelt. Aber warum ausgerechnet Frau Schramm?«

»Weil …«

»Soll das auch ins Protokoll?«, fragte Czerny dazwischen.

»Ja, natürlich.«

Lottes Blick ging hin und her, dann sagte sie: »Papa ist mit ihr befreundet.«

»Seit wann?«

»Schon lange, da waren Klara und ich noch Kinder.«

»Wissen Sie, wie sich die beiden kennengelernt haben, Ihr Vater und Tessa Schramm?«

Vincent registrierte die Verunsicherung des jungen Drogenfahnders, der mit dem Laptop am Besprechungstisch saß. Czerny kaute auf der Unterlippe, die Füße hatte er um die Stuhlbeine verhakt.

»Über Nazemin, glaube ich«, antwortete Lotte. »Sie hatte Probleme mit ihrem Mann und wandte sich an die Polizei, oder so.«

»Stimmt es, dass Sie und Klara die Kollegin Schramm früher Tante Tessa genannt haben?«

Das Mädchen lächelte. »Manchmal sogar heute noch.«

Schritte auf dem Flur, Stimmen – weitere Mitglieder der Mordkommission waren eingetroffen. Außerdem Nora, die durch die Verbindungstür ins Zimmer grüßte.

»Jetzt kann ich Ihnen einen Tee machen lassen«, sagte Vincent.

»Nicht nötig, danke.«

»Sie sagten, Ihr Vater glaubt, die Familie sei in Gefahr. Hat er das irgendwie konkretisiert? Gründe genannt, einen Verdacht?«

»Nein.«

»Was halten Sie davon?«

Sie musste schlucken und war sichtlich den Tränen nahe. »Keine Ahnung. Für mich ist der Mord an Klara einfach nur ein großes Rätsel. Wieso Papa oder ich die nächsten Opfer sein sollten – keine Ahnung. Das müssen Sie Papa fragen.«

»Klara und Miran hatten in ihrer Küche eine weitere Matratze. Wir gehen davon aus, dass jemand bei ihnen übernachtet hat.«

»Das haben Sie gestern schon erwähnt.«

»Haben Sie inzwischen eine Idee, wer das gewesen sein könnte?«

Etwas zögernd verneinte Lotte.

»Denken Sie nach. Ich glaube, Sie kannten die beiden am besten.«

Lotte wischte sich über das Gesicht und schüttelte den Kopf.

»Könnte es Ihr Bruder gewesen sein?«

»Paul? Wohl kaum. Nach der Trauerfeier für Oma haben wir den Kontakt abgebrochen. Er ist ein seltsamer Kauz.«

»Inwiefern?«

Lotte verzog das Gesicht. »Hat sich Nazis angeschlossen. Rastet aus heiterem Himmel aus, wenn ihm etwas nicht passt. Will mit uns ›satten Spießern‹ und ›Gutmenschen‹ nichts zu tun haben. Wir sind für ihn die linksliberale Elite, die den Rest der Gesellschaft ausgrenzt, oder so.«

Vincent dankte ihr, dann bat er Kim Brandstätter und Timo Czerny, die Unterhaltung ohne ihn fortzusetzen.

Er hatte ein paar Fragen an Klaras Eltern, die gerade in den Nachbarzimmern vernommen wurden.

37

DIE VANDALEN DER LETZTEN NACHT waren in aller Munde. Als Melia beim Präsidium eintraf, schimpfte an der Pforte eine Gruppe von Beamten über linke Zecken, Klimaschützer und Bafög-Schmarotzer. Auf den Fluren vernahm Melia weitere erregte Bemerkungen, als hätte es Autos von Kollegen getroffen.

Teppichbodenetage – so nannten die Beamten den Bereich der Festung, in dem der Präsident, sein Stab sowie die Inspektionsleiter der Kripo residierten. Melia machte einen Abstecher in ihr Büro, um ihre Tasche auf dem Schreibtisch abzulegen, dann klopfte sie beim Geschäftszimmer der Kriminalabteilung an.

Odile Lechtenbrink, die Sekretärin, die Melia sich mit den übrigen Inspektionsleitern teilte, war eine hagere Frau mittleren Alters mit überragendem Selbstbewusstsein. Sie reichte Melia die hausinterne Post – im Gestus einer Chefin, die Arbeit verteilte.

In den Mitteilungen nahmen die abgefackelten Fahrzeuge den größten Raum ein, weit vor dem Mord an Klara Dorau. Ganz zu schweigen von der Vermisstensache Solveig Fischer.

Melia registrierte das Backblech mit duftendem Apfelkuchen, das auf der Aktenkommode lag.

»Hat jemand Geburtstag?«

»Moi.«

»Glückwunsch, Odile!«

»Merci. Die Sitzung bei Kriminaldirektor Engel hat übrigens schon begonnen. Ich soll Ihnen ausrichten, dass man Sie erwartet, Frau Adan.«

Melia überquerte den Flur, der wie überall im Gebäude mit Linoleum belegt war – Teppichboden gab es nur im Zimmer des Polizeipräsidenten. Sie klopfte an die Tür des Kripochefs, trat ein und grüßte die versammelte Männerrunde.

Engel erhob sich, reichte Melia die Hand und stellte ihr die Anwesenden vor. Hauptkommissar Braun, den Pressesprecher der Behörde, kannte sie längst. Das galt erst recht für Gernot Fessner, den Leiter der Kriminalinspektion fünf – Staatsschutz, unter dem sie früher einmal gearbeitet hatte.

Die anderen Kollegen waren Staatsschutzmitarbeiter sowie Kripoleute aus den Bezirksdienststellen, in deren Revieren es gebrannt hatte.

Engel zeigte auf Melia. »Frau Adan, unsere Leiterin der Inspektion für Gewaltverbrechen, war bis vor knapp einem Jahr Referentin beim Verfassungsschutz.«

»Bekannt aus Funk und Fernsehen«, murmelte jemand in der zweiten Reihe.

Melia war klar, dass sie für diese Typen das bunte Huhn darstellte. Die Exotin mit der dunklen Haut und dem krausen Haar. Die junge Tussi, der man nicht viel zutraute, außer Unruhe in den Laden zu bringen.

Das war sie gewohnt.

Als sie nach dem Studium beim Staatsschutz begonnen hatte, war Inspektionsleiter Fessner zunächst ihr Förderer gewesen. Bis er eines Tages begann, ihr nachzustellen. Weil sie ihn abblitzen ließ, wurde er eklig – was damals einer der Gründe für sie gewesen war, die Behörde zu wechseln. Dass sie heute die gleiche Hierarchiestufe innehatte wie Fessner, war eine Genugtuung.

Melia setzte sich. Der Vortrag, in den sie geplatzt war, wurde fortgesetzt. Ein Mitarbeiter vom Staatsschutz, ein Kollege mit grauem, kurz geschorenem Haar, bediente einen Laptop und warf mit dem Beamer unscharfe Bilder auf eine Leinwand.

Es handelte sich um einen Zusammenschnitt von Aufnahmen diverser Überwachungskameras aus dem Umfeld der Tatorte von letzter Nacht. Der Ablauf war jedes Mal gleich: Ein Auto fuhr vor, ein heller, nicht mehr ganz neuer Golf mit abgeklebten Kennzeichen. Drei vermummte Gestalten stiegen aus und machten sich an einem oder mehreren Fahrzeugen zu schaffen, bevor sie den Tatort wieder verließen.

Junge Kerle, den Bewegungen nach zu urteilen.

Mal galt der Anschlag einem großen Geländewagen, mal einer Edellimousine. Dann eine Reihe von Kleinwagen mit dem Logo der Wachfirma OF&S sowie ein paar Geldtransporter. Zuerst glommen in der Dunkelheit ein paar helle Punkte auf, kurz darauf war alles in Qualm gehüllt, schließlich brannte es lichterloh.

»Grillanzünder?«, fragte Braun.

Kripochef Engel reagierte scharf. »Wir reden ausschließlich von Brandbeschleunigern. An die Medien bitte keine näheren Angaben zur Vorgehensweise, sonst finden diese Chaoten Nachahmer, und kommende Nacht lodert es an jeder Ecke!«

Melia war diese Art der Panikmache gewohnt. Verbrechen, die man roten Socken zuschrieb, versetzten Politiker und Sicherheitsbehörden stets in höchste Alarmstufe. Ein angekokelter Porsche interessierte diese Leute weit mehr als ein verprügelter Flüchtling oder ein verwüsteter Kebab-Laden. Beim Verfassungsschutz hatte sie das gelernt – aber sich bis heute nicht damit abfinden können.

»Frau Adan«, sprach ihr Vorgesetzter sie an. »Sie kennen die Antifa-Szene in diesem Bundesland. Helfen Sie uns auf die Sprünge.«

»Wie kommen Sie auf Antifa?«

Der Staatsschutzleiter reichte ihr ein kopiertes Schreiben. »Eine Bande namens *Besorgte Antifaschisten – Bewegung 8. Mai* hat sich zu den Anschlägen bekannt.«

»Die Gruppierung muss neu sein.«

Während Melia das Blatt überflog, redete Fessner weiter: »Die Chaoten haben es auf Hartmut Osterkamp abgesehen. Der typische Hass der Linken auf einen Mann, der es zu etwas gebracht hat.«

»Wir müssen die Täter dingfest machen, bevor sie noch mehr Schaden anrichten«, erklärte der Kripochef.

Für Melia las sich der Bekennerbrief authentisch. Er prangerte an, dass Einkaufszentren die Innenstädte zerstörten. Dass Wohnraum kaum noch bezahlbar war. Dass Osterkamp Politiker schmiere und insbesondere die AfD mit Spenden unterstütze. Aber sie wusste, dass gelegentlich auch Rechte solche Taten verübten, um sie ihren Gegnern in die Schuhe zu schieben. In ihrer Zeit beim Inlandsgeheimdienst hatte sie das mehr als einmal erlebt.

Für Osterkamp ist der Verlust der Fahrzeuge finanziell gesehen Peanuts, dachte sie. Viel mehr wird ihn ärgern, dass die Tat seine Geschäftspraktiken ins Rampenlicht zerrt.

»Und?«, fragte Engel.

Melia hob die Hände zu einer Geste des Bedauerns. »Mein Kontakt zur Antifa-Szene ist abgerissen. Außerdem lässt die Bildqualität zu wünschen übrig. Ich kann da leider niemanden erkennen.«

Der Grauhaarige am Laptop sagte: »Warten Sie ab, das Beste kommt noch.«

Alle im Raum wandten sich wieder der Leinwand zu.

Das Video lief weiter. In aller Seelenruhe spazierten die Brandstifter von Auto zu Auto. Währenddessen wurde der Fluchtwagen gewendet. Dann stieg die Person am Steuer aus und zündete sich eine Zigarette an. Es handelte sich um eine Frau.

»An der Kippe dürfte DNA zu finden sein«, sagte Melia.

»Sie hat den Stummel eingesteckt und mitgenommen«, antwortete ein Kripomann. »Ein Profi, wenn Sie mich fragen.«

Der Staatsschützer am Laptop sagte: »Achtung, jetzt kommt's!«

Während sie wegfuhren, stoppten die Täter noch einmal und betrachteten ihr Werk. Sie zogen sich die Sturmhauben vom Kopf und klatschten einander ab. Im Schein der Flammen schien das Haar der Fahrerin zu leuchten. Beim Abbiegen schaute sie noch einmal über die Schulter.

Der Kollege am Laptop hielt das Bild an.

»Eine Frau«, sagte er. »Kurzes Haar, platinblond, vielleicht gefärbt.«

Nein, naturweiß, dachte Melia.

Ihr Herzschlag beschleunigte sich. Sie hatte keine Zweifel. Die Bewegungen der Frau. Die Art, wie sie die Zigarette gehalten hatte. Der gebeugte Rücken beim Einsteigen, viel bedächtiger als ihre jungen Genossen.

Sie ist es.

»Und?«, fragte Kripochef Engel.

Melia überlegte, welche Folgen es hätte, falls sie die Fahrerin verriet. Folgen für jemanden, den sie sehr schätzte. Und damit auch für sie selbst.

Sie wandte den Blick von der Leinwand ab. »Ziemlich unscharf, sorry. Nach wie vor.«

»Aber Sie kennen die linken Bazillen, die hierzulande ihr Unwesen treiben.«

»Vielleicht bin ich ihr einmal begegnet, aber ich komme nicht darauf, tut mir leid.«

»Denken Sie nach!«

Sie schüttelte den Kopf und spürte die Enttäuschung der Männerrunde.

Fessner räusperte sich und reichte ihr ein paar Ausdrucke. Eingefrorene Momente, vergrößerte Details. Das blasse Gesicht, der helle Haarschopf.

Der Staatsschutzleiter sagte: »Frau Adan, Sie hatten schon früher, als Sie noch für mich gearbeitet haben, ein Händchen dafür, Antifa-Zecken als Spitzel anzuwerben.« Er wirkte verlegen, das Lob war nicht ehrlich gemeint. »Sie machten den Typen glaubhaft, Sie stünden auf ihrer Seite.«

»Was wollen Sie damit sagen?«

»Vielleicht erkennt einer Ihrer Informanten die Bande. Ich meine, einer Ihrer früheren Informanten.«

»Ja, vielleicht«, erwiderte Melia.

Sie faltete die Fotos, zeigte ein zuversichtliches Lächeln und wünschte der Männerrunde noch einen guten Tag, um zu ihrer Arbeit zurückzukehren. Sie zog die Tür hinter sich zu und atmete auf.

38

DR. MARKUS DORAU SASS BEI FELIX MAY, dem Aktenführer. Der Psychiater hatte sich in Schale geworfen. Seidenhemd, schwarzer Anzug, Krawatte mit Paisleymuster. Er wirkte müde, gezeichnet von der Trauer, belastet von Sorgen. Etwas an seinem Gesicht wirkte unnatürlich. Dann erkannte Vincent, wodurch der Eindruck entstand: Das Veilchen an Doraus linkem Auge war mit reichlich Make-up abgedeckt worden.

»Wir haben nun also die Familiengeschichte geklärt«, sagte Felix. »Von Klaras Geburt bis sie das Haus verließ und bei Miran Alver einzog. Sie stand kurz vor dem Abi, der Freund will Architekt werden. Herr Dorau hat Klara eine schöne Wohnung geschenkt, der Umzug dahin sollte im Sommer stattfinden. Sie und Miran kannten sich seit ihrer Kindheit. Mirans Mutter Nazemin, die für Herrn Dorau arbeitet, war im Jahr 2010 kurzzeitig seine Freundin. Da habe ich Sie doch richtig verstanden, oder?«

Der Psychiater nickte. »Das war nach der Trennung von meiner ersten Frau Gabriele. Sandra, meine zweite Frau, kannte ich zu dem Zeitpunkt noch nicht. Nazemin hat schon damals die Hafenbar geführt. Ihr Ehemann saß in dem Jahr wegen einer üblen Schlägerei im Gefängnis. Wir haben uns gegenseitig ein wenig getröstet.«

»Verstehe«, sagte Vincent. Ihm war der Psychiater nicht sonderlich sympathisch. Vielleicht wegen seines herablassenden Tons.

Dorau fuhr fort: »Nach Gültans Haftentlassung entschied sich Nazemin für ihn, was sich als fataler Irrtum erwies. Als Gültan ein paar Monate später an einer Überdosis Heroin starb, war das für uns alle eine Erlösung, das kann ich Ihnen verraten.«

»Was ist eigentlich mit Ihrem Auge geschehen?«, fragte Vincent, um den Mann aus dem Konzept zu bringen.

Überrascht fasste sich der Psychiater ins Gesicht. Dann lächelte er. »Tennis. Hab einen Schläger abbekommen.«

»Ich dachte, beim Tennis hält man Abstand.«

»Es war nach dem Spiel. Mein Partner hat eine blöde Bewegung gemacht.«

»Und die Hafenbar?«

»Was meinen Sie?«

»Die eingeworfene Fensterscheibe.«

»Spielende Kinder, schätze ich.«

»Trotzdem haben Sie einen Security-Mann engagiert.«

»Das geht auf Nazemins Kappe. Übertriebene Vorsicht, meiner Meinung nach.«

»Also hat das jeweils nichts mit dem Mord an Ihrer Tochter zu tun?«

»Wie kommen Sie darauf?«

»Laut ihrer Tochter Lotte haben Sie die Vermutung geäußert, jemand hätte es auf die Familie abgesehen.«

»Wer sollte das sein?«

»Das frage ich Sie.«

»Nein, Sie sind die Kripo, meine Herren. Finden Sie heraus, wer Klara abgestochen hat. Dann wissen wir auch, warum es geschah.«

Vincent nickte und rieb sich den Nacken. Er glaubte nicht an den Tennis-Unfall. Auch nicht an spielende Kinder vor dem Restaurant. Wenn Dorau eine Bedrohung verharmloste, konnte das nur eines heißen.

Er hatte selbst Dreck am Stecken.

Vincent nahm an, dass der Psychiater selbst den Leibwächter engagiert hatte. Mike Echternach – wetten, dass ihm »Tante Tessa« den Ex-Cop vermittelt hatte? Und wenn die Chefin des KK21 das tat, führte dies zur nächsten Schlussfolgerung.

Es ging um Drogen.

Die Logik des Gedankengangs war für Vincent zwingend und unbegreiflich zugleich. Wie eng war Tessa Schramm mit Dorau verbandelt? Ging es um Rauschgiftgeschäfte? Hielt sie ihm die Konkurrenz vom Leib?

Nein, das konnte nicht sein.

Vincent überließ den Psychiater wieder Felix. Als er am Geschäftszimmer vorbeikam, winkte Nora ihn zu sich. Sie telefonierte gerade mit dem Pförtner.

Eine gewisse Nazemin Alver war gerade eingetroffen. Sie wartete darauf, dass jemand sie zu ihrer Vernehmung abholte.

Du kommst gerade richtig, dachte Vincent.

39

SCHWEISSGEBADET WACHTE ROLAND AUF. Eigentlich viel zu früh, denn er hatte noch bis weit in die Nacht im Internet gesurft. Und dabei zu viel getrunken.

Aber wenigstens war damit auch der Traum beendet, der ihn gerade gequält hatte.

Afghanistan – er hatte die Katastrophe wie so oft noch einmal durchlebt. Doch dieses Mal war es eine etwas andere Horrorversion der Ereignisse gewesen.

Die Brücke über den Kundus nördlich von Baghlan war verloren, die Kräfte der Taliban stärker als erwartet. Der Feind hielt an diesem Wintertag auch das diesseitige Ufer besetzt, nutzte eine kleine Ansiedlung, durch die Rolands Einheit patrouillierte, als Hinterhalt und schlug völlig unerwartet zu.

Roland zog den verletzten Philipp aus dem brennenden Fahrzeug. Der Kamerad war schlaff und schwer. Hinter einem Ziegentrog fanden sie Deckung. Abgeschnitten vom Rest des Zugs und unter Dauerbeschuss.

Um sie herum schlugen die Kugeln ein, Erde spritzte auf, Holz splitterte. Ein Haus stand in Flammen, der Rauch machte das Atmen schwer. Roland hielt Philipp im Arm, der zu sich kam und vor Schmerzen wimmerte. Das feindliche Feuer hinderte die Sanitäter daran, sich ihnen zu nähern. Und die verdammte Winterkälte griff nach ihren Eingeweiden.

Bis zu dieser Stelle glich der Traum all den anderen zuvor.

Doch dann nahm er einen neuen Verlauf. Sein Freund begann zu zittern. Roland deckte ihn zu und legte sich zu ihm, um ihn und sich selbst zu wärmen. Plötzlich erkannte er statt Philipp den kleinen Stricher von gestern Morgen. Der schmierige Türkenbengel berührte ihn und wollte ihn küssen.

Glotzte mit seinen Kulleraugen. Blinzelte.

Bedrängte ihn mit seiner Zunge.

Der reine Ekel.

Roland war übel von dem Traum und von seinem Kater. Er riss mehrere Fenster auf, um für frische Luft zu sorgen. Mit einem Glas Wasser spülte er zwei Aspirin herunter. Dann schaltete er die Kaffeemaschine ein und duschte.

Gleich darauf schloss er die Fenster wieder. Fliegen vom benachbarten Kuhstall schwirrten durch die Zimmer. Um die Bilder des scheußlichen Traums zu vertreiben, setzte sich Roland mit einer Tasse Kaffee vor seinen Klapprechner.

Er suchte nach Neuigkeiten über Jennifer Arnold, die linke Schlampe.

Auch die Online-Ausgaben der Mainstreammedien berichteten über die schändlichen Äußerungen der Fernsehkommissarin und das Echo, das sie ausgelöst hatte. Roland scrollte durch die Kommentarspalten, und seine Stimmung hellte sich auf. Zahlreiche User gaben ihre Meinung zum Besten, und die Redaktionen kamen mit dem Löschen nicht hinterher.

Keine Gebührengelder für diese Flüchtlingsnutte!

Die Volksverräterin gehört zum übelsten Dreck, den Deutschland je geschissen hat.

Roland loggte sich ein, um unter Pseudonym ebenfalls etwas Dampf abzulassen. Er rieb sich die Hände, dann legte er los. Ein paar gute Klopper hatte er ebenfalls auf Lager.

Als Deutscher kann man für dieses System nur noch Verachtung empfinden. Der Umvolkung muss mit der Waffe in der Hand begegnet werden. Die Systemknechte gehören an die Wand, Gerichtsprozess nicht nötig. Wacht auf!

Jetzt ging es ihm schon viel besser.

40

NAZEMIN ALVER KAM VINCENT in ihrem schwarzen Anzug und mit ihrer aufrechten, schlanken Gestalt beim ersten Anblick vor wie ein Filmstar, der vom roten Teppich abgekommen war und nun etwas deplatziert im Foyer des Präsidiums auf ihn wartete. Wie gestern trug sie ein Kopftuch. Es war aus schwarzer Seide und verhüllte betont lässig nur einen Teil ihrer Haare.

Während sie im Paternoster nach oben fuhren, unterhielten sie sich über ihre Arbeitszeiten. Für die Restaurantchefin war es eine ungewöhnlich frühe Stunde, wie sie gestand. Vincent fand, dass sie angespannt wirkte.

Er hätte darauf gewettet, dass sie nach wie vor in Kontakt mit ihrem Sohn stand.

Vincent brachte sie in sein Büro, das inzwischen leer war. Kim Brandstätter und Timo Czerny waren mit Lotte Dorau fertig und hatten das Mädchen nach Hause entlassen.

Er bereitete erneut Espresso zu. Sie wünschte weder Zucker noch Milch. Beim Servieren drehte er den Griff des Tässchens nach rechts, wie es der Kellner in der Hafenbar gemacht hatte, und erntete dafür ein Lächeln. Für einen Moment spürte er Wärme und Sympathie.

»Miran hat wieder angerufen«, sagte sie unvermittelt. »Kurz bevor ich zu Ihnen aufgebrochen bin.«

Vincent staunte über ihre Offenheit.

Sie blickte ihm fest in die Augen. »Ich halte Sie für einen vertrauenswürdigen Mann, also habe ich ihm weitergegeben, was Sie mir gesagt haben. Er hat jetzt Ihre Handynummer und will es sich überlegen. Das hat er mir versprochen. Er wird Sie kontaktieren, da bin ich mir sicher.«

»Wo hält er sich auf?«

»Ich weiß nur, dass ein Freund ihn bei sich wohnen lässt.«

»Hat er die vergangene Nacht dort verbracht?«

»So habe ich ihn verstanden.«

»Ein Mann, keine Frau.«

»Ja.«

»Um wen könnte es sich handeln?«

»Keine Ahnung.«

Vincent nickte.

»Wirklich nicht. Er hat einen großen Bekanntenkreis, und ich kenne nur einen Bruchteil davon. Glauben Sie mir.«

»Das tue ich, Frau Alver.«

»Miran hat nach wie vor große Angst vor der Polizei.«

»Ohne dass er einen Grund dafür nennt?«

Sie hob nur kurz die Schultern.

Themenwechsel. »Wie kamen Sie auf Mike Echternach?«

»Auf wen?«

»Das dicke Muskelpaket, das auf die Hafenbar aufpasst.«

Die Wirtin lächelte. »Ach so. Den hat Markus besorgt.«

»Gestern sagten Sie noch, es gebe keine Bedrohung.«

»Markus war da anderer Meinung.«

»Mike Echternach war früher bei der Polizei. Die meiste Zeit bei den Rauschgiftfahndern.«

»Kann sein.«

»Tessa Schramm leitet das Kommissariat für Drogendelikte.«

»Worauf wollen Sie hinaus?«

»Welche Verbindung gibt es zwischen Frau Schramm und Ihrem Chef? Hat Markus Dorau etwas mit Rauschgift zu tun? Treibt er damit Handel?«

Nazemin verschränkte die Arme.

»Wenn es so ist, dann liegt es nahe, dass die Hafenbar als seine Geldwaschanlage fungiert, Frau Alver. Sollte Ihr Chef Sie in krumme Geschäfte verwickelt haben, dann ist das jetzt Ihre Chance, reinen Tisch zu machen. Sagen Sie mir, was Sie wissen. Ich kann für Ihre Sicherheit garantieren. Aber nur, wenn Sie ehrlich zu mir sind.«

»Vielleicht sollte ich jetzt besser einen Anwalt hinzuziehen.«

Vincent spürte, dass er so nicht weiterkam. Die Frau war hartgesotten und ließ sich nicht aus der Ruhe bringen.

Oder ich denke in die falsche Richtung.

»Wie haben Sie Tessa Schramm kennengelernt?«, fragte Vincent.

»Sie glauben doch nicht, dass ausgerechnet Tessa etwas mit Klaras Tod zu tun hat!«

»Jemand aus den Reihen der Polizei, hat Ihr Sohn gesagt.«

»Aber doch nicht Tessa.«

»Wie kommt es, dass Sie sich so gut verstehen? Die Leiterin der Dienststelle für Rauschgiftkriminalität, Markus Dorau und Sie.«

Nazemin Alver blickte ihm fest in die Augen und lüftete mit beiden Händen ihr Kopftuch. Zuerst dachte er, sie wolle es nur neu ordnen. Wie beiläufig strich sie dabei ihr Haar nach hinten und wandte sich kurz zur Seite.

Vincent erschrak.

Von der Schläfe bis zum Hals war ihre Haut vernarbt, das linke Ohr verstümmelt.

Nazemin schlang sich den schwarzen Stoff wieder um den Kopf.

»War das Ihr Mann?«, fragte Vincent.

»Gültan, ja.«

»Feuer oder heißes Wasser?«

»Säure.«

Am liebsten hätte er ihre Hand genommen.

»Das tut mir leid.«

»Tessa hat verhindert, dass er mir noch mehr antut. Sie hat mich in die Uniklinik gebracht und sich um mein Kind gekümmert. Zehn Jahre ist das her. Seitdem sind wir Freundinnen.«

»Sie war dabei, als es geschah?«

»Ja, gewissermaßen. Sie hat zu der Zeit gegen Gültan ermittelt und ihn überwacht. Unsere Wohnung war verwanzt, was ich nicht wusste, und Tessa hatte in einem Fahrzeug vor dem Haus Posten bezogen. Sie kam in die Wohnung gestürmt wie ein Engel, den Gott geschickt hatte.«

»Und Ihr Mann?«

»Ist durch das Fenster abgehauen. Eine Woche später wurde seine Leiche gefunden. Heroin, eine Überdosis. Er sah keinen anderen Ausweg mehr.«

»Wussten Sie, dass Ihr Mann mit Heroin zu tun hatte?«

»Nein, wir waren uns fremd geworden. Ich möchte nicht länger an die schlimme Zeit denken. Es gab Momente, in denen mir danach das Leben schwerfiel. Wenn Tessa und Markus nicht gewesen wären …«

Vincent stellte sich vor, wie es für die attraktive Frau gewesen sein musste, sich nach dem Säureangriff im Spiegel zu sehen. Wie es ganz sicher heute noch war.

»Sie sind noch immer sehr schön, Frau Alver.«

»Warum sagen Sie das?«

Er spürte, dass er eine Grenze überschritten hatte und das Gespräch besser beendete. Er hatte ohnehin keine weiteren Fragen mehr. Vincent begleitete die Wirtin der Hafenbar bis zum Treppenhaus. Dann verabschiedete er sich von ihr. Den Weg nach unten würde sie allein finden.

Rasch kehrte er in sein Zimmer zurück, griff zum Telefon und rief Kim Brandstätter an.

»Bist du gerade beschäftigt?«

»Wenn der Chef ruft, lasse ich sofort alles stehen und liegen.«

»Die richtige Dienstauffassung. Damit wirst du es weit bringen, Kim.«

»Sag schon, was gibt's?«

»Kannst du in unserem Mordarchiv nach einem Fall suchen, der zehn Jahre zurückliegt? Der Tote hieß Gültan Alver. Ursächlich soll eine Vergiftung durch Heroin gewesen sein. Also ein unnatürlicher Todesfall, zu dem jemand vom KK11 zumindest einen Vorgang angelegt haben müsste. Wäre schön, wenn du etwas findest. Briefing in fünfzehn Minuten?«

»Nur wenn du ›bitte‹ sagst.«

Vincent lachte und tat es.

41

JENNIFER ARNOLD HATTE AN DIESEM Tag drehfrei und deshalb beschlossen, einen Fitnessvormittag einzulegen. Um halb sieben öffnete das Studio an der Königsallee, in dem sie Mitglied war, und in den ersten Stunden des Tages war es dort immer herrlich leer. Angeleitet von einer Trainerin absolvierte Jennifer ein schweißtreibendes Programm. Neunzig Minuten Power Yoga, danach an die Geräte, bis die Muskeln zitterten. Seltsamerweise tat ihre Hüfte dabei nicht weh.

Inzwischen war es voller geworden, aber ungeschminkt und mit zum Pferdeschwanz gebundenem Haar fiel Jennifer nicht auf. Sie schätzte die Exklusivität des Clubs. Hier käme niemand auf die Idee, unangemessene Handyfotos zu machen. Sie schlüpfte in den Badeanzug.

Im Zwanzigmeter-Becken zog Jennifer zum Abschluss ihre Bahnen. Sie war eine ausdauernde Schwimmerin und glitt ohne große Anstrengung durchs Wasser. Die Stärkung der Rückenmuskulatur sei die beste Therapie gegen ihren angeknacksten Lendenwirbel, sagte die Trainerin.

Jennifers Gedanken schweiften ab. Sie genoss es, in den kommenden Tagen keine Termine zu haben. Die Außenaufnahmen der neuen Folge waren seit gestern abgedreht, erst nächste Woche würde es ins Studio gehen. Bis dahin würde sie Serien streamen und Drehbücher lesen. Ein Filmstudent hatte ihr das Skript seiner geplanten Abschlussarbeit zukommen lassen. Von Beginn an hatte er sie sich in der Hauptrolle vorgestellt, so behauptete er.

Der Junge war ein unverschämter Schmeichler. Mit einer nennenswerten Gage konnte sie nicht rechnen. Vielleicht würde sie trotzdem zusagen.

Außerdem wollte sie Zeit mit ihrem Sohn verbringen. Am Nachmittag stand der Stadtbummel an, den sie mit ihrer Schwester vereinbart hatte. Jennifer war zuversichtlich, heute ohne Koks auszukommen.

Voller Gewissensbisse dachte sie an ihre gestrige Begegnung mit Markus zurück. Sie hatte es wieder nicht geschafft, ihm den Verrat zu beichten, den sie im Polizeiverhör nach dem Unfall begangen hatte.

Man hatte ein paar Gramm Kokain in ihrem Wagen gefunden und Jennifer ins Präsidium vorgeladen. Dort hatte sie der Polizei verraten, dass Markus ihr Dealer war, um einer Anzeige zu entgehen. Die Kommissarin, die sie ausfragte, hatte unmissverständlich klargemacht, dass Jennifer nichts anderes übrig blieb.

Nie werde ich das falsche Lächeln der großen, stämmigen Frau vergessen. Ihr anbiederndes Zwinkern. Die Härte hinter dem freundlichen Anstrich.

An dem Tag habe ich meine Würde aufgegeben, dachte sie.

Eine meiner leichtesten Übungen.

Wie durch ein Wunder war ihre Aussage ohne Konsequenzen geblieben. Zumindest hatte Markus nie erwähnt, dass er Ärger mit der Polizei bekommen hätte. Jennifer nahm das als Trost. Aber sie fürchtete, dass trotzdem ein Nachspiel drohte.

Ich muss es ihm beim nächsten Mal sagen.

Jennifer stieg aus dem Becken, duschte das Chlorwasser ab und rubbelte sich trocken. In der Umkleide checkte sie ihr Handy.

Und staunte.

Achtzehn verpasste Anrufe in der letzten Stunde, elf Nachrichten auf ihrer Mailbox. Während sie aufs Display tippte, um sie abzuhören, zwitscherte es schon wieder.

Doris, ihre Agentin, war ganz aus dem Häuschen.

»Jenny, was hast du angestellt?«

»Wieso?«

»Das ZDF überlegt, die Zusage für weitere Folgen *Tara Heldt* zu stornieren. Wo steckst du? Kannst du nach Mainz kommen?«

»Unmöglich. Was ist los?«

»Verfolgst du keine Nachrichten? Du bist die Top-Meldung, Jenny. In jedem verdammten Sender. Noch vor Klima, Grippewelle und den angezündeten Autos in Düsseldorf. ›Brauner Shitstorm ergießt sich über Deutschlands beliebteste TV-Kommissarin.‹ Beim ZDF fürchtet man, du hättest mit dem Interview von gestern dein Publikum vergrault.«

Jennifer umklammerte ihr Handy fester. »Die haben wohl den Arsch offen!«

Getuschel, interessierte Blicke – sie war nicht allein im Raum.

»Wir müssen dem Programmdirektor klarmachen, dass du es nicht so gemeint hast.«

»Habe ich aber!«

»Mach's mir bitte nicht so schwer! Du hast hoffentlich

nicht noch weitere Interviews gegeben! Wahrscheinlich ist deine Mailbox voller Anfragen. Versprich mir, dass du keinen Unfug machst!«

»Was heißt das?«

»Pass auf, Jenny, ich nehme den nächsten Flieger nach Düsseldorf. Bis dahin beantwortest du gar nichts. Kein Wort zu irgendwem. Wenn das Telefon läutet, bleibst du weg. Und mit Mainz werden wir schon irgendwie klarkommen.«

»Der Programmdirektor kann mich mal.«

»Jenny, sag das nicht. Der Mann kann Karrieren beenden. Mit ihm darfst du es dir nicht verderben.«

»Wenn du verlangst, dass ich mich bei den Rechten anbiedere, dann wechsle ich meine Agentin.«

Ein paar Frauen in der Umkleide applaudierten.

Jennifer ignorierte sie.

Doris' Stimme klang gepresst, vielleicht lag es an der Mobilfunkverbindung. »Spätestens um 14 Uhr bin ich bei dir, dann sehen wir weiter. Vielleicht engagieren wir einen Presseberater. Hab keine Sorge, meine Liebe. Wir machen nichts, bei dem du nicht dahinterstehst.«

Ich muss meine Schwester anrufen, dachte Jennifer. Den geplanten Kö-Spaziergang auf morgen verschieben. Hoffentlich hat Sabrina dann auch noch Zeit.

Und hoffentlich wird Finn nicht wieder sauer sein.

»Bist du noch dran?«, fragte Doris.

»Natürlich.«

»Keiner verlangt, dass du dich bei irgendwem anbiederst, aber eines musst du mir versprechen, Jenny. Heb die rechte Hand und schwör.«

»Was denn?«

»Geh auf keinen Fall ins Internet. Da wird dir nur schlecht.«

42

KIM SASS IHM GEGENÜBER. Sie hatte eine dünne Akte mitgebracht, die auf ihrem Schoß lag.

»Wie gefällt es dir bei uns?«, fragte Vincent.

»Eigentlich gut, das weißt du ja. Du machst leckeren Kaffee. Das ist etwas wert.«

»Aber?«

»Deine Chefin wollte mich auch schon anwerben. Aber wer will das schon ständig haben – ungeregelte Arbeitszeiten, Überstunden, Dauerstress?«

»Ich zum Beispiel.«

»Nicht jeder ist so verrückt wie du.«

»Falls du fest bei uns einsteigst, kann ich dir zusagen, dass du schon im nächsten Jahr beurteilt wirst. Die Beförderung zur Kriminaloberkommissarin wäre dir sicher.«

»Genau das hat mir die Inspektionsleiterin auch schon gesagt. Warum bemüht ihr euch so um mich?«

»Erzähl mir, wie du die Sache Gültan Alver findest.«

Kim quittierte den Themenwechsel mit einem Nicken. »Eigentlich ist alles klar und gut dokumentiert. Insgesamt eine saubere Ermittlung. Das wolltest du doch wissen.«

»Aber?«

Vincents Diensttelefon schrillte. Der Apparat zeigte Melia Adans Nummer an. Tut mir leid, Chefin, aber im Moment habe ich keine Zeit für dich. Er wandte sich wieder Kim zu.

Sie zögerte. »Ich will mir nicht anmaßen, an der Arbeit erfahrener Kollegen herumzumäkeln.«

»Genau darum bitte ich dich aber.«

»Okay. Zwei Dinge. Wir haben einen wegen Drogendelikten gesuchten Ex-Häftling, der eine Woche lang abgetaucht war. Da sucht man Anhaltspunkte, wo er sich die ganze Zeit aufgehalten hat. Doch die Kriminaltechnik kann keine Spuren an der Leiche finden, bis auf ein paar frische Grasflecken von der Wiese am Rhein, wo man ihn entdeckt hat. Als wäre Alvers Kleidung mit einer Fusselrolle gereinigt worden.«

»Und zweitens?«

Kim öffnete die Akte und blätterte, bis sie auf ein paar blassgrüne Seiten stieß. »Hier, der Obduktionsbericht. Blaue Lippen, bläuliche Fingernägel, ein Lungenödem und ein Einstich am Arm. Das passt zur Spritze, die neben der Leiche lag, und deutet auf eine Opiatvergiftung hin, was das Labor eindeutig bestätigt hat. Doch außerdem fand die Rechtsmedizinerin an beiden Handgelenken Druckstellen. Schwach ausgeprägte Hämatome fast rundherum.«

»Interessant.«

»Kann natürlich die unterschiedlichsten Erklärungen dafür geben.«

»Und du fragst noch, warum wir uns um dich bemühen? Du solltest stolz deswegen sein. Als ich in deinem Alter war, gab es für einen Kriminalisten nichts Interessanteres als das KK11.«

»Die Zeiten haben sich möglicherweise geändert.«

»Nicht für aufgeweckte Leute wie dich.« Vincent hob sofort die Hand, um Widerworte abzuwehren. Er bedankte sich bei Kim und bat sie, die Akte dazulassen.

Nachdem sie gegangen war, schlug er nach, welcher Kollege die Leichensache Gültan Alver bearbeitet hatte.

Dominik Roth. Mit vierzig Jahren gehörte er zu den Jüngsten im Kommissariat. Heute ein erfahrener Mordermittler, aber vor zehn Jahren war er das definitiv nicht gewesen.

Vincent entnahm den Notizen des Kollegen, was ihm die Drogenleute über Nazemins Ehemann berichtet hatten. Er sei vermutlich im Knast heroinsüchtig geworden. Nach seiner Entlassung habe er herumgeprahlt, groß ins Drogengeschäft einzusteigen. Dadurch sei er polizeilich aufgefallen und zur Zielperson einer Observationsmaßnahme geworden.

Vincent las, welcher Kollege des KK21 mit Dominik zusammengearbeitet hatte.

Mike Echternach.

Sieh mal an.

In der Akte stand eine Mobilfunknummer, unter der Echternach zu erreichen war. Vor zehn Jahren waren Diensthandys noch nicht in jeder Dienststelle üblich gewesen. Viele Kommissare hatten ihr privates Gerät benutzt. Galt Echternachs Nummer auch heute noch?

Vincent probierte es aus.

Während in der Leitung das Freizeichen ertönte, spielte Vincents Handy auf dem Schreibtisch »Gimme Shelter«. Das Display zeigte erneut Melias Nummer an. Sorry, es geht wieder nicht.

»Echternach.«

»Hallo, Mike. Sitzt du wieder in der Hafenbar?«

»Es ist schön hier. Und man bezahlt mich dafür. Das Leben meint es gut mit mir.«

»Ich sitze gerade an einem alten Fall, an dem du beteiligt warst, als es auch die Kripo noch gut mit dir meinte.«

»Olle Kamellen. Verplemper nicht deine wertvolle Beamtenzeit, Vincent.«

»Willst du nicht hören, um was es geht?«

»Du erzählst es mir doch sowieso.«

»Gültan Alver, angeblich eine Überdosis.«

»Zeitverschwendung, sag ich doch. Der Dreckskerl ist das nicht wert. Du weißt, was er mit seiner schönen Frau angestellt hat?«

»Der Obduktionsbericht lässt noch eine zweite Deutung zu. Dass der Mann festgehalten wurde und ihm die tödliche Dosis Heroin gegen seinen Willen gespritzt wurde.«

»Etwas früh für eine Märchenstunde, findest du nicht?«

»Wer hat bei euch die Ermittlungen gegen Gültan Alver geleitet?«

»Tessa Schramm. Die war schon damals eine absolute Spitzenkraft. Von der könntest du dir eine Scheibe abschneiden, mein Guter.«

»Vielleicht gibt sie mir ja Nachhilfe.«

»Gute Idee. Warum wendest du dich wegen der Alver-Sache nicht direkt an sie?«

»Ach, mir war nach einer Plauderminute mit dem alten Mike, nachdem wir uns gestern über den Weg gelaufen sind.«

»War mir ein Vergnügen, Vincent.«

»Danke, Mike. Hast mir sehr geholfen.«

43

EIN KLOPFEN AN MELIAS TÜR. Es war Vincent. Sie hatte ihn zu sich bestellt, nachdem sie ihn endlich erreicht hatte.

»Was konntest du mir am Telefon nicht sagen?«, fragte er.

Sie sah Vincent an, dass er tatsächlich keine Ahnung hatte. Sein Blick streifte über die Pinnwand, blieb am Porträt von Solveig Fischer hängen, dann an der Einladungskarte zu einer Vernissage seiner Mutter, die sie einmal gemeinsam besucht hatten. Als sie kurz dachte, ihr dienstliches Abhängigkeitsverhältnis müsse nicht ausschließen, einander privat näherzukommen. Zum Glück war nichts geschehen, was sie später hätte bereuen müssen.

»Mach die Tür zu«, sagte sie.

Einen Moment lang fragte sich Melia, ob es nicht besser gewesen wäre, die Unterredung im Park zu führen, wo sie auch schon Zacharias getroffen hatte. Büros konnten mit versteckten Mikros präpariert sein.

An ihrem früheren Arbeitsplatz hätte sie sogar davon ausgehen müssen.

»Du hast von den Autozündlern gehört?«

»Kreuzberger Verhältnisse, jetzt auch bei uns. Eine Sache für den Staatsschutz. Muss uns das ebenfalls beschäftigen?«

Sie reichte Vincent die Ausdrucke. Die Aufnahmen der Überwachungskameras. Die Frau im Fluchtfahrzeug. Kurzes weißes Haar.

Melia studierte sein Gesicht.

Er schüttelte den Kopf.

»Du erkennst sie, nicht wahr?«, insistierte sie.

Vincent legte die Blätter zurück auf den Tisch. Seine Kiefermuskulatur arbeitete. Er wich ihrem Blick aus.

»So unscharf wie das Bild ist, kann man niemanden identifizieren«, sagte er. »Außerdem hat Brigitte mit solchem Unfug abgeschlossen.«

»Ich habe das Video gesehen. Sie ist es, eindeutig. Die Art, wie sie sich bewegt. Wie sie die Zigarette hält.«

»Meine Mutter raucht seit Monaten nicht mehr.«

»Dann hat sie wieder damit angefangen.«

Vincent betrachtete die Ausdrucke noch einmal. Er atmete hörbar aus. Die Kapitulation vor der Wirklichkeit, dachte sie.

»Gibt es einen Haftbefehl?«, fragte Vincent.

»Nein. Auch keine Festnahme. Ich habe bis jetzt den Mund gehalten.«

»Wow.«

»Aber was machen wir, wenn der Staatsschutz dahinterkommt?«

Vincent musterte sie erstaunt. Melia wusste, was er dachte. Sie selbst stellte sich die Frage bereits seit dem Meeting beim Kripochef: Warum nehme ich die alte Chaotin in Schutz?

Ich mache mich strafbar und riskiere meinen Job.

»Du musst mit ihr reden«, sagte Melia. »Heute noch.«

»Ist klar.«

»Deine Mutter ist siebzig, oder?«

Vincent ließ ein freudloses Lachen hören. »Widerstand hält jung.«

»Ein ziemlich kindischer Spruch.«

»Er stammt von Brigitte. Ich dachte immer, sie meint ihn ironisch.«

»Die Autozündler haben den Mord an Klara Dorau aus den Nachrichten verdrängt. Dreißig zerstörte Fahrzeuge. Das ist Irrsinn, nicht Ironie.«

»Ich fürchte, sie wird nicht auf mich hören. Das hat sie noch nie getan.«

»Noch einmal werde ich sie nicht decken.«

Er nickte und stand auf. »Ich bin dir sehr dankbar, Melia.«

44

ALLE DREI MONATE BESTELLTE der Augenarzt Linda Salié zu sich, obwohl er ihre Sehkraft nicht retten konnte. Ein Taxi zu nehmen wäre für Linda zu teuer – der Weg zur Straßenbahn-Haltestelle zu weit für die hüftkranke, übergewichtige Dame.

Also spielte Roland den Chauffeur.

Indem er sich um Linda kümmerte, erwies er seinem besten Kameraden Philipp einen Dienst. In gewissem Sinn hatte er von ihm eine Mutter geerbt – an die eigene konnte sich Roland nur dunkel erinnern. Er war fünf gewesen, als sie starb und damit seine Odyssee durch eine Reihe von Pflegefamilien begonnen hatte.

Das Wartezimmer war voller Menschen. Weil Roland es verabscheute, zwischen Fremden eingepfercht zu sein, ging er zum Auto zurück.

Auf dem Fahrersitz schloss er die Augen, verdrängte das Rauschen des vorbeiströmenden Verkehrs und dachte an seine letzten Wochen in Afghanistan. Er hätte viel dafür gegeben, die Ereignisse von damals rückgängig machen zu können.

Warum hatten er und Philipp sich am Vorabend des

Gefechts am Kundus streiten müssen? Sein Freund war gestorben, ohne dass es eine Chance zur Aussprache gegeben hätte.

Zudem lastete der Horrortraum noch auf Rolands Gemüt.

Die Erinnerung an den Stricher: *Ich weiß doch, dass du darauf stehst, Großer.*

Dem Nächsten, der mir so kommt, drücke ich die Kehle zu.

Es klopfte an der Scheibe.

Nach einer Schrecksekunde erkannte Roland, dass es Linda war. Er entriegelte die Tür, und sie stieg zu ihm ein, offensichtlich bester Laune.

»Das ging ja schnell«, sagte Roland. »Was sagt der Arzt?«

»Keine Verschlechterung, alles gut!«

»Hast du ihn nach dem Rezept gefragt?«

»Welches Rezept?«

»Wie oft soll ich dir das noch sagen? Du brauchst eine elektronische Sehhilfe!«

»Was soll ich damit? Ich seh doch alles!«

Roland war sauer.

Auf den Arzt, der nicht selbst auf die Idee kam, Linda zu helfen. Auf die Krankenkassen, die chronisch knauserten. Auf die Flüchtlinge, die den Sozialstaat plünderten wie ein Heuschreckenschwarm. Seit Jahren ging das ganze Geld für Neger und Kanaken drauf.

Für eine deutsche Rentnerin blieb nichts mehr übrig.

»Pass auf, Linda«, sagte er. »Ich kaufe dir einen Computer mit Kamera und Sprachprogramm. Damit kannst du dir Romane vorlesen lassen. Du hast doch immer so gern gelesen!«

Zu Hause hatte sie mehrere Regale voller Bücher, daher wusste er das.

»Hör endlich auf damit!«, entgegnete sie barsch. »Ich hatte nie einen Computer und werde auch in Zukunft keinen brauchen. Spar dir dein Geld. Geh lieber mal mit deiner Freundin schick aus. Du hast doch eine Freundin, oder?«

Ihre Sturheit tat ihm weh. Er hätte Philipps Mutter so gern geholfen.

Roland startete den Wagen und fuhr sie nach Hause.

Er leerte den Briefkasten für Linda und folgte ihr nach oben. Sie ächzte. Er fragte sich, ob er sie auffangen könnte, falls sie strauchelte.

Möbelpacker kamen ihnen entgegen. Die Tür zur Nachbarwohnung stand offen.

»Was ist da los?«, fragte er Linda.

»Frau Kerber zieht zu ihren Kindern.«

Sie gingen in die Küche. Statt sich auszuruhen, füllte Linda die Kaffeemaschine mit Pulver und Wasser. Roland sah sich die Post an. Werbung für einen Pizzaservice und für eine Lotterie.

Außerdem ein Brief der Osterkamp Wohnungsverwaltung, die für das Haus zuständig war.

»Soll ich ihn dir vorlesen?«, fragte Roland.

»Ach, das schau ich mir später an. Leg das Zeug aufs Fensterbrett.«

Dort stapelte sich bereits weitere Post.

Roland hörte nicht auf Linda. Er riss den Umschlag auf und überflog das Schreiben. Er traute seinen Augen kaum. Osterkamp drohte der alten Dame die baldige Zwangsräumung ihrer Wohnung an. Offenbar hatte er sogar beim Amtsgericht Räumungsklage eingereicht und war damit erfolgreich gewesen.

Wie konnte das sein?

Roland nahm die Briefe vom Fensterbrett und begann, sie zu lesen. Linda schenkte ihm Kaffee ein. Ihre Miene wirkte düster, als ahne sie, dass in den Schreiben nichts Gutes stand.

Die Hausverwaltung hatte schon vor über einem halben Jahr die Miete erhöht. Anscheinend hatte Linda nie reagiert. Roland verglich die Datumsangaben unter dem Briefkopf. Auf die Mahnung war einen Monat später die fristlose Kündigung erfolgt. Auch diesen Brief hatte Linda ignoriert.

Eine Meisterin des Verdrängens – dabei ließ sie sich doch sonst nicht so gehen!

Die Räumungsfrist, die das Gericht gewährt hatte, würde zu Beginn der kommenden Woche ablaufen. Danach konnte der Vermieter die alte Dame jederzeit von einem Gerichtsvollzieher hinauswerfen und ihr Mobiliar abtransportieren lassen.

Roland starrte Philipps Mutter an.

So darf man mit ihr nicht umspringen.

»Schmeckt der Kaffee nicht?«, fragte sie.

»Hab keine Angst«, antwortete Roland. »Ich sorge dafür, dass du hierbleiben kannst.«

Linda seufzte und ließ sich auf einen Stuhl sinken. Ihr Anblick rührte Roland zutiefst. Trotz ihrer Leibesfülle wirkte sie zart.

»Sie schmeißen alle Mieter raus. Niemand kann sich das leisten, was die verlangen. Frau Kerber ist nicht die Erste. Aber ich wohne schon seit über zwanzig Jahren hier. Ich ziehe in meinem Leben nicht mehr um. Da müssen sie mich schon mit den Füßen zuerst hinaustragen.«

»Ich rede mit Osterkamp.«

Linda lächelte, als würde sie ein Kind betrachten.

»Der Mann ist in Ordnung«, beteuerte er. »Glaub mir, ich

kenne ihn. Der hat seine Wurzeln im Volk nicht vergessen. Wahrscheinlich weiß er gar nicht, was hier in seinem Namen abgeht.«

Wegen der Geschichte mit dem Staatssekretär steht Osterkamp bei mir ohnehin in der Schuld.

»Lass gut sein, Roland«, antwortete Linda. »Gegen dermaßen reiche Leute zieht unsereins den Kürzeren. Glaubst du, so einer verliert seine Kinder im Krieg?«

»Ich regle das, Mama.«

Sie blickte ihn verwirrt an.

Roland griff nach ihrer Hand.

War Philipps Mama jetzt nicht auch seine?

»Vertrau mir«, fügte er hinzu.

45

ZUM DRITTEN MAL SEIT SEINER Unterredung mit Melia wählte Vincent die Nummer seiner Mutter. Wieder ließ er es schier endlos klingeln.

Vergeblich.

Gut möglich, dass Brigitte trotzdem zu Hause war. Manchmal reagierte sie tagelang nicht auf Anrufe oder Mails, weil sie sich einbildete, überwacht zu werden. Er hatte sie oft deshalb verlacht. Manchmal auch mit ihr geschimpft, weil er sich sorgte.

Heute verstand er sie.

Hoffentlich plante sie nicht bereits die nächste Dummheit.

Stimmengewirr auf dem Flur. Vincent sah auf die Uhr. Die Teambesprechung. Er schloss sich den Kollegen an, die den Konferenzraum aufsuchten.

Vincent begrüßte Oberstaatsanwalt Kilian mit Handschlag. Er nahm Blickkontakt mit Melia auf, die wie immer in der zweiten Reihe Platz nahm und ihm die Leitung überließ. Er deutete ein Kopfschütteln an. Ihre Miene sagte: Bring deine Mutter gefälligst zur Räson!

Zur Eröffnung hieß Vincent die Neuen willkommen.

Beamte vom KK12 – Sexualdelikte, häusliche Gewalt – und KK13 – Raub, Erpressung – waren hinzugestoßen. Anschließend referierte jeder, was seine jüngsten Zeugenvernehmungen und Nachforschungen erbracht hatten. Es gehörte zum A und O einer erfolgreichen Kommission, dass alle auf dem gleichen Wissensstand waren. Mordermittlung war Gemeinschaftsarbeit.

Sie trugen zusammen, was sie über die Familie wussten. Dominik Roth hatte Doraus erste Frau Gabriele vernommen. Sie hatte nur sporadischen Kontakt zu den Töchtern. Erhellende Informationen konnte sie laut Dominik nicht beisteuern. Ihr Sohn Paul wohne nicht mehr bei ihr, hatte sie ihm erzählt. Sie habe ihn aus der Wohnung geworfen, nachdem es wegen seiner Naziumtriebe zum Dauerstreit gekommen sei. Wo er sich herumtrieb, wisse sie nicht.

Zuletzt ging es um die Spurenlage. Fabri und seine Kriminaltechniker hatten zahlreiche DNA-Proben gesammelt und zur Auswertung ins Labor des Landeskriminalamts gebracht. Sie stammten von der Kleidung des Opfers Klara Dorau, von den Jacken der Sanis, die der Täter niedergeschlagen hatte; von der Matratze in Klaras Küche, benutzten Tassen sowie vom Schlafsack in der Dachkammer über der Garage der Doraus. Hautschuppen, Speicheltröpfchen, Haare.

Das Labor hatte sich ohne Verzug an die Arbeit gemacht, die Analyse der Spuren von Klaras zerschnittenem Sweatshirt lag bereits vor. Sie stammten von mehreren Personen, darunter Miran und die beiden Sanitäter.

Zudem konnte Fabri vermelden, dass die Fingerabdrücke an einer der Frühstückstassen mit denen an der Leiter aus Doraus Schuppen übereinstimmten. Die Person, die bei Klara und Miran geschlafen hatte, war in der folgenden Nacht im Kabuff über der Garage gewesen.

Die Mordkommission einigte sich darauf, dass nach wie vor Miran sowie der unbekannte Übernachtungsgast vorrangig als Täter infrage kamen. Vincent wusste, dass die Statistik gegen Klaras Freund sprach – über die Hälfte aller getöteten Frauen starb durch die Hand des Mannes, der vorgab, sie zu lieben.

Vincent hoffte für Mirans Mutter, dass es sich in diesem Fall anders verhielt. Er entließ die Mitglieder des Teams in ihre jeweiligen Aufgaben. Der Raum leerte sich. Dabei bemerkte Vincent, dass sich Timo Czerny mit dem Handy am Ohr als einer der Ersten nach draußen drängte.

Er telefoniert mit seiner Chefin, dachte er.

Erstattet Meldung, gibt Interna aus der Mordkommission weiter.

Hatte Czerny etwas herausgefunden, womit er in der Runde hinter dem Berg hielt? Vincent dachte an die innige Verbindung von Tessa Schramm zum Psychiater und Restaurantbesitzer Dr. Markus Dorau – *es ging um Drogen*. Und an Nazemin Alver, die von ihrem Sohn berichtete: *Miran hat Angst vor der Polizei*.

Er blickte Czerny hinterher, der, noch immer telefonierend, die Glastür am Ende des KK11-Flurs aufriss und im Treppenhaus den Paternoster nach oben bestieg. Im dritten Stockwerk befand sich das KK21.

Vincent suchte das Büro von Felix May auf, der für die Akten zuständig war. Ihm war eingefallen, was Czerny am frühen Morgen studiert hatte.

»Hast du die Aussagen der beiden Sanis hier?«

Vincent erinnerte sich an Czernys verschreckte Reaktion, als er ihm über die Schulter gelugt hatte. Als hätte er ihn bei etwas ertappt.

»Bitte schön«, sagte Felix und händigte ihm die Akte aus.

Vincent ließ sich auf dem zweiten Stuhl nieder und begann zu blättern, ohne sich darum zu scheren, ob er Felix May störte. Was konnte Czerny auf diesen Seiten entdeckt haben?

Vincent überflog die Aussage des jüngeren Rettungsassistenten. Sie war umfangreich und augenscheinlich lückenlos – gute Arbeit des vernehmenden Beamten. Aber sie enthielt nichts, was Vincent nicht bereits wusste.

Der Name des älteren Kollegen war Dirk Lorenz. Er hatte die Ausbildung zum Notfallsanitäter absolviert, offenbar ein erfahrener Mann.

Während Vincent las, versetzte er sich in die Situation am Tatort. Der verzweifelte Versuch, das Leben der Schwerverletzten zu retten. Der plötzliche Knock-out durch den mutmaßlichen Mörder. Klaras Ende, das trotz aller Anstrengung nicht mehr aufzuhalten war.

Vincent stieg noch einmal weiter vorn ein. Dirk Lorenz hatte sich mit Alex Schlösser, seinem Kollegen, darüber gestritten, ob sie nicht besser das Eintreffen der Polizei abwarten sollten. Doch der Partner stürmte entgegen aller Warnungen ins Haus, denn er kannte das Opfer.

Alex war ganz außer sich, weil er mit dem Verlobten der jungen Frau gut befreundet ist. Unter solchen Umständen verliert man schon mal die Geduld.

Vincent erinnerte sich an einen Satz von Mirans Mutter.

Ich weiß nur, dass ein Freund ihn bei sich wohnen lässt.

»Wo finde ich die Anschrift von Alex Schlösser?«

»Du siehst aus, als hättest du ein Gespenst gesehen. Was ist los?«

»Sag schon!«

»Guck mal auf die erste Seite.«

Vincent prägte sich die Adresse ein. Er suchte sein Büro

auf, nahm seine Dienstwaffe aus der verriegelten Schublade und rief die Fahrbereitschaft an, um einen zivil lackierten Wagen zu bestellen.

Dann wählte er Timo Czernys Nummer.

Der Kollege meldete sich sofort.

»Du glaubst zu wissen, wo Klaras Freund stecken könnte«, sagte Vincent. »Dann lass uns dort mal nachsehen.«

46

MELIAS HANDY SCHRILLTE. Unbekannte Nummer. Eine aufgebrachte Männerstimme.

»Sie können sich nicht einfach vor meine Garage stellen. Fahren Sie gefälligst ins Parkhaus!«

»Wie bitte?«, fragte Melia.

»Der gelbe Ford …«

»Das bin ich nicht.«

»Oh, sorry. Dann habe ich mich verwählt.«

Aufgelegt.

Melia steckte Mobiltelefon und Notizbuch ein und meldete sich bei Odile, der Sekretärin, für die nächste Stunde ab.

Sie drehte in ihrem Mini eine Runde um den Block und vergewisserte sich, dass niemand ihr folgte, bevor sie in die Einfahrt zum Parkhaus am Wehrhahn bog. Sie wusste, dass der Mann, mit dem sie sich gerade verabredet hatte, mindestens ebenso umsichtig vorgehen würde.

Fahren Sie gefälligst ins Parkhaus – ihr Code für ein Treffen an diesem Ort.

Über mehrere Etagen ging es im Kreisel nach oben, bis

schließlich eine Rampe hinaus aufs Dach führte. Hier hatte Melia freie Auswahl an Stellplätzen. Sie steuerte zum anderen Ende der weiten Fläche und stoppte vor der Brüstung neben einem alten BMW.

Sie begrüßte Reinhard Zacharias mit Handschlag, dann drehte er sich weg, weil er husten musste. Er klang wie ein starker Raucher, doch Melia wusste, dass er seit Jahren keine Zigaretten mehr anrührte.

»Entschuldigung.«

»Keine Ursache.«

Zacharias übergab ihr einen Umschlag. Er hatte keine Beschriftung und fühlte sich an, als enthalte er nicht besonders viel.

»Gib mir eine Kurzfassung«, bat Melia.

Zacharias blickte sich um, aber die Einzigen, die zuhören konnten, waren zwei Tauben, die unweit von ihnen über die Brüstung trippelten.

»Udo Griem war der Geschäftsführer des Ganzen. Er ist nicht mehr im Lande. Wir vermuten, dass er gemeinsam mit Domberger, dem Chef der Westkreuz-Miliz, irgendwo in Südafrika untergetaucht ist. Es gibt einen Haftbefehl. Das BKA ist eingeschaltet, der BND ebenfalls. Aber ich habe nicht den Eindruck, dass mit Hochdruck nach Griem gefahndet wird.«

»Wann ist er abgehauen?«

»Kurz nachdem Solveig Fischer verschwand. Er hat sich noch um die Abwicklung des Schulungszentrums gekümmert. Was im Wesentlichen heißt, dass er die Buchführung auf dem Hof verbrannt hat. Alle Informationen über das Netzwerk, die nicht in unsere Hände gelangen sollten. Wir haben das leider zu spät gestoppt. Du erinnerst dich an das Chaos jener Tage?«

Melia nickte. Vor allem spürte sie noch die vernarbte Schusswunde am Bein.

»Über Leo Mössner findest du alles in dem Umschlag. Wir haben ihn und seine Frau eine Weile beobachtet, aber sie scheinen nur Mitläufer gewesen zu sein. Sozusagen das Hausmeisterehepaar der Begegnungsstätte.«

»Und Roland Kracht?«

»Da wird's interessant.«

»Inwiefern?«

»Seine Akte …« Er verzog das Gesicht.

»Sag jetzt nicht, sie wurde gelöscht oder geschreddert.«

»Das nicht.«

»Sondern?«

Das Knallen einer Tür ließ Zacharias herumfahren. Schritte einer Kaufhauskundin auf dem Parkdeck, dann sprang ein Motor an, und ein kleiner Fiat fuhr davon.

»Diese Kaufhof-Filiale soll auch geschlossen werden«, sagte Zacharias. »Zigtausende verlieren ihre Jobs, damit Osterkamp noch reicher wird. Manchmal weiß ich nicht, wer gefährlicher ist. Die Extremisten, die wir beobachten, oder die Oligarchen, denen unsere Wirtschaft gehört.«

»Was wolltest du mir über Kracht erzählen?«

»Du weißt doch, dass seit der NSU-Geschichte das Vernichten von Unterlagen verboten ist, weil herauskam, dass wir etliche NSU-Helfer auf diese Art geschützt haben. So etwas wie die *Aktion Konfetti* soll es nie wieder geben. Deshalb lässt man Akten, die niemand lesen soll, nicht mehr verschwinden, sondern belegt sie mit einem Auswertungsverbot.«

»Wie soll ich das verstehen?«

»Sie sind tabu. Selbst für den Geheimdienst zu geheim.«

»Wer verfügt so etwas?«

»Das kann nur der Amtsleiter selbst. Es heißt, der Giftschrank von Tristan Bovert ist gut gefüllt.«

»Und dazu zählt also die Akte von Roland Kracht?«

»Niemand außer Bovert kommt an sie ran. Er hält sie unter Verschluss.«

»Warum macht er das?«

»Warum wurden die NSU-Akten geschreddert?«

»Wegen der V-Leute, die in die Mordserie verwickelt waren.«

»Eben.«

»Du meinst, Roland Kracht arbeitet als V-Mann für Bovert?«

»Zumindest muss der Mann ihm sehr am Herzen liegen.«

Das Taubenpärchen trippelte näher heran und pickte unentwegt nach Krümeln. Die Vögel bewegten sich ruckartig wie kleine Roboter. Zacharias verscheuchte sie mit einem angedeuteten Fußtritt.

»Sorry, dass ich dir nicht mehr geben kann«, sagte er.

»Das war schon ganz aufschlussreich«, antwortete Melia.

47

DIE GUMBERTSTRASSE IM HERZEN des Stadtteils Eller, eine lebhafte Einkaufsmeile. Der Hauseingang befand sich neben einer Bäckerei. Tessa Schramm fand den Namen am Klingelschild, den Timo ihr genannt hatte.

Alex Schlösser.

Aus der Anordnung der Klingeln schloss sie, dass sich die Wohnung in der zweiten Etage befand. Weil jemand gerade das Haus verließ, konnte sie in den Flur schlüpfen, bevor die Tür mit sattem Klang wieder ins Schloss fiel.

Tessa stieg die Treppe nach oben, bis sie den Namen erneut fand. Sie drückte die Taste. Drinnen ertönte ein Gong. Nichts tat sich, keine Stimmen, keine Schritte.

Aber sie nahm wahr, dass sich die Linse des Türspions verdunkelte.

Jemand starrte sie von innen an.

»Herr Schlösser?«, rief Tessa. »Oder bist du's, Miran?«

»Was willst du?«

Wie alt war Nazemins Sohn gewesen, als sie ihn zum ersten Mal gesehen hatte? Dreizehn oder vierzehn? Ein sensibler Junge, manchmal etwas aufbrausend, aber voller Empathie und Engagement. Vielleicht war er schon damals in

Klara verliebt gewesen. Dass er sie umgebracht haben sollte, überstieg Tessas Vorstellungskraft.

»Dich ins Präsidium bringen«, antwortete sie. »Deine Zeugenaussage wird dringend benötigt.«

»Ich traue dir nicht.«

»Mach auf. Oder willst du, dass das ganze Haus mithört?«

Ein schabendes Geräusch, dann öffnete sich die Tür eine Handbreit. Weiter ging es nicht, denn Miran hatte die Kette vorgelegt.

»Schönen Gruß von deiner Mutter«, sagte Tessa. »Ich habe ihr versprochen, dich zur Mordkommission zu bringen, bevor die Kollegen dich finden und dir womöglich Gewalt antun.«

Sie sah Miran im Dämmerlicht der Diele. Dunkles Haar, Dreitagebart. Die großen Augen hatte er von seiner Mutter geerbt.

»Nazemin sagt, du hättest Angst vor der Polizei.«

»Allerdings.«

»Das verstehe ich sehr gut. Komm, mach auf und lass uns reden.«

Endlich löste der Junge die Kette.

Tessa betrat die Wohnung. Mehrere Poster an der Wand. Mirans Freund schien auf *Game of Thrones* zu stehen.

»Ist Alex nicht da?«

»Eigentlich ist er wegen seiner Schulter krankgeschrieben, aber es gibt da eine Dienstbesprechung bei den Maltesern, die er nicht verpassen wollte.«

Sie gingen in ein vielfältig genutztes, unaufgeräumtes Zimmer: Schreibtisch mit Rechner, ein L-förmiges Sofa voller Comic-Taschenbücher, Beamer und aufgerollte Leinwand, ein Ergometer. Tessa setzte sich auf eine freie Stelle des Sofas. Miran blieb mit verschränkten Armen stehen.

Sie registrierte, wie reserviert er ihr gegenüber war – was ihr nicht gefiel.

Bin ich nicht auch für ihn stets wie eine Tante gewesen?

»Vorab möchte ich, dass du ehrlich zu mir bist«, sagte sie. »Hast *du* Klara das angetan?«

»Das Gleiche wollte ich dich fragen.«

»Wie bitte?«

»Tu nicht so, Tessa. Ich war dabei, als Klara dich anrief und dir von der verschwundenen Verfassungsschutzbeamtin erzählt hat. Ihr habt euch für den nächsten Morgen verabredet, und dann war Klara tot. Ich zähle bloß eins und eins zusammen.«

»Als ich hinkam, war schon die Polizei da.«

»Ich weiß nicht, ob ich dir vertrauen kann. Was hast du mit der verschwundenen Frau zu tun?«

»Gar nichts. Was du konstruierst, ist völlig absurd.«

»Schwörst du mir das?«

»Ich schwöre.«

Miran ließ sich auf dem Sitz des Heimtrainers nieder, gut zwei Meter von ihr entfernt. Sie sah ihm an, dass sie seine Zweifel nicht völlig ausgeräumt hatte.

Wie bringe ich ihn dazu, den Kollegen von der Mordkommission nicht alles zu erzählen?

»Dann bleibt nur eine Erklärung«, sagte er.

»Welche?«

»Klara wurde wegen eurer Drogensache ermordet!«

Tessas Nerven waren zum Zerreißen gespannt. Wenn Veih und seine Leute erfuhren, dass sie mit Klara verabredet gewesen war, dann wäre das für sie schon unangenehm genug, denn sie hatte es versäumt, der Mordkommission davon zu berichten. Was Miran aber jetzt andeutete, würde sie den Job kosten. Mehr noch – die Freiheit.

Wie oft habe ich Markus und Nazemin eingebläut, den Kindern nichts zu verraten!

Tessa bemühte sich um ein Lächeln. Sie musste herausfinden, wie viel der Junge wusste.

»Welche Drogensache?«, fragte sie.

»Tu nicht so scheinheilig. Glaubst du, ich kriege nicht mit, dass meine Mama und Klaras Papa etwas am Laufen haben? Die Gewinne, die sie angeblich mit der Hafenbar einfahren, stammen doch aus ganz anderen Geschäften. Und du deckst das Ganze, das ist klar. Ich bin ziemlich gut darin, eins und eins zusammenzuzählen, auch wenn du es mir vielleicht nicht zutraust.«

»Wusste Klara davon?«

»Du gibst es also zu!«

Tessa blickte auf die Uhr. Durch Timo Czernys Information hatte sie einen gewissen Vorsprung. Mehr aber nicht.

»Ihr wolltet uns raushalten, und ich war mir zuerst nicht sicher. Aber irgendwann hätte ich es Klara erzählt.«

Tessa nickte. »Du hast recht. Ihr Vater hat gelegentlich Kokain verkauft, und ich habe aus Freundschaft ein Auge zugedrückt. Aber auch das hat mit Klaras Tod nichts zu tun. Es gab zwar diesen Überfall auf Markus und die Hafenbar, aber die Albaner, die dahintersteckten, haben meine Leute und ich bereits festgenommen. Deshalb kam ich übrigens zu spät zu der Verabredung mit ihr.«

»Ich weiß nicht, was ich dir noch glauben kann, Tessa.«

Sie stand auf. »Lass uns aufbrechen, Miran. Erzähl der Mordkommission, was du willst, aber über die Drogengeschichte musst du schweigen, verstehst du?«

»Irgendwann kommt sowieso alles heraus.«

»Nicht durch dich, Miran. Deiner Mutter zuliebe. Oder willst du, dass sie im Gefängnis landet?«

Er seufzte und holte seine Jacke von nebenan.

Sie zog ihre Walther P99 aus dem Holster. Als Miran aus dem Zimmer kam, schoss sie ihm aus nächster Nähe ins Gesicht. Er brach zusammen und rührte sich nicht mehr.

Tut mir leid, Nazemin, dachte Tessa. Aber dein Sohn ist zum Risikofaktor geworden.

Ich habe es auch für dich getan.

Es klingelte.

Tessa musste improvisieren. Sie legte die Pistole auf der Kommode ab, holte ihr Taschenmesser hervor und stach sich in den linken Oberarm. Es blutete stärker, als sie erwartet hatte. Im Nu war der ganze Ärmel nass.

Sie kniete sich hin, wischte den Griff des Messers sorgfältig ab und drückte ihn Miran in die Hand. Weil der Tote nicht mehr zupacken konnte, lösten sich die Finger sofort wieder, und das Messer glitt auf den Dielenboden.

Das musste genügen.

Sie drückte den Knopf der Gegensprechanlage. Vincent Veih bat an der Haustür um Einlass, ohne zu wissen, dass er nicht mit dem Wohnungsinhaber sprach. Tessa öffnete ihm.

Dann rief sie die Eins-eins-null, meldete einen Angriff auf eine Beamtin, eine Stichverletzung, die versorgt werden musste, und einen Toten aufgrund eines Schusses aus Notwehr. Schließlich steckte sie das Handy weg und versuchte, die Blutung zu stillen, indem sie den Daumen gegen die Arterie des linken Arms presste.

Ein Satz von Miran ging ihr durch den Kopf.

Was hast du mit der verschwundenen Frau zu tun?

Das Gleiche hatte sie jemanden gefragt, nachdem Klara sie angerufen hatte.

Und war offenbar mit einer Lüge abgespeist worden.

48

HARTMUT OSTERKAMP VERLIESS SEIN privates Penthouse auf dem Dach seines zehnstöckigen Bürogebäudes, das er vor einem Vierteljahrhundert zwischen denkmalgeschützte Reste von Getreidemühlen und Lagerhallen gesetzt hatte. Es war der Beginn der Umgestaltung des Düsseldorfer Rheinhafens zum sogenannten Medienhafen gewesen, an der Osterkamp glänzend verdient hatte.

Die Wohnung nutzte er, wenn er in seiner Konzernzentrale zu tun hatte, die sich in den Etagen darunter befand. Von hier aus hatte er sich sein Imperium aufgebaut. Längst besaß er Domizile überall auf der Welt. Penthouses, Villen, Yachten, eine Hazienda, ein Schloss – ein Multimilliardär übernachtet nur im Hotel, wenn es absolut nicht anders geht.

Der Aufzug brachte ihn hinunter ins Foyer, wo sein Referent ihn bereits beim Denkmal für Hardy, seinem verstorbenen Lieblingshund, erwartete. Ein Bodyguard hielt ihnen die Tür auf und geleitete sie zu der gepanzerten Mercedes-Limousine, die auf dem Vorplatz bereitstand.

Im Vorbeigehen fiel Osterkamps Blick auf seinen Porsche Cayenne, den er bisher genutzt hatte, ganz ohne Panzerung und Personenschutz. Oft hatte er ihn sogar selbst gefahren. Ein Achtzylinder-Turbomotor mit 550 PS, der die gut zweieinhalb Tonnen in weniger als vier Sekunden auf einhundert Stundenkilometer beschleunigte.

Jetzt stand er ausgebrannt in seiner Parkbucht und wurde gerade vom Abschleppservice auf den Haken genommen.

Verdammte Schande.

So weit war es mit Deutschland schon gekommen.

Osterkamp war fest entschlossen, seine Anstrengungen zu verdoppeln, um das Ruder im Land herumzureißen. An allen Ecken erkannte er dunkle Kräfte am Werk. Eine Volksfront, die von ganz Linksaußen bis weit in die CDU reichte. Das konnte so nicht weitergehen.

Ein Blick auf die Uhr. In zwei Stunden würde in Berlin eine Reihe kurzer, aber wichtiger Meetings starten. Am Abend wäre er wieder zurück.

Der Fahrer startete den Wagen. Mit leisem Schnurren verließen sie das Hafengelände. Das Handy des Referenten klingelte. Der junge Mann nahm das Gespräch an.

»Moment.« Leise sagte er zu Osterkamp: »Meinertshagen.«

»Geben Sie her.«

Osterkamp entriss ihm das Mobiltelefon und gab sich keine Mühe, seine Abscheu zu verbergen. »Ja, was ist los?«

Der Staatssekretär klang verängstigt. »Entschuldigen Sie, aber ich bekomme das Projekt nicht durchs Kabinett.«

»Soll ich Ihnen die Aussage von diesem Stricher noch einmal vorspielen?«

»Ich habe wirklich alles getan. Das müssen Sie mir glauben. Aber jetzt meldet Ute Frings-Fassbinder Einwände an. Die Fraktionsvorsitzende.«

»Ich weiß, wer das ist!«, rief Osterkamp ins Telefon. »Was

zum Teufel hat die verdammte Hexe mit unserem Projekt zu tun?«

»Seit sie Kanzlerin werden will, mischt sie sich in alles ein.«

»Die wird nicht Kanzlerin.«

»Ich fürchte …«

Osterkamp beendete kurzerhand das Gespräch und gab das Handy zurück.

»Wie stehen die Chancen von Ute Frings-Fassbinder?«, fragte er den Referenten.

»Im Rennen um die Kanzlerkandidatur für die Unionsparteien zur nächsten Wahl?«

»Nein, für eine Goldmedaille in rhythmischer Sportgymnastik, Sie verdammter Trottel!«

Der junge Mann bearbeitete sein Smartphone. Er brauchte endlose Minuten. Sie fuhren am WDR-Gebäude vorbei, und der Landtag kam in Sicht. Gleich würden sie in den Rheinufertunnel fahren und das Handy den Empfang verlieren.

Osterkamp beschloss, dass es Zeit war, einen neuen Referenten einzustellen. Dieser Mann würde es nie in das Management einer seiner Firmen schaffen. Gerade noch rechtzeitig hatte er die Zahlen zusammen.

»In einer Umfrage unter Parteimitgliedern kommt sie nach den ersten fünf Regionalkonferenzen mit siebenundsechzig Prozent Zustimmung deutlich auf Platz eins.«

»Und Schönauer?«

»Abgeschlagen auf Platz zwei mit neunzehn Prozent. Und die Tendenz zeigt eher nach unten. Zwei Konferenzen stehen noch an, nächste Woche beginnt die Abstimmung unter den Parteimitgliedern.«

Der Tunnel.

»Musik?«, fragte der Fahrer.

»Nein.«

Osterkamp lehnte den Kopf an die Nackenstütze und schloss die Augen.

Schönauer war als Verteidigungsminister nach Berlin gegangen. Ein Einfaltspinsel und eitler Gockel. Vom Militär hatte er keine Ahnung, was egal war, denn ein solcher Posten diente ohnehin nur dem Schaulaufen für höhere Ämter. In Talkshows zitierte der Mann mit dem vollen weißen Haarschopf gern tote Philosophen und Dichter. Freundlich und stets adrett gekleidet. Der formvollendete Traditionsbewahrer. Wählerinnen über siebzig hielten ihn für atemberaubend attraktiv.

Ich muss die Doppelnamen-Tussi vom liberalen Flügel verhindern, dachte Osterkamp. Stattdessen muss Schönauer Kanzler werden. Einen anderen habe ich nicht.

Ich nehme das in die Hand.

Sonst wird das nichts.

Wer wie er weltweit agierte, war verletzlich. Die Leute sahen immer nur Glanz und Reichtum, nie die Verantwortung und die Risiken. Er bezahlte Unsummen für Angestellte und Manager, für Professoren und Ex-Minister, die er als Experten, Lobbyisten oder Berater beschäftigte. Teure Anwaltsfirmen in den Metropolen der Welt räumten ihm die Steine aus dem Weg. Für den Notfall besaß er Kontakte zur dunklen Seite.

Sie verließen den Tunnel. Noch zehn Minuten, bis sie den Flughafen erreichen würden. Der Slot für Osterkamps Privatjet war für 11:55 Uhr angesetzt.

»Das Handy«, sagte Hartmut Osterkamp.

Der Referent gab es ihm noch einmal.

Er wählte eine Nummer im hiesigen Innenministerium.

Der Mann meldete sich, ohne seinen Namen zu nennen. Es wäre ohnehin nicht sein richtiger gewesen. Ihn zählte Osterkamp zur dunklen Seite.

»Was wissen Sie über Frings-Fassbinder, die Möchtegern-Kanzlerin?«

»Hat es bei Meinertshagen nicht geklappt?«

»Es wird höchste Zeit, die Bazooka auszupacken, sonst steuert das Land in den Abgrund. Wir sind uns doch einig, oder?«

»Mir ist zu Ohren gekommen, dass die genannte Politikerin vor einiger Zeit einen Psychiater konsultiert hat.«

»Und?«

»Ich kann da weitergraben.«

»Guter Mann, tun Sie das.«

Osterkamp begann zu spüren, wie die Sonne in die Kammern seines Herzens schien.

Die wertvollsten Helfer sind Profis, die meine Vision teilen.

Er gab das Handy zurück und wandte sich an den Fahrer.

»Jetzt wäre Musik eine gute Idee.«

»Highway Star« ertönte – der Fahrer kannte seinen Geschmack.

49

DER LEHRERPARKPLATZ WAR BIS AUF die letzte Lücke besetzt. Lennart Bauer fluchte und fuhr rückwärts wieder auf die Straße. Es gab noch einen zweiten Parkplatz, aber auch der war voll.

»Cool bleiben«, sagte Melia. »Vom Schimpfen wird hier nichts frei.«

Sie fuhren ins benachbarte Wohngebiet und stellten den Dienstwagen im Halteverbot ab. Lennie legte einen Aufkleber der Gewerkschaft der Polizei unter die Windschutzscheibe.

»Du übernimmst die Kosten, falls wir ein Knöllchen kassieren«, sagte er zu Melia.

Sie gingen zurück zur Schule, in der Leo Mössner als Hausmeister arbeitete. Das ging aus den Unterlagen hervor, die Melia von Zacharias erhalten hatte. Eine kalte Windbö zerzauste ihre Haare. Sie zog den Reißverschluss ihrer Jacke zu und bedauerte, ihren Schal im Büro zurückgelassen zu haben.

»Wie geht's deinem Vater?«, fragte Lennie.

»Wieso fragst du?«

»Seit seinem Rücktritt ist es still um ihn geworden.«

Stimmt, dachte Melia. Andreas Götz hatte es als Politiker bis zum Vorsitzenden der Unionsfraktion im Bundestag gebracht. Nun genoss er seine Pension und brütete über seinen Memoiren. Sämtliche Einladungen zu Talkshows lehnte er ab. Kurz war spekuliert worden, er würde ins Rennen um den Vorsitz seiner Partei einsteigen. Das hatte ihm geschmeichelt, wie Melia wusste, aber er hatte jegliche Ambition umgehend dementiert.

»Das ist auch gut so«, antwortete sie. »Dafür konnten wir zum ersten Mal gemeinsam in den Urlaub fahren.«

Sie überquerten die Straße, die Schule tauchte vor ihnen auf. Lennie sagte: »Mit solchen Beziehungen hätte ich vielleicht auch die Laufbahn im höheren Dienst eingeschlagen.«

»Wie bitte?« Melia blieb stehen. »Willst du behaupten, dass ich meine Karriere nur meinem Vater zu verdanken hätte?«

Sofort hob er beide Hände. »Nein, natürlich nicht.«

»Ich hab mir das alles erarbeitet, mein Lieber. Als mein Vater mich und meine Mutter verlassen hat, war ich noch ein Kind. Und als wir wieder Kontakt aufgenommen haben, war ich schon längst Ministerialrätin im Innenministerium.«

»Sorry, ich hab's wirklich nicht so gemeint.«

»Dann red nicht so 'nen Scheiß!«

Den restlichen Weg legten sie wortlos zurück. Lennart Bauer war in Melias Wertschätzung gerade deutlich gesunken.

Die Schule war in einem Betonkasten aus den Siebzigern untergebracht. Trubel und hoher Lärmpegel auf den Gängen. Sie fragten sich zum Sekretariat durch. Dort beschrieb man ihnen den Weg zum Mehrzwecksaal, in dem Leo Mössner gerade Stühle für eine bevorstehende Veranstaltung aufstellte.

Mössner war einer von drei Festangestellten des rechten Schulungszentrums in Osterath gewesen. Melia hoffte, dass er ihr etwas über Solveig sagen könnte.

Der Mann schien es eilig zu haben. Lautes Geklapper hallte durch den Saal. Melia und ihr Kollege zeigten Mössner ihre Kripomarken.

Er sah nur kurz hin. »Es stört Sie hoffentlich nicht, dass ich weitermache. Ich muss zusehen, dass ich pünktlich fertig werde, denn ich muss noch meinen Sohn zum Training bringen.«

»Es geht um Ihre frühere Arbeitsstelle«, sagte Melia.

»Ich war nie Mitglied bei Westkreuz. Ich war überhaupt nicht politisch. Ich hab dort wie hier nur meinen Hausmeisterjob gemacht.«

»Weiß Ihr neuer Arbeitgeber, für welchen Verein Sie zuvor tätig waren?«

»Was wollen Sie?«

»Am 5. März letzten Jahres verschwand dort diese Frau.« Melia zeigte ihm Solveigs Foto.

Wieder hielt der Mann nur kurz inne. »Nie gesehen.«

»Schauen Sie noch einmal hin.«

»Wie gesagt, ich …«

»Wir packen mit an, dafür unterhalten wir uns danach fünf Minuten in Ruhe. Ist das in Ordnung für Sie?«

Melia half ihm dabei, die Stühle, die neben dem Eingang gestapelt waren, im Saal zu verteilen. Lennie machte halbherzig mit. Schließlich trugen sie noch ein paar Tische auf die Bühne.

Mössner verschränkte die Arme. »Fünf Minuten.«

»Solveig Fischer, vierzig Jahre, Beamtin des Innenministeriums. Sie hat am Nachmittag des 5. März vergangenen Jahres die Begegnungsstätte Ihres Vereins besucht.«

»Ich war da nie Mitglied, wie gesagt.«

»Sie haben die Frau wirklich nicht gesehen?«

»Zeigen Sie noch mal her.«

Er studierte die Aufnahme, dann gab er sie mit einem Kopfschütteln zurück. »Nein, wirklich nicht. Innenministerium, sagten Sie? Heißt das, sie war beim Verfassungsschutz?«

»Wie kommen Sie darauf?«

»Diese Leute gingen bei uns ein und aus.«

»Auch an dem besagten Tag?«

»Das weiß ich nicht. Ich hatte mit denen nichts zu tun. Aber Udo Griem hat mit seinen Kontakten geprahlt. Als würde der Verfassungsschutz seinen Verein unterstützen. Fragen Sie Griem oder Roland Kracht. Die hatten das Sagen auf dem Gelände.«

»Wo finden wir Kracht?«

»Keine Ahnung.«

»Wann und wo haben Sie ihn zuletzt gesehen?«

»Mit Roland habe ich seit damals nichts mehr zu tun, und ich kann nicht behaupten, dass ich darüber traurig bin.«

»Warum?«

»Ein schräger Typ, wenn Sie mich fragen. Kennen Sie die Sorte von Leuten, die meistens ganz still sind, aber wegen einer Kleinigkeit ausrasten können? Bei ihm hatte das etwas mit Alkohol zu tun. Sein Auto hätten Sie sehen sollen. Der reinste Saustall.«

»Wie würden Sie ihn sonst noch beschreiben?«

»Groß, durchtrainiert, meist trug er militärische Klamotten. Stirnglatze. Die verbarg er unter einer Kappe. So ein Baseball-Ding mit Südstaatenflagge vorn drauf.«

Das Emblem der Konföderierten. Der Sklavenhalterstaaten, dachte Melia.

»Wie alt?«

»So wie ich etwa, also Ende dreißig.«

»Was könnte der Mann heute beruflich machen?«

»Als ehemaliger Berufssoldat vielleicht etwas mit Security. Keine Ahnung.«

»Gibt es jemanden, der mehr mit ihm zu tun hatte?«

»Mit Udo Griem hat er sich ganz gut verstanden.«

Der ebenfalls als Solveigs Mörder infrage kommt, sich aber auf einen anderen Kontinent verkrochen hat, ergänzte Melia in Gedanken.

»Und sonst? Eine Freundin?«

»Komisch, wo sie das jetzt ansprechen …«

»Wie meinen Sie das?«

»Zu Frauen scheint Roland keinen Draht zu haben. Anders als Griem, der *jede* angebaggert hat. Viele kamen ja nicht zur Schulung, aber Griem hat es bei allen versucht.«

Melia wechselte einen Blick mit Lennie. Dann fragte sie: »Angenommen, Sie wollten an dem Tag eine Leiche verschwinden lassen – wie hätten Sie das bewerkstelligt?«

»Ach, der ganze Hof war eine Baustelle. Überall wurde gebuddelt, überall gab es Gräben und Löcher. Der Verein hatte Großes mit dem Bauernhof vor.«

»Am Tag darauf wurde das Betonfundament für eine Sporthalle gegossen.«

»Ja, zum Beispiel.«

»Wissen Sie, was mir an Ihnen auffällt?«

»Die fünf Minuten sind um.« Er hob bedauernd die Hände und wandte sich zum Gehen.

Sie hielt ihn fest. »Jeder andere hätte einfach nur gesagt, er würde sich nicht an den 5. März letzten Jahres erinnern. Oder würde zumindest fragen, welcher Wochentag das war. Oder sagen, er müsse in seinem Kalender nachsehen.«

»An den Betonmischer kann ich mich noch gut erinnern, der wegen der Sporthalle kam. Der Fahrer hatte Probleme im tiefen Matsch.«

»Und außerdem?«, fragte Melia.

Der Schulgong erklang. Getrappel auf dem Gang vor der Halle. Kinder schrien durcheinander.

»Am 5. März ist noch jemand verschwunden«, antwortete Mössner.

»Wer?«

»Er hieß Paul und hat ein paar Wochen im Gästehaus gelebt. Er hatte kein Zuhause und war einer von den jungen Burschen, die so geil auf die militärischen Übungen waren.«

»Neonazi?«

Der Hausmeister zuckte mit den Schultern. »Wie so ziemlich alle dort.«

»Und weiter?«

»Paul ist mir oft zur Hand gegangen. Deswegen durfte er auch noch nach seinem Kurs da wohnen bleiben und mittrainieren.«

»Erzählen Sie mir mehr über ihn.«

Mössner sah ungeduldig auf die Uhr. »Ich glaube, er hatte Probleme mit seiner Familie, denn er hat ziemlich schlecht über seine Eltern gesprochen.«

»Und sonst? Was ist er für ein Typ?«

»Er konnte sehr intelligent daherreden, über Gott und die Welt, und ich hab mich gefragt, warum er nicht mehr aus seinem Leben macht. Abends hing er oft mit seiner Freundin herum. Julia hieß sie, ein schüchternes Ding. Hat im Supermarkt gearbeitet, wo wir eingekauft haben. Am Eingang ist so ein Stand, wo sie die Blumensträuße bindet.«

»Ein Tipp, wo wir Paul finden könnten?«

»Wie gesagt, er war von einem Tag auf den anderen weg.«

»Was heißt das?«

»Ich erinnere mich noch, wie Roland ihn an dem Nachmittag abgeholt hat, weil er Arbeit für ihn hatte.«

»Roland Kracht, der schräge Typ?«

»Genau der. Danach habe ich Paul nicht wiedergesehen. Aber kurz darauf war sowieso Schluss mit dem Job in Osterath.«

»Danke für Ihre Zeit.«

Auf dem Weg nach draußen wurden sie von den Kindern umlagert. Ein Mädchen fragte, ob sie von der Polizei seien. Dann pfiff ein Lehrer, und die Schar verschwand in die andere Richtung.

»Paul«, sagte Melia. »Könnte unser wichtigster Zeuge sein.«

Ihr ging durch den Kopf, dass Klaras Bruder so hieß. Dr. Doraus missratener Sohn.

Der zu den Nazis gegangen war.

50

VINCENT UND TIMO HATTEN DEN Schuss schon von der Straße aus gehört, aber der Anblick der Leiche schockierte Vincent mehr als jeder andere Todesfall seiner Berufslaufbahn. Sofort erkannte er, dass es sich um Miran handelte – er hatte sich das Foto von Klaras Freund gut eingeprägt.

Tessa Schramm saß kreidebleich gegen die Wand gelehnt da. Sie drückte mit der rechten Hand gegen ihren linken Arm und reckte ihn nach oben, um die Blutung zu stillen, was nicht besonders gut gelang.

»Er hat mich angegriffen«, sagte sie mit matter Stimme. »Ich konnte ihn nicht anders stoppen.«

Vincent fasste an Mirans Handgelenk, zur Sicherheit auch an den Hals. Kein Puls mehr zu spüren. Angesichts des Einschusslochs zwischen den Augen war auch nichts anderes zu erwarten.

Timo Czerny, der mit ihm nach oben gestürmt war, betrachtete die Pistole, die auf der Kommode lag, sowie das aufgeklappte Taschenmesser neben Mirans Fingern. Es sah aus, als wolle er sich danach bücken.

»Nichts anfassen«, ermahnte Vincent und holte sein Handy hervor.

»Hab der Leitstelle schon Bescheid gegeben«, sagte Schramm.

Wie zur Bestätigung näherten sich draußen Sirenen.

Vincent rief die Spurensicherung an, dann die Bestatter, die den Toten zur Rechtsmedizin transportieren sollten.

Während der Fahrt hatte Timo ihm gestanden, dass er mit seiner Vermutung, Miran könne vielleicht bei seinem Freund Alex Schlösser zu finden sein, zu seiner Vorgesetzten gegangen war, statt die Mordkommission zu informieren.

»Es ist gegen die Regeln, einen Tatverdächtigen allein aufzusuchen«, sagte Vincent zur Kollegin Schramm. »Mach dich auf Ärger gefasst, Tessa. Man wird behaupten, dass der Schuss vermeidbar gewesen wäre.«

Sie schloss einen Moment lang die Augen. »Ich kannte den Jungen schon so lange und dachte, ich könnte ihn dazu bringen, sich ohne Widerstand zu stellen.« Sie nickte in Richtung der Leiche. »Genau *das* wollte ich vermeiden.«

Vincent war klar, dass er hier nicht viel zu tun hatte. Eine externe Kommission würde wahrscheinlich die Notwehrsache übernehmen. Ihn bedrückte die Situation, er konnte kaum atmen. Die Leiche, das Blut, der Gestank von Pulverschmauch. Die düsteren Filmplakate an der Wand.

Er dachte an Nazemin – der Tod ihres Sohnes würde sie schwer treffen.

»Ich habe sein wildes Temperament unterschätzt«, ergänzte Schramm. »Womöglich hat er es sogar darauf angelegt und ist deshalb auf mich losgegangen.«

»Suicide by cop?«, fragte Vincent. »Meinst du wirklich?«

Schramm nickte. »Seine Mutter tut mir leid.«

Eine Notärztin und zwei Sanitäter trafen zuerst ein. Die Ärztin legte einen Druckverband an. Dann ließ sie Schramm in eine Klinik schaffen, bevor sie sich den Toten ansah. Auch sie versuchte den Herzschlag zu fühlen. Zudem legte sie das Ohr an Mirans Mund, um sicherzugehen, dass er nicht mehr atmete.

Schließlich polterten zwei Uniformierte die Treppe herauf, ein Polizeikommissar und eine Oberkommissarin. Vincent bat sie, bis zum Eintreffen der Kriminaltechniker niemanden in die Wohnung zu lassen und sich bei den Nachbarn zu erkundigen. Das Haus machte einen hellhörigen Eindruck. Hatte jemand vor dem Schuss Streit vernommen? Den Wortlaut aufgeschnappt?

Als er und Timo auf die Straße traten, hielt gerade der Transporter der Spurensicherung vor der Tür. Fabri stieg aus.

»Eine Kollegin wurde verletzt?«, fragte er aufgeregt.

»Fakt ist, dass sie den jungen Mann erschossen hat, den wir im Fall an der Burghofstraße für tatverdächtig halten.«

»Mir ist, als hätte ich das Messer schon mal gesehen«, sagte Timo.

»Er meint die Waffe, mit der Miran Alver auf die Kollegen losgegangen ist«, erklärte Vincent. »Könnt ihr nicht übersehen, liegt neben ihm. Vielleicht findet ihr daran auch Klara Doraus DNA.«

Fabri nickte. Er und seine Leute trugen ihre Koffer ins Haus.

Vincent wandte sich an Timo. »*Wo* hast du das Ding schon einmal gesehen?«

Der Kollege winkte ab. »Quatsch, vergiss es. Davon gibt es Zigtausende.«

51

ES KLINGELTE. DAS TAXI, DAS Jennifer Arnold für ihre Agentin gerufen hatte, stand unten an der Straße. Sie umarmten sich zum Abschied, dann war die Schauspielerin wieder allein in ihrem Apartment. Sie lauschte vergeblich nach einem Echo der lebhaften Geschäftigkeit, die Doris wie immer verbreitet hatte. Die Stille tat weh.

Sie begann, das Geschirr und die leeren Gläser wegzuräumen.

Sie und Doris hatten sich lange beraten. Eine gemeinsame Strategie gefunden. Zwischendurch mit dem Programmdirektor des ZDF telefoniert und geklärt, dass ein Shitstorm aus der rechten Ecke nicht das Ende von *Tara Heldt* bedeuten durfte.

Um gegenüber ihrem Millionenpublikum Gesicht zu zeigen, würde Jennifer am morgigen Nachmittag in einem Promi-Magazin auftreten, das im Düsseldorfer ZDF-Studio produziert wurde. Sie war dort schon einmal zu Gast gewesen und erwartete eine lockere Unterhaltung ohne großen Tiefgang. Vor allem keine Interviewerin, die sie aufs Glatteis führen würde.

Anfragen anderer Medien hatte sie auf Anraten des Senders und ihrer Agentin abgelehnt, um die Kontroverse nicht weiter anzuheizen.

Dann hatten sich die beiden Pizza bestellt und dazu gut gelaunt alles Mögliche getrunken, von Kaffee über Kiwi-Blaubeer-Smoothies bis hin zu alkoholfreiem Pils. Mit subtilem Druck hatte ihre Agentin dafür gesorgt, den Weißwein im Kühlschrank ungeöffnet zu lassen.

Bloß kein Rückfall in Suchtverhalten.

Jetzt kippte Jennifer ein Fenster, um den Pizzageruch abziehen zu lassen. Sie musste an Finn denken. So froh sie darüber war, dass ihre Schwester sich in Holzbüttgen um den Jungen kümmerte, so sehr vermisste sie ihn auch. Werden wir jemals wie Mutter und Sohn miteinander leben können?

Um sich etwas zu zerstreuen, fuhr Jennifer ihren Computer hoch. Sie klickte sich durch ein paar Nachrichtenseiten. Kultur, Sport, Buntes.

Ihr Name tauchte an vielen Stellen auf.

Weitere Links, immer neue Seiten. Eine Politikerin der Linken erklärte sich mit ihr solidarisch. Jennifer hätte sich solche Stimmen auch aus anderen Parteien erhofft.

Der Shitstorm tobte unverändert.

Jennifer verstieß gegen die Empfehlung ihrer Agentin und las die Kommentarspalte unter einem Artikel von *Morgenpost-Online*.

Ein Leser namens Obiwan: Ihre geliebten Asylanten plündern den Sozialstaat und werfen den Müll aus dem Fenster. Bald ist das Kroppzeug in der Mehrheit, dann wird versklavt, geköpft und gesteinigt. Leute wie Sie zerstören Europa. Sie haben Blut an den Händen.

Ein User, der sich Naturbursche1962 nannte: Deutschland ist dir also egal. Hauptsache wir zahlen Zwangsgebühren, damit du dir dein Luxusleben leisten kannst. Wer hat dir eigentlich ins Gehirn geschissen?

Es war wie ein Zwang, Jennifer konnte nicht aufhören zu lesen. So viel Hass. So viel Gewalt. Es war schlimmer, als sie es erwartet hatte. Meinten die Leute tatsächlich sie? Keiner von denen kannte sie wirklich.

Jennifer war fassungslos.

Buerger18: Man sollte die Islamnutte ordentlich durchficken. Danach teeren, federn und auf dem Marktplatz zum Anpissen darbieten.

Was waren das für schräge Trolle? Gab dieser Dreck eine breite Stimmung wieder? In welchem Land lebe ich?

BaghlanGunner schoss den Vogel ab: Bald kommt der Tag, da sich die Menschen das nicht mehr gefallen lassen. Sie werden auf die Straßen strömen und mit den Parasiten aufräumen. Es wird ein Heulen unter den Gutmenschen geben. Ein sauberer Schuss aus meiner Glock, und es ist Ruhe.

Ich sollte die Hetzer anzeigen, dachte Jennifer.

Aber gegen Feiglinge, die sich hinter Fantasienamen und Fake-Accounts verbergen, ist die Polizei machtlos. Falls die Beamten solche Haltungen nicht sogar teilen. Man las in letzter Zeit viel über Rechtsextremisten in den Behörden, die eigentlich für Sicherheit sorgen sollten.

Jennifer erinnerte sich an ein Gerichtsurteil aus Berlin. Darin hieß es sinngemäß, eine Frau, die im Rampenlicht der Öffentlichkeit stehe, müsse ein paar Kübel voller Jauche aushalten. Äußerungen im Netz könnten satirisch gedacht sein, und auch zugespitzte Diskussionsbeiträge fielen nun mal unter Meinungsfreiheit.

Jennifers Wut schlug in Trauer und Müdigkeit um. Ihre Glieder schienen ihr vor Schwäche kaum zu gehorchen, als sie den Chablis aus dem Kühlschrank holte und entkorkte.

Nach dem zweiten Glas wusste sie, was sie wirklich brauchte.

Eine Line, und zwar dringend.

52

VINCENT LIESS TIMO AM PRÄSIDIUM aussteigen und fuhr weiter bis zur Hafenbar. Ihm war flau im Magen. Noch nie zuvor hatte es ihm so widerstrebt, eine Todesmeldung zu überbringen. Aber es wäre ihm schäbig vorgekommen, die Aufgabe einem seiner Mitarbeiter zu übertragen.

Nazemin empfing ihn mit einem unbefangenen Lächeln, was es ihm nicht leichter machte.

»Wo können wir ungestört reden?«, fragte er.

Sie führte ihn in ihr Büro, einen kleinen, mit Möbeln vollgestellten Raum hinter der Küche.

»Was gibt's?«

»Miran ist tot.«

Ausdruckslos starrte die Wirtin ihn an.

»Die Kollegin Schramm hat ihn erschossen. Notwehr, sagt sie. Er soll mit einem Messer auf sie losgegangen sein.«

»Auf Tessa? Das glaube ich nicht.«

»Sie hat erfahren, wo er sich aufhält, und wollte ihn überreden, sich zu stellen. Daraufhin hat er ihr in den Arm gestochen. Sein wildes Temperament, sagt die Kollegin.«

»Mein Junge ist alles andere als wild … *war* alles andere …«

Sie begann zu beben und schien sich kaum noch aufrecht

halten zu können. Vincent fasste sie an den Schultern und führte sie zum Bürostuhl, auf den sie sich sinken ließ.

Mit ihren beringten Händen schlug sie mehrfach auf den Tisch.

Vincent wartete, bis sie sich einigermaßen beruhigt hatte.

»Soll ich jemanden rufen? Den Polizeiseelsorger?«

Statt einer Antwort griff Nazemin nach seiner Hand und drückte sie fest.

»Frau Schramm meint, Miran hätte es vielleicht darauf angelegt.«

»Was heißt das?«

»Dass er Klara getötet hat und seine Situation für aussichtslos hielt. Also ging er auf Frau Schramm los, um die Notwehrtat zu provozieren. Dass er sterben wollte.«

Sie ließ seine Hand los. »Glauben Sie das auch?«

»Ich weiß es nicht.«

»Mein Junge war nicht so. Ich weiß nicht, wie Tessa darauf kommt. Er hat Klara nicht ermordet. Das spüren Sie doch auch, Herr Veih.«

Zurück in der Festung suchte Vincent Dominik Roth auf. Als er das Büro betrat, beendete der Kollege rasch ein Telefonat. Garantiert ein Privatgespräch, dachte Vincent.

Er setzte sich auf die Schreibtischkante und blickte auf Dominik herab.

»Erinnerst du dich an Gültan Alver? Gültan, der Vater von Miran Alver. Du hast seine Leichensache vor etwa zehn Jahren bearbeitet.«

»Lange her, Chef. Hilf mir auf die Sprünge.«

Vincent warf ihm die dünne Akte auf den Tisch, die Kim im Mordarchiv ausgegraben hatte. »Angeblich ein Junkie, der sich eine Überdosis verpasst hat. Schramm war wegen

Dealerei hinter ihm her. Bei der Gelegenheit hat sie seine Frau Nazemin Alver kennengelernt und kam in Kontakt mit der Familie Dorau.«

»Verstehe.«

»Ich will, dass du die Sache noch einmal aufrollst. Schau dir den Obduktionsbericht an. Hämatome an den Handgelenken. Vielleicht hat sich der Mann die tödliche Dosis gar nicht selbst zugefügt.«

Dominik blätterte ein wenig. »Jetzt erinnere ich mich dunkel. Viel hatte ich nicht zu ermitteln, eigentlich war es nur Schreibarbeit. Was ich wissen musste, bekam ich von Mike Echternach. Den Druckstellen habe ich keine Bedeutung beigemessen. Junkies haben oft noch ganz andere Verletzungen.«

»Mach die Schlamperei wieder gut. Hör dich unter Gültans damaligen Kontakten um. Knastbrüder, Verwandtschaft, Bekannte.«

»Nicht leicht, nach all der Zeit.«

»Wenn es jemand schafft, dann du, Dominik.«

»Seit wann wirfst du mit Lob um dich, Chef?«

»War nur ein Scherz. Ich will wissen, ob Schramm Dreck am Stecken hat.«

»Ist die Kollegin durch ihre Notwehrgeschichte nicht schon genug gestraft? Was willst du ihr denn noch anhängen?«

»Tu einfach, was ich sage, Dominik. Und gib Acht, dass sie von deinen Nachforschungen nichts mitbekommt, dann trägt sie auch kein zusätzliches Trauma davon, okay?«

»Wie du meinst, Chef.«

53

SANDRA DORAU ÖFFNETE. SIE TRUG wieder einen ihrer Kittel, also hatte Tessa sie beim Töpfern ihrer grässlichen Skulpturen gestört.

»Ich hatte gehofft, Markus wäre da«, sagte Tessa.

»Ist er auch. Hinten im Garten. Er wechselt das Schloss am Schuppen aus, damit nicht wieder jemand die Leiter klaut.«

»Ich wusste gar nicht, dass er handwerklich begabt ist.«

Sandra neigte sich zu ihr und flüsterte: »Das ist er auch nicht.«

Sie kicherte, und Tessa lachte aus Höflichkeit mit.

»Komm rein. Magst du einen Pfefferminztee?«

Sie gingen an der Praxis vorbei ins Wohnzimmer. Tessa antwortete: »Ich brauche Markus als Psychiater. Es ist ein Notfall. Ich habe jemanden im Dienst getötet. In Notwehr.«

Sandra legte entsetzt die Hand vor den Mund.

»Das Schlimmste ist, es handelt sich um Miran.«

»Mein Gott, wie ist das passiert?«

»Ich wollte ihn überreden, sich zu stellen, da hat er mich angegriffen.« Sie deutete auf ihren Arm, wo sich unter dem Pullover der Verband abzeichnete. »Wie es scheint, hattest du recht mit deiner Vermutung, dass er Klara umgebracht hat.«

Sandra eilte hinaus, um Markus zu holen.

Tessas Arm pochte. Im Krankenhaus war die Wunde versorgt worden. Ein Schmerzmittel hatte Tessa abgelehnt, sie musste einen klaren Kopf bewahren. Zwei Kapseln eines Antibiotikums waren alles, was man ihr mitgab. Sie solle sich von ihrem Hausarzt ein Rezept ausstellen und den Verband erneuern lassen, hieß es.

Als hätte ich Zeit für so etwas.

Sie blickte sich um. Wieder wunderte sich Tessa über Sandras obszöne Geschöpfe. Es wurden immer mehr. Markus pflegte Galerien anzumieten, und erstaunlicherweise fanden sich manchmal sogar Käufer. Ein Exemplar hatte Sandra ihr zum vierzigsten Geburtstag geschenkt. Männlich, der Pimmel riesig und krumm. Tessa hatte das Werk höflich gelobt und am nächsten Tag im Hausmüll entsorgt.

Markus und Sandra kamen herein, beide mit besorgtem Blick.

»Am besten redest du dir alles von der Seele«, sagte der Psychiater. »Ich zeige dir ein paar Entspannungstechniken. Die helfen enorm, wenn du sie regelmäßig anwendest. Und wenn du willst, verschreibe ich dir auch etwas.«

»Hauptsache, ich komme etwas runter.«

»Frühzeitige Traumabewältigung ist das A und O.«

Seine Frau nickte, als verstünde sie etwas davon.

Tessa folgte dem Nervenarzt ins Sprechzimmer. Hier gab es einen wuchtigen Schreibtisch, der aussah, als wäre er schon zu Freuds Zeiten im Einsatz gewesen. Dazu einige Aktenschränke und große bequeme Sessel anstelle des Klischeesofas aus den Psychiater-Cartoons. Sowie einen offenen Kamin, in dem an kälteren Tagen ein Feuer flackerte.

Hier besprach sie sich mit Markus Dorau, wenn seine Frau Sandra oder die Töchter nicht mitbekommen sollten, worum es ging.

Tessa öffnete ihre weite Jacke. Sie trug noch immer ihr Pistolenholster. Es war leer, denn die Walther P99 war beschlagnahmt worden – Beweismittel in einem Ermittlungsverfahren, das sie heil überstehen würde, auch wenn Veih ihr möglichen Ärger prophezeit hatte. Der Polizeipräsident hatte sie noch gestern öffentlich gelobt. Sogar im Innenministerium war man stolz auf die KK21-Leiterin, die der Albanermafia das Handwerk gelegt hatte.

Sie löste den Gurt, den sie um die Taille trug, und legte die Tasche, die daran befestigt war, auf den Schreibtisch.

»Ein ganzes Kilo.«

»Okay.«

»Freust du dich nicht? Bei der Festnahme der Guri-Brüder haben wir reichlich Beute gemacht. Ein wenig konnte ich abzweigen.« Tessa zwinkerte.

»Freude?« Markus seufzte. »Seit Klara tot ist, bringe ich für das Geschäft keine Leidenschaft mehr auf. Außerdem muss ich erst die Qualität prüfen, bevor ich dir etwas dafür geben kann.«

»Nimm dir alle Zeit der Welt.«

Seine Augen schimmerten im Licht der Deckenlampe. »Ist es wahr, dass ausgerechnet Miran meine Klara getötet hat?«

»Sieht ganz danach aus.«

Markus rieb sich das Gesicht, sichtlich aufgewühlt.

»Wegen der Albaner brauchst du dir übrigens keine Sorgen mehr zu machen«, sagte Tessa. »Nachdem nun auch Enver in U-Haft sitzt, werden sie dich und die Hafenbar in Ruhe lassen. Ich habe Mike gesagt, dass sein Job erledigt ist und er seinen Lohn von dir erhält.«

Markus nickte, dann deutete er auf die Sessel. »Wollen wir jetzt anfangen?«

»Ich bin nicht wegen einer Therapie gekommen.«

»Warum dann?«

»Ich brauche ein Band.«

»Wie bitte?«, fragte Markus, als sei er schwer von Begriff.

Vergangenes Jahr war ihr eine koksende Schauspielerin namens Jennifer Arnold ins Netz gegangen, die zu Markus Doraus Kundinnen zählte. Um ihren Hals aus der Schlinge zu ziehen, hatte Arnold ein paar Details über ihren Dealer und Seelenklempner ausgeplaudert, die Tessa noch nicht kannte. Mindestens ein Schrank in diesem Raum war randvoll mit altmodischen Tonbandspulen.

»Ich weiß, dass du deine Patientengespräche aufzeichnest.«

Er legte die Stirn in Falten. »Ja, und?«

»Es geht um Ute Frings-Fassbinder.«

»Die Frau gehört nicht zu meinen Patientinnen.«

Sie musste lachen. »O doch, Markus.«

Er schüttelte den Kopf. »Das kannst du nicht wissen.«

»Die künftige Kanzlerin bezieht zwar ausnahmsweise kein Kokain von dir, aber du hast sie vor einiger Zeit wegen psychischer Probleme behandelt. Frings-Fassbinder ist bei der Axa privat versichert. Wenn du willst, kann ich dir auch das Geburtsdatum und die Versicherungsnummer nennen.«

»Du bist mir unheimlich, Tessa.«

»Gib mir das Band, und wir sind quitt wegen des Albanerstoffs.«

»Lieber bezahle ich den Höchstpreis!«

Sie stand auf und öffnete den ersten Schrank. Bingo. Schubladen voller Tonbänder in kleinen, flachen Kartons. Mehr als hundert Stück, schätzte sie. Mit Nummern beschriftet anstatt mit Namen.

»Tessa, diese Aufnahmen sind ausschließlich für medizinische Zwecke bestimmt. Und die ärztliche Schweigepflicht ist unantastbar. Darüber verhandle ich nicht.«

Sie stemmte ihre Hände in die Hüften. »Du verkennst deine Situation, mein Lieber. Du bist nicht in der Position zu verhandeln. Also, welches Band ist es?«

54

TIMO CZERNY SAH AUF DIE UHR. Im Trakt des KK21 herrschte Ruhe, die meisten Kollegen der Drogenfahndung waren nach Hause gegangen oder feierten in ihrer nahe gelegenen Lieblingskneipe.

Er hatte noch nie so viel Zeit auf Protokolle von Befragungen verwandt. Er machte das nicht für die Mordermittlung und nicht für die Kollegen, die ab morgen Tessas Notwehraktion untersuchen würden. Nein, er überbrückte nur die Zeit, bis er allein auf diesem Flur sein würde.

Eine Bemerkung von Tessa ging ihm nicht aus dem Kopf. Timo war dadurch neugierig geworden und wild entschlossen, eine Dummheit zu begehen.

Es ging um seine Lieblingsschauspielerin.

Als er hörte, wie der letzte Kollege in den Feierabend verschwand, zählte er bis zwanzig, dann beendete er seine Arbeit und betrat den Korridor. Zuerst lauschte er an Tessas Tür. Sicherheitshalber klopfte er und drückte die Klinke. Verschlossen.

Die Tür zum Geschäftszimmer des Kommissariats ließ sich öffnen, aber die Verwaltungsangestellte war längst ebenfalls nach Hause gegangen. Timo zog sein kleines

Lederetui mit Spezialwerkzeug aus der Tasche. Darin befand sich ein Dietrich, mit dem er die oberste Schublade des Schreibtischs entriegelte.

Es knackte, das Geräusch ließ ihn innehalten.

Nach wie vor regte sich nichts in diesem Teil des Präsidiums.

Timo entnahm der Schublade einen Schlüsselbund und ging damit zu dem Aktenschrank, den sie die Ablage A nannten. Anhand des Herstellernamens am Schloss fand er den richtigen Schlüssel, ohne lange probieren zu müssen.

Wenn du in ihrem Auto zwei Gramm Koks findest und sie in dein Büro komplimentierst, verwandelt sich auch ein Promi wie die Arnold in ein Häufchen Elend.

Tessas Worte vom Vortag waren nicht einfach so dahingesprochen, überlegte Timo. Der Satz enthielt zu viele Details, um nicht auf einer wahren Begebenheit zu beruhen.

Vorsichtig zog Timo die Holzlamellen nach oben. Der Schrank war zum Bersten gefüllt. Akten zu abgeschlossenen Ermittlungsverfahren lagerten in den Kammern der Kriminalaktenhaltung im Keller. Was es aus dem KK21 nicht dorthin geschafft hatte, befand sich hier. Vorgänge, die noch nicht abgeschlossen oder nicht weiterverfolgt worden waren, die jedoch potenziell nützliche Informationen für künftige Ermittlungen bargen.

Timo erinnerte sich nicht daran, den Namen des Fernsehstars jemals in Verbindung mit einer Razzia oder Polizeikontrolle vernommen zu haben geschweige denn mit einem Prozess wegen Drogenbesitzes. Sollte sie dennoch aufgefallen sein, war das hier dokumentiert.

Die Vorgänge waren chronologisch geordnet. Das hatte sich so eingebürgert, erschwerte aber die Suche. Wo sollte er beginnen?

Er zog einen Stuhl heran und arbeitete sich vom Ende her immer weiter in die Vergangenheit zurück. Nach zehn Minuten hatte er erst einen Bruchteil des staubigen Papierkrams gesichtet. So konnte es nicht weitergehen. Jeden Moment konnte unverhofft ein Kollege aufkreuzen.

Da fiel ihm der Unfall ein. Der war im Herbst gewesen. Kurz davor hatte Timo erstmalig an einer Folge *Tara Heldt* mitgewirkt, ohne auf den Star zu treffen. Dann die Meldungen: Jennifer Arnold sei bei einem unglücklichen Ausweichmanöver in einen Zaun gekracht. Schuldfrage unklar. Schwere Rückenprellung. Schock beim ZDF. Zweiwöchige Drehpause.

Timo rechnete. Es musste in den ersten Oktobertagen passiert sein.

Daraufhin hatte er den Vorgang rasch in der Hand.

Und staunte.

Er umfasste nicht mehr als eine DIN-A4-Seite.

Timo hatte sich nicht geirrt. Sie war hier gewesen. Als die Polizei eingetroffen war, machte die Verursacherin des Unfalls einen seltsam überdrehten Eindruck. Die Beamten fanden ein halb volles Briefchen mit weißem Pulver im Handschuhfach und übergaben die Sache an Tessa.

Aber das war es auch schon.

Der Fernsehstar war ohne weitere Untersuchung wegen Geringfügigkeit entlassen worden. Weder ein Bluttest noch eine nähere Inspektion des Fahrzeugs. Außerdem wurde in dem Vermerk mit keinem Wort eine Befragung erwähnt – als hätte Tessa gar nicht wissen wollen, woher Jennifer Arnold ihren Stoff bezog.

Da stimmt etwas nicht, überlegte Timo.

Und wieder fiel ihm das Messer ein, das heute Mittag neben dem toten Miran Alver gelegen hatte.

Das Taschenmesser, mit dem Tessa gestern ihre Orange geschält hatte – waren dessen Griffschalen nicht ebenfalls dunkelgrün emailliert gewesen?

Aber wenn es dasselbe war, wie soll es in Mirans Hände gelangt sein?

Eigentlich unmöglich, dachte Timo.

55

DAS DOG'S BEST BEFAND SICH IM ruhigeren südlichen Teil der Düsseldorfer Altstadt. Melias Mutter verkaufte hier edle Fressnäpfe und Leinen aus besticktem Leder. Die Hauptattraktion waren jedoch selbst gebackene Kekse und Croissants in Bioqualität für Hunde. Luxus-Leckerlis in diversen Sorten für den besten Freund des Menschen, während in der Stadt Tausende von Bedürftigen bei den Ausgabestellen der Tafel um Lebensmittel anstanden – in Melias Augen bewies das die ganze Absurdität unserer Gesellschaft. Wofür Zeinab Adan allerdings nichts konnte.

Nero, der schwarze Labrador ihrer Mutter, trottete Melia entgegen und leckte ihr zur Begrüßung die Hand. Zeinab bediente gerade eine füllige Frau mit blonder Dauerwelle, die sich für Kekse mit Hähnchenfleisch für große Schnauzen entschied.

»Sagen Sie Ihrem Chef, dass er unbedingt wieder Schinken mit Rote Bete ins Angebot nehmen soll. Meine Hunde sind verrückt danach.«

»Meine Mutter *ist* der Chef«, wandte Melia ein.

»Ja, und? Das kann ich doch nicht wissen!«

Am liebsten hätte Melia der Dicken erklärt, dass ihre

Mutter in London und Bonn studiert hatte. Dass ihre Großeltern in Somalia reich gewesen waren, bevor sie in den Achtzigern bei Diktator Siad Barre in Ungnade fielen.

»Klar, sie ist ja nicht weiß«, sagte Melia.

»Wollen Sie jetzt die Rassismuskeule schwingen?« Die Kundin wandte sich wieder Zeinab zu. »Behalten Sie Ihr Zeug!«

Das Türglöckchen bimmelte, als die Frau fluchtartig den Laden verließ.

»Amelie!«

»Ist doch wahr, Mama.«

Sie gingen nach hinten in die Küche, wo es zwei Stühle gab. Melia nahm sich Wasser aus dem Kühlschrank. Zeinab wischte sich die Hände an einem Lappen ab.

»Ich hab dir doch von Yasin erzählt.«

»Und dass du meinen Rat möchtest.«

»Ich gestehe, dass ich mich auf seinen Besuch freue. Aber er kann unmöglich bei mir wohnen.«

Sie besprachen, welches Hotel sie dem Freund von Melias Onkel empfehlen sollten. Dass er für die Übernachtungskosten selbst aufkommen müsse, da es zumindest vordergründig eine Geschäftsreise war. Zeinab wollte ihn aber zum Essen einladen. Nur gab es kein Lokal mit afrikanischer Küche, das ihren strengen Qualitätsmaßstäben genügte.

»Und wenn ich koche und wir zu viert bei mir essen?«, fragte sie.

»Zu viert?«

»Hast du mir nicht von einem Freund erzählt?«

»Mama, ich bin solo. Das weißt du doch.«

»Und dein Kollege, dessen Mutter Künstlerin ist? Wart ihr nicht gemeinsam bei einer Ausstellungseröffnung?«

Sie meinte Vincent. Ausgerechnet.

Es bimmelte an der Tür. Kundschaft.

Während ihre Mutter nach vorn eilte und einem älteren Paar ihr Kekssortiment erklärte, schweifte Melias Blick nach draußen. Auf der anderen Straßenseite stand ein großer Typ und tippte etwas in sein Handy. Danach glotzte er herüber. Der Mann war Ende dreißig, trug einen olivfarbenen Parka und eine Kappe mit einem Wappen, das Melia auf die Entfernung nicht genau erkennen konnte. War da ein blaues Kreuz auf rotem Grund? Das Emblem der Konföderierten?

Sie musste daran denken, wie der Hausmeister Roland Kracht beschrieben hatte.

Unwahrscheinlich, dachte Melia. Warum sollte der Mann, den sie suchte, plötzlich hier auftauchen?

Das Paar bezahlte, packte die Hundenahrung in eine Tasche und verließ den Laden.

Melia machte ihre Mutter auf den Kerl aufmerksam, der jetzt wieder auf sein Mobiltelefon schaute.

»Der ist mir auch schon aufgefallen.«

»Seit wann beobachtet der deinen Laden?«

»Tut er das?«

Melia zog ihr Smartphone aus der Tasche und fotografierte den Typen durch die Schaufensterscheibe. Dann lief sie zur Tür und trat hinaus auf die Straße.

Ein DHL-Transporter rollte vorbei.

Als sie wieder freie Sicht hatte, war der Kerl im Parka verschwunden.

56

DOMINIK ROTH HATTE HERAUSGEFUNDEN, dass der Bruder des an einer Überdosis Heroin verstorbenen Gültan Alver in Duisburg lebte. Er bekam ihn an die Strippe, doch der Mann blieb sehr einsilbig und behauptete, nichts mit Gültan zu tun gehabt zu haben.

Immerhin nannte er Dominik einen weiteren Namen.

Gültans bester Freund sei ein Mann namens Denis Öger gewesen. Dominik fand heraus, dass Öger in einer Pizzeria im Düsseldorfer Stadtteil Unterbach arbeitete, und beschloss, ihn dort aufzusuchen. Er wollte nicht wieder am Telefon mit Ausflüchten abgespeist werden.

Er gab Vincent Bescheid und bereute es sofort.

Denn sein Vorgesetzter ließ es sich nicht nehmen, ihn zu begleiten.

»Weil du glaubst, ich kriege nicht einmal eine einfache Befragung hin, Chef?«

»Weil es keine einfache Befragung sein wird und wir zu zweit größere Autorität auf Herrn Öger ausstrahlen werden.«

Pizza Pronto war ein einfaches Lokal, das im Wesentlichen von seinem Lieferservice lebte. Öger erklärte seinem Kollegen, dass es Zeit für eine Pause sei, und ging mit den beiden Beamten nach hinten hinaus auf einen Hof. Zwischen den Müllcontainern wischte er sich die Hände an seiner langen Schürze ab, fischte ein Päckchen Zigaretten aus der Hosentasche und steckte sich eine davon an.

»Gültan ist lange tot«, sagte er und qualmte hastig. Sein Stirnrunzeln und die etwas schrägen Brauen verliehen ihm einen Ausdruck von permanenter Trauer.

»Gestorben an einer Überdosis Heroin«, erwiderte Vincent.

»Das ist eine dumme Lüge. Damit hat er nie etwas zu tun gehabt. Warum wollt ihr ihm noch immer diese Scheiße anhängen?«

»Das Heroin in seinem Blut haben nicht *wir* entdeckt, sondern die Ärztinnen im Rechtsmedizinischen Institut der Unikliniken Düsseldorf.«

»Und wenn schon. Gültan war kein Junkie. Er hat nicht einmal Alkohol getrunken, obwohl er jede Nacht hinter der Theke der Hafenbar gearbeitet hat.«

»Wir sind nicht gekommen, um irgendwem ein Rauschgiftdelikt anzuhängen, Herr Öger«, sagte Dominik.

»Vielleicht haben Sie gehört, dass Klara Dorau ermordet worden ist«, sagte Vincent.

Öger kniff irritiert die Augen zusammen.

Der Mann war kein Zeitungsleser, schätzte Vincent.

»Die Tochter von Dr. Markus Dorau, dem Besitzer der Hafenbar«, fügte er hinzu.

»Diesen Psycho-Doc hat er gehasst.«

»Tatsächlich?«

»Ist doch logisch. Oder wie würden Sie reagieren, wenn Sie erfahren, dass der Chef mit Ihrer Frau ins Bett geht, während Sie im Knast sitzen?«

»Und wie hat Gültan reagiert?«

»Hat sich einen Plan gemacht. Der leider nicht geklappt hat.«

»Wie sah der Plan aus?«

Öger betrachtete den heruntergebrannten Stummel, dann zündete er an der Glut eine neue Zigarette an und inhalierte tief. Beim Sprechen quoll ihm der Rauch aus Mund und Nase.

»Ein Typ im Knast hat ihm erzählt, dass es in der Hafenbar Kokain zu kaufen gibt, und dass der Psychiater damit steinreich geworden ist. Da hat sich Gültan vorgenommen, das Geschäft zu übernehmen.«

»Hatte er davon Ahnung?«

»Eben nicht. Wir haben ihm auch dringend davon abgeraten.«

»Wer ist wir?«

»Alle seine Freunde. Keiner wollte mitmachen. Gültan dachte, Nazemin würde ihm helfen. Hat sie aber nicht. Dann hat er versucht, Kontakt zu Leuten aus Jugoslawien aufzunehmen. Zu allem Überfluss wurden die Bullen auf ihn aufmerksam, und er musste untertauchen.«

»Bei Ihnen?«

»Bei jedem von uns. Mal hier, mal dort. Bis ihn einer verraten hat. Ich kann mir denken, wer das war. Unsere Clique gibt es jedenfalls nicht mehr. Nach Gültans Tod wollte keiner mehr etwas vom anderen wissen. Verstehen Sie jetzt, warum ich nicht an die Heroinsache glaube? Hätte es geheißen, er sei an Kokain gestorben, dann hätte ich das vielleicht noch geschluckt.«

»Sagen Ihnen die Namen Tessa Schramm und Mike Echternach etwas?«

»Wer soll das sein?«

»Leute von der Drogenfahndung, die Gültan auf die Schliche gekommen sind.«

»Haben die ihm den Heroinscheiß angehängt?«

»Das werden wir rausfinden.«

Dominik Roth steuerte den Dienstwagen zurück zur Festung. Er blickte mit finsterer Miene stur geradeaus.

»Musste das echt sein?«, fragte er.

»Was?«

»Warum mischst du dich immer in alles ein? Wenn du deinen Leuten nicht vertraust, dann mach den Scheiß doch künftig ganz im Alleingang. Ich bin mir vorgekommen wie reine Staffage.«

Vincent musste grinsen. »Erst durch deine Anwesenheit haben wir die nötige Autorität ausgestrahlt.«

»Verarschen kann ich mich selbst!«

»Glaubst du dem Kellner, dass Markus Dorau mit Kokain handelt?«

»Gültan hat es offenbar geglaubt.«

»Und dafür mit seinem Leben bezahlt.«

»Autobahn oder durch die Stadt?«

Vincent hob beide Hände. »Als Kommissariatsleiter mische ich mich da nicht ein.«

Dominik grollte wieder. Er wählte den Umweg über die Autobahn, womit sie vermutlich Zeit sparen würden. Im Wagen roch es dezent nach Zigarettenqualm. Der Pizzabäcker hatte ihre Klamotten geräuchert.

Schließlich fragte Dominik: »Was hältst du von folgender Theorie …«

Vincent sah ihn an.

»Darf ich sie dir darlegen, Chef, oder stört es dich beim Denken?«

»Schieß los.«

»Tessa Schramm hat einen Spitzel in den Reihen der Jugoslawen – beziehungsweise Albaner – und erfährt von der dunklen Seite des Psychiaters. Statt ihm das Handwerk zu legen, beschließt sie, ihn auszunehmen. Als Gegenleistung beseitigt sie Gültan oder beauftragt Echternach damit.«

Genau so stellte Vincent es sich auch vor.

Zudem fragte er sich, was Nazemin Alvers Rolle in der Geschichte war.

Dominik zuckte mit den Schultern. »Das würde erklären, warum der Drogenhandel des Psychodoktors nie aktenkundig geworden ist. Weil er unter dem persönlichen Schutz unserer Topkommissarin vom KK21 steht.«

Vincent ging seinen eigenen Gedanken nach. Die charmante und kluge Chefin der Hafenbar. Die Kriegerin, die selbst ein Säureangriff ihres Brutalo-Ehemanns nicht gebrochen hatte. Die liebevolle Mutter eines Sohnes, den sie bereits in jungen Jahren geboren hatte. Und heute auf brutale Art verlor.

Konnte eine solche Frau einem so schmutzigen Geschäft nachgehen?

Als Kriminalist wusste Vincent darauf nur eine Antwort.

Und hoffte zugleich, dass er damit falschlag.

57

MELIA VERABSCHIEDETE SICH MIT einer langen Umarmung von ihrer Mutter. Auf der Straße meldete sich ihre Anspannung zurück, wie angeknipst, und auf dem Heimweg erwachte ihr Geheimdienstinstinkt.

Immer wieder überprüfte sie mit einem Blick in den Rückspiegel, wer hinter ihr fuhr. Sobald sie an einer Kreuzung oder vor einem Hindernis bremsen musste, versuchte sie herauszufinden, ob sie die Autos hinter ihr wiedererkannte.

Bald fiel ihr ein roter Mazda 323 auf, ein Modell aus den Neunzigern, als die Autos noch gerade Kanten und eckige Scheinwerfer gehabt hatten.

Sie bog in die Königsallee ab, gleich darauf nach rechts und wieder nach links, um auf der Berliner Allee nordwärts zu fahren. Der Mazda blieb hinter ihr.

War das der Mann mit Kappe und Parka, der den Laden ihrer Mutter ausspioniert hatte?

Bin ich sein eigentliches Zielobjekt?

Melia fuhr an der Nebenstraße vorbei, in der sie wohnte, und erreichte den Stadtteil Derendorf. Hier bog sie mehrfach ab, bis sie sicher war, ihren Verfolger abgeschüttelt oder zum Aufgeben gebracht zu haben, weil er einsah, dass sie auf ihn aufmerksam wurde.

Erleichtert kehrte sie zurück in ihr Viertel.

Sie zog die Wohnungstür hinter sich zu und schloss den Querriegel. Dann legte sie eine neue CD in ihren Ghettoblaster. Seu Jorge, ein brasilianischer Sänger, Salsa und Lebensfreude – sie hoffte, die Musik würde sie fröhlich stimmen. Im Kühlschrank suchte sie nach Resten für ein Abendessen.

Dass ihre Mutter Vincent erwähnt hatte, ging ihr nicht aus dem Kopf. Sollte sie tatsächlich in Begleitung des Kollegen auftauchen, wenn Zeinab für ihren ominösen Yasin kochte? Sie verstand den Beweggrund ihrer Mutter. Ein Essen zu viert wirkte unverfänglicher als ein Tête-à-tête mit einem Halbfremden in ihrer Wohnung. Aber Melia ging das zu weit. Was würde Vincent darüber denken?

Melia trat ans Fenster, um die Jalousie herunterzulassen.

Ihr Blick fiel auf ein Auto, das vor der Apotheke schräg gegenüber auf dem Stellplatz für Rollstuhlfahrer parkte.

Der rote Mazda.

Sie konnte nicht erkennen, ob der Fahrer darin saß, ging aber davon aus.

Wütend griff Melia nach Taschenlampe und Pfefferspray, die sie auf der Hutablage ihrer Garderobe aufbewahrte, und entriegelte die Tür. Sie rannte die Treppe hinunter, ging auf die Straße und überquerte sie mit entschlossenem Schritt.

Sie klopfte gegen die Seitenscheibe und leuchtete mit ihrer Lampe in das Auto. Es war leer. Sie umrundete den Wagen. Beulen am hinteren Radkasten, Rostflecken. Aufkleber am Heck, darunter die Flagge der Konföderierten. Kleine, weiße Sterne auf dem blauen Andreaskreuz.

Melia leuchtete noch einmal ins Innere. Mehrere CDs ohne Hüllen, benutzte Kaffeebecher und Papiertaschentücher sowie Werbezettel vom Pizza-Lieferservice auf dem Beifahrersitz. Gummistiefel, Einkaufstüten und ein Stapel alter Zeitungen im Fußraum. Ein Duftbaum am Rückspiegel. Klamotten, Kram und Müll auf dem Rücksitz.

Ein Verhau, als lebte der Besitzer im Auto. Wie ein Messie, der niemals aufräumte und nichts wegwerfen konnte.

Hausmeister Leo Mössner: *Sein Auto hätten Sie sehen sollen. Der reinste Saustall.*

Das Fahrzeug von Roland Kracht.

Der Mann, den sie suchte, hatte sie gefunden.

Ein Passant rempelte sie an, und Melia erschrak. Aber es war nur ein alter Mann mit Stock, der sich im Weitergehen laut darüber ausließ, dass eine Asylantin den Bürgersteig blockiert hätte.

Der ganz normale Rassismus.

Melia prägte sich das Kennzeichen ein.

Auf dem Weg zurück in ihre Wohnung rief sie die Kriminalwache an. Der Kollege fragte für sie den Halter ab. Melias Vermutung wurde bestätigt.

»Der Mazda 323 ist auf einen Roland Kracht zugelassen«, meldete der Kollege.

»Und die Adresse?«

»Sie sind ja völlig außer Atem.«

»Ich bin hinter jemandem her. Die Adresse, bitte.«

»Meerbusch-Osterath, Am Kleeacker 2.«

Mist.

Auch für das Flensburger Bundesamt wohnte Kracht noch auf dem Gehöft des Schulungszentrums. Aber Melia fiel ein, wie sie ihn dennoch aufspüren konnte.

In einem Karton unter ihrem Bett hortete sie eine Sammlung kleiner elektronischer Gerätschaften, die zur Überwachung eingesetzt werden konnten. In den Jahren beim Verfassungsschutz waren sie ihr zugeflogen. Sie hatte sich vorgenommen, die Sachen zurückzugeben, es aber stets wieder vergessen. Und als sie die Behörde verließ, fragte niemand danach.

Sie fand einen GPS-Tracker mit Magnethalterung und Minibatterie, den sie an Krachts Rostlaube befestigen konnte.

Ich krieg dich, dachte sie.

Melia war schon fast wieder unten angekommen, als ihr einfiel, dass sie nicht nur die Taschenlampe, sondern auch das Pfefferspray in ihrer Wohnung zurückgelassen hatte.

Egal, ich zieh das jetzt durch.

Melia öffnete die Haustür.

Zuerst glaubte sie, dass sie sich den Standort des roten Mazda in der Hektik falsch eingeprägt hätte. Sie rief sich zur Ruhe. Dort drüben die Apotheke. Davor der Behindertenparkplatz.

Doch der war leer.

Roland Kracht war über alle Berge.

Und sie wusste nicht, was er plante.

58

WAS MACHE ICH HIER EIGENTLICH?

Überstunden, die ich nicht aufschreiben kann, dachte Lennart Bauer. Eine Blumenverkäuferin auftreiben, die in einem Einkaufszentrum in Osterath arbeitet.

Sie hieß Julia, der einstige Hausmeister des dortigen Nazitreffs hatte sie erwähnt. Nach langer Recherche hatte Lennie endlich ihre Handynummer.

Alles für Polizeirätin Melia Adan.

Die mich doch nur ausnutzt, dachte Lennie.

Er wollte wiedergutmachen, dass er sie mit der Bemerkung über ihre Beziehungen geärgert hatte. Dabei hatte er im Grunde recht. Die Tochter eines Spitzenpolitikers wurde selbstredend bei jeder Personalentscheidung bevorzugt. Da musste sich der prominente Daddy nicht einmal einmischen. Ohne ihn hätte sie es in ihrem Alter nicht so weit gebracht.

Mit ihrer Hautfarbe.

Bei der Polizei.

Was nicht hieß, dass Melia es nicht verdient hatte – Lennie bewunderte sie.

Und so wählte er jetzt die Nummer des Blumenmädchens.

»Julia Bender.« Eine hohe, etwas näselnde Stimme.

»Bauer, Kripo Düsseldorf. Kennen sie einen Paul, einundzwanzig Jahre, aus Düsseldorf?«

»Paul?«

»Ein junger Mann, der eine Zeit lang in der Begegnungsstätte gelebt hat, die rechtsextreme Kreise in dem alten Bauernhof am Kleeacker eingerichtet haben. Dort, wo jetzt eine Seniorenresidenz errichtet wird.«

»Rechtsextreme Kreise? Mir hat er gesagt, er sei im Rahmen seines Studiums dort. Ein soziologisches Praktikum oder so. Was hat der Idiot denn ausgefressen?«

Dass Paul studierte, traf nach Lennies Informationen nicht zu.

»Wir suchen ihn als Zeugen in einer Vermisstensache«, erklärte er.

»Ja, dann suchen Sie mal.«

»Man hat uns gesagt, Sie seien befreundet.«

»Das dachte ich auch. Bis der Scheiß mit Yvonne passiert ist. Da ist mir endlich ein Licht aufgegangen. Ein Lügner und Blender!«

»Können Sie mir trotzdem sagen, wo er steckt?«

»Ich habe ihn seit einem Jahr nicht mehr gesehen. Und das ist gut so. Der verdammte Wichser kann mir gestohlen bleiben. Kriegt nichts auf die Reihe, aber schuld sind immer die anderen.«

Im Guten haben sich die beiden nicht getrennt, dachte Lennie.

»Und wo finde ich Yvonne?«, fragte Lennie.

»Die weiß auch nichts. Paul ist durchgedreht und hat sich einfach aus dem Staub gemacht.«

»Können Sie mir seinen Nachnamen nennen?«

»Ich hab den kaputten Kerl endlich vergessen, da rufen Sie an und wollen alles wieder aufreißen?«

»Nur den Nachnamen, bitte.«

»Dorau. Sein Vater ist angeblich Psychiater. Aber wahrscheinlich war das auch gelogen.«

Lennie wollte sich bedanken, doch Julia hatte das Gespräch schon beendet.

59

ICH HÄTTE SIE TÖTEN KÖNNEN, dachte Roland Kracht. Die Kripo-Mulattin und ihre schwarze Mutter.

Wenn ich eine Waffe dabeigehabt hätte.

Er parkte hinter einem nagelneuen Porsche Cayenne am Haupteingang der Osterkamp Group, wo er gestern die Speicherkarte mit der Audiodatei abgegeben hatte. Roland erinnerte sich, wie erfreut Osterkamp über den O-Ton des minderjährigen Strichers gewesen war, der einen Staatssekretär belastete.

Er hoffte, den Unternehmer heute Abend wiederzutreffen.

Rolands Schritte hallten über den Platz. Die Sonne stand tief, und der Wind trug die Ausdünstungen der nahen Likörfabrik herüber. Ein Entenpärchen flog schnatternd zu seinem Schlafplatz am Rhein.

Ein Wachmann stand vor der Tür, ein Klemmbrett mit einer Liste in der Hand, auf der Brust das Wappen von Osterkamp Firm & Secure. Roland nannte seinen Namen, der Uniformierte hakte ihn auf der Liste ab. Die Scheibe der Eingangstür glitt fast lautlos zur Seite.

Die anderen waren schon da. Sie hatten sich im Foyer versammelt, vier Mann in Zivil. Sie lauschten Nelli, der

Chefsekretärin, die gerade eine Begrüßungsrede hielt und auf den Hund deutete, der auf seiner Marmorsäule im Glaskasten hockte.

»Das ist Hardy«, erklärte sie. »Keinen Hund hat Herr Osterkamp mehr geliebt als diesen. Erkennen Sie die Zeitschrift in seinem Maul?«

Gleich wedelt der Köter mit dem Schwanz, dachte Roland.

»Es ist das *Manager Magazin* vom Oktober 2012. Hardys größter Spaß war es, seinem Herrchen jeden Morgen die Post zu bringen. In dieser Ausgabe veröffentlichte das Blatt seine alljährliche Liste der reichsten Deutschen, und Herr Osterkamp fand sich zum ersten Mal unter den Top 200 wieder. Diesen historischen Moment hielt er fest, indem er Hardy erschoss und eigenhändig präparierte.«

»Cool«, sagte ein Typ.

»Das war, wie gesagt, vor acht Jahren. Heute steht Herr Osterkamp auf Platz zwölf. Mit Abstand die dynamischste Unternehmerpersönlichkeit Deutschlands.«

Nelli erkannte Roland und gab ihm die Hand.

»Was ist der Plan?«, fragte er.

»Haben Sie den Porsche-SUV da draußen gesehen? Nachdem Herrn Osterkamps Privatwagen in der vergangenen Nacht von Chaoten zerstört wurde, haben wir Ersatz besorgt. Herr Osterkamp rechnet damit, dass die Attentäter zurückkehren könnten. Sie lauern Ihnen auf und übergeben sie der Polizei.«

»Ist er da?«

»Wer, Osterkamp? Was wollen Sie von ihm?«

»Ganz kurz sprechen. In einer privaten Angelegenheit.«

»Unmöglich. Er ist gerade erst von einer Geschäftsreise aus Berlin zurückgekehrt. Es war ein stressiger Tag.«

»Fragen Sie ihn, ob er Zeit hat. Bitte, Nelli. Nur drei Minuten. Es ist sehr wichtig.«

Sie lächelte und musterte ihn. Ein aufdringlicher, taxierender Blick. Roland ließ ihn über sich ergehen.

»Weil Sie es sind.«

Die Chefsekretärin des Multimilliardärs wandte sich kurz ab und telefonierte leise. Ein Ausdruck der Überraschung erschien in ihrem Gesicht. Sie steckte das Handy wieder ein.

»Sie scheinen ihn in guter Stimmung zu erwischen, Herr Kracht. Aber wirklich nur drei Minuten. Das müssen Sie versprechen.«

»Natürlich, Nelli.«

»Folgen Sie mir.«

Sie betraten den Aufzug. Über den Knöpfen für die verschiedenen Büroetagen befand sich ein Schlitz, in den Nelli einen Schlüssel steckte. Roland begriff und fühlte sich geehrt. Ganz oben lag das Penthouse. Osterkamp in seinem Büro aufzusuchen war das eine. Ihm in seinen Privatgemächern zu begegnen, etwas ganz anderes.

Er spürte Nellis Hand über seinen Rücken gleiten und fuhr herum.

»Warum so schreckhaft?«, fragte die Frau und lachte ihn aus nächster Nähe an.

Ihre Bluse war um mindestens einen Knopf weiter geöffnet als vorhin im Foyer, so kam es Roland vor. Die Brüste hoben sich mit jedem Atemzug.

Mit Kajal umrahmte Kulleraugen blinzelten ihn an.

»Kein Interesse«, antwortete er schroff.

Sie machte einen Schritt zurück und verzog das Gesicht. »Tun Sie nicht so, als hätte ich Ihnen ein Angebot gemacht.«

Osterkamp empfing Roland in einem holzgetäfelten Arbeitszimmer. An einer Wand hing ein Ölschinken, ein Männerakt in grellen Farben. Rasch wandte Roland den Blick ab. Nelli stand noch immer in der Tür und betrachtete ihn spöttisch.

»Würden Sie uns bitte einen Whiskey einschenken?«, sagte Osterkamp zu ihr.

»Für mich nicht«, warf Roland ein. »Ich muss noch arbeiten.«

»Was halten Sie von meiner Idee, den Chaoten einen Denkzettel zu verpassen?«

»Darf ich ehrlich sein?«

»Unbedingt.«

»Ich würde den Cayenne nicht hier im Büroviertel aufstellen, sondern dort, wo das linke Gesindel zu Hause ist. In Bilk oder im südlichen Flingern. Dort provoziert der Wagen und lockt die Ratten aus den Löchern. Womöglich würde es sich sogar lohnen, der Presse Bescheid zu geben.«

Nelli reichte ihrem Chef ein Glas.

Er nahm einen Schluck. »Sie wissen nicht, was Ihnen entgeht, Herr …«

»Kracht«, sagte Nelli kühl.

»Ich gebe Ihnen freie Hand. Gehen Sie mit den Zecken nicht zimperlich um. Denen soll die Lust auf Terror gründlich vergehen. Nelli, rufst du die *Morgenpost* an?«

»Gern.«

»Und warum wollten Sie mich sprechen, Herr Kracht?«

»In einer Ihrer Wohnungen lebt die Mutter eines guten Kameraden, der in Afghanistan gefallen ist. Sie heißt Linda Salié und ist mit der Miete etwas im Rückstand. Ich bitte Sie in ihrem Namen, von Zwangsmaßnahmen abzusehen.«

»Ein guter Kamerad?«

»Kommando Spezialkräfte. National eingestellt. Er stand auf unserer Seite.«

»In welcher Stadt lebt die Mutter?«

»Hier in Düsseldorf.«

»Okay.« Osterkamp beugte sich über den Schreibtisch und kritzelte etwas auf eine Visitenkarte. Dann gab er sie Roland. »Wenden Sie sich damit an Herrn Meier, er ist Geschäftsführer der Osterkamp Wohnungsverwaltungs GmbH Rheinland. Er wird sich um die Sache kümmern.«

Roland deutete eine Verbeugung an. Der Mann hat das Herz auf dem rechten Fleck, dachte er. Linda wird aufatmen.

Als er mit Nelli im Aufzug nach unten fuhr, würdigte er sie keines Blicks. Er hoffte, sie würde den Mund halten.

Doch dann fragte sie: »Ein *guter* Kamerad?«

Roland schwieg.

»Ihr Elitesoldaten seid wohl alle schwul, oder was?«

Er kochte vor Wut und Abscheu. Nur der Gedanke an Philipps Mutter, die erleichtert und stolz auf ihn sein würde, hielt ihn davon ab, die Sekretärin gegen die spiegelnde Wand der Aufzugkabine zu werfen und sie zu zertreten wie eine Kakerlake.

60

MIT GEMISCHTEN GEFÜHLEN ERREICHTE Vincent das Haus seiner Mutter in Uedesheim, einem Dorf, das zu Neuss gehörte und am Rhein gegenüber von Düsseldorf lag. Hier war er bei seinen Großeltern aufgewachsen, nachdem Brigitte 1977 in den Untergrund abgetaucht war.

Bei Oma und Opa hatte er seine Kindheit endlich als halbwegs normal empfunden, während im Fernsehen alle paar Monate Horrornachrichten über seine abwesende Mutter liefen – Fahndung, Festnahme, Prozess.

Das Urteil, die Hungerstreiks gegen die Haftbedingungen.

Zu Hause war es tabu, darüber zu reden. Und in der Schule schwieg man ebenfalls, nachdem er den Ersten, der ihn deshalb aufziehen wollte, verdroschen hatte.

Als Vincent die Schwelle zur Pubertät überschritt, begann die Phase, in der er sich mit Opa zankte und zu verstehen glaubte, warum Brigitte ihren Vater hasste. Eine Zeit lang trieb sich Vincent mit den Punks in der Düsseldorfer Altstadt herum. Erst als sein Großvater erkrankte, kehrte er reumütig zurück.

Und ergriff sogar den gleichen Beruf.

Viel später, die Großeltern waren längst tot und eingeäschert, entdeckte Vincent Briefe, die Gerhard Veih in den frühen Vierzigern an seine Verlobte geschrieben hatte. Man hatte den blutjungen Beamten nach Polen versetzt, und Polizeidienst bedeutete dort noch mehr als zu Hause die Mitwirkung am Holocaust.

Polizeiarbeit ist politisch.

Du dienst dem Staat. Also denen, die regieren.

Das hatten diese Briefe Vincent gelehrt.

Nach ihrer Haftentlassung zog Brigitte in das Haus.

Vincent klingelte.

Weil sie nicht aufmachte, suchte er nach einem geöffneten Fenster und rief nach ihr, aber sie war tatsächlich nicht da. Was in ihm Befürchtungen weckte.

Hoffentlich ist sie nicht schon wieder mit diesen Kerlen unterwegs.

Er setzte sich auf eine Gartenbank und beschloss zu warten.

Die Dämmerung ging in die blaue Stunde über. Es wurde kalt.

Endlich fuhr der alte Ford Fiesta vor. Brigitte stieg aus, öffnete den Kofferraum und trug einen Korb voller Topfpflanzen zum Haus. Vincent eilte ihr entgegen, um ihr den Korb abzunehmen.

»Das schaffe ich noch selbst«, widersprach sie.

»Wir müssen reden.«

»Geht es um Nina? Soll ich mal wieder die Vermittlerin spielen?«

»Lenk nicht ab, Brigitte. Ich weiß, was du letzte Nacht getan hast.«

Sie stellte den Korb vor der Haustür ab, ohne Anstalten zu machen, die Tür aufzuschließen.

»Was wird das jetzt?«

»Das frage ich dich. Neue Stadtguerilla? RAF 2.0?«

»Ich streite alles ab. Du hast keine Beweise. Und ich habe keine Zeit, mit dir zu reden. Ich muss noch einiges vorbereiten. Übermorgen demonstrieren wir gegen Mietwucher und Immobilienspekulation. Vielleicht hast du davon gehört.«

»Da gehst du nicht hin.«

»Mein verbrieftes Recht lasse ich mir von dir nicht nehmen.«

»Du brichst ab sofort jeden Kontakt zu deinen jungen Freunden ab.«

»Wie bitte?«

»Fast an jedem Tatort gab es Überwachungskameras. Die Polizei hat Aufnahmen von dir und deinen Helfern. Und du kannst davon ausgehen, dass die Kollegen vom Staatsschutz auch die Demo filmen werden, zumindest den Schwarzen Block. Sie werden die Bilder abgleichen und dich zwangsläufig erkennen. Dafür gibt es Computerprogramme. Wenn du mitmarschierst, landest du im Knast. Womöglich für den Rest deines Lebens.«

»Bist du verkabelt? Trägst du ein Mikro?«

»Hör auf mit der Scheiße! Ich bin dein Sohn!«

»Reg dich ab, Vincent.«

»Meine Chefin hat dich erkannt. Du hast verdammtes Glück, dass sie stillhält. Aber ein zweites Mal wird sie das nicht tun.«

Brigitte zwinkerte. »Das ist doch die Hübsche mit den schwarzen Locken, mit der du mal bei einer Vernissage warst?«

»Hör auf abzulenken, die Sache ist verdammt ernst. Der Düsseldorfer Generalstaatsanwalt hat die Ermittlungen übernommen und das Landeskriminalamt einbezogen. Da geht es um Gründung einer terroristischen Vereinigung. Du kennst die Paragrafen und weißt, was darauf steht.«

»Unsere Aktion hat sich auf Gewalt gegen Sachen beschränkt. Das war doch kein Terror!«

»Tu nicht so naiv. Das definierst nicht du.«

»Auf Linke wird aus allen Rohren geschossen, während man die Braunen schützt.«

»Verschon mich mit deinen Parolen.«

»Über sechshundert Angriffe von Neonazis auf Geflüchtete allein im letzten Halbjahr. *Das* ist Terror, nur redet niemand davon! Polizei, Geheimdienste, Militär – überall machen sich im Staat die Nazis breit. Deutschland steht mal wieder auf der Schwelle zum Faschismus. Und da soll ich keinen Widerstand leisten?«

»Was können Osterkamps Autos dafür?«

»Jetzt bist *du* naiv. Das Sicherheitsunternehmen dieses Großkapitalisten ist das größte in Europa. In Deutschland bewacht es fast jedes Flüchtlingsheim. Wusstest du, dass Osterkamp bevorzugt Neonazis einstellt? Er versammelt die zersprengten Kader der Westkreuz-Miliz. Und die drangsalieren die Leute, die sie beschützen sollten. Systematisch, Tag für Tag. So schaut's aus, mein Lieber.«

»Fertig mit deiner Rede?«

Sie griff in ihre Jacke und zog ein Flugblatt hervor, das sie entfaltete und ihm gab.

»Hier steht noch mehr.«

Bündnis gegen Mietwucher und Vertreibung, las Vincent. *Großdemo.* Es war der Aufruf zum Protestmarsch am Samstag.

»Wir haben nur einige Punkte aufgeschrieben. Die Sache mit den Kaufhausschließungen und den Privatknästen nach US-Vorbild fehlt noch.«

»Ich kann's ja bei uns ans Schwarze Brett hängen.«

Sein Handy klingelte.

»›Gimme Shelter‹«, sagte seine Mutter. »Guter Song.«

Vincent hob mahnend den Zeigefinger. »Du gehst nicht zur Demo. Und keine Gewalttaten mehr!«

»Nur wenn du das wirklich an euer Schwarzes Brett hängst.«

Vincent winkte zum Abschied.

Auf dem Weg zum Auto nahm er den Anruf an.

Timo Czerny meldete sich.

»Was gibt's?«, fragte Vincent.

»Es geht um Tessa Schramm.«

»Willst du mir endlich was zu dem Taschenmesser erzählen?«

»Das und weitere Dinge.«

»Morgen vor Dienstbeginn?«, fragte Vincent.

Sie verabredeten sich für sieben Uhr im Präsidium.

Um diese Uhrzeit wird auch niemand mitbekommen, wenn ich etwas Subversives an der Pinnwand vor dem Kasino befestige, dachte er.

61

ROLAND WÄHLTE EINE KREUZUNG in Flingern aus. Er parkte den Porsche Cayenne mit dem unübersehbaren Logo der Osterkamp Group vor einer Plakatwand, die er von seinen Männern überkleben ließ.

Die Bildmontage: gläserne Hochhäuser vor einem blauen Himmel.

Der Slogan: *The Future Is Now*.

Eine lautstarke Provokation für alle linken Bazillen des Viertels.

Die Nacht verhieß Spaß.

Schon nach einer halben Stunde flogen die ersten Steine auf den schicken SUV. Es ging blitzschnell. Bevor Roland und sein Team reagieren konnten, waren die Zecken wieder verschwunden.

Doch die Gruppe aus national eingestellten OF&S-Wachleuten in robusten Zivilklamotten spielte sich rasch ein. Beim zweiten Mal lief es besser. Eine Bande Kids mit Palästinensertüchern krümmte sich unter ihren Tritten. Sie waren zu jung, um sie der Polizei zu übergeben. Roland ließ die heulende Bande laufen.

Wenig später schlugen drei Jugendliche mit Baseballschlägern die Frontscheibe des Geländewagens ein. Rolands Männer nahmen ihnen die Prügel ab und verdroschen sie damit nach Strich und Faden. Rippen knackten. Die Racker kotzten Blut und spuckten Zähne.

Ein Zeitungsfotograf kam vorbei. Roland holte einen Schnapskarton aus dem Kofferraum und ließ die erste Pulle kreisen.

Gegen zehn Uhr trat ein langhaariges Pärchen im Vorbeigehen ein Rücklicht kaputt. Das Team warf die Attentäter zu Boden und schnürte ihnen die Hände auf den Rücken, bis sie vor Schmerzen wimmerten. Roland gab dem Kontaktmann bei der Polizei Bescheid. Ein Streifenwagen traf mit Blaulicht ein, Uniformierte führten die beiden Linksextremisten ab. Der Fotograf hielt die Szene für die *Morgenpost* fest.

Zur Mahnung vor der roten Gefahr.

Und als Beispiel, dass sich engagierte Bürger ihr entgegenstellen konnten.

Die Kneipen im Umkreis schlossen, auf den Straßen wurde es still. Ein einsamer Vermummter schlich mit einer Sprühdose umher. Als er sich zur Plakatwand hochreckte, warfen sich die Männer auf ihn und prügelten ihn windelweich, bis die Polizisten sich erbarmten und ihn wegschleiften. Das Blitzlicht des Zeitungsmanns erhellte erneut die Nacht, dann hatte er genug für seine Story.

Zuletzt torkelte ein Obdachloser heran. Er packte sein Würstchen aus und begann, den Porsche anzupissen. Rolands Leute gaben ihm Dreck zu fressen, entkleideten ihn und pissten *ihn* an. Roland verteilte weitere Schnapspullen zur Belohnung.

Sie feierten den Sieg der Ordnung gegen Antifa-Terror und Chaos. Noch ein Streifenwagen hielt. Die Flaschen kreisten. Die Party erreichte den Höhepunkt.

Dann fiel jemandem ein, dass der nackte Obdachlose immer noch auf dem Gehweg lag.

Ein Mann übergoss ihn mit Schnaps, zückte sein Feuerzeug und lachte. Der verdreckte Kerl bettelte um sein Leben. Die Männer umringten ihn und brachten ihm ihre Parolen bei. In seiner Panik krakeelte sie der Pisser laut in die Nacht.

Deutschland den Deutschen, Kanaken raus!

Nationaler Widerstand, jetzt, jetzt, jetzt!

Sie stellten ihn auf die schwankenden Beine und ließen ihn mit gestrecktem Arm salutieren. Der Obdachlose krähte weiter, was die Kehle hergab. Dabei floss sein Kot die Beine herab. Die Männer feixten, Tränen in den Augen, ein Heidenspaß.

Ein Kehrwagen der Stadtreinigung fuhr die Straße entlang.

Roland beschloss, die Party zu beenden. Seine Truppe und die verbliebenen Polizisten klatschten einander ab, und alle fuhren beseelt davon. Die letzte Flasche nahm Roland mit nach Hause. Heute würden ihn keine schwulen Träume heimsuchen. Er war mit sich im Reinen.

Ich habe Baghlan überlebt.

Ich bin ein geiler Killer.

DRITTER TAG

62

»SCHÖN, DASS DU GEKOMMEN BIST«, sagte Vincent.

Timo Czerny nickte, nahm auf einem freien Stuhl Platz und klemmte die Hände unter die Schenkel.

»Das Messer«, begann er. »Tessa besitzt ein Taschenmesser, das dem Exemplar ähnlich sieht, mit dem Miran Alver sie verletzt haben soll. Dunkelgrüne Emaille an den Griffschalen. Neulich hat sie damit eine Orange geschält.«

»Verstehe.«

»Sicher gibt es unzählige Messer dieser Art.«

»Vermutlich.«

Vincent drehte ihm den Rücken zu, um die Kapselmaschine zu bedienen.

Timo musste sich räuspern. Er verehrt seine Chefin, dachte Vincent. Und fühlt sich nicht wohl dabei, sie zu verraten. Aber Nibelungentreue birgt Gefahren, das weiß auch Czerny.

Vincent stellte ihm eine volle Tasse hin.

»Ich soll es niemandem verraten, aber Dr. Dorau zählt zu ihren Informanten. Der Schlag gegen die Albaner, die Verhaftung von Enver Guri, die Konfiszierung des Kokains – alles, wofür das KK21 in den letzten Tagen gefeiert wurde, soll das Ergebnis von Informationen sein, die der Psychiater geliefert hat. Aber das passt nicht zusammen.«

»Inwiefern?«

»Er ist uns als Dealer nicht bekannt. Wie kann aber jemand über die Drogenszene informieren, über Jahre und mit Erfolg, wenn er nicht selbst mit beiden Beinen drinsteckt? Woher soll Dorau sonst über die Albaner Bescheid gewusst haben? War Enver Guri etwa sein Patient und hat ihm alles im Behandlungszimmer gebeichtet?«

»Die Sopranos lassen grüßen.«

Timo lächelte nicht, sondern kniff die Lippen zusammen.

Er ist ein guter Polizist, dachte Vincent. Einer mit Haltung.

Damit ging Timo ein Risiko ein. Denn wer sich mit der Chefin anlegte, hatte einen schweren Stand.

Vincent sagte: »Mir hat ein Zeuge erzählt, er habe gehört, dass Dorau seit über zehn Jahren mit Kokain handelt.«

»Ein Drogendealer? Damit kommt er schon eher als Tessas Spitzel infrage.«

»Dann lass mich mal den Faden weiterspinnen, Timo. Wir wissen, dass die Familie ein Haus in Cadiz besitzt, wo sie regelmäßig ihre Ferien verbringt. Unterbrich mich, falls ich Unsinn erzähle, aber ich stelle es mir so vor: Aus Südspanien bezieht Markus Dorau seinen Stoff. Er transportiert ihn in irgendeinem Hohlraum seines Autos. Das läuft seit einer halben Ewigkeit so. Sein Kundenstamm ist begrenzt. Ehemalige Kommilitonen. Alte Bekannte aus den besseren Kreisen der Stadt. Im Lauf der Zeit kommen weitere Abnehmer dazu, vielleicht einige seiner Patienten.«

Timo nickte nachdenklich.

»Aber es passt immer noch nicht so richtig zusammen, oder?«

»Nein, denn mit der Guri-Bande gab es keinerlei Überschneidung.« Timo gestikulierte. Er taute auf. »Die Albaner haben das Massengeschäft betrieben. Dafür kontrollierten sie Bars und Discos. Wahrscheinlich waren sie auch im Menschenhandel aktiv. Prostitution, Lohnsklaverei. Sie haben das Kokain direkt von den Kartellen bezogen. Das ist eine komplett andere Sphäre. Getrennte Welten.«

»Und das Veilchen des Psychiaters? Die eingeschlagene Scheibe der Hafenbar?«

»Die Albaner sind auf ihn aufmerksam geworden. Ich nehme an, sie wollten, dass er sein Kokain von ihnen bezieht statt aus Spanien. Das heißt aber nicht, dass Dorau etwas über sie wusste.«

»Wie kann er dann ein wertvoller Informant sein?«

»Darüber habe ich die ganze Nacht gegrübelt.«

»Und?«

»Das Ergebnis willst du nicht hören.«

»Doch. Deshalb sitzen wir hier.«

»Ich glaube, diese Geschichte ist nur ein Vorwand. Tessa will den Psychiater schützen, aber aus einem anderen Grund.«

»Entweder aus reiner Freundschaft, oder weil sie von seinem Geschäft profitiert.«

Timo nippte an seiner Tasse. Er kniff die Augen zusammen.

»Hast du Zucker?«

Vincent gab ihm ein Tütchen und einen Löffel.

»Ich habe noch etwas entdeckt«, fuhr Timo fort. »Vor etwa einem halben Jahr wurde bei einer Frau, die einen Unfall hatte, zufällig Kokain in geringer Menge gefunden. Tessa hat die Frau vernommen, aber nichts davon protokolliert. Kein Hinweis, wer ihr Dealer war. Die Frau könnte vom Profil her zum Kundenstamm des Psychiaters zählen.«

»Wir beide werden das verifizieren.«

»Okay, was hast du vor?«

»Es heißt, du wärst ein guter Scheinkäufer. Schauspielerisches Talent und so.«

»Nur geht das nicht so einfach.«

»Dann sag du mir, wie's läuft.«

»Sorgfältige Vorbereitung ist das A und O. Eine wasserdichte Legende und gute Kontakte. Ich muss jemanden finden, dem Dorau vertraut und der mich ihm empfiehlt. Ich kann ja nicht einfach zum Doktor gehen und sagen: Verkauf mir mal ein paar Gramm. So läuft das nicht. Er würde sofort die Falle wittern.«

Vincent fiel niemand ein, der Timo dabei helfen konnte.

»Die Guri-Bande haben wir vier Jahre lang bearbeitet«, sagte der Kollege.

»So viel Zeit haben wir nicht.«

Ein Lächeln breitete sich auf Timos Gesicht aus. »Aber ich habe da eine Idee. Lass mich mal machen.«

63

UNTER DER DUSCHE DACHTE MELIA noch einmal über das Dilemma ihrer Mutter nach. Zeinab Adan war kein leichtes Mädchen. Und Yasin vielleicht gar nicht der Mann ihrer Träume. Sie würden etwas Zeit brauchen, um einander näherzukommen. Und mit einem zweiten Pärchen am Tisch wäre die Verabredung unverfänglicher.

Vincent würde die Situation verstehen und mitspielen.

Eigentlich war nichts dabei.

Im Präsidium fuhr sie ihren Rechner hoch und las die Mails im Posteingang.

Ein Protokoll von Lennart Bauer.

Bei Paul, dem wohnungslosen Neonazi, der sich im Schulungszentrum als Hausmeistergehilfe nützlich gemacht hatte, handelte es sich um Paul Dorau, Sohn des Psychiaters und seiner ersten Frau. Bruder der ermordeten Klara. Hatte er auf der Matratze in Klaras Küche geschlafen?

Melia schrieb einen Vermerk für Vincent und verschickte ihn per Mail.

Dann setzte sie sich mit Kripochef Engel zusammen. Sie berieten das Vorgehen im Fall des tödlichen Schusses auf Miran Alver. Auch wenn alles klar zu sein schien, war eine sorgfältige Untersuchung nötig. Polizeigewalt konnte Proteste hervorrufen, falls Zweifel an der Notwehr-Situation aufkamen.

Melia bot an, zwei Beamte ihres KK11 auf die Sache anzusetzen.

Engel entschied, der Staatsanwaltschaft vorzuschlagen, die Kripo in Mönchengladbach oder Duisburg damit zu beauftragen. »Nicht dass es heißt, unsere Leute gehören zum selben Stall und vertuschen etwas.«

Melia war froh darüber – sie hatte den Mist von der Backe.

Vor dem morgendlichen Meeting der Mordkommission studierte sie die Aktenlage zum Fall Klara Dorau. Gabriele Dorau war gestern befragt worden, die leibliche Mutter von Klara und deren Geschwistern. Der Sohn war nach der Trennung bei ihr geblieben.

Über Klara konnte sie wenig mitteilen. Die Niederschrift der Aussage war nüchtern und knapp gehalten, doch Melia erahnte das Drama um den Sohn Paul. Gabriele Dorau hatte den Kontakt mit ihm von sich aus abgebrochen. Die psychische Belastung war ihr zu groß geworden. Seine täglichen Provokationen. Laute Musik und Hitlergruß. Besuch von schrägen Freunden. Gabriele Dorau deutete sogar Handgreiflichkeiten ihres Sohnes an.

Auf der Trauerfeier für seine verstorbene Großmutter hatte sich Paul so sehr danebenbenommen, dass die gesamte Familie nichts mehr mit ihm zu tun haben wollte. Ein paar Tage lang hielt die Mutter noch zu ihm, aber dann eskalierte der Streit erneut. Schließlich setzte sie ihren Sohn vor die Tür.

Melia traf etwas zu früh im Besprechungsraum ein und nahm dieses Mal in der ersten Reihe Platz. Oberstaatsanwalt Kilian kam kurz nach ihr, setzte sich neben sie und demonstrierte Freundlichkeit wie eh und je.

»Hat mein Chef schon mit Ihnen gesprochen?«, fragte Melia.

Kilian strich seine Krawatte glatt, die mit stilisierten Möwen bedruckt war. »Ja, und ich bereits mit der Kripo Mönchengladbach. Eigentlich reine Formsache. Wer mir leidtut, ist Frau Schramm. Sie ist tapfer. Andere würden sich erst einmal krankschreiben lassen.«

Vincent erschien gemeinsam mit Timo Czerny. Ihre Körpersprache strahlte bestes Einvernehmen aus. Zwei Freunde, die am selben Strang zogen. Was Melia verwunderte.

Die Mordkommission diskutierte Mirans Tod und was er für den Fall bedeutete. Die Lage schien klar zu sein: Miran Alver hatte seine Freundin getötet.

»Um den Fall seriös abzuschließen, müssen wir die Spuren korrekt abarbeiten«, sagte Vincent. »Noch fehlt uns der letzte Beweis.«

Der Oberstaatsanwalt pflichtete ihm bei.

»Es gibt einen Zeugen, den wir noch nicht befragt haben«, fügte Vincent hinzu. »Melia, du hast mir dazu einen Vermerk geschickt.«

Sie nickte. »Beim letzten Frühstück vor Klaras Tod war neben Miran eine dritte Person anwesend. Dieselbe Person verbrachte die Nacht darauf über der Garage der Doraus, wie wir wissen. Die kleine Kammer war früher ein Spielort der Kinder. Wer sich eine Leiter besorgt, um sich dort zu verkriechen, muss den Ort kennen. Das deutet auf Paul hin, den Bruder von Klara. Dessen Mutter behauptet, seit Langem keinen Kontakt mit ihm zu haben. Ich frage mich, wie glaubwürdig das ist, wenn Paul noch immer in dieser Stadt lebt. Ich würde gern noch mal mit Gabriele Dorau reden.«

Vincent war irritiert, das sah Melia ihm an. Er verteilte die übrigen Aufgaben und beendete die Morgenbesprechung. Kilian verabschiedete sich von Melia. Die Kollegen brachen auf.

Melia sprach Timo Czerny an, den Vincent nicht mit einem Auftrag bedacht hatte.

»Würden Sie mich begleiten?«

Er wich ihrem Blick aus und wirkte sichtlich verlegen. »Da müssen Sie Herrn Veih fragen, denn der hat mich bereits eingespannt.«

»Wofür?«

»Wir glauben, dass Dr. Dorau mit Kokain handelt, und …«

Melia bemerkte, dass Vincent neben ihnen stand. Sie wandte sich an ihn.

»Warum habe ich eben nichts davon mitbekommen?«

Vincent sagte zu Timo: »Wir sehen uns später. Viel Erfolg! Oder toi, toi, toi, wie man unter Schauspielern sagt.«

Melia war mit ihrem KK11-Leiter allein im Konferenzraum zurückgeblieben. Sie spürte seine Reserviertheit, doch Heimlichtuerei konnte Melia ihm nicht durchgehen lassen.

»Der Vater des Opfers und Rauschgift – ändert das nicht alles?«, fragte sie aufgebracht. »Wie kannst du das verheimlichen? Mir, dem Oberstaatsanwalt, dem ganzen Rest deiner Mordkommission?«

»Weil unsere Starermittlerin Tessa Schramm involviert ist.«

»Wie bitte?«

Er flüsterte fast. »Timo und ich glauben, dass sie mit Dorau unter einer Decke steckt.«

»Das ist ein ungeheuerlicher Vorwurf! Was habt ihr gegen Schramm in der Hand?«

»Sie treibt gegenüber der eigenen Dienststelle ein doppeltes Spiel. Sie deckt ihn und kassiert ihn ab. Darauf wette ich.«

»Also nichts Handfestes. Nur ein Verdacht. Kannst du Schramm nicht leiden, bist du neidisch auf ihren Erfolg?«

»Warte ab. Bis heute Abend wissen wir mehr.«

»Was habt ihr vor?«

»Timo wird als Scheinkäufer auftreten. Und wenn wir den Seelendoktor überführt haben, zeige ich ihm einen Weg, wie er mit einer relativ milden Strafe davonkommt: indem er seine Freundin Tessa verpfeift.«

Melia erinnerte sich an ihre letzte Begegnung mit der Leiterin der Drogendienststelle. Eine stämmige Frau von zupackendem Wesen. Eine, die wie Vincent nicht in den höheren Dienst strebte, sondern mit Leib und Seele Ermittlerin war.

Schramms Worte: *Es gibt bei uns viel zu wenig Frauen in leitenden Positionen. Wir müssen zusammenhalten.*

»Sei vorsichtig, Vincent. Und wenn es klappt, dann mach dem Psychiater keine konkreten Zusagen. Stimm dich mit der Staatsanwaltschaft ab. Und ich will über jeden Schritt Bescheid wissen. Nicht erst am nächsten Tag, verstehst du?«

»Ist klar, Melia.«

»Wie man hört, hat Czerny Erfahrung als Komparse in TV-Krimis. Hoffentlich ist die Rolle, die du ihm jetzt zuteilst, nicht zu groß für ihn.«

64

ROLAND ERWACHTE MIT EINEM dicken Kopf. Zwei Fliegen brummten lautstark durch das Zimmer. Er schloss das Fenster und fluchte mal wieder über den Kuhstall nebenan. Er wohnte nun in Holzheim, am Ende des Dorfs, wo sich Fuchs und Hase gute Nacht sagten. Immerhin hatte er ein ganzes Häuschen für sich. Es war klein, dunkel und heruntergekommen, dafür war die Miete erschwinglich und der nervige Trubel der Landeshauptstadt eine halbe Autostunde weit entfernt.

Er verwarf den Gedanken, den Tag mit einem Schluck aus der Flasche zu beginnen, die er in der Nacht nicht ganz geleert hatte. Stattdessen schnürte er die Schuhe für seinen täglichen Trainingslauf entlang der Erft. Das beste Rezept gegen den Kater. Außerdem hatte er sich etwas vorgenommen. Deshalb klemmte er sich einen Klappspaten an den Gürtel, bevor er das Haus verließ.

Ein geteerter Weg zwischen Feldern und Wald. Keine Menschenseele weit und breit. Er sog die Luft ein, die bald nicht mehr nach Viehhaltung roch. Er hatte vergessen, Smartphone und Ohrstöpsel mitzunehmen. So nahm er die Singvögel wahr – das Trällern munterte ihn auf.

Früher als sonst geriet er außer Puste. An einem weit ausladenden Kastanienbaum, der die Miniermotte überlebt hatte, absolvierte er Dehnungsübungen, dann lief er weiter. Neben ihm plätscherte die Erft, und er nahm die Abzweigung in ein Waldstück. Er registrierte das Grün und das Spiel von Licht und Schatten auf den Blättern und dem Moos. Was für ein Kontrast zur graubraunen Trockenheit seiner letzten Einsatzgebiete als Soldat.

An einer lichten Stelle markierte ein überwucherter Felsblock sein aktuelles Erdversteck. Roland zerrte das Gestrüpp beiseite und grub hinter dem Stein, bis er den Deckel der Holzkiste freigelegt hatte. Als er ihn hochklappte, rieselte Erde in die Kiste. In wasserdichten Beuteln lagerten Waffen und Munition, vieles davon aus KSK-Beständen, darunter auch ein Sturmgewehr und ein paar Handgranaten. Roland entschied sich für die Glock, seine Lieblingspistole. Zusammen mit zwei Magazinen verstaute er sie in seiner geräumigen Gürteltasche.

Roland spürte, dass der Zeitpunkt nahte, das Ding zu benutzen.

Er schloss die Kiste wieder, verteilte den Waldboden darüber und zog das Gestrüpp an seinen Platz zurück. Er vergewisserte sich, dass niemand ihn beobachtet hatte. Dann trat er den Rückweg an.

Im Ortszentrum gab es ein Büdchen. Der Besitzer war ein Türke oder Araber. Immer wenn Roland bei ihm die *Düsseldorfer Morgenpost* kaufte, konnte der Kerl sein Maul nicht halten.

So auch heute.

»Was geht ab, Großer?« Der Schwarzhaarige deutete auf den Spaten an Rolands Gürtel. »Gartenarbeit?«

Vorlautes Arschloch, dachte Roland. Sobald wir die Umvolkung rückgängig machen, fliegst du als Erster aus diesem Land.

Zu Hause schlug Roland die Zeitung auf. Mit jedem Umblättern verschlechterte sich seine Laune. Nichts über seine nächtliche Aktion gegen die Antifa-Brut. Natürlich nicht. Die Festnahmen waren nach Redaktionsschluss erfolgt. Der Bericht würde erst morgen erscheinen.

Das Geld für das Drecksblatt hätte ich mir sparen können.

Auf der letzten Seite stand das Vermischte. Bunte Meldungen aus der Welt der Showstars und gekrönten Häupter. Roland starrte auf das Foto der Frau, die er besonders hasste. Die Schauspielerin, die alle Deutschen am liebsten durch fremde Rassen ersetzen wollte.

Jennifer Arnold alias Tara Heldt.

Er spuckte auf ihr blasiertes Gesicht. Der kurze Text, der darunter stand, feierte sie für ihre antideutsche Hetze.

Als Fernsehstar kommst du mit allem durch. Keiner wagt es, so eine zu stoppen.

Roland startete seinen Klapprechner. Im Netz würde er Menschen treffen, die noch selbstständig dachten. Die sich ihre Meinung nicht von den gleichgeschalteten Mainstreammedien diktieren ließen. Die bereit waren, sich gegen einen Staat zu wehren, den sich die liberalen und linken Eliten längst unter den Nagel gerissen hatten.

Roland loggte sich unter dem Namen BaghlanGunner in sein Lieblingsforum ein und stellte die aktuelle Frage der Fragen.

Was machen wir mit Jennifer Arschloch?

Die Antworten trafen fast im Sekundentakt ein. Roland spürte, wie sie ihm Kraft verliehen.

Auch als Einzelgänger bist du nicht allein.
Irgendwann stehen wir gemeinsam auf.
Und das große Aufräumen beginnt.

65

GABRIELE DORAU ARBEITETE IM BÜRO eines Bestattungsunternehmens. Melia schätzte das Alter der äußerst schlanken Frau auf etwa fünfzig Jahre. Dunkle Kurzhaarfrisur mit grauen Strähnen, elegante Kleidung. Sie wirkte ernst und korrekt, aber angespannt.

Eigentlich stand im Präsidium das tägliche Inspektionsleitertreffen an. Und der Kripochef wartete auf Rückmeldung wegen der Autozündler. Mehr denn je empfand Melia das als lästig. Es gefiel ihr, sich aus dem Präsidium zu stehlen. Wenigstens für eine Stunde.

Und wenn ich den Sohn dieser Frau finde, hat es sich gelohnt.

Melia stellte sich vor und gab Pauls Mutter ihre Visitenkarte. *Polizeirätin, Leiterin Kriminalinspektion eins.* Sie spekulierte darauf, dass so etwas Eindruck machen würde.

»Frau Dorau, ich möchte mit Ihnen über Ihren Sohn reden.«

»Es waren doch gestern schon zwei Ihrer Kollegen hier. Ich habe denen alles gesagt.«

»Mag sein, Frau Dorau, aber inzwischen habe ich neue Informationen, die Sie vielleicht interessieren.«

Melia erzählte ihr, was sie von Leo Mössner, dem Hausmeister, erfahren hatte. Dass Paul bis vor einem Jahr in einem Schulungszentrum für Rechtsextremisten aus ganz Deutschland gelebt hatte, das ein Verein namens *Nation und Freiheit e. V.* draußen in Osterath betrieb.

Mössners Worte: *Einer von den jungen Burschen, die so geil auf die militärischen Übungen waren.*

Pauls Mutter betrachtete ihre Hände, die vor ihr auf dem Tisch lagen.

»Sie wussten das bereits?«, fragte Melia.

Gabriele Dorau nickte.

»Von dort ist er dann verschwunden«, sprach Melia weiter.

»Abhauen ist sein Lebensmotto«, antwortete Dorau. »Paul läuft seit Jahren davon. Vor der Schule, vor mir, vor der Gesellschaft. Ich weiß schon lange nicht mehr, wie ich damit umgehen soll.«

»Hat Paul den Namen Roland Kracht erwähnt? Oder den Verfassungsschutz?«

»Nein, weder noch.«

»Ich glaube, er ist hier in dieser Stadt, und Sie wissen das. Paul hat die Nacht vor Klaras Tod bei ihr und Miran verbracht. Und die Nacht darauf im Haus Ihres geschiedenen Mannes.«

»Er ist zu Markus gegangen? Das glaub ich nicht.«

»Heimlich. Er hat in einer Kammer über der Garage geschlafen.«

Gabriele Dorau lächelte. »Da hat er als Kind oft gespielt.«

»Wo finde ich ihn?«

Wieder wandte sie den Blick ab. »Ich habe keinen Kontakt zu ihm.«

»Hat er sich nie gemeldet, wenn er in Geldnot war oder eine Unterkunft brauchte? Sie und Ihr Sohn, das ist eine schwierige Geschichte, ich weiß. Aber völlige Funkstille – das nehme ich Ihnen nicht ab.«

Pauls Mutter nahm noch einmal Melias Kärtchen in die Hand. »Ist das wirklich echt?«

Melia zog ihren Dienstausweis aus ihrem Portemonnaie und legte ihn auf den Tisch. Die dünne Frau studierte ihn sorgfältig.

Sie räusperte sich. »Entschuldigen Sie meine Vorsicht, Frau Adan. Aber mich hat vor Kurzem ein Mann zu Hause aufgesucht, der ebenfalls Paul sprechen will und vorgegeben hat, Polizist zu sein.«

»Können Sie ihn beschreiben?«

»Etwa mein Alter. Ziemlich dick um den Bauch, kräftige Arme und Stiernacken.«

Klingt nicht nach Roland Kracht, dachte Melia. Der Typ ist jünger und nicht dick.

Zur Sicherheit fragte sie: »Sehr groß?«

»Nein, kaum größer als Sie oder ich. Aber umso breiter. Und ziemlich Furcht einflößend. Ich habe ihm von Pauls Freundin erzählt und könnte mich dafür ohrfeigen, denn er ist dann auch bei ihr aufgetaucht.«

»Die Freundin – ist das Julia oder Yvonne?«

»Nein, sie heißt Tilda.«

»Wo wohnt sie?«

»In Gerresheim. Benderstraße, hat Paul mal erwähnt. Die Hausnummer weiß ich nicht.«

»Also sehen Sie ihn wieder häufiger?«

»Gelegentlich. Er hat mit der rechten Szene nichts mehr zu tun. Keine Thor-Steinar-Klamotten mehr, und das Haar trägt er wieder länger. Und solange man ihn in Ruhe lässt, tobt er auch nicht mehr herum. Er hat sogar einen Job.«

»Wo?«

»Kennen Sie die Buchhandlung Nickel in Grafenberg?«

Und ob ich die kenne, dachte Melia.

Ausgerechnet Nickel.

Während der Fahrt in den Osten der Stadt dachte Melia über die Winkelzüge des Schicksals nach, das einen aufgeweckten, fröhlichen Knaben im Alter von vierzehn oder fünfzehn Jahren zum Querulanten mutieren ließ. Zu einem Besserwisser, Verschwörungsgläubigen und schließlich zum Neonazi, der sich allen vernünftigen Argumenten verschloss. Der seiner Welt auf die Nerven ging, trank und sich prügelte und sich in die Ideologie von Menschenverachtung und Rassenlehre verrannte.

Gabriele Dorau hatte noch eine ganze Weile von ihrem Sohn gesprochen. In Osterath hatte Paul gemeinsam mit einem General Listen mit Namen von Prominenten für einen Tag X aufgestellt.

Der General war Peer Dombacher, Chef der Westkreuz-Miliz, wie Melia wusste. Und die Listen waren Todeslisten für die völkische Revolution. Hatte Paul tatsächlich im innersten Zirkel der Rechtsextremisten gewirkt?

Wie glaubhaft war seine Abkehr von diesen Kreisen?

Er sei zur Vernunft gekommen, behauptete seine Mutter. Die neue Freundin übe einen guten Einfluss aus. Er lerne fleißig, um sein Abi nachzuholen. Und arbeite an vier Tagen die Woche.

Melia musste schmunzeln, als sie in die Seitenstraße einbog, in der sich die Buchhandlung befand. Der Inhaber war einmal ihr Informant gewesen, denn sein Laden galt als Treffpunkt der linksautonomen Szene der Stadt.

Paul war ein Roter geworden – oder verstellte sich gekonnt.

Das Ladenglöckchen bimmelte.

Zwischen den Regalen ein paar Kunden. Jens Nickel balancierte ein Tablett mit Kaffee und Gebäck zu einer Frau in der Café-Ecke. Milchschaum ragte aus der Tasse.

Nickel war Ende fünfzig. Am Kinn eine Schnittwunde von der Rasur. Im Ohrläppchen ein Brilli. Er schien sich nicht verändert zu haben. Mit seiner Halbglatze und dem fransig abstehenden Haarkranz wirkte er auf Melia wie ein Zirkusclown. Er blickte auf.

Seine Gesichtszüge entglitten ihm.

»Nicht Sie schon wieder!«

66

DIE GENAUE ADRESSE VON Jennifer Arnold hatte Timo dem Vermerk aus der Ablage A entnommen. Er konnte sich noch gut an das alte Amtsgericht erinnern, das hier gestanden hatte, auch an das Landgericht. Nach deren Umzug in einen Neubau außerhalb der Innenstadt war hinter den neubarocken Fassaden ein schickes Wohnquartier entstanden. Nur ein Katzensprung zum Rheinufer. Die Altstadt und das Museumsviertel gleich nebenan. Gerade mal fünf Minuten zu Fuß bis zur Königsallee mit ihren Boutiquen, in denen ein Star adäquate Kleidung fand.

Es hieß, die neuen Eigentumswohnungen seien weggegangen wie warme Semmeln. Reiche Käufer aus aller Welt hätten dem Bauherrn Mondpreise bezahlt – für die Besitzer waren es eher Spekulationsobjekte als wirkliche Behausungen.

Timo las die Klingelschilder. Dass die Schauspielerin nicht ihren wahren Namen angeben würde, war ihm klar. Er musste lachen, als er auf »Jackie Brown« stieß.

Den Tarantino-Film kannte er natürlich. Ein großartiger Streifen, wie er fand. Jennifer Arnold in der Rolle der kriminellen Stewardess, die sowohl die Polizei als auch die Gangster austrickste – eine Vorstellung, die Timo begeisterte.

Er drückte auf die Taste.

»Ja, bitte?« Die unverkennbare Stimme. Selbst wenn sie sich im Radio über Politik äußerte, klang sie nach großem Kino.

Gänsehaut.

Timo machte einen Schritt zurück, damit ihn die Kamera besser erfassen konnte, und winkte mit dem Blumenstrauß, den er mitgebracht hatte. Er hätte auch seine Kripomarke vorzeigen können, aber so gefiel ihm sein Auftritt besser.

»Hier ist Timo Czerny. Frau Arnold, darf ich das persönlich abgeben?«, sagte er in die Gegensprechanlage.

Als Antwort summte der Türöffner.

Die erste Hürde war geschafft. Timo lief die Treppe hinauf.

Die Schauspielerin stand in der Tür und strahlte ihn an. »Eigentlich mache ich ungeschminkt niemandem auf, aber wenn das Spezialeinsatzkommando klingelt, sagt man besser nicht Nein.«

Er fragte sich, ob sie gekokst hatte, denn sie wirkte mächtig aufgekratzt.

Sie ließ ihn in die Wohnung, die kleiner war, als er gedacht hatte. Dafür war sie sehr schick mit neuen, eleganten Möbeln eingerichtet. Er überreichte ihr den Strauß.

Sie senkte die Nase in die Blütenpracht. »Rote Rosen, wie schön!«

»Der SEK-Rambo war natürlich nur gespielt.«

»Aber von einem tatsächlichen Polizisten.«

»Kripo«, bestätigte Timo und ließ die Katze aus dem Sack. »Drogenfahndung.«

Mit einem Schlag war ihre Fröhlichkeit verschwunden. Sie ließ den Strauß sinken und blickte ihn an wie einen Betrüger, der sich ihr Zutrauen erschlichen hatte.

»Was wollen Sie wirklich, Herr Czerny?«, fragte sie.

Timo nahm den Strauß wieder an sich, trat an die Spüle, fand ein Messer und begann, die Stiele anzuschneiden. »Ich hätte mehr Grünzeug dazu nehmen sollen, was meinen Sie?«

Sie reagierte nicht.

»Haben Sie eine Vase?«

»Werden Sie jetzt meine Wohnung nach Kokain durchsuchen, Mister Drogenfahndung? Sie werden nichts finden. Ich bin clean, wie man so schön sagt. Seit meinem blöden Unfall habe ich nichts mehr genommen.«

»In drei Minuten würde ich Ihr Versteck finden. Aber das Theater können wir uns sparen. Nichts liegt mir ferner, als Ihnen Unannehmlichkeiten zu bereiten, Frau Arnold.«

Er stellte die Blumen in ein hohes Trinkglas. Als Notbehelf funktionierte es. Dann platzierte er den Strauß auf dem Couchtisch.

Er zeigte auf den Sessel. »Darf ich?«

Sie antwortete nicht, und Timo nahm Platz.

»Übrigens fand ich es gut, was sie über die AfD und das rechte Gesocks gesagt haben.«

»Danke.« Die Schauspielerin schnitt eine Grimasse und setzte sich zögernd auf das Sofa. Timo stellte fest, dass ihre Knie nur eine Handbreit von seinen entfernt waren.

»Nicht alle bei der Polizei denken wie ich, aber meine Kollegen von der Mordkommission, die ich momentan unterstütze, sehen das auch so.«

»Mordkommission?«

»Der Fall Klara Dorau.«

»Ach ja, schrecklich.«

»Sie kennen Dr. Markus Dorau, den Psychiater?«

»Das Geplänkel können wir uns sparen. Ich weiß, warum Sie hier sind.«

»Na gut«, erwiderte er. »Wir ermitteln gerade einen heiklen Aspekt der Geschichte, und Sie könnten uns mit einem schauspielerischen Auftritt einen großen Dienst erweisen.«

»Ein Polizeifilm mit Tiefgang?« Sie lächelte wieder, wenn auch spöttisch. »Mit Ihnen als Regisseur?«

»Ein kurzer Auftritt, aber von zentraler Bedeutung. Ich möchte, dass Sie mich Markus Dorau vorstellen. Er ist doch der Mann, der Sie beliefert, oder?«

Die zweite Hürde, denn das war immer noch reine Spekulation.

»Tun Sie nicht so, Mister Drogenfahndung und Mordkommission«, antwortete Jennifer. »Das wissen Sie doch längst. Die fiese Lesbe hat jedes Detail aus mir herausgepresst.«

»Tessa Schramm?«

»Kann sein, dass sie diesen Namen genannt hat.«

»Ob sie lesbisch ist, weiß ich nicht. Aber sie kannte Dr. Dorau schon lange, bevor Sie mit ihr gesprochen haben. Was Sie Tessa verraten haben, hat sie interessanterweise nicht weitergegeben. Kein Wort davon. Nicht einmal Doraus Namen, obwohl das ihre Pflicht gewesen wäre. Wir nehmen deshalb an, dass sie mit ihm unter einer Decke stecken könnte.«

»Das ist interessant.«

»Nicht wahr?«

»Eine möglicherweise korrupte Kommissarin, das gibt dem Film einen herrlichen Noir-Touch. Sie könnte dem Gangsterboss verfallen sein. Die Rolle würde mich reizen.«

»Dann wäre ich natürlich gern der Gangsterboss.«

»Ach ja?«

»Der Psychiater wird mit einer Anklage rechnen müssen. Keine Skrupel, ihn zu verraten?«

»Schon lange nicht mehr.«

»Sie werden Ihren Dealer verlieren.«

»Dann schaffe ich es vielleicht, von dem Scheißzeug loszukommen.«

»Falls Sie dabei Hilfe brauchen ...«

Sie lächelte ohne jeden Spott. Dann beugte sie sich zu ihm vor. Ihre großen Augen fixierten ihn. »Ich dachte zuerst, Sie kämen aus einem anderen Grund. Mit Ihren prächtigen Rosen.«

Auch er rutschte nach vorn. Sie waren einander so nah, dass er die Wärme ihres Atems spürte. Er fragte sich, wie weit er gehen konnte. Bei keinem Einsatz als verdeckter Ermittler hatte sein Herz jemals so geklopft.

»Wir können das Skript gern erweitern.«

»Unbedingt.« Sie flüsterte fast. »Es braucht mehr als Verbrechen und Intrigen.«

»Romantik«, antwortete er.

»Leidenschaft.«

»Eine explizite Szene?«

»Unbedingt.«

»An welcher Stelle des Films?«

Sie deutete auf den Platz neben sich. »Hör auf zu quatschen und komm her.«

Er folgte der Anweisung der Hauptdarstellerin.

Die Kollegen konnten warten.

67

DAS SPÄTE FRÜHSTÜCK VERTRIEB seinen Kater endlich. Roland setzte sich noch einmal an seinen Rechner.

Die Medien meldeten, dass mehrere Politiker forderten, Facebook & Co. sollten effizienter gegen Hassbotschaften vorgehen. Sie wollen uns mundtot machen, dachte Roland. Linksgrüne Meinungsdiktatur – zumindest feilen sie daran.

Die sind die neuen Nazis, nicht wir.

Die nächste Stufe sind Konzentrationslager für alle, die noch selber denken. Dem müssen wir zuvorkommen.

Er las, dass die beliebte Schauspielerin Jennifer Arnold im Lauf des Tages in einer ZDF-Sendung Stellung nehmen würde.

Von wegen beliebt.

Ich krieg so ’nen Hals.

Buerger18 kommentierte: Man sollte verhindern, dass die Negerhure ihre antideutsche Propaganda verbreitet.

Naturbusche1962: Deutschland erwache, leiste Widerstand!

Obiwan schrieb: @BaghlanGunner: Worauf wartest du noch?

Roland zerlegte die Glock, reinigte die Einzelteile und setzte sie wieder zusammen.

Dann legte er sie zwischen die Pullover in seinem Kleiderschrank.

Er fuhr nicht gern in die Stadt, und öffentliche Tiefgaragen mochte er schon gar nicht, aber es ging nicht anders. Er musste Lindas Zwangsräumung abwenden.

Die Kö-Arkaden waren das erste Großprojekt gewesen, das Osterkamp in dieser Stadt verwirklicht hatte. Die notorischen Neider des Milliardärs munkelten von Filz und Bestechung im Zusammenhang mit der Baugenehmigung, aber über die Jahre hatte sich das Einkaufszentrum im Herzen der Stadt zum Magneten für die Konsumsüchtigen der Region entwickelt – und darüber hinaus.

Im Sommer flanierten hier die Scheichs mit ihren Familien, in der Vorweihnachtszeit flogen reiche Russen ein, um zu shoppen. Das ganze Jahr über tummelten sich hier deutsche Touristen, Holländer und Schlitzaugen aus Fernost.

Roland war froh, sich nicht ins Getümmel stürzen zu müssen. Der Aufzug fuhr ihn nach ganz oben, wo sich unter anderem die Büros der Osterkamp Wohnungsverwaltung GmbH Rheinland befanden. Dabei kratzte er einen Aufkleber von der Aluminiumwand. *Enteignet Osterkamp!*

Scheiß Kommunistenparole.

Am Empfang saß ein blasser Mann mit mehreren Leberflecken auf der Stirn.

»Ich möchte mit Herrn Meier sprechen«, sagte Roland. »Ich komme auf Empfehlung von Herrn Osterkamp.«

»Die letzte Tür am Ende des Flurs.«

Roland ging weiter, klopfte und trat ein. Ein dicker Typ im Anzug saß hinter seinem Schreibtisch und telefonierte. Die Fensterfront bot einen beeindruckenden Ausblick. Von oben hatte Roland die Königsallee noch nie gesehen.

Meiers Wangen wackelten beim Sprechen. Er deckte den Hörer ab und sagte barsch: »Moment!«

Roland nahm sich einen Stuhl und wartete geduldig, bis der Dicke sein Telefonat beendet hatte.

»Was wollen Sie?«, fragte Meier endlich.

»Es geht um Ihre Räumungsklage gegen Frau Salié. Ich habe Herrn Osterkamp gebeten, von einer Vollstreckung abzusehen. Er meinte, ich soll mich deshalb an Sie wenden.«

»Davon weiß ich nichts. Der Vorgang ist mir unbekannt.«

»Aber Herr Osterkamp …«

Er brach in Gelächter aus. »Wollen Sie ernsthaft behaupten, Sie hätten mit Hartmut Osterkamp über eine seiner Mieterinnen gesprochen?«

»Er sagt …«

»Glauben Sie, der Mann hätte nichts Besseres zu tun, als sich um solchen Kleinscheiß zu kümmern? Raten Sie mal, wozu er in allen Teilen der Republik Hunderte von Angestellten beschäftigt? Zu unserem Bestand gehören allein in Deutschland mehr als achtzigtausend Wohnungen, und ich spreche nur von den Mietobjekten!«

»Hat er Ihnen wirklich nichts ausgerichtet?«

»Glauben Sie, Osterkamp würde jemals persönlich bei mir anrufen?«

»Linda Salié hat nur eine kleine Rente. Die Mieterhöhung übersteigt ihre Möglichkeiten. Frau Salié ist schlecht zu Fuß und stark sehbehindert. Sie können sie nicht einfach aus ihrer Wohnung werfen.«

»Bin ich etwa das Sozialamt? Wer die Miete nicht aufbringen kann, muss sich eben etwas Billigeres suchen. Das nennt man Marktwirtschaft. Herr Osterkamp investiert, um Rendite zu erzielen, und zwar die größtmögliche. Das ist sein gutes Recht. Wie gesagt, ich kenne Ihre Frau Salié nicht, aber auch sie muss sich an die Regeln halten. So läuft das nun mal. Und jetzt verschwenden Sie nicht weiter meine Zeit!«

»Hören Sie, die Frau ist die Mutter eines Kameraden, der im Krieg gefallen ist, und …«

»Was reden Sie da von einem Krieg? Sie ticken wohl nicht richtig. Verlassen Sie sofort dieses Büro!«

»Ich werde Herrn Osterkamp von Ihrer Reaktion berichten.«

»Mann, machen Sie sich doch nicht lächerlich!«

»Herr Meier, ich …«

»Hinaus! Oder muss ich die Security rufen?«

Der Dicke nahm den Hörer in die Hand und ließ den Daumen über den Tasten schweben.

Roland war wütend und ratlos zugleich.

Im Foyer drückte er den Knopf am Fahrstuhl. Diesmal öffnete sich die linke Kabine. Auch darin klebte ein Anti-Osterkamp-Sticker.

Diesen rührte Roland nicht an.

Er verstand die Welt nicht mehr.

68

»IST DER LADEN NOCH VERWANZT?«, fragte Melia und blickte sich belustigt um.

»Ich weiß nicht, ob Sie berechtigt sind, das zu wissen«, antwortete der Buchhändler. »Nein, ist er nicht«, schob er schließlich nach. »Das Antifa-Plenum und die Rote Hilfe halten ihre Treffen seit Längerem woanders ab. Jemand muss den roten Socken einen Hinweis gegeben haben.«

Jens Nickel guckte verschmitzt.

Melia ahnte, wer dieser Jemand gewesen war. Der Typ mit der Clownsfrisur schien sein Rückgrat gefunden zu haben. Was bedeutete, dass er auf das Honorar des Verfassungsschutzes verzichtete.

»Wie läuft das Geschäft?«

»Kann nicht klagen. So langsam finde ich mich rein. Ich nehme Bestellungen auch online an und liefere frei Haus. Ich habe sogar jemanden dafür eingestellt, der durch die umliegenden Bezirke radelt.«

»Ich weiß. Paul Dorau. Vier Tage die Woche. Ist er da?«

»Was hat er denn ausgefressen?«

»Er könnte ein wichtiger Zeuge sein, aber er scheut davor zurück, sich an uns zu wenden.«

»Erst kürzlich hat ein Polizist nach ihm gefragt.«

»Dick, kräftig, unangenehm?«

»Das trifft es recht gut.«

»Der Mann war keiner von uns. Sie sollten sich nicht von Spielzeugmarken täuschen lassen.«

»Wie auch immer. Paul hat heute seinen freien Tag. Am besten kommen Sie morgen Vormittag wieder.«

Melia wunderte sich noch immer über das älteste Kind der Doraus. Letztes Jahr noch ein Neonazi, jetzt jobbte er im linken Buchladen.

»Wie sind Sie an Paul geraten?«, fragte sie.

»Tilda hat ihn angeschleppt, eine gute Kundin. Sie studiert Medien- und Kulturwissenschaften und kauft bei mir ihren Lesestoff. Vor allem ist sie aber Klimaaktivistin und gelegentlich auch bei den Antifa-Treffen dabei. Ich hoffe, Tilda erfährt keine Repressalien, weil ich Ihnen das verrate.«

Tilda – den Namen hatte bereits Gabriele Dorau erwähnt.

»Eine linke Aktivistin ist tatsächlich Pauls Freundin?«

»Zumindest lässt sie ihn bei sich wohnen.«

Wenn er sich nicht gerade anderswo versteckt, dachte Melia.

»Haben Sie die Adresse?«

»Sie fragen, ich liefere? So funktioniert das nicht mehr.«

»Nickel, stellen Sie sich nicht so an. Paul steckt in Schwierigkeiten, und wir müssen ihm helfen.«

Der Clown runzelte die Stirn.

»Wenn Sie dem falschen Kollegen die Adresse gegeben haben, ist das jetzt die Chance, es wiedergutzumachen, Nickel.«

Er zog eine Schublade auf und förderte ein Notizbuch zutage. Sein Finger fuhr über die Zeilen, und seine Lippen bewegten sich, während er den Eintrag suchte und die Adresse auf einen Quittungsblock schrieb.

Er riss den Zettel ab und gab ihn Melia.

»Beim letzten Mal hat mich unsere Zusammenarbeit fast den Laden gekostet.«

»Das waren noch Zeiten. Jetzt geht es um Leben und Tod.«

69

VÖLLIG KONSTERNIERT ERREICHTE ROLAND seinen Wagen auf dem untersten Parkdeck. Er wollte losfahren, übersah einen Peugeot, der gerade noch bremsen konnte und lautstark hupte. Roland schreckte zusammen, setzte zurück auf seinen Stellplatz und schrammte mit dem Heck eine Betonsäule.

Er zitterte wie schon lange nicht mehr, während er den Motor ausschaltete.

Langsam kam er zur Ruhe und überlegte, wie er Linda jetzt noch helfen konnte. Gunther Wellbrock fiel ihm ein. Der Anwalt hatte ihn beraten, als er bei seinem Ausscheiden aus der Bundeswehr einen Rechtsbeistand benötigte, um Rentenansprüche einzuklagen. Wellbrock besaß einen guten Ruf in Kameradschaftskreisen, zog damals gegen den Bund aber den Kürzeren.

Im Schulungszentrum war Roland ihm wieder begegnet. Wellbrock war dort als Dozent tätig und schulte Funktionäre patriotischer Parteien. Als Verteidiger eines Angeklagten im Münchner NSU-Prozess war er sogar bundesweit bekannt geworden.

Ein vielbeschäftigter Mann.

Roland war dennoch zuversichtlich, dass Wellbrock Lindas Fall übernehmen würde, denn in Osterath waren sie einmal gemeinsam in einer Kneipe versackt. Seitdem duzten sie sich, worauf Roland stolz war. Er hatte Wellbrocks Nummer in seinem Handy gespeichert.

Dieser Mann wird Linda zu ihrem Recht verhelfen.

Eine Frauenstimme meldete sich. Roland ließ sich verbinden.

»Wellbrock.«

Er sah den Anwalt vor sich. Rundlich, rosiges Gesicht, getrimmter Vollbart. Und seine notorische Fliege – nur im Bierdunst der Kneipe hatte er sie abgenommen.

»Hallo, Gunther, hier ist Roland.«

»Wer?«

»Roland Kracht, kennst du mich nicht mehr?«

»Roland? Äh … Ja, doch, natürlich.«

»Es geht um die Mutter eines Kameraden, mit dem ich in Afghanistan war. Linda hat eine fristlose Kündigung erhalten. Und auch bereits den Räumungsbescheid.«

»Jetzt weiß ich Bescheid! Roland, der Elitesoldat – immer noch so schreckhaft? Was macht das Zittern?«

»Längst vorbei.«

»Sehr schön. Da gibt es also die Mutter eines Kameraden?«

»Linda ist gehbehindert, fast blind und hat kein Geld für die Mieterhöhung.«

»Bring sie morgen früh zu mir, dann schauen wir, was sich machen lässt. Einen Aufschub sollten wir erreichen können. Bring unbedingt die Korrespondenz des Vermieters mit.«

»Da fällt mir wirklich ein Stein vom Herzen. Es ist eine Schande, wie Osterkamp mit der alten Dame umgeht.«

»Osterkamp?«

»Nicht er persönlich, aber die Wohnung gehört ihm. Ich war bei seinem Manager, doch der lacht bloß über die Sache. Wahrscheinlich setzt die Firma täglich Leute auf die Straße.«

»Nun … Sei mir nicht böse, Roland, aber ich kann das doch nicht übernehmen.«

»Wie bitte?«

»Interessenkonflikt, tut mir leid.«

»Was heißt das?«

»Osterkamp ist einer meiner Mandanten. Gerade auch in Mietangelegenheiten. Du weißt ja, dass der Mann unserer Bewegung nahesteht. Ein Großspender, der viel bewegt. Auch dein Gehalt im Ausbildungszentrum stammte letztlich von ihm.«

»Von dem Geld, das er seinen Mietern abpresst.«

»Wohnen kostet nun mal. Gerade in einer wachsenden Stadt wie Düsseldorf. Glaubst du, Häuser bauen sich von allein? Der Platz ist knapp. Und Investitionen müssen sich lohnen.«

»Aber die Armen bleiben dabei auf der Strecke.«

»Deutschland steht im Wettkampf der Nationen. Da dürfen sich die Starken nicht von den Schwachen bremsen lassen. Sonst geht eines Tages das ganze Volk den Bach runter. Heldentum kennt kein Mitleid, das gilt auch in der Ökonomie.«

Roland beendete das Gespräch.

Keine gute Nachricht für Linda.

Vorsichtig fuhr er los. Anwälte gibt es wie Sand am Meer, dachte er. Gemeinsam mit Linda würde er einen in ihrer Nähe finden und ihn noch heute aufsuchen.

Der Termin der Zwangsräumung rückt näher, wir sollten keine Zeit verlieren.

Was Wellbrock über Heldentum gesagt hatte, war natürlich richtig. Aber deshalb durfte man Linda Salié nicht vor die Tür setzen.

Nicht die Mutter eines guten Soldaten.

70

ENDLICH RIEF TIMO CZERNY BEI IHM AN. Vincent hatte schon befürchtet, der junge Kollege hätte gekniffen und seiner Chefin berichtet, was sie im Schilde führten. Als Vorzeigeermittlerin hatte Tessa Schramm beim Präsidenten einen Stein im Brett, womöglich auch beim Innenminister. Auch die Untersuchung wegen der Tötung in Notwehr würde sie ohne Kratzer überstehen.

Falls ich einen Fehler begehe, rollt mein Kopf, nicht ihrer, dachte Vincent.

»Jennifer Arnold spielt mit«, meldete Timo.

Vincent fiel ein mittelgroßer Stein vom Herzen.

»Warum hat das so lange gedauert?«

Ein Räuspern. »Wir mussten erst unsere Rollen üben.«

»Wie soll ich das verstehen?«

»Jenny gibt mich als Produzenten aus, der im Auftrag des ZDF die *Tara Heldt*-Reihe herstellt und Kokain in größerem Stil kaufen möchte.«

»Ihr duzt euch?«

»Gehört zur Rolle. Wir sind sehr eng befreundet.«

Der Komparse und die Diva. Das hättest du gern, dachte Vincent.

»Wann legen wir los?«

»Jenny hat mit Dr. Dorau über WhatsApp 13 Uhr vereinbart. In seiner Praxis.«

»Das ist verdammt knapp.«

»Sie hat nicht viel Zeit wegen eines Termins beim Sender.«

»Dann schwing deinen Arsch in die Festung. Wir müssen dich schleunigst präparieren.«

71

DIE BEHÖRDE KONNTEN SIE NICHT um das Spielgeld für den Scheinkauf bitten, denn es bestand die Gefahr, dass Tessa davon erfuhr. Der KK11-Leiter fackelte nicht lange. Er lief zur nächsten Stadtsparkassenfiliale und hob tausend Euro in bar von seinem Privatkonto ab.

Dem Mann ist es richtig ernst, dachte Timo.

Er ließ sich unterdessen von den Kollegen Hamid und Dominik verkabeln. Sie waren in die Aktion eingeweiht. Timo spürte Skrupel, weil er seine Chefin verriet.

Aber es ist deine eigene Schuld, Tessa.

Pünktlich standen Jenny und er vor der Villa des Psychiaters. Sie klingelte, während Timo einen Knopf seines Sakkos schloss. Dr. Dorau öffnete und führte sie in seine Praxis.

»Mein Beileid wegen deiner Tochter«, sagte Jennifer.

»Ich schließe mich an«, sagte Timo.

»Danke.«

Timo schaute sich um. »Ich lese gerade ein Drehbuch, in dem es um einen Psychiater geht. Falls der Film realisiert wird, sollten wir das Set genau in diesem Stil gestalten.«

»Henri von Stettin«, stellte Jennifer ihn vor. »Er produziert *Tara Heldt* fürs ZDF.«

»Seit wann kennt ihr euch?«

Sie legte ihre Hand auf Timos Schulter. »Vorgestern sind wir uns beim Dreh begegnet. Schade, dass es nicht schon viel früher passiert ist. Da ist uns einiges entgangen, nicht wahr, Henri?«

»Ich bin noch nicht lange bei Wonderland Entertainment«, erklärte Timo.

Jenny schmiegte sich an ihn und behielt dabei den Psychiater im Blick.

Sie spielt ein Spielchen abseits des Drehbuchs, dachte Timo. Sie provoziert ihren Dealer.

Hoffentlich gefährdet das nicht die Operation.

»Good vibrations sind unabdingbar beim Film«, sagte sie mit besonders rauchiger Stimme.

»Gratuliere«, bemerkte Dorau kühl. »Geht ja immer schnell bei dir.«

Der Mann ist eifersüchtig, stellte Timo fest. Als sei er früher mehr als ihr Dealer gewesen.

Als wäre er noch heute ihr Lover, wenn es nach *seinem* Drehbuch ginge.

Dr. Dorau gab Timo endlich die Hand und hieß ihn mit säuerlichem Gesichtsausdruck willkommen. Dabei strich er ihm mit der Linken wie beiläufig über den Rücken.

Der Sender steckte in der Hosentasche. Das Mikro war als Knopf am Sakko getarnt. Das Kabel dorthin konnte der Psychiater nicht spüren.

»Braucht ihr mich noch?«, fragte die Schauspielerin. »Wie gesagt, ich muss gleich noch ins Studio.«

»Kein Problem, Jenny. Dein Freund ist auch mein Freund. Wir kommen klar.«

Die Schauspielerin küsste Timo zum Abschied auf den Mund und zwickte seinen Hintern.

Dr. Dorau brachte sie hinaus und war rasch wieder zurück, um sofort zur Sache zu kommen.

»Sie kennen den Preis?«

»Hundertfünfzig pro Gramm, hab ich gehört.«

»Hundertachtzig für Neukunden. Erst ab der dritten Lieferung gibt es Freundschaftsrabatt.«

»Verdammt teuer, oder?«

»Mein Koks ist unverschnitten. Ich liefere im Umkreis von dreißig Kilometern frei Haus. Und ich garantiere, dass die Polizei nicht dazwischenfunkt. Das alles hat seinen Preis.«

»Hundertsechzig.«

»Sie können auch gern bei den Albanern kaufen, falls Sie auf versiffte Disco-Toiletten stehen. Aber Enver Guri und seine Leute haben zurzeit gewisse Probleme, wie man hört.«

»Hundertsiebzig, und wir kommen zusammen.«

»Dann beträgt die Mindestmenge zehn Gramm. Haben Sie so viel Geld dabei?«

Timo zeigte sein Geldbündel, das von einer goldenen Spange gehalten wurde. Er hatte das von Vincent Veih zur Verfügung gestellte Spielgeld aus eigenen Beständen aufgestockt, denn zwanzig grüne Scheine wirken imposanter als zehn. Für einen wie Dr. Dorau waren das Peanuts, dennoch wusste Timo, dass der Anblick von Bargeld gerade solche Typen gierig machte.

Er sagte: »Aber erst muss ich checken, ob der Stoff hält, was Sie versprechen.«

»Natürlich.«

Der Psychiater ging zum anderen Ende des Raums, wo er ein Landschaftsbild von der Wand nahm und den Safe dahinter öffnete. Timo erspähte Kassetten für Geld oder Schmuck, eine kurzläufige Pistole sowie einen Arztkoffer aus schwarzem Leder.

Dorau machte sich an dem Koffer zu schaffen und kehrte mit einem kleinen Silbertablett zurück. Er stellte es vor Timo auf dem Tisch und machte eine abfällige Handbewegung.

»Bitte sehr.«

Etwas Koks lag auf dem Tablett, schlampig zur Line gezogen.

Timo leckte seinen Mittelfinger an, tippte aber rasch und unbemerkt mit dem Zeigefinder in das Pulver, wobei so gut wie nichts hängen blieb, und rieb die Fingerkuppe gegen das Zahnfleisch. Er wartete kurz, dann lächelte er versonnen und nickte.

»Ist das für Ihren Eigenbedarf, oder verkaufen Sie weiter, Herr von Stettin?«

Timo ignorierte die Frage.

»Okay, geht mich nichts an.« Dorau warf ein Briefchen auf das Tablett. »Zehn Gramm.«

Timo zog siebzehn Hunderter aus der Rolle und legte sie nacheinander auf den Tisch.

Der Psychiater sagte: »Man denkt immer, es gehe bei Drogen um Spaß oder ums Runterkommen. Dabei zählen in unserer Gesellschaft nur drei Dinge: Leistung, Leistung und Leistung. Und Kokain ist das Mittel der Wahl, wenn man alle Kräfte mobilisieren will.«

»Sehe ich genauso.«

»Aber verraten Sie mir doch, was Jenny an Ihnen findet. Haben Sie ihr gedroht, Tara Heldt mit einer anderen Darstellerin zu besetzen?«

Timo fand den Mann mittlerweile nur noch widerwärtig. Er musste sich überwinden weiterzuspielen. Jetzt sollten die Kollegen so langsam dazustoßen. Oder hatte die Tonübertragung nicht geklappt?

»Good Vibrations Entertainment plant einen großen

Dreiteiler zur Weihnachtszeit. Eine Familiensaga. Die letzten Kriegstage, Vertreibung, Wiederaufbau und Jugendrevolte in den Sechzigern. Natürlich denke ich bei der Hauptrolle an Jenny Arnold.«

Der Psychiater stand auf. »Gerade hieß ihre Firma noch Wonderland Entertainment.«

Mist, ich habe mich verplappert. Bleib cool, Timo.

Wo bleiben Veih und seine Leute?

»Na ja, Jenny sprach von ›good vibrations‹. Die Frau macht mich ganz verrückt. Ich glaube, Sie erinnern sich auch noch an das Gefühl, Doktor.«

»Sie sind ein verdammter Bulle!«

»Hey, easy! Würde ein Bulle mit so viel Geld rumlaufen und sich Ihr Koks reinziehen?«

Dorau trat an den Safe, der noch offen stand.

»Du kleine Ratte hast nie und nimmer das Format für eine Frau wie Jenny Arnold!«

»Drehen Sie jetzt bloß nicht durch, Dr. Dorau!«

Der Psychiater nahm die Waffe heraus und richtete sie auf Timo.

Er nahm die Hände hoch und erstarrte in seinem Sessel.

Getrappel im Hausflur, die Praxistür flog auf. Endlich.

»WAFFE AUF DEN BODEN!«, brüllte Vincent Veih.

Für einen Moment stand die Welt still. Dann hielt Dorau sich die Pistole an seine Schläfe und drückte ab.

Der Knall ließ Timo zucken wie einen toten Frosch, durch den man einen Stromstoß jagte.

Der Psychiater sackte vor dem Landschaftsbild zusammen, das auf dem Boden stand. Die roten Kleckse in Kopfhöhe an der Wand erinnerten Timo an einen Rohrschachtest, nur dass die Symmetrie fehlte. Bröckchen von Hirnmasse rutschten an der Tapete herab.

Es musste ein großes Kaliber gewesen sein.

Vincent Veih begann zu toben.

Er umkreiste den toten Psychiater und schrie Schimpfwörter.

Endlich kriegte er sich ein und rief die Bestatter an.

Noch eine Leiche für die Rechtsmedizin.

Verdammter Mist, dachte Timo. So bekommen wir Tessa nicht zu fassen.

72

ALS ROLAND SEINEN MAZDA ABSCHLOSS und das Haus ansteuerte, in dem Linda wohnte, fiel ihm ein Lastwagen auf, der mit Gestänge und Brettern beladen war. Er erinnerte sich an die Ankündigung, dass die Fassade einen neuen Anstrich bekommen würde.

Dann sah er, dass weiter vorn ein Streifenwagen parkte. Grüppchen von Passanten oder Anwohnern standen herum und debattierten. Jemand blickte nach oben und gestikulierte in Richtung der senkrechten Reihe kleiner Zierbalkone – Linda nannte ihren eigenen »meinen zweiten Kühlschrank im Winter«.

Dort stand die Tür offen.

Rolands Atem stockte. Die Bordsteinkante hinter dem Lkw war blutverschmiert. Roland sprach die Leute an, offenbar wählte er aber den falschen Ton. Sie erschraken und wichen vor ihm zurück. Er gab sich Mühe, ruhiger zu klingen.

»Bitte, was ist passiert?«

»Suizid«, antwortete ein Mann aus der Gruppe.

»Ich glaub, sie hat noch gelebt, als man sie abtransportiert hat«, sagte eine Frau.

»Wer, Linda Salié?«

Jemand deutete zur offenen Balkontür hinauf. »Die Dicke aus dem zweiten Stock.«

»Unmöglich, es auf diese Art zu machen. Der Typ, dem sie vor die Füße gefallen ist, musste auch ins Krankenhaus. Der hat sicher einen Schock fürs Leben.«

»Wohin wurde sie gebracht?«, fragte Roland, jetzt wieder lauter.

Allgemeines Schulterzucken. Die Leute wandten sich ab.

Er eilte weiter. Zwei Uniformierte saßen im Streifenwagen. Ein kahlköpfiger Typ wischte auf seinem Handy herum, eine Frau hinter dem Steuer telefonierte. Roland klopfte gegen die Scheibe der Beifahrertür.

Widerwillig ließ der kahle Beamte sie herunterfahren. »Gehen Sie weiter!«

»Wohin wurde Frau Salié gebracht?«

»Sind Sie ein Verwandter?«

»Nein, ich …«

Die Scheibe schloss sich, bevor Roland weitersprechen konnte. Er riss die Wagentür auf. »Wohin, verdammt? Sie hat nur mich!«

Die Frau unterbrach ihr Telefonat, legte dem aufgebrachten Kollegen die Hand auf die Schulter und sagte: »EVK.«

Der Dicke packte den Griff und ließ die Autotür zuknallen. Roland zuckte zusammen.

Der Weg zum Evangelischen Krankenhaus war nicht weit.

An der Pforte gab er sich als Lindas Sohn aus. Der Typ hinter dem Tresen schickte ihn zur Intensivstation. Roland nahm den Aufzug. Sein Herz klopfte, und er schwitzte wie nach seinem Morgenlauf.

Im Flur der Station hielt ihn eine kleine Asiatin im weißen Kittel auf. Die Türen zu den Zimmern standen offen, überall piepste und brummte es. Wieder behauptete Roland, Lindas Sohn zu sein. Die Asiatin erklärte ihm, Frau Salié sei operiert worden und liege im Koma.

Er bestand trotzdem darauf, sie zu sehen.

»Das ist jetzt nicht möglich.«

»Ich will den Arzt sprechen.«

»Ich *bin* die Ärztin. Es steht nicht gut um Ihre Mutter. Die Wirbelsäule und mehrere Organe wurden beim Sturz schwer verletzt. Das ist alles, was ich Ihnen momentan sagen kann. Hat sie eine Patientenverfügung abgeschlossen?«

»Nein … ich … keine Ahnung.«

»Kommen Sie morgen wieder, Herr Salié. Dann wissen wir mehr.«

Als Roland vor dem Klinikkomplex auf die Straße trat, spürte er in sich eine große Leere. Er atmete tief durch.

Sein Blick fiel auf eine Plakatwand.

Das Poster war alt und warb für die bislang letzte Folge einer Krimireihe des ZDF.

Tara Heldt und der Flüchtling.

Während die Mutter seines besten Kameraden an Schläuchen hing und um ihr Leben rang, grinste ihm Jennifer Arnold frech entgegen. Die Frau, die Deutschland verhöhnte.

Ein schrilles Klingeln riss Roland aus seinen Gedanken. Mit knirschenden Reifen stoppte ein Radfahrer im eng anliegenden pinkfarbenen Sportdress nur Zentimeter vor ihm.

»Hey, Großer, das ist ein Radweg!«

Roland riss den Kerl von dem Drahtesel und drückte sein Gesicht gegen die Haube seines Mazda. Die Schwuchtel wehrte sich nicht einmal.

Ein letzter Blick auf Tara Heldt.

Er stieß den Radfahrer weg, stieg ins Auto und machte sich auf den Weg.

Seine Wut fühlte sich stark und gut an. Sie gab ihm die Richtung vor.

73

MELIA SUCHTE NACH VINCENT. Er war nicht in seinem Büro. Aktenführer Felix May wusste nichts von einer Festnahme des Psychiaters. Auch dass Vincent und Timo den Doktor verdächtigten, mit Kokain zu handeln, war ihm neu. Die mutmaßliche Verwicklung von Tessa Schramm erwähnte Melia lieber nicht. Damit hätte sie May völlig überfordert.

Sie war sauer auf ihren KK11-Leiter. Warum sorgte er nicht dafür, dass alle in der Mordkommission den gleichen Kenntnisstand hatten?

Ihr Handy klingelte.

Kripochef Benedikt Engel.

»Wir haben eine Großlage wegen der für morgen angemeldeten Demonstration«, sagte er. »Der Abteilungsleiter Gefahrenabwehr will die Kripo einbeziehen. Sie und Kriminaloberrat Fessner vom Staatsschutz begleiten mich. Haben Sie schon einen Hinweis auf die Täter im Fall der Brandanschläge?«

»Nein, ich …«

»Die Einzelheiten später. In dreißig Minuten im großen Sitzungssaal?«

Das klingt nach Dienstanweisung, nicht nach einer Bitte, dachte sie.

»Okay«, antwortete sie, aber Engel hatte bereits aufgelegt.

Daraufhin rief sie Vincent an. Er meldete sich sofort.

Fahrgeräusche, er saß im Auto.

»Wo steckst du?«, fragte sie.

»Unterwegs zur Festung. Bin gleich da.«

»Wie war's bei Dorau?«

»Beschissen. Er hat sich gehimmelt.«

Melia schloss einen Moment lang die Augen.

»Hat er Handel getrieben?«, fragte sie.

»Definitiv. Er hat Timo zwanzig Portionen verkauft, und im Safe liegen mehrere Kilo. Hamid und Dominik machen gerade die Inventur.«

»Was ist mit Nazemin Alver?«

Blinkergeräusche, ein fernes Hupen.

»Wie meinst du das?«, fragte Vincent.

»Vielleicht kannst du *sie* benutzen, wenn du ihr nachweisen kannst, dass sie beteiligt war. Dieselbe Strategie wie bei Dorau, Strafmilderung gegen Kronzeugenschaft. Falls dein Verdacht zutrifft und Schramm tatsächlich einen Fehltritt begangen hat.«

»Fraglich, ob sie dazu bereit ist. Die beiden sind dicke Freundinnen.«

»Lass deinen Charme spielen, Vincent. Du schaffst das.«

»Gut, ich rede mit ihr.«

»Und noch etwas. Ich habe eine Spur zu Paul Dorau, Klaras Bruder. Er scheint auf der Flucht zu sein. Ein Typ, der sich als Polizist ausgibt, ist hinter ihm her. Er war sowohl bei Pauls Mutter als auch in dem Buchladen, in dem Paul arbeitet.«

»Eine Inspektionsleiterin, die das alles selbst ermittelt?

Das hab ich in meinen Jahren bei der Kripo noch nie erlebt.«

Als Nächstes rief Melia den Leiter der vierten Kriminalinspektion an und bat ihn, Lennart Bauer vom KK41 der Mordkommission als weiteren Ermittler zu überlassen. Der Mann stimmte zu. Damit stand ihr der treue Mitstreiter ab jetzt in Vollzeit zur Verfügung.

Melia suchte Lennie auf und bat ihn, die aktuelle Freundin von Paul Dorau zu vernehmen. Sie informierte ihn über Tilda und überließ ihm den Zettel mit den Kontaktdaten, den sie von dem Buchhändler Nickel erhalten hatte.

Eilig gab sie Lennie die wichtigsten Fragen mit auf den Weg: Wo steckt Paul? Weiß Tilda etwas über Klaras Tod? Und vor wem läuft Paul davon?

»Du musst der Studentin glaubhaft machen, dass nur wir ihren Freund schützen können.«

»Ist klar, Melia«

»Sie zählt zur Antifa-Szene. Geh also davon aus, dass sie der Polizei misstraut.«

»Ich zeige ihr meine Dienstwaffe.«

»Bloß nicht!«

»Scherz«, entgegnete Lennart Bauer.

Blöder Scherz, dachte Melia.

74

TRISTAN BOVERT SASS IM CHEFBÜRO der Abteilung für Verfassungsschutz im dritten Stock des Innenministeriums an der Friedrichstraße, drehte den halb leeren Kaffeebecher auf der Schreibunterlage hin und her und dachte über Ute Frings-Fassbinder nach.

Auch wenn er in sehr vielen Punkten politisch nicht mit ihr übereinstimmte, musste er anerkennen, dass die Frau auf Bühnen und vor Mikrofonen ein Ausnahmetalent war. CDU-Fraktionsvorsitzende im Landtag Nordrhein-Westfalens, oberste Chefin in spe ihrer Partei und damit die nächste Kanzlerin der Bundesrepublik Deutschland – wer für solche Posten gehandelt wurde, hatte etwas auf dem Kasten.

Aber am Steuer eines Autos unterlief ihr schon mal ein Missgeschick.

Bovert wählte ihre Handynummer.

Schon nach dem ersten Läuten nahm sie das Gespräch an. »Frings-Fassbinder.«

Ihre Stimme entsprach ihrer äußeren Erscheinung: frisch, klar, mit einer Ausstrahlung von Kompetenz und Mitgefühl, die das Stimmvieh in den Wahlkabinen goutierte.

»Tristan Bovert. Ich bin …«

»Ich weiß, wer Sie sind«, unterbrach sie ihn. »Aber sorry, es passt gerade ganz schlecht, ich habe gleich einen Termin. Sie müssen entschuldigen …«

»Sind Sie allein?«

»Warum fragen Sie das?«

»Was ich Ihnen mitteilen muss, ist streng vertraulich und wichtig. Sie sollten es sofort erfahren. Allein, ohne Zeugen. Das ist zu Ihrem eigenen Schutz.«

Sie seufzte. »Moment.«

Tristan hörte, wie sie das Mikro des Handys abdeckte und mit jemandem redete. Nach einem kurzen Moment meldete sie sich wieder. Die Stimme klang jetzt direkter. Sie befand sich im Freien.

»Um was geht es denn, Herr Bovert?«

»Wo sind Sie jetzt?«

»Außer Hörweite von Dritten. Woher haben Sie eigentlich meine Handynummer?«

»Ich dachte, Sie wissen, wer ich bin.«

»Verstehe. Zeichnen Sie das Gespräch auf?«

»Nicht nötig. Es bleibt ganz unter uns.«

»Dann reden Sie endlich Tacheles.«

»Der Junge hieß Konstantin. Erinnern Sie sich noch an den Wumms beim Zusammenprall?«

Tristan vernahm ein scharfes Atemgeräusch.

»Er wäre heute fünfzehn Jahre alt«, fuhr er fort. »Seinen Eltern gehört ein griechisches Lokal in der Nähe Ihrer Wohnung, und ich vermute, dort kehren Sie lieber nicht ein. Zumindest nicht seit dem Vorfall.«

Ein langer Moment der Stille. Dann sagte sie: »Ich habe keine Ahnung, wovon Sie sprechen.«

»Sie waren in Eile, Frau Frings-Fassbinder. Es gibt immer irgendeinen Termin, der uns auf Trab hält, stimmt's?«

»Ich denke, wir beenden das jetzt.«

»Hören Sie nur eine halbe Minute lang zu.«

Tristan drückte die Play-Taste. Es war nicht leicht gewesen, ein passendes Tonbandgerät aufzutreiben. Er hielt den Hörer an den Lautsprecher. Das Band war gut vier Jahre alt. Das Ereignis, um das es ging, hatte damals fast ebenso lange zurückgelegen.

Frings-Fassbinders Stimme klang dumpf, was an der Akustik in Doraus Praxis und an dem billigen Mikro lag, das der Psychiater verwendet hatte. Aber sie war gut zu verstehen.

Der Kleine war mit seinem Tretroller unterwegs. Er kam auf dem Radweg von hinten, mit Tempo. Beim Abbiegen habe ich ihn völlig übersehen. An das Geräusch werde ich mich mein Leben lang erinnern. Mein Gott! Er hat geatmet, das habe ich überprüft. Ich weiß, ich hätte Hilfe rufen müssen. Aber ich dachte, dass er auch so durchkommt.

Die Stimme brach ab, die Frau auf dem Tonband schniefte. Tristan stellte sich vor, wie Dr. Dorau seiner Patientin ein Taschentuch reichte. Sicher hatten Psychiater für solche Fälle eine Packung griffbereit.

Bovert drückte die Stopp-Taste. Tessa Schramm hat wertvolle Arbeit geleistet, dachte er und nahm den Hörer wieder ans Ohr.

»Genügt Ihnen das?«

Stille, Windgeräusche, ein Fahrzeug brummte vorbei.

»Frau Frings-Fassbinder, sind Sie noch dran?«

Ein Schniefen wie auf dem Tonband. Tristan wartete.

»Verdammter Mistkerl.«

Tristan schnalzte missbilligend mit der Zunge.

»Was verlangen Sie?«

Er lehnte sich behaglich in seinem Bürosessel zurück.

Diese Frage wollte ich hören.
Jetzt gehörst du mir.
Die künftige Kanzlerin – ein wundervolles Gefühl.

75

VINCENT BETRAT DIE HAFENBAR. Mittlerweile sah er den Laden mit anderen Augen. Ein Schicki-Micki-Geldwäsche-Schuppen für die Kokaingeschäfte des schnieken Psychiaters, der nun tot war.

Gerade mal drei Tische waren besetzt. Der junge Kellner von neulich zapfte hinter dem Tresen Bier. Er grüßte Vincent, als freue er sich, ihn wiederzusehen.

»Ist die Chefin da?«

»Ich hole sie.«

»Nicht nötig. Ich finde den Weg.«

Seit er Nazemin die Nachricht vom Tod ihres Sohnes überbracht hatte, wusste er, wo sich ihr Büro befand. Vincent klopfte an die Tür. Als er sie öffnete, stieß er damit gegen Nazemin. Sie schloss die Schublade ihres Büroschranks und ließ ihn eintreten.

»Sorry«, sagte sie. »Ist etwas beengt hier.«

»Ich muss mich entschuldigen.«

Zum ersten Mal sah er sie ohne Kopftuch. Das Haar verdeckte ihre Narben weitgehend. Doch nicht deren Anblick war schrecklich, sondern vielmehr die Vorstellung, welches Leid ihr Mann ihr verursacht hatte.

»Ich muss Ihnen bedauerlicherweise schon wieder eine Todesnachricht überbringen, Frau Alver. Markus Dorau hat sich erschossen. Damit hat er sich seiner Festnahme entzogen. Wir konnten ihm gewerbsmäßigen Rauschgifthandel nachweisen.«

Die Geschäftsführerin der Hafenbar sah Vincent an. Furcht in ihren Augen.

Sie wusste Bescheid, dachte er.

»Seit wann lief das?«

Sie setzte sich und wirkte mit einem Mal müde. »Mindestens zehn Jahre. Gültan machte mich nach seiner Haftentlassung darauf aufmerksam. Ich habe Markus damit konfrontiert, und er hat es zugegeben. Seitdem lebe ich mit dem Wissen, die Geschäftsführerin eines Restaurants zu sein, das Drogengeld wäscht.«

»Vorher haben Sie nichts davon gemerkt?«

»Ich dachte, die Hafenbar sei das Hobby eines Psychiaters, der viel geerbt hat und dem es nichts ausmacht, nur wenig Gewinn zu machen.«

»Und Ihr Gewissen?«

Sie nickte nachdenklich. Dann sagte sie: »Vom Kokain habe ich so gut wie nichts mitbekommen. Ich habe das ausgeblendet.«

»Was wusste die Familie?«

»Wir haben nie darüber gesprochen. Sandra und die Mädchen sind ahnungslos, da bin ich mir sicher. Ob Markus seine erste Frau eingeweiht hatte, weiß ich nicht.«

»Und Miran?«

Nazemin spielte mit den Ringen an ihren Fingern. »Kann sein, dass er etwas von Gültan aufgeschnappt hat. Einmal hat Miran eine Bemerkung gemacht. Ich bin nicht darauf eingegangen, und dann war es kein Thema mehr.«

»Hat Tessa Schramm ihn erschossen, weil er zu viel wusste?«

Nazemin schüttelte heftig den Kopf. »Das kann ich mir nicht vorstellen.«

»Beschreiben Sie mir Tante Tessas Rolle in dem Spiel.«

Nazemin schüttelte noch einmal den Kopf und schwieg.

Vincent sagte: »Dann schlage ich vor, wir setzen unser Gespräch im Präsidium fort.«

»Ist das eine Festnahme?«

»Kennen Sie einen Anwalt?«

»Nein.«

»Rufen Sie Freimuth Auersberg an.«

»Ein Anwalt, den die Gegenseite empfiehlt, wird wohl nicht viel taugen.«

Gegenseite – das Wort missfiel Vincent.

»Die Polizei hasst Auersberg, weil er brillant ist. Er ist ein guter Freund meiner Mutter. Sagen Sie ihm, ich hätte ihn empfohlen. Ich werde einen Staatsanwalt hinzuziehen, und die beiden können besprechen, inwiefern Sie vielleicht um eine Strafe herumkommen, falls Sie umfassend gegen eine korrupte Drogenfahnderin aussagen.«

»Ich werde Tessa nicht verpfeifen.«

Also könnte sie es, dachte Vincent.

»Nicht nach allem, was sie für mich getan hat«, fügte Nazemin hinzu.

»Meinen Sie die Überdosis Heroin, die sie Ihrem Mann verpasst hat?«

Wieder sagte ihm ihr Blick, dass sie alles wusste.

»Die Kollegin Schramm hat Ihren Sohn erschossen. Und selbst, wenn es sein Messer war und er sie wirklich angegriffen hat, hätte es andere Mittel gegeben, sich zu wehren. Denken Sie darüber nach, Frau Alver.«

Sie brach in Tränen aus.

Vincent griff nach ihrer Hand.

Nazemin entzog sie ihm.

Gegenseite.

»Dieser Auersberg«, sagte sie schließlich. »Haben Sie seine Nummer?«

76

ROLAND KRACHT BÜCKTE SICH ZU seinem rechten Stiefel hinunter und band den Schnürsenkel neu, um sich unauffällig umzuschauen. Dann ging er geradewegs auf das ZDF-Gebäude zu. Dabei legte er die Hand auf die Gürteltasche an seiner Hüfte, in der die Glock steckte.

Die Schlampe ist schon so gut wie tot.

Roland zog die Kapuze des Shirts über seinen Kopf und vergrößerte das Schritttempo. Ein Blick auf die Uhr. Er war zu spät, um zu verhindern, dass sie ihre Äußerungen von neulich wiederholte.

Aber ich werde sie dafür bestrafen, dachte Roland.

Erst vorgestern war in dieser Stadt eine junge Frau von einem Messerstecher getötet worden. Sie hatte sich mit einem Kurden eingelassen, wie in der Zeitung stand. War klar, dass es so enden würde. Wenn es nach der Schauspieler-Schlampe ging, wären künftig solche Gräueltaten an der Tagesordnung. Hinter der Umvolkung standen die Eliten. Die Regierung, die Siegermächte, jüdische Spekulanten wie George Soros.

Das Volk braucht ein Zeichen, um endlich aufzuwachen.

Die Glastür war verschlossen, Roland musste klingeln. Der

Pförtner war ein junger Spacko, dessen Haar so kurz geschoren war, dass die rosige Kopfhaut durchschimmerte. Er beäugte Roland durch das Glas. Dann öffnete sich das Schloss endlich mit einem Klicken, und Roland konnte eintreten.

»Zu wem wollen Sie?«, fragte der Pförtner.

Roland ignorierte ihn und durchschritt das Foyer. Am anderen Ende führte ein Flur nach hinten, wo er das Treppenhaus und die Aufzüge vermutete, sowie Hinweisschilder, die ihn zum Studio leiten würden.

Der Kerl in der blauen Uniform schoss aus seinem Verschlag und baute sich vor ihm auf. An der Brusttasche seiner Jacke prangte das Logo von *Osterkamp Firm & Secure*.

»Sie können hier nicht so einfach hereinspazieren.«

»Sind Sie angemeldet?«, fragte eine Frau.

Roland bemerkte sie erst jetzt. Die gleiche Uniform. Sie starrte ihn feindselig an und hielt ein Telefon in der Hand. Weil Roland in diesem Bereich keine Kamera sah, schlug er die Kapuze zurück und probierte es mit einem Lächeln.

»Jennifer Arnold. Sie erwartet mich.«

»Frau Arnold ist nicht mehr da.«

»Sie lügen. Die Sendung läuft noch.«

»Sie müssen ja ganz schön verknallt sein«, spottete die Frau. »So einen Fan hätte ich auch gern.«

Er griff in die Gürteltasche und umfasste den Pistolengriff. Diese beiden Witzfiguren würde er mühelos ausschalten, falls es nötig sein sollte.

Der Spacko deutete auf einen Monitor. »Die Sendung geht gerade zu Ende. Jetzt singt noch Beppo, der Clown, mit den Kindern. Frau Arnold war zu Beginn dran und hat das Studio bereits verlassen. Am besten schreiben Sie eine E-Mail an das ZDF, Redaktion *Tara Heldt*, dann schickt man Ihnen eine Autogrammkarte.«

»Wetten, dass sie noch in der Maske sitzt? Lassen Sie mich durch, sonst …«

»Sonst was?« Mit ausgebreiteten Armen wollte der Kerl Roland abdrängen, dabei war er mindestens einen Kopf kleiner. »Verschwinden Sie jetzt, oder sollen wir die Polizei verständigen?«

Roland zog die Waffe aus der Tasche.

Ich lass mich von euch nicht für dumm verkaufen.

Plötzlich strömten Kinder aus dem Flur ins Foyer und drängten auf den Ausgang zu. Es wurden immer mehr, eine ganze lärmende Schulklasse oder sogar zwei. Sie umringten Roland und die Uniformierten.

Die kleinen Racker kreischten und schrien nach ZDF-Aufklebern. Zwei Lehrerinnen bellten Anordnungen und machten den Tumult perfekt. Vor Rolands Augen begann es zu flimmern – das erste Anzeichen eines Migräneanfalls.

Er steckte die Pistole ein und rempelte sich den Weg frei. Die Glastür schloss sich hinter ihm. Der Lärm der Kinder drang nur noch gedämpft nach draußen.

Es pochte in seinem Kopf.

Reiß dich zusammen, Roland. Was ist los mit dir?

Beim nächsten Mal muss es klappen.

77

EINE ERMÜDENDE SITZUNG, AUF der sich Melia völlig überflüssig gefühlt hatte, lag hinter ihr. Sobald sie wieder im Büro war, fuhr sie ihren Rechner hoch, um die Nachrichten zu lesen, die in der Zwischenzeit eingegangen waren.

Lennart Bauer, Neuzugang der Mordkommission aus dem KK41, hatte ihr wieder ein Protokoll geschickt. Sofort war sie hellwach.

Es ging um die Aussage von Tilda Zimmermann – Lennie hatte die Studentin also angetroffen, und sie hatte ihm bereitwillig geantwortet.

Nachdem sie ebenfalls seinen Dienstausweis eingehend überprüft hatte.

Anfänglich großes Misstrauen – der falsche Polizist ist auch bei ihr gewesen.

Gleich zu Beginn hielt Lennie fest, dass Tilda ihm nicht sagen konnte, wo Paul sich momentan aufhielt. *Nach meiner Einschätzung: Zeugin glaubwürdig.*

Pauls Freundin hatte sich ihm gegenüber sehr ausführlich geäußert – erstaunlich für eine notorisch misstrauische Antifa-Aktivistin, fand Melia. Lennie schien also einen Draht zu ihr gefunden zu haben.

Ein intimes Verhältnis zu Paul habe nur zu Beginn ihrer Bekanntschaft bestanden. Sie lebten als Zweier-WG in Tildas Wohnung, was sie finanziell entlastete. Tilda hatte Paul den Job beim Buchhändler vermittelt und kellnerte selbst an Wochenenden in einer Szenekneipe.

Sie beschrieb Paul als sprunghaft und unzuverlässig. Die Wirkung seines Charmes sei schon nach kurzer Zeit verpufft. Wenn es ihm gut ging, konnte er witzig und unterhaltsam sein. In seinen depressiven Phasen sprach man ihn besser nicht an.

Aber sie hatte ihn für einen kritischen Geist gehalten, der sich um das Klima und um Geflüchtete sorgte. Der wie sie im Kapitalismus den Grund für viele Übel in der Welt sah. Umso überraschter sei sie an dem Abend vor einer Woche gewesen, als sie gemeinsam vor dem Fernseher saßen und die *Aktuelle Stunde* lief.

Der Beitrag, den ich angeregt habe, dachte Melia. In dem ich die Zuschauer um Hinweise auf Solveigs Verbleib bat.

Das Foto der Gesuchten zu sehen und dabei zu erfahren, dass es sich um eine Beamtin des Landesamts für Verfassungsschutz handelte, nach der die Kripo noch immer suchte, habe Paul zutiefst beunruhigt.

Tilda wollte wissen, was los war. Sie ließ nicht locker, bis Paul schließlich mit seiner Geschichte herausrückte. Der hübsche Kerl, mit dem sie geschlafen und den sie zu den Meetings von Fridays for Future mitgenommen hatte, entpuppte sich als ehemaliger Neonazi. Der auf einem Bauernhof gelebt hatte, wo sich braune Fanatiker aus ganz Deutschland die Klinke in die Hand gaben. Dort hatte er sogar eine Nahkampfausbildung absolviert.

Paul gestand Tilda, dass Solveig Fischer tot war. Jemand habe ihr in die Stirn geschossen.

Wer, das hatte er ihr nicht gesagt – oder nicht sagen können.

Die Leiche sei bereits starr gewesen, als Paul und ein Ex-Soldat sie gemeinsam vergruben. Angeblich habe sich Paul danach die Seele aus dem Leib gekotzt. Noch am gleichen Tag sei er abgehauen und habe seitdem nichts mehr mit der Naziszene zu schaffen – behauptete er.

Der besagte Ex-Soldat hieß Roland Kracht. Das wusste Melia bereits.

Tilda beschwor ihren Mitbewohner, sich bei der Kommissarin zu melden, die im Fernsehbeitrag interviewt worden war.

Hat er nicht, dachte Melia.

Zwei Tage später bekam die Studentin Besuch von dem angeblichen Kommissar. Mit rüder Gewalt verschaffte sich der Mann Zugang zur Wohnung und suchte nach Paul, der nicht da war. Dann kündigte er an wiederzukommen, falls Paul sich nicht melden würde.

Den falschen Beamten hatte Tilda so beschrieben: *Knapp eins achtzig groß, etwa Ende vierzig, wörtlich: »fett und muskulös zugleich, ein Körper wie ein Bierfass«. Jeans, Bomberjacke aus glänzendem, olivgrünem Stoff. Dunkles, schütteres Haar, mittellang und zurückgekämmt.*

Passt auch zu Gabriele Doraus Beschreibung des Mannes, dachte Melia. Das war definitiv nicht Roland Kracht.

Danach hatte Tilda ihren Mitbewohner angerufen, um ihn zu warnen. Dieser holte dann ein paar seiner Sachen und haute ab. Er hatte seine Schwester Klara erwähnt, die seit Kurzem nicht mehr im Elternhaus wohnte. Bei ihr wollte er vorerst untertauchen. Am Montag sei das gewesen.

Damit stand für Melia fest, dass Paul die Person war, die in der Küche an der Burghofstraße auf der Matratze geschlafen hatte. Er hatte zwei Nächte bei seiner Schwester und Miran verbracht.

Paul Dorau war also ein wichtiger Zeuge in *beiden* Fällen.

Melia leitete Lennart Bauers Niederschrift an Vincent weiter.

Dann wählte sie Lennies Nummer. Er war noch in seinem Dienstzimmer.

»Kannst du Tilda Zimmermann um ein möglichst aktuelles Foto von Paul bitten?«, fragte sie. »Für die Fahndung. Wir müssen ihn kriegen, bevor der falsche Cop ihn findet.«

Als sie aufgelegt hatte, schrillte ihr Apparat. Vincents Handynummer auf dem Display. Melia nahm den Anruf an.

»Beginnt etwa schon die Vernehmung der schicken Kurdin?«, fragte sie.

»Nein, wir warten noch auf ihren Anwalt. Ich rufe wegen des Protokolls an, das du gerade gemailt hast. Der Typ, der sich der Zeugin gegenüber als einer von uns ausgibt. Du sagst, er war auch bei Gabriele Jung gewesen?«

»Und bei dem Buchhändler, für den Paul jobbt. Er scheint ziemlich scharf auf Paul Dorau zu sein.«

»Das Bierfass mit dem schütteren Haar und der Bomberjacke heißt Mike Echternach und war tatsächlich mal Kriminalkommissar. In Tessa Schramms Dienststelle.«

»Verstehe.«

»Womöglich arbeitet er immer noch für sie«, sagte Vincent. »Als Mann für die ganz schmutzigen Jobs. Paul sollte ihm besser nicht in die Hände fallen.«

78

EIN NACHMITTAG VOLLER SCHREIBARBEIT lag hinter Timo, außerdem das Meeting der Mordkommission und schließlich eine Vernehmung wegen der misslungenen Festnahme, in der er sich rechtfertigen musste. Erst jetzt kam er zur Ruhe und spürte, wie nahe ihm der Suizid des Psychiaters ging.

In Dauerschleife spielte sich der Film in seinem Kopf ab.

Der Blick des Dealers, der ihn ansah, bevor er schoss.

Der Knall und der hässliche Fleck an der Wand.

Rohrschach in Rot.

Zur Stunde vernahm der Kommissariatsleiter die Kurdin, die für Dr. Dorau das Drogengeld gewaschen hatte. Eine große Runde, wie Timo mitbekommen hatte. Auch Oberstaatsanwalt Kilian und die farbige Chefin der Kriminalinspektion eins waren in Veihs Zimmer geeilt. Und schließlich war ein Anwalt samt Assistentin aufgekreuzt.

Wird die Wirtin Tessa belasten?

Was mit dem Mord an einer Neunzehnjährigen begonnen hatte, riss ständig weitere Abgründe auf. Mutmaßliche Vorteilsannahme und Strafvereitelung im Amt. Und zwei weitere Tote. Die Behörde würde danach nicht mehr dieselbe sein.

Und ich auch nicht, dachte Timo.

Hätte ich dem Psychodoktor die Waffe abnehmen können? Wäre der Suizid vermeidbar gewesen?

Timo freute sich, endlich die Festung verlassen zu können, kam sich aber ungewöhnlich verloren vor, während er über den Parkplatz ging. Alles erschien ihm fremd. Der Ort. Die Kollegen. Bevor er losfuhr, rauchte er eine Zigarette, doch die Ruhe, nach der er sich sehnte, stellte sich nicht ein.

Er trat den Stummel aus und betrachtete das Smartphone in seiner Hand.

Jennifer Arnold ging ihm nicht aus dem Kopf.

War er für sie nur ein flüchtiges Koks-Vergnügen gewesen? Würde sie ihn als Stalker betrachten, falls er sich bei ihr meldete?

Und selbst wenn sie ihn tatsächlich mochte: Wie konnte es eine gemeinsame Zukunft geben? Sie passten nicht zusammen – ein Filmstar, der in Hollywood zu Hause gewesen war, und ein deutlich jüngerer Kriminalbeamter, der den Glamour nur aus dem Fernsehen kannte.

Nie zuvor war er sich bei einer Frau so unsicher gewesen.

Aber sie hatte ihm seine Nummer gegeben, und er musste es versuchen.

»Ja?«, meldete sich die Schauspielerin.

»Timo hier.«

»Hey.« Sie klang erfreut. Was ihm ein Glücksgefühl durch den Körper jagte. Doch dann fragte sie: »Wie lief es bei Markus?«

»Er hat angebissen. Aber als die Kollegen dazukamen, hat er sich …« Ein plötzlicher Kloß im Hals machte Timo zu schaffen. »Er hat sich … erschossen.«

»O mein Gott!«

»Ich hab's nicht verhindert. Ich meine … Da lag diese

Schusswaffe im Safe. Ich hab sie gesehen. Wenn ich sie sofort an mich genommen hätte …«

»Timo …«

»Der Mann könnte noch am Leben sein. Stattdessen habe ich stur meine Rolle gespielt.«

»Timo«, wiederholte sie.

»Ja?«

»Du hast alles richtig gemacht.«

»Da bin ich mir nicht sicher.«

»Magst du zu mir kommen?«, fragte sie. »Ich habe seit heute früh nicht mehr gekokst und hab das Gefühl, dass ich auch nichts brauche, wenn du bei mir bist.«

Er parkte in der Tiefgarage unter dem Kommödchen und lief die Mühlenstraße entlang Richtung Rheinufer, bis er atemlos vor Jennifers Hauseingang stand. Noch aufgeregter als am Morgen drückte er den Klingelknopf.

Zu spät fiel ihm auf, dass er mit leeren Händen kam. Eine Flasche Weißwein wäre angemessen gewesen. Nein, echter Schampus, wie es sich für Jennifer gehörte.

Timo klingelte ein zweites Mal und blickte freudig in die Kameralinse.

Er wartete eine halbe Ewigkeit. Keine Reaktion.

Timo holte sein Handy hervor und tippte auf die Wahlwiederholung.

Sie nahm nicht ab.

Er verstand die Welt nicht mehr. Das war es dann wohl. Farewell, my lovely – einfach so? Er wandte sich zum Gehen.

Im gleichen Moment klingelte das Handy.

»Czerny«, meldete er sich.

»Ich bin's.« Die rauchige Stimme. »Tut mir leid, aber ich kann dich nicht rauflassen. So, wie ich gerade aussehe.«

»Was ist passiert?«

»Das ZDF hat eben angerufen. Ich hatte den Studioleiter an der Strippe. Da war ein Bewaffneter …«

Ihre Stimme stockte.

»Jennifer!«

»Der Typ hat mich knapp verpasst, ich war gerade erst weg. Das heißt, sie machen jetzt ernst. Die haben es echt auf mich abgesehen. Das ist nicht bloß ein Shitstorm im Netz!«

»Bitte, lass mich rein.«

»Nein, das geht nicht. Ich bin völlig verheult. Mein ganzes Make-up. Und meine Nerven. Du möchtest mich so nicht sehen. Nicht in diesem Zustand.«

»Doch, Jennifer, mach auf. Wir trösten uns gegenseitig. Gemeinsam …«

Mit einem Piepser schaltete sich das Handy aus.

Akku leer – wie konnte das jetzt geschehen?

Verzweifelt blickte Timo auf das schwarze Display, dann zur Gegensprechanlage.

Der Öffner summte.

Timo drückte die Tür auf und rannte die Treppe hoch.

79

TESSA SCHRAMM ERREICHTE DEN PARKPLATZ des Ruderclubs. Sie stellte den Motor ab. Beim Öffnen der Tür schmerzte ihr linker Arm, dabei hatte sie ihn kaum bewegt. Das Antibiotikum war aufgebraucht. Es schien nicht zu wirken, im Gegenteil – die Wunde hatte sich entzündet.

Am Montag gehe ich zum Arzt.

Sie stieg aus und sah sich um. Am anderen Ende blendeten für einen kurzen Augenblick Scheinwerfer auf. Sie gehörten zu einem hellen Mercedes. Tessa ging auf den Wagen zu.

Ein Fenster fuhr nach unten. Der Mann am Steuer war etwa in Tessas Alter. Er trug eine Brille mit rechteckigem Metallgestell. Trotz der Dunkelheit und obwohl er sich schätzungsweise seit fünf Tagen nicht rasiert hatte, konnte Tessa die Narbe erkennen, die sich quer über seine Wange zog.

Der Mann gehörte einer schlagenden Verbindung an, wie sie wusste.

»Steigen Sie ein, es ist kühl.«

»Nein«, sagte Tessa. »Mir wäre es lieber, wenn wir ein paar Schritte gehen.«

»Glauben Sie etwa, mein Wagen ist verwanzt?«

Da bin ich mir sogar sicher, dachte Tessa. Dir traue ich alles zu.

Bis vor wenigen Stunden war sie noch davon ausgegangen, in Sachen Miran Alver unantastbar zu sein. Zu groß waren ihre Erfolge, zu bedeutend ihr Renommee. Doch dann hatte sie erfahren, dass es einen Scheinkauf bei Markus Dorau gegeben und der Psychiater sich umgebracht hatte. Und jetzt war Nazemin Alver wegen ihrer Beteiligung am Drogenhandel ins Visier geraten.

Das alles hinter meinem Rücken. Und Timo Czerny meldet sich nicht – die Ratte ist im Begriff, mich zu verraten. Es könnte eng werden, dachte Tessa.

Der Wind frischte auf, und sie fröstelte. Aber in Gesellschaft von Tristan Bovert fror sie ohnehin immer. Sie überquerten den angrenzenden Spielplatz und stießen auf den Weg, der am Rhein entlangführte.

»Noch einmal vielen Dank für das Band, das Sie mir besorgt haben«, sagte Bovert. »Sie haben schier Unübertreffliches geleistet, Frau Schramm. Mit Geld kann ich Sie nicht glücklich machen, denn davon haben Sie genug, wie ich weiß. Aber Sie haben einen Wunsch frei.«

»Sie müssen mich schützen.«

»Wovor konkret?«

»Vincent Veih will die alte Sache mit Gültan Alver gegen mich verwenden. Das weiß ich von Mike Echternach. Und am späten Nachmittag war ein großer Auflauf in Veihs Büro. Ich befürchte, dass er Nazemin Alver zum Reden bringt. Im Austausch gegen Strafverkürzung könnte sie mich belasten.«

»Ihre Freundin?«

»Man muss stets mit allem rechnen. Sind das nicht immer Ihre Worte?«

»Was erwarten Sie von mir?«

»Immunität. Geben Sie mich als Ihre Informantin aus. Der Minister hört auf Sie. Veih und seine Chefin dürfen nicht gegen mich vorgehen.«

Der Mann an ihrer Seite schwieg.

Er wägt ab, was ich ihm wert bin, dachte Tessa.

Die gefühlte Temperatur sank weiter.

»Der Sohn des Psychiaters läuft noch herum«, sagte Bovert. »Helfen Sie Mike, ihn zu finden?«

»Damit es noch mehr Tote gibt?«

»Bei Miran hatten Sie keine Skrupel«, sagte Bovert.

»Das war Notwehr.«

»Ist klar.«

»Was hat Paul Dorau Ihnen angetan?«

»Sie müssen nichts tun, Frau Schramm. Nur die Ohren aufhalten. Ihre Behörde fahndet nach dem Burschen, und ich verlange lediglich, dass Sie Ihrem Freund Mike Bescheid geben, sobald sich da etwas tut. Mehr will ich nicht von Ihnen. Mit der schmutzigen Arbeit haben Sie nichts zu schaffen.«

Tessa musterte ihn, um in seinem Gesicht zu lesen, ob er ihr wirklich helfen würde.

»Klären Sie mit Mike, wie Sie am besten die Verbindung halten. Und sobald eine Meldung bezüglich Paulchen in Ihrer Leitstelle eingeht, müssen Sie die Erste sein, die reagiert. Es kann jeden Moment so weit sein. Tag und Nacht.«

80

BRIGITTE VEIH UND IHRE JUNGEN Genossen – im Stillen nannte sie diese Mitstreiter ihre Enkelinnen und Enkel – hatten sich in einem Raum versammelt, der zu einem Architektenbüro gehörte und für Besprechungen und Präsentationen diente. Sie tranken Rothaus Tannenzäpfle aus der Flasche und diskutierten hitzig wie immer.

Der Architekt arbeitete gelegentlich für den Osterkamp-Konzern. Er war in den Urlaub gefahren und hatte seiner Tochter die Schlüssel überlassen, damit sie sich um die tropischen Büropflanzen kümmerte – die Putzfrau, die das sonst immer übernahm, hätte Geld dafür verlangt. Der geschäftstüchtige Mann saß für die CDU im Rat der Stadt sowie im Bauausschuss.

Nie würde jemand vermuten, dass sich in seiner Firma eine konspirative antiimperialistische Zelle traf. Der Raum war garantiert frei von Abhörgeräten.

Seine Tochter war Brigittes Lieblingsenkelin.

Brigitte erklärte, warum es ratsam war, die morgige Demonstration zu meiden.

»Ich weiß aus sicherer Quelle, dass die Bullen gegen uns wegen Gründung einer terroristischen Vereinigung ermitteln.

Wenn dich der Staat zum Terroristen stempelt, hast du keine Gnade zu erwarten – ich hab erlebt, was das bedeutet. Die Bullen besitzen Aufnahmen von Überwachungskameras. Die geben zwar nicht viel her, aber sie werden auch den Demonstrationszug abfilmen und die Bilder mit speziellen Computerprogrammen abgleichen. Also besser nicht hingehen.«

Die Enkel nickten wenig begeistert.

»Dafür habe ich eine Idee für die nächste Guerilla-Aktion.« Sie öffnete ihre Mappe und legte achtzehn Blätter auf den Tisch. In zwei Reihen ergaben sie ein großes Rechteck. Rote Schrift auf einer Fotomontage in Schwarz-Weiß.

Die Enkel beugten sich darüber.

»Wow!«, sagte einer von ihnen.

Brigitte sagte: »Ihr habt sicher auch von der Frau gehört, die heute von ihrem Balkon sprang.«

»Gute Umsetzung, echt mega«, sagte ihre Lieblingsenkelin, die Jura studierte, wie sie selbst in den frühen Siebzigern.

»Javier, du bist doch Drucker. Kannst du nachher noch einmal die Maschinen anwerfen?«

Der Angesprochene bejahte.

»Ich möchte, dass wir das in dieser Nacht noch plakatieren. Entlang der Demoroute und überall da, wo in der Stadt die Osterkamp-Wohnungen sind. Jedes dieser Segmente in A1 – das Ganze zusammengesetzt ergibt dann ein Großplakat. Zum Kleben sollten wir zusätzliche Leute mobilisieren, damit wir möglichst viele Plakatwände schaffen, ohne allzu lange unterwegs zu sein. Was meint ihr?«

Begeisterte Zustimmung.

»Außerdem brauchen wir Leitern, Fahrzeuge, Eimer, Quast und Kleister.«

»Müsste zu schaffen sein«, sagte die Lieblingsenkelin.

Damit war die Aktion beschlossene Sache.

VIERTER TAG

81

MIKE ECHTERNACHS HANDY TRÄLLERTE, und er riss die Augen auf. Er war tatsächlich noch mal eingedämmert und lag nackt auf dem Bett. Mike reckte sich und spannte seine Muskeln an, um sich zu vergewissern, dass der Body funktionierte.

Nebenan rauschte die Klospülung. Seine Nachbarin kehrte ins Zimmer zurück. Ein Traum von einem Fick. Gerade mal zwanzig. Zierlich und trotzdem ordentliche Brüste. Dunkles Haar fiel auf die Schultern. Untenrum war sie rasiert, wie es sich gehörte.

Sie nannte sich Vanessa, sprach mit osteuropäischem Akzent und war die neue Mieterin des Apartments unter ihm, das sie als Terminwohnung nutzte. Wenn ihm morgens der Sinn danach stand, rief er sie herauf und war ihr erster Kunde des Tages.

»Spionierst du herum?«, fragte er scherzhaft.

»Hab nur das Gummi weggebracht.«

Und Kajal nachgezogen und Lippenstift neu aufgetragen.

»Ist klar«, sagte Mike.

Vanessa warf sich den Morgenmantel über, in dem sie zu ihm gekommen war. Er steckte ihr einen Hunderter in die aufgenähte Tasche und schob sie dann aus der Wohnung. Er fühlte sich großartig – jeder Tag sollte so beginnen.

Das Handy klingelte noch immer.

Er nahm es vom Nachtkästchen und setzte sich zurück aufs Bett.

»Echternach.«

»Das nächste Mal gehen Sie schneller ran.«

Mike erkannte die Stimme. Es war Tristan Bovert, der Chef des hiesigen Landesamts für Verfassungsschutz. Unwillkürlich zog Mike die Bettdecke über seine Lenden.

»Was tut sich wegen Paulchen?«, fragte Bovert.

»Ich bin dran.«

»Hat sich Ihre ehemalige Chefin schon bei Ihnen gemeldet?«

»Nein, wieso?«

»Ich hab's befürchtet!«

»Was meinen Sie?«

»Ganz einfach. Ich habe sie ebenfalls auf das kleine Arschloch angesetzt. Falls sie sich nicht in den nächsten zwei, drei Stunden bei Ihnen meldet, dann bedeutet das, dass sie abgesprungen ist.«

»Wie, abgesprungen?«

»Sie wissen, was dann zu tun ist.«

»Tessa würde uns niemals verpfeifen!«

Bovert ließ ein freudloses Lachen hören. »Ich kenne die Menschen. Was meinen Sie, was ich täglich sehe und höre. Man muss stets mit allem rechnen.«

»Auf Tessa ist schon Verlass.«

»Ich weiß, Sie stehen auf sie.«

»Respekt trifft es besser.«

»Drei Stunden. Mehr können wir ihr nicht geben. Machen Sie sich wegen der Bezahlung keine Sorgen.«

»Natürlich nicht, aber …«

Das Tuten verriet, dass der Geheimdienstmann aufgelegt hatte.

Mike blähte die Wangen auf und ließ die Luft entweichen.

Er nahm eine hölzerne Schatulle aus der Schublade des Nachtkästchens und öffnete den Deckel, der mit Intarsien verziert war. Früher hatte die hübsche Box ein Schachspiel enthalten.

Jetzt beherbergte sie seine Messersammlung. Die Klingen funkelten im frühen Tageslicht. Er nahm sein Lieblingsexemplar aus der Halterung und prüfte den beidseitigen Schliff.

Schärfer geht's nicht, stellte er fest.

Paulchen wird kaum Schmerzen spüren. Ich muss ihn nur finden.

Tessa ruft sicher gleich an, und wir arbeiten zusammen, wie es immer war.

82

MELIA HATTE EINE SCHLECHTE NACHT hinter sich. Ein Pochen in ihrem Bein hatte sie ein paarmal geweckt, als hätte eine falsche Bewegung etwas gereizt, das längst geheilt sein sollte. Und dann hatte ein Albtraum sie gequält.

Darin überfiel Roland Kracht ihre Mutter, und Melia konnte ihr nicht beistehen.

Gleich nach dem Aufwachen rief sie Zeinab an, die längst auf den Beinen war und Backmischungen für ihre Hundekekse ansetzte, denn samstags war in ihrem Laden viel los. Melia beruhigte sich, als sie hörte, dass es ihrer Mutter gut ging.

»Hast du schon mit deinem Kollegen besprochen, ob er auch zum Essen kommt?«

»Wann erwartest du den Besuch aus London?«

»Kommenden Samstag.«

»Ich werde ihn fragen.«

»Du solltest dir sowieso wieder einen festen Freund zulegen.«

Melia hatte gelernt, mit solchen Sprüchen umzugehen. Sie perlten an ihr ab.

Sie aß ihr Müsli im Stehen, und ihr Bein zwickte erneut.

Melia fand, dass die Narbe sie entstellte. Deshalb hatte sie den Sommer über darauf verzichtet, kurze Hosen zu tragen oder schwimmen zu gehen.

Dann fiel ihr Nazemin Alver ein, die es noch viel schlimmer getroffen hatte.

Auf der Fahrt zum Präsidium registrierte Melia mehrere Plakatwände, die eine Frau zeigten, die von einem Balkon fiel. An einer Ampelkreuzung hatte sie die Gelegenheit, den Text zu lesen, der in roten Großbuchstaben über das Bild lief.

SO TÖTET DAS KAPITAL!

OSTERKAMP ENTEIGNEN!

Das Plakat war schlampig geklebt worden. Von Aktivisten, die sich beeilen mussten, schätzte Melia. Sicher hatten sie keinen Cent an die Firma bezahlt, der die Wände gehörten. Also handelte es sich um Sachbeschädigung.

Um einen neuen Fall von linkem Terror, würde der Generalstaatsanwalt behaupten.

Melia fiel Vincents Mutter ein.

Hoffentlich hat er ihr erfolgreich ins Gewissen geredet.

83

EIN PFLEGER HIELT ROLAND AUF, als er die Intensivstation betrat und nach Linda schauen wollte. Wieder gab er sich als ihr Sohn aus, aber die Notlüge verfing heute nicht.

»Wie geht es Linda Salié?«, bedrängte Roland den Pfleger.

»Das kann ich Ihnen nicht sagen.«

»Ich will die Ärztin sprechen.«

»Welche Ärztin?«

Hektik im Flur hinter ihnen. Leute in Schutzkleidung. Ein Patient wurde in Eile vorbeigeschoben. Der Pfleger wirkte ungeduldig, auch er war im Stress.

Roland hielt ihn fest. »Klein, jung, asiatisch.«

»Sie meinen Dr. Park. Sie ist jetzt nicht im Dienst. Und der Zustand von Frau Salié ist unverändert. Rufen Sie im Lauf des Nachmittags noch einmal an. Dann ist auch Dr. Park wieder da und kann Ihnen mehr sagen.«

Roland schrieb seine Handynummer auf einen Zettel, den er in der Hosentasche fand. Der Pfleger verwies ihn an eine Kollegin, die in einem Glaskasten saß. Roland flehte sie an, ihm Bescheid zu geben, sobald sich etwas an Lindas Zustand änderte. Verzweifelt verließ er die Klinik.

Philipps Mama ist auch meine Mama.

Der einzige Mensch, bei dem ich mich zu Hause fühle.

Hinter dem Scheibenwischer seines Mazda klemmte ein Aufruf zur Demo gegen Wohnungsnot und Mietenterror. Er legte ihn auf dem Beifahrersitz ab.

Die Plakatwand, von der ihn gestern noch Jennifer Arnold angeglotzt hatte, war überklebt worden. Roland stockte der Atem. Er sah, wie Linda von ihrem Balkon sprang.

Zumindest stellte die Fotomontage genau diese Situation dar.

SO TÖTET DAS KAPITAL!

OSTERKAMP ENTEIGNEN!

Sein Handy spielte den Klingelton »Krieger mit Stolz« von seiner Lieblingsband Kampfzone.

Es war Nelli, Osterkamps Chefsekretärin.

Ausgerechnet die blöde Tussi.

»Haben Sie heute Mittag Zeit, Herr Kracht?«

»Wozu?«

»Besitzen Sie schwarze Kleidung?«

»Natürlich.«

»Mein Chef wünscht, dass Sie sich während der Demonstration unter den Block der Autonomen mischen und Steine auf die Polizei werfen. Das Anliegen der Chaoten soll endgültig diskreditiert werden.«

»Verstehe.«

»Ein riskantes Unterfangen. Ich würde es verstehen, Herr Kracht, wenn Sie wieder … den Schwanz einziehen.«

Die letzten drei Worte hatte sie provozierend in die Länge gedehnt.

Wie ich diese Frau hasse.

»Ist Ihr Chef zu sprechen?«

»Unmöglich. Herr Osterkamp nimmt an einer Sitzung

des Konzernvorstands teil, die voraussichtlich den ganzen Tag andauern wird.«

Also ist er da, dachte Roland.

»Die Demonstration, Herr Kracht – machen Sie's, oder machen Sie's nicht?«

84

DER NAME TILDA ZIMMERMANN stand auf dem Klingelschild. Wahrscheinlich hieß sie in Wahrheit Mathilda. Keine Erwähnung, dass auch Paul Dorau hier wohnte – als Mike Echternach am Montag hier gewesen war, hatte er nicht darauf geachtet.

Paulchens Freundin hatte noch immer keinen Spion im Türblatt anbringen lassen.

Dieses Studentenvolk ist viel zu vertrauensselig.

Mike wischte sich einen Rest Mayo vom Mund. Auf dem Weg hierher war er an einer Frittenbude vorbeigekommen und hatte dem Angebot nicht wiederstehen können.

Er drückte die Klingel.

Tilda öffnete. »Sie schon wieder!«

Sie wollte ihm die Tür vor der Nase zuknallen, doch er hatte bereits den Fuß hineingestellt und drängte sich an ihr vorbei in die Wohnung.

»Paul ist nicht da«, sagte sie aufgebracht. »Und ich weiß nicht, wo er steckt.«

Mike ging von Raum zu Raum.

»Vertrauen ist gut, Kontrolle ist besser«, rief er ihr zu. »Als Kommunistin wissen Sie, wer das gesagt hat.«

»Ich verabscheue Lenin.«

»Ach ja?«

Zwei beengte Zimmer, Küche, Bad. Nicht viele Möglichkeiten, eine Person zu verstecken.

»Und was ist mit Marx und Engels?«

»Ein kluger Mensch sagte mal: Ich bin kein Marxist. Raten Sie mal, wer das war.«

»Da kommen viele kluge Leute infrage.«

»Marx selbst. Seine Epigonen sind Dogmatiker. Er aber hat es gecheckt.«

Mike war fertig mit der Durchsuchung und baute sich vor der Studentin auf. Kaum Titten – das war ihm schon bei der ersten Begegnung aufgefallen. Er ging ganz nah an sie heran, um ihre Angst zu wittern.

»Wo finde ich ihn?«, fragte er leise, aber bestimmt.

»Karl Marx?«

Sie kann ihr freches Mundwerk nicht abstellen, obwohl sie sich fast ins Höschen macht, dachte Mike. Die junge Frau hat Eier.

»Mir fehlt die Zeit für Witzchen.«

Die Studentin wich einen Schritt zurück und faltete flehend die Hände. »Ich hab Ihnen doch gesagt, dass ich keine Ahnung habe.«

Mike holte sein Smartphone hervor, öffnete die Kontaktliste und scrollte bis zur Telefonnummer, die er unter dem Namen Paul Dorau eingetragen hatte. »Sind Sie sicher, dass Sie mir neulich die richtige Nummer gegeben haben?« Er hielt ihr das Display hin. »Er geht nicht ran, wann immer ich es auch versuche.«

»Doch, das ist sie. Ich kann ihn auch nicht erreichen, falls Sie das tröstet.«

»Sie lügen mich an.«

»Was wollen Sie von ihm? Ein Polizist sind Sie jedenfalls nicht. Das hat mir ein echter Kripobeamter bestätigt.«

»Die Cops waren hier?«

»Ja.«

»Was haben Sie denen gesagt?«

»Dass alles mit dem Verschwinden von Solveig Fischer in Zusammenhang steht.«

»Wer soll das sein?«

»Tun Sie nicht so. Vor einer Woche lief die Geschichte im Fernsehen. Paul hat die Frau erkannt. Man hat ihn gezwungen, ihre Leiche zu vergraben. Gehören Sie zu diesen Leuten?«

Mike überlegte. Falls Paulchen deshalb sterben sollte, stellte auch diese Studentin eine Gefahr dar. Sein Auftraggeber würde nicht wollen, dass Tilda ihre Story vor einem Richter erzählte. Er musterte sie von den kleinen Titten bis zu den ängstlichen Augen und fasste einen Entschluss.

»Paul ist nur mein Mitbewohner«, beteuerte sie. »Wenn er in Schwierigkeiten steckt, geht mich das nichts an, okay? Also gehen Sie bitte!«

Mike musste aufstoßen. Die Fritten.

»Kann ich noch kurz Ihr Klo benutzen?«

Tilda verzog das Gesicht.

Er ging ins Bad und schloss die Tür. Rasch zog er sich komplett aus. Dabei fiel ihm auf, dass er sein Hemd eingesaut hatte. Ein Mayofleck auf der Brust. Aber Hauptsache, die Klamotten würden kein Blut abbekommen.

Nasse Jobs sind dreckige Jobs. Ich werde hinterher duschen müssen.

An der Innenseite der Tür war ein großer Spiegel angebracht. Bevor er zu Mathildchen zurückkehrte, spannte er seinen Bizeps an und ließ die Brustmuskulatur tanzen.

Betrachtete seinen verschrumpelten Penis.

Das Messer, das er an seinen rechten Schenkel geschnallt hatte.

Er zog es aus der Scheide und öffnete die Tür.

85

VINCENT STAND MIT EINEM FILZSTIFT in der Hand vor dem Whiteboard im Besprechungsraum. Er war am Samstag um diese frühe Uhrzeit vermutlich der einzige Beamte im gesamten ersten Stockwerk der Festung und wollte die Ruhe nutzen, um seine Gedanken zu sortieren. In die Mitte der Tafel schrieb er den Namen des Mordopfers.

Klara Dorau.

Dazu die Personen, mit denen sie einen wichtigen Teil der zwei Tage vor ihrem Tod verbracht hatte.

Paul und *Miran.*

Beide kamen nach wie vor als Täter in Betracht. Der Bruder lebte noch, zumindest nahm Vincent das an. Er zeichnete einen kurzen Strich nach oben und notierte den Namen der Person, mit der Paul angeblich vor einem Jahr Solveig Fischer auf einem Bauernhof vergraben hatte. Es handelte sich um einen ehemaligen Soldaten und Ausbilder von Wehrsportlern und Möchtegern-Naziverschwörern.

Roland Kracht.

Eine zweite Linie verlief zu dem Mann, der nach Paul suchte und sich dabei als Polizeibeamter ausgab. Vor ihm war Paul zu Klara geflohen.

Mike Echternach.

Der Ex-Kollege hatte sich der Amtsanmaßung und des Hausfriedensbruchs strafbar gemacht. Ob er Gültan Alver den goldenen Schuss versetzt hatte, ließ sich vermutlich nicht mehr beweisen. Ich muss wissen, was er von Paul will.

Tessa Schramm.

Vincent unterstrich den Namen der Kollegin zweimal. Sie kannte Mike von früher und war mutmaßlich am Kokainhandel des Psychiaters beteiligt gewesen. Für dessen Töchter war sie Tante Tessa.

Miran hatte Angst vor der Polizei gehabt. Vor ihr – oder, wie Klaras Bruder, vor Mike Echternach?

Zwei der drei jungen Leute in der Mitte der Tafel waren tot, einer davon war durch Tessas Hand umgekommen. Hatte sie auch Klara umgebracht? Am Tatort waren Fußabdrücke der Schuhgröße 46 gefunden worden, was eher auf Echternach hindeutete. Aber Vincent hielt Tessa Schramm für schlau genug, sich bei einem Mord übergroße Stiefel anzuziehen, um von sich abzulenken.

Oder bin ich voreingenommen, wie Melia meint, und mein Argwohn gegen Schramm ist übertrieben?

An den unteren Rand schrieb er die letzten beiden Namen.

Markus Dorau und *Nazemin Alver.*

Klaras Vater hätte vielleicht die nötigen Informationen geliefert, um Tessa Schramm eine Mittäterschaft am gewerbsmäßigen Handel mit Betäubungsmitteln und weiteren Straftaten nachweisen zu können.

Bei Nazemin sah das nach der Unterredung von gestern Abend leider anders aus. Sie hatte sich nur sehr vorsichtig geäußert. Mutmaßungen und vage Äußerungen. Alles nur vom Hörensagen. In konkrete Details war Nazemin zu keinem Zeitpunkt eingeweiht gewesen – zumindest hatte sie es nach langer Beratung mit ihrem Anwalt Freimut Auersberg so dargestellt.

Vincent malte Verbindungslinien kreuz und quer über das Whiteboard.

Ihm fehlte der zündende Gedanke.

Melia glaubte, alles habe mit Solveig Fischers Verschwinden zu tun.

Aber das war bereits seit einem Jahr ihre fixe Idee.

Vincent hörte, wie sein Diensttelefon schrillte und eilte hinüber in sein Büro.

Oberstaatsanwalt Kilian wünschte einen guten Morgen.

»Ich habe mir die Sache gründlich durch den Kopf gehen lassen«, sagte er. »Was uns die Wirtin aufgetischt hat, ist mir zu dünn, um Ermittlungen gegen die Leiterin des KK21 einzuleiten. Und so sehe ich auch keine Basis, unserer kurdischen Mitbürgerin einen Strafnachlass in Aussicht zu stellen. Da nützen auch ihre schönen Augen nichts. In Absprache mit dem Kripochef habe ich die Kollegen von der Wirtschaftskriminalität damit beauftragt, Frau Alver gründlich unter die Lupe zu nehmen. Die beste Lösung, finden Sie nicht auch?«

Vincent fiel kein vernünftiges Argument dagegen ein.

Nachdem sie das Gespräch beendet hatten, klingelte sein Handy.

Die Pforte.

Eine Nazemin Alver wartete darauf, abgeholt zu werden.

Zwei Minuten später saß sie in seinem Büro, und er bereitete Espresso zu.

»Es wird keinen Deal geben«, erklärte sie.

»Ich weiß.«

»Mein Anwalt ist sehr zuversichtlich, dass ich höchstens

eine Bewährungsstrafe bekomme, solange ich mich an seinen Plan halte.«

»Ich drücke Ihnen die Daumen.«

»Trotzdem habe ich Angst.«

Er legte seine Hand auf ihre. »Und falls Sie doch im Gefängnis landen, backe ich Ihnen einen Kuchen. Mit Feile darin.« Er zwinkerte. »Im Ernst: Sie könnten immer noch reinen Tisch machen und über Tessa Schramm aussagen. Das Angebot steht.«

Nazemin lächelte und schüttelte den Kopf.

Zugleich schimmerten Tränen in ihren Augen.

86

MIKE ECHTERNACH REGISTRIERTE, DASS die Wohnungstür offen stand, und wusste sofort, was Sache war. Dennoch durchkämmte er mit vorgehaltenem Messer noch einmal alle Räume. Schließlich musste er sich eingestehen, dass Tilda abgehauen war.

Er nahm ein Handtuch vom Haken, machte es nass und versuchte vergeblich, den Fleck aus seinem Hemd zu reiben. Dann zog er sich fluchend wieder an und verließ die Wohnung.

Auf dem Weg zu seinem Auto überlegte Mike, ob es nicht sogar gut war, dass er die Studentin verschont hatte. Womöglich hatte sie über ihre Plapperei hinaus keinen blassen Schimmer. Laut ihr hatte Paulchen behauptet, er sei gezwungen worden, eine Leiche zu verscharren – es klang ganz nach dem haltlosen Geschwafel eines Wichtigtuers, der im Oberstübchen nicht richtig tickte.

Betrachte es positiv, sagte sich Mike.

Mir ist eine Sauerei erspart geblieben.

Wieder kam er an der Frittenbude vorbei. Es duftete durch die offene Tür. Brathähnchen drehten sich gut gebräunt am Spieß. Er betrat den Laden.

»Einen halben Gummiadler, bitte«, sagte er zu der dicken Frau hinter dem Verkaufstresen.

»Bei mir heißen sie Grillhähnchen.«

»Okay, ein ganzes bitte. Packen Sie es mir für zu Hause ein.«

Während er bezahlte, klingelte sein Handy. Mike verzichtete auf das Wechselgeld, ging mit der heißen Tüte hinaus und nahm das Gespräch an.

»Ja?«

»Hat Ihre ehemalige Chefin sich bei Ihnen gemeldet?«

»Fehlanzeige.«

»Sie wissen, was das bedeutet.«

»Eins nach dem anderen, Meister.«

»Gute Idee.«

Es tutete – aufgelegt.

Mike stieg in sein Auto. Er legte die Tüte ab und rief Tessa an.

»Schramm.«

»Wolltest du dich nicht bei mir melden?«

»Wegen Paul Dorau?«, fragte sie. »Die Fahndung läuft, aber ich habe noch nichts gehört.«

»Bovert glaubt, du wärst ihm abtrünnig geworden.«

»Der gottverdammte Mistkerl.«

»Das kannst du laut sagen. Er lässt mir keine Ruhe. Warum will er, dass ich diesen Psychiatersohn töte?«

»Tu's nicht, Mike. Es sind schon zu viele Menschen gestorben.«

Irgendwann beißen wir alle ins Gras, dachte Mike. Und nicht um jeden ist es schade.

»Er will dich auch auf die Abschussliste setzen«, sagte er. »Er glaubt, du hättest ihn verraten. Momentan ist der Mann ganz besessen von seinem Verfolgungswahn.«

»Du sollst auch *mich* töten?«

»Keine Sorge, Tessa. Ich halte ihn hin. Der kommt schon wieder zur Besinnung.«

Er wünschte seiner ehemaligen Chefin ein schönes Wochenende.

Dann fuhr er los und freute sich darauf, das Hähnchen zu verspeisen, dessen Duft den Wagen füllte.

87

MELIA SCHLOSS IHR ZIMMER AUF und fuhr den Rechner hoch. In der Teppichbodenetage herrschte Stille. An Wochenenden war im gesamten Präsidium nicht viel los.

Sie überflog die Zusammenfassung der polizeirelevanten Ereignisse des Vortags.

Keine weiteren brennenden Autos.

Stattdessen hatte ein Bewaffneter im Foyer des ZDF-Studios in Golzheim randaliert, zum Glück aber keinen Schaden angerichtet. Der Studioleiter hatte Anzeige erstattet. Er vermutete einen politischen Hintergrund, denn der Mann habe es auf die Schauspielerin Jennifer Arnold abgesehen, gegen die ein rechter Shitstorm wütete.

Aufnahmen einer Überwachungskamera waren beigefügt. Vor der Tür trug der Angreifer eine Kapuze. Melia hatte Roland Kracht vor dem Laden ihrer Mutter fotografiert. Sie verglich ihre Handybilder mit denen des ZDF-Studios.

Er könnte es gewesen sein.

Ihr Telefon schrillte.

»Tilda Zimmerman hat mich gerade angerufen«, sagte Lennart Bauer. »Völlig aufgelöst. Der falsche Polizist war in ihrer Wohnung. Sie hat Angst bekommen und sitzt jetzt in einem Café in der Nähe.«

»Kümmere dich um sie, Lennie. Und sieh zu, ob du Fingerspuren von dem Kerl in der Wohnung findest. Frag Tilda, was er angefasst haben könnte.«

Melia fuhr ihren Rechner herunter und ging zur Glastür, hinter der sich die Räume des KK11 befanden. Sie gab ihren Zugangscode in das Kästchen ein, und das Schloss klickte.

Sie wollte mit Vincent reden. Bei ihm gab es den besten Kaffee im Haus.

Sie klopfte an seine Bürotür, öffnete und hielt inne.

Die Geschäftsführerin der Hafenbar saß bei Vincent.

Er hatte seine Hand auf ihre gelegt. Rasch zog er sie zurück.

Da schau an, dachte Melia.

»Einen Moment«, sagte Vincent zu Nazemin Alver, erhob sich und folgte Melia, die ein paar Schritte den Korridor hinunter ging, bis sie außer Hörweite der Kurdin stehen blieb.

»Ich wollte euch zwei Turteltäubchen nicht stören«, sagte sie und verschränkte die Arme.

»Du interpretierst das völlig falsch.«

»Sie heult sich bei dir aus, weil es mit dem Deal nicht geklappt hat? Wofür hat die Frau einen Anwalt?«

»Bist du etwa eifersüchtig?«

»Ich wollte dir nur sagen, dass der falsche Polizist wieder unterwegs ist. Lennart Bauer versucht, Spuren zu sichern. Und der Typ, der bewaffnet beim ZDF eindrang, könnte Roland Kracht gewesen sein.«

»Beim ZDF?«

Er hat es noch nicht mitbekommen, erkannte Melia.

Ihr Smartphone klingelte. Unbekannte Nummer. Sie ließ Vincent stehen. Auf dem Rückweg in ihr Dienstzimmer nahm sie das Gespräch an.

»Adan.«

»Tessa Schramm hier. Wo sind Sie? Können wir reden?«

Melia straffte sich. Ihre Neugier war geweckt.

»Wo und wann?«, fragte sie.

88

ER WAR GANZ IN SCHWARZ GEKLEIDET. Statt seiner gewohnten Kappe trug er eine Sturmhaube, die er über der Stirn zum Beanie aufgerollt hatte. Mit einem Handgriff würde er sich wie ein Autonomer vermummen können. In seiner Bauchtasche trug er dieses Mal eine Zwille sowie etliche Stahlkugeln bei sich.

Roland erkannte, dass er zu früh bei dem Versammlungsplatz am Nordende der Königsallee eingetroffen war. Nur allmählich trudelten die ersten Demonstranten ein. Ein buntes Völkchen tummelte sich auf der Fläche zwischen dem Steigenberger-Hotel und den Juwelierläden und Luxusboutiquen auf der gegenüberliegenden Seite. Viele Leute trugen handbemalte Transparente oder Schilder mit Parolen.

In einem Punkt haben diese Menschen recht, dachte Roland.

Ein Althippie verkaufte linke Postillen. Roland wollte ihn abwehren, aber der Kerl drängte ihm ein Blatt gratis auf.

Langsam füllte sich der Platz. Gedränge entstand.

Roland spürte, wie er immer weniger Luft bekam.

Er griff in die Tasche und stellte fest, dass er den Flachmann mit dem Schnaps, der ihn beruhigen sollte, vergessen hatte. Seine Hand zitterte.

Er ging auf Distanz zu der Menschenmenge.

Vor dem Kaufhof entdeckte er die ersten Vorboten des Autonomen-Blocks. Vier junge Leute, wie er in Schwarz, die ein langes Tuch entfalteten.

Sein Handy spielte den Song seiner Lieblingsband. Auf dem Display eine Nummer, die er nicht kannte. Er nahm das Gespräch an.

Eine Frauenstimme: »Sind Sie der Sohn von Linda Salié?«

»Wie geht es ihr?«, fragte er zurück.

»Können Sie kommen?«

Sein Puls klopfte. »Was ist denn? Reden Sie doch!«

»Es tut mir sehr leid, Herr Salié. Ihre Mutter ist ihren schweren Verletzungen erlegen.«

»Mama! Scheiße, warum?«

Unschlüssig blickte er sich um.

Es gibt keine Freundschaft für mich. Keinen ruhigen Hafen auf dieser Welt.

Die Leute vor dem Kaufhof hatten inzwischen ihr Transparent an Stangen getackert, die sie ebenfalls mitgebracht hatten.

Rote Großbuchstaben – wie auf den Plakaten, die überall hingen.

MIETERHÖHUNG TÖTET!

Wie wahr.

Scheiß auf den Job, dachte Roland. Und auch Linda konnte warten.

Seine Trauer verwandelte sich in Wut.

Und er begann zu laufen.

89

OSTERKAMP WUSSTE, DASS ES NICHT rational war, sich über eine Demonstration in Düsseldorf aufzuregen. Seine Unternehmen waren weltweit tätig. Und gerade auf dem deutschen Heimatmarkt lief es derzeit wie am Schnürchen. Trotzdem ärgerte es ihn maßlos, dass der linke Abschaum seinen Ruf beschädigte.

Darum war es gut, dass er sich an den langen Kerl erinnert hatte, der ihm von Bovert vermittelt worden war. Ein Elitesoldat sollte in der Lage sein, den Aufmarsch zu stören. Damit die Presse Osterkamps Gegner als das darstellte, was sie schließlich auch waren: gottverdammte Anarchisten.

Leider brachte die *Morgenpost* über die Aktion, die der Lange vorletzte Nacht geleitet hatte, nur einen Minibericht, den man leicht übersehen konnte. Kein Foto, kein Kommentar.

Und dafür hab ich einen Cayenne geopfert. Egal, ich darf mich nicht aufregen, sagte sich Osterkamp. Alles andere klappte dafür umso besser. Ute Frings-Fassbinder ist auf Linie – auch das habe ich Bovert zu verdanken.

Osterkamp betätigte die Spülung, zog den Reißverschluss hoch und kehrte in den Sitzungsraum zurück.

Seit dem Morgen tagte der erweiterte Konzernvorstand. In wechselnder Besetzung stießen CEOs von Tochterfirmen dazu. Es gab erfreuliche Neuigkeiten.

Frings-Fassbinder, die künftige Kanzlerin, hatte ihren Widerstand gegen die Privatisierung des Strafvollzugs weitgehend aufgegeben. Public Private Partnership lautete der momentane Kompromiss. Aber langfristig würde *Osterkamp Firm & Secure* die alleinige Regie über die Gefängnisse der Republik übernehmen. Daran gab es keinen Zweifel.

Dann erfuhr Osterkamp, dass die AfD-Führung bereit war, sich von ihrem rechten Flügel zu trennen. Damit war der Weg in eine Koalition mit den Unionsparteien unter Frings-Fassbinder frei. Das schönste Ergebnis seines Berlin-Ausflugs von gestern. Bovert würde das nicht passen, ihm war nur die radikalste Lösung gut genug. Aber Westkreuz war Geschichte, der Putsch der Patrioten vorerst abgehakt.

Wir müssen es realpolitisch angehen, dachte Osterkamp. Schritt für Schritt.

Die schwarz-blaue Koalition würde seine Geschäfte beflügeln.

Strengere Gesetze, erhöhtes Strafmaß für alle Delikte – das versprach einen rasanten Anstieg der Häftlingszahlen, Gefängnisneubauten am laufenden Band, Umsatzwachstum ohne Ende.

Im nächsten Schritt dann die Arbeitspflicht für alle Haftinsassen. Für einen Lohn, der nur symbolisch sein würde. Keine andere Branche würde derartige Profite einfahren.

Nächster Tagesordnungspunkt: Die Fusion der beiden Kaufhauskonzerne im Besitz der Osterkamp Group und die Schließung von rund vierzig Prozent der Häuser. Die Grundstücke, auf denen sie standen, waren pures Gold. Man musste es nur schürfen.

Während der zuständige Manager die Zahlen vorlas, wandte sich Osterkamp an seinen Referenten, der an seiner Seite saß.

»Haben Sie Informationen über die Demonstration in der Stadt?«

»Ja, alles friedlich.«

»Keine Steinewerfer? Keine Festnahmen?«

»Nein, zum Glück.«

Du dumme Nuss, dachte Osterkamp. Aus dir wird nie etwas.

In diesem Moment vernahm er vor der Tür aufgeregte Stimmen.

90

TESSA SCHRAMM BESTAND AUF EINEM Spaziergang, und Melia willigte ein. Es war nicht mehr so sonnig und warm wie zuletzt, aber immerhin trocken. Zum großen Fluss waren es keine fünf Minuten. Sie gingen am Rheinturm vorbei zum Ufer und setzten sich auf eine Bank, die aus einzelnen Sitzen bestand, deren Seitenränder sich nach oben wölbten. Dadurch war es unmöglich, sich hier hinzulegen – so ging die Stadt mit der steigenden Zahl an Obdachlosen um.

Tessa Schramm hatte fast eine genauso verschwörerische Ausstrahlung wie Melias alter Kollege Zacharias, mit dem sie sich ausschließlich im Freien traf. Dann fiel Melia auf, dass Schramm sich den linken Arm hielt. Miran Alver schien sie schlimm erwischt zu haben.

Der Messer-Mann. *Suicide by cop*. Lebensmüde, nachdem er Klara ermordet hatte – so Schramms Version.

»Verraten Sie mir jetzt, was Sie von mir wollen?«, fragte Melia.

»Ich brauche Ihre Hilfe«, antwortete die Leiterin des KK21. »Ich fürchte um mein Leben.«

»Wow.«

»Das meine ich ernst. Jemand im Innenministerium will mich töten lassen.«

»Reden Sie vom Verfassungsschutz?«

»Wir haben denselben Gegner, Frau Adan.«

»Ich schlage vor, Sie erzählen der Reihe nach.«

»Unter einer Bedingung.«

»Und die wäre?«

»Sie legen den Kollegen Veih an die Kette und stoppen die Nachforschungen gegen mich. Veih zerstört meinen Ruf. Das müssen Sie unterbinden.«

»Das kann ich Ihnen nicht zusagen.«

»Die Staatsanwaltschaft hat nun mal kein Verfahren eröffnet. Also liegt die Entscheidung in Ihrer Hand. Sie sprechen ein Machtwort, ganz einfach.«

»Herr Veih hält Sie für korrupt, Frau Schramm.«

»Als Gegenleistung verrate ich Ihnen den Namen von Klaras Mörder.«

»Wollen Sie behaupten, der Verfassungsschutz steckt dahinter?«

Schramm sprang auf. So nervös hatte Melia die Hauptkommissarin noch nicht erlebt.

»Können wir ein Stück weitergehen?«, fragte Schramm. »Hier ist mir zu viel Betrieb.«

91

POLIZEIOBERKOMMISSARIN STÖGER UND ihr Partner Polizeikommissar Flick patrouillierten mit ihrem Streifenwagen durch den Medienhafen. Ein paarmal pro Schicht sollten sie die Orte anfahren, an denen neulich Autos gebrannt hatten. Flick saß am Steuer. Sie näherten sich der Zentrale des Osterkamp-Konzerns am Ende der Speditionsstraße.

»Völliger Quatsch«, sagte er. »Tagsüber passiert doch nichts.«

»Da sieht man mal, welchen Einfluss so ein Milliardär auf unsere Behörde hat«, antwortete Stöger.

Sie erreichten das Verwaltungsgebäude. Das ausgebrannte Wrack eines Porsche Cayenne, das sie am Tag nach dem Anschlag hier gesehen hatten, war längst abgeschleppt worden.

Stattdessen parkte hier jetzt ein uralter roter Mazda 323.

»Feuerwehrbewegungszone?«, fragte Stöger.

»Nein, aber Absolutes.«

»Warte mal. Ist die Karre nicht zur Fahndung ausgeschrieben?«

Stöger griff nach der Handpuste und funkte die Leitstelle

an, während ihr Kollege ausstieg und sich das Fahrzeug aus der Nähe ansah.

Der Saustall im Innern ließ Flick erschaudern. Er legte die Hand auf die Motorhaube. Sie war warm, der Mazda war eben noch bewegt worden.

Auch Stöger stieg aus.

»Es gibt einen Haftbefehl gegen den Halter«, sagte sie.

»Wollen wir hier auf ihn warten?«

»Fünf Minuten. Dann gehen wir rein.«

92

AUF DER SCHMALEN FUSSGÄNGERBRÜCKE konnten sie nicht stehen bleiben. Zu viele Spaziergänger, zu viele Radfahrer. Sie steuerten das gegenüberliegende Ufer der Hafeneinfahrt an und gingen hinunter an den Rhein, den hier ein kleiner Strand säumte. Mit der Schuhspitze malte Tessa Kringel in den Sand. Definitiv nicht Größe 46, dachte Melia.

»Es begann vor drei Jahren«, sagte die KK21-Leiterin. »Tristan Bovert hat mich kontaktiert und zu verstehen gegeben, dass er alles über meine Beziehung zu Dr. Markus Dorau weiß. Mir war Bovert bis dahin kein Begriff. Er sagte, er würde für den Inlandsgeheimdienst arbeiten.«

»Damals noch für das Bundesamt in Köln. Als Referatsleiter, so weit ich weiß.«

»Mir war klar, dass er ab sofort über mein Leben bestimmen würde.«

»Für den Geheimdienst ist jeder Bürger gläsern. Und Boverts Sammelleidenschaft ist legendär. Vor allem ist er besessen von pikanten Details. Es heißt, er archiviert sogar die Fürze der Leute, die er belauscht. Ich habe erst spät erkannt, dass er seine eigene Agenda verfolgt. Der Schutz der Verfassung ist für ihn nur ein Vorwand.«

»Ich wurde seine Informantin. Im Gegenzug hat er Drogenabhängige an mich verraten.«

»Linke, die er überwacht hat und bei denen er auf Anzeichen von Konsum stieß?«

»Ganz genau. Wobei mir die meisten gar nicht so links vorkamen.«

»Für Bovert beginnt der Kommunismus unmittelbar diesseits von AfD und Werteunion. Und es genügt, im Adressbuch eines vermeintlich Linken zu stehen, um ebenfalls abgehört zu werden. Er weiß, welche Pornoseiten seine Zielpersonen besuchen und welche Dessous sie online bestellen.«

»Und so einer leitet den nordrhein-westfälischen Verfassungsschutz?«

»Die wichtigen Leute in der Landesregierung lieben ihn. Oder werden von ihm erpresst, so wie er es mit Ihnen getan hat.«

»Verstehe.«

»Erzählen Sie weiter.«

Schramm ging näher ans Wasser, bückte sich nach einem flachen Stein, holte weit aus und ließ ihn über den Strom hüpfen. Sie war wütend, das konnte Melia sehen.

»Am Dienstagabend rief mich Klara an. Ihr Bruder Paul sei gerade bei ihr und Miran zu Besuch. Er hätte eine Geschichte erzählt, von der die Polizei erfahren müsse, falls sie stimmte. Sie hatten deshalb gestritten, sagte Klara. Paul wollte nämlich nicht die Polizei einschalten. Aus Angst, sich strafbar gemacht zu haben. Ich sagte: Was ist denn los? Und Klara: Es geht um Solveig Fischer, die verschwundene Verfassungsschutzbeamtin.«

»Und weiter?«

»Ich habe Klara versprochen, mit Paul zu reden. Als ich

deshalb am Mittwoch vorbeikam, standen aber schon die Streifenwagen und der Transporter der KTU vor dem Haus. Ich bin zu spät gekommen.«

»Warum haben Sie uns das verschwiegen?«

»Weil …«

Sie atmete tief ein und blickte in den grauen Himmel. Melia glaubte zu erkennen, dass Tränen in ihren Augen standen.

»Ich habe mich mitschuldig an Klaras Tod gemacht.«

»Inwiefern?«

»Sie nehmen Veih an die Leine, versprochen? Ansonsten ist unser Gespräch an dieser Stelle beendet.«

Auch Melia warf einen Stein. Er federte zweimal über die Wasseroberfläche, dann war er versunken. Sie wog ab, was sie bei einem Deal mit Schramm verlieren und gewinnen würde.

»Okay«, sagte sie schließlich.

»Ich führte noch ein zweites Telefonat. Weil ich fand, Bovert sollte wissen, was mit der Mitarbeiterin seiner Behörde geschehen ist.«

»Wollen Sie behaupten, dass er oder jemand in seinem Auftrag Klara Dorau getötet hat?«

»Ich weiß nur, dass er hinter Paul her ist. Wahrscheinlich galt der Angriff ihm und nicht Klara. Und ich soll getötet werden, weil ich mich weigere, an der Jagd auf Paul teilzunehmen.«

»Wie kommen Sie darauf?«

Schramm zögerte. »Das kann ich Ihnen nicht sagen.«

»Es gehört zu unserem Deal. Alles oder nichts.«

Die Drogenfahnderin schwieg.

»Mike Echternach hat Sie gewarnt, stimmt's?«

Schramm schwieg, und Melia wusste, dass sie ins Schwarze getroffen hatte.

»Echternach sucht nach Paul«, sagte sie. »In den letzten Tagen hat er sich mehrfach als Polizist ausgegeben. Er arbeitet für Bovert, nicht wahr? Fühlt sich aber Ihnen gegenüber noch zur Loyalität verpflichtet.«

Tessa Schramm hob einen weiteren Stein auf und wog ihn in der Hand, während der andere Arm reglos herabhing.

»Ist Echternach Boverts Killer?«, fragte Melia. »Hat er Klara Dorau erstochen?«

»Es reicht, Frau Adan.«

»Deal ist Deal. Antworten Sie!«

Schramm sah in den Himmel und fuhr sich mit dem Ärmel übers Gesicht. »Mike hat Schuhgröße 46. Ich musste einmal Gummistiefel für das Team bestellen, daher weiß ich das.«

Sie schleuderte den Stein weit auf das Wasser hinaus. Melia zählte, wie oft er die Oberfläche berührte. Fünf. Sechs. Sieben.

»Sie haben gewonnen.«

Dann registrierte sie das schmerzverzerrte Gesicht der Rauschgiftfahnderin.

»Sie sollten sich Ihre Stichwunde mal im Krankenhaus ansehen lassen.«

Im nächsten Moment knallte es irgendwo im Medienhafen.

Die beiden Frauen blickten sich an.

»Das war ein Schuss«, sagte Tessa.

93

ROLAND KRACHT DURCHSCHRITT DAS FOYER der Osterkamp-Zentrale. Beim Anblick von Hardy, dem ausgestopften Köter, der mit dem *Manager Magazin* in der Schnauze auf der Marmorsäule stand und herabglotzte, bedauerte er, dass er die Zwille mit den Eisenkugeln zu Hause gelassen hatte.

Er nahm den Aufzug nach oben. Die Glastür zur Chefetage war verschlossen. Am Empfang saß niemand, vermutlich weil heute Samstag war. Roland rüttelte am Griff, dann hämmerte er mit der Faust gegen das bruchsichere Glas. Die Scheibe vibrierte, die Schläge dröhnten.

Endlich erschien Nelli, die Chefsekretärin.

Mit hochrotem Kopf öffnete sie die Tür und kreischte ihn an: »Sie haben hier nichts zu suchen! Ich habe Ihnen doch gesagt, dass …«

Roland packte ihren Kopf mit beiden Händen, hob ihr Kinn an und drückte zugleich mit einem Ruck gegen die Stirn. Der Hals knackte, die Frau sank leblos zu Boden.

In Afghanistan hatte Roland mit diesem Griff immer dann getötet, wenn es leise geschehen musste.

Er stieg über Nellis Leiche und marschierte auf den Konferenzraum zu. Aus der Teeküche trat ein Mann und stellte sich ihm in den Weg. Es war der junge Bodyguard mit den breiten Anzugschultern, den er am Mittwoch hier getroffen hatte.

Roland schlug ihm ansatzlos gegen die Kehle. Der Typ kippte um, ohne einen Laut von sich zu geben.

Schnelle Schritte näherten sich von hinten. Roland fuhr herum und kickte einem weiteren heranstürmenden Security-Mann die Kniescheibe in Trümmer. Dann trat er ihm mehrfach mit aller Kraft gegen den Kopf – seine Kampfstiefel waren an der Spitze mit Eisenkappen verstärkt.

Endlich Ruhe.

Roland griff in seine Bauchtasche und nahm die Glock heraus.

Ich bin das Jüngste Gericht. Ich bin der Racheengel aus den Hügeln über dem Kundus, der zu euch herabsteigt, um die gerechte Strafe zu bringen.

Ich bin der BaghlanGunner, der geile Killer.

Roland öffnete die Tür.

Zwanzig Manager blickten ihn an, ausschließlich Männer. Millionengehälter, schätzte Roland. Parasiten am Körper des Volkes.

Ihr habt Linda getötet.

Ich hätte statt der Glock das Sturmgewehr mitnehmen sollen, dachte Roland.

Er ging auf Osterkamp zu, den Chef der Bande.

»SIE HABEN MEINE MUTTER AUF DEM GEWISSEN!«, schrie er und hob die Pistole.

Osterkamp glitt von seinem Stuhl und kroch unter den Tisch – eine lächerliche Deckung. Roland drückte ab, das Geschoss durchschlug die Platte. Dann packte er den flennenden Immobilienhai am Fuß und zog ihn hervor.

Ein Blutfleck auf dem Sakko, der rasch größer wurde. Pisse im Schritt, der Scheißkerl begann schon jetzt zu stinken.

Ich bin gekommen, um die Stadt zu säubern. Dies ist meine Stunde.

Roland richtete die Waffe auf Osterkamps Kopf.

Ein Knall ertönte, und ein plötzlicher Schlag gegen die Hüfte holte Roland von den Beinen. Schreie und ein zweiter Schuss – eine Kugel streifte ihn im Fallen am Kopf. Es brannte wie Feuer.

Weitere Bodyguards – wo kamen die her?

Roland versuchte aufzustehen, doch das rechte Bein gehorchte ihm nicht. Er fasste sich ans Ohr. Die Hand war voller Blut.

Eine Polizistin drückte ihn zu Boden, bohrte ihr Knie in seinen Rücken und bog ihm den Arm nach hinten. Ein zweiter Beamter entriss ihm die Glock und begann, Roland zu fesseln. Der Schmerz in seiner Hüfte, auf die ein Bullenknie drückte, nahm überhand und raubte ihm das Bewusstsein.

94

ZUM ZWEITEN MAL AN diesem Tag klopfte Melia an Vincents Tür. Diesmal wartete sie, bis er sie aufforderte einzutreten.

»Na, die Wirtin nicht mehr da?«, fragte sie.

»Leider konnte ich sie nicht überreden, konkret gegen Schramm auszusagen. Aber ich bleibe am Ball, das verspreche ich dir.«

»Du wirst nichts dergleichen tun.«

»Wie bitte?«

»Du hast mich richtig verstanden. Wir lassen Frau Schramm in Ruhe, solange die Staatsanwaltschaft nichts Gegenteiliges anordnet.«

»Das meinst du nicht ernst.«

»Ich habe eine Abmachung getroffen. Schramm hat wichtige Hinweise zu beiden Mordfällen geliefert.«

Vincent blickte sie verständnislos an.

»Tristan Bovert steckt dahinter.«

»Der neue Leiter des …«

»Genau der.«

»Jetzt begreife ich. Du befindest dich auf einem persönlichen Kriegspfad. Weil du meinst, dass deine alte Dienststelle auch hinter den Schüssen auf dich steckt. Du bist besessen von der Idee, dich zu rächen.«

»Ich bin mir sicher, dass Bovert und andere Verfassungsschützer für Westkreuz gearbeitet haben. Solveig kam dahinter. Deshalb hat er sie aus dem Weg geräumt.«

»Und *das* kann Tessa Schramm bezeugen?«

»Nein, aber sie hat ihn nichts ahnend über das Schicksal seiner Mitarbeiterin informiert. Und am nächsten Morgen wird Klara in ihrer Wohnung überfallen. Das nennt man eine klare Koinzidenz.«

»Das ist alles?«

»Und jetzt ist Bovert hinter Paul Dorau her. Mike Echternach soll das für ihn erledigen.«

»Eine Koinzidenz ist noch lange kein Beweis. Dein Deal ist nichts wert. Melia, ich werde nicht zulassen, dass die Kollegin Schramm so einfach davonkommt.«

Sie hob den Zeigefinger, ihre Stimme wurde hart.

»Du entscheidest gar nichts, Vincent. Du hältst die Füße still. Das ist eine dienstliche Anweisung!«

Vincents Kiefermuskulatur zuckte. Er schüttelte den Kopf.

Dann brach es aus ihm heraus: »Ich werde den Kripochef informieren. Wenn du dich vor Tessa Schramm stellst, bist du eine Fehlbesetzung auf deinem Posten!«

Melia atmete tief durch, um ruhig zu bleiben. So durfte ein Untergebener sie nicht angehen. Sie fuhr ihr stärkstes Geschütz gegen Vincent auf. Sosehr sie den Eklat bedauerte – es ging nicht anders, allein schon aus Prinzip.

»Wenn du das tust, verrate ich dem Landeskriminalamt, was deine Mutter getan hat.«

Sie starrten einander an. Keiner wollte den Blick zuerst abwenden.

Melia verfluchte Vincents Sturheit.

Sein Telefon klingelte. Er nahm den Hörer ans Ohr, runzelte die Stirn und sagte kaum etwas.

»Was ist?«, fragte Melia, als er auflegte.

»Ein Attentat auf Hartmut Osterkamp. Zwei Tote und drei Schwerverletzte. Osterkamp und der Täter liegen in der Uniklinik.«

Melia sprang auf. »Meine Güte!«

»Bei dem Täter handelt es sich um Roland Kracht. Zumindest steht sein Wagen am Tatort vor der Tür.«

»Das ist keine normale Mordermittlung, sondern eine große Lage«, entschied Melia. »Ich leite den Einsatz. Als Teil meiner Führungsgruppe koordinierst du die Ermittlungs- und Tatortarbeit, okay?«

»Ist klar.«

»Sei nicht eingeschnappt. Auch wenn ich als Polizeiführerin fungiere, ist es letztlich wie immer. Du ermittelst, ich halte dir den Rücken frei. Nur dass mein Kopf rollt, falls etwas schiefgeht.«

»Ich nehme an, du wirst die gesamte Mordkommission benötigen.«

Melia nickte. »Wir müssen das Motiv herausfinden. Und ob es außer Kracht noch weitere Täter gibt. Ich kümmere mich um die Zusammenstellung des übrigen Teams. Wir treffen uns um …« Sie blickte auf die Uhr. »Sagen wir, um halb drei.«

»Hoffen wir, dass Kracht bald vernehmungsfähig ist.«

»Auch wenn die neue Sache Priorität hat, dürfen wir Mike Echternach nicht vergessen. Wir sollten ein Spezialeinsatzkommando zu seiner Wohnung schicken.«

»Du weißt, wie ich darüber denke.«

»Klar, du würdest alles am liebsten selbst erledigen. Aber

der Mann ist gefährlich, nach allem, was wir über ihn wissen. Er arbeitet für Bovert und hat Schuhgröße 46. Der Tipp stammt übrigens auch von Tessa Schramm.«

95

DAS HAUS WAR EIN ALTBAU MIT hübschen Erkern, der aber seit Ewigkeiten keinen neuen Anstrich mehr bekommen hatte. Die linke Seite des Erdgeschosses war verrammelt, die Rollläden an den Fenstern heruntergelassen. Lennart Bauer begleitete einen Kollegen, der sich als Farid vorgestellt hatte und wie er in Zivil gekleidet war. Farid war Aufklärer eines Spezialeinsatzkommandos. Sein Job war es herauszufinden, wo sich die Wohnung von Mike Echternach befand, wie sie geschnitten war und ob sich der Gesuchte darin aufhielt.

Lennie las Echternachs Namen auf einem Klingelschild.

»Ich würde ganz einfach klingeln«, sagte Lennie. »Und wenn er da ist, geh ich rauf und nehme ihn fest.«

»Bitte«, sagte Farid, grinste und wies auf die Knöpfe. »Das Kommando reißt sich nicht um den Job.«

Lennie tat es nicht.

Farid rief die Leitstelle an und gab den Namen Müller durch, den er von einem anderen Klingelschild ablas. Dann erklärte er: »Die Kollegen melden sich da jetzt und lassen sich zurückrufen, damit Herr oder Frau Müller wissen, dass wir wirklich von der Polizei sind.«

Sie mussten nicht lange warten.

Eine Frau in den Fünfzigern kam die Treppe herunter und machte ihnen auf. Hose und Pulli saßen eng an ihrem Leib wie eine Wurstpelle und brachten den Speck an Hüften und Bauch zur Geltung.

»Ein Puff«, murmelte sie verächtlich, als sie auf dem Weg zur Treppe an der linken Erdgeschosswohnung vorbeikamen.

»Psst.« Farid legte den Zeigefinger an die Lippen.

Frau Müller nickte und kam sich offenbar ziemlich wichtig vor.

Im zweiten Stock stand eine Tür offen. Frau Müller führte sie in ihre Wohnung.

»Es geht um Ihren Nachbarn, Herrn Echternach«, begann Farid.

»Was wollen Sie wissen?«

»Wo wohnt er?«

»Genau unter uns.«

»Dann hat seine Wohnung denselben Grundriss wie diese hier, oder? Darf ich mal?«

Farid brach zu einem Rundgang auf.

»Kennen Sie Herrn Echternach gut?«, fragte Lennie.

Frau Müller verzog die Mundwinkel. »Was heißt gut? Ich wohne erst seit zwei Jahren hier.«

Sie bot ihm Kaffee an, er lehnte dankend ab. Dann knipste sie die Deckenlampe an, denn draußen setzte bereits die Dämmerung ein.

»Heute Morgen hatte er Damenbesuch«, erzählte sie. »Garantiert die Nutte aus dem Erdgeschoss. Das Haus ist so hellhörig. Zum Glück wohne ich nicht direkt über dem Puff dieser Zigeunerin.«

»Hellhörig? Dann sollten wir uns etwas leiser unterhalten.«

Farid kam zurück und fertigte in seinem Notizblock eine Zeichnung an.

»Es gibt einen Balkon nach hinten«, sagte er zu Lennie. »Für die Zielperson ein Fluchtweg. Für uns ein zweiter Zugang.« Er wandte sich an Frau Müller. »Sie haben doch nichts dagegen, wenn gleich ein paar Kollegen kommen, um sich von Ihrem Balkon abzuseilen?«

Sie riss die Augen weit auf und wischte sich eine Strähne aus dem Gesicht.

»Was meinen Sie, ist Ihr Nachbar jetzt zu Hause?«, fragte Farid.

Schulterzucken.

Sie lauschten, konnten aber nichts hören.

»Was hat er denn ausgefressen?«, flüsterte Frau Müller.

»So einiges«, flüsterte Lennie zurück.

Farid setzte sich per Funk mit dem Kommandoführer in Verbindung. Dann verließ er die Wohnung und kam kurz darauf mit drei schwarz vermummten Gestalten zurück. Kampfstiefel, Overalls, Helme. Auf dem Rücken fluoreszierende Großbuchstaben – POLIZEI – als Zeichen, dass sie zu den Guten gehörten.

Farid zeigte ihnen, wo es zum Balkon ging. Andere Aufklärer des Teams hatten festgestellt, dass Echternach zu Hause war.

Dann war alles eine Sache von Sekunden.

Mit lautem Krach schlugen die SEK-Rambos Echternachs Tür ein. Unmittelbar danach knallte es zweimal sehr laut. Blendgranaten, schätzte Lennie.

Aufgeregte Rufe, dann ein Krächzen aus Farids Funkgerät.

»Das Päckchen ist geschnürt«, gab er an Lennie weiter.

Also war Echternach bereits gefesselt und bereit zum Abtransport.

Lennie gab Frau Müller die Hand. »Vielen Dank, Sie waren uns eine große Hilfe.«

Etwas verschüchtert stand sie da und blickte ihm und Farid hinterher.

96

IHREN FÜHRUNGSSTAB HATTE MELIA rasch zusammengestellt. Die weit kompliziertere Aufgabe stellte die Kommunikation mit der Behördenleitung und dem Innenministerium dar. Die Regierung drängte darauf, den Angriff auf Osterkamps Konzernzentrale als Terrorakt von links darzustellen – eine Eskalation der Gewalt von vorletzter Nacht, als die Autos gebrannt hatten.

Politiker und Bürokraten wollten Kracht als Antifa-Extremisten einstufen, nur weil in seinem versifften Mazda der Aufruf zur Demo sowie eine Sonderausgabe der Linkspostille *Junge Welt* zum Thema Wohnungsnot gefunden worden war.

Melia hielt dagegen, dass Kracht im Gegenteil ein knallharter Neonazi aus dem Westkreuz-Umfeld war. Warum der Verfassungsschutz dazu schwieg, verstand sie nicht. Schließlich einigte sie sich mit den Vertretern des Ministeriums darauf, Krachts Vernehmung abzuwarten, bevor man mit einer ersten Einschätzung an die Öffentlichkeit gehen würde.

Endlich erhielt Melia grünes Licht aus der Klinik. Der Patient stehe unter Schmerzmitteln, sei aber vernehmungsfähig, hieß es. Die Operation seiner Hüfte werde erst morgen stattfinden.

Sie ließ sich von Anna Winkler begleiten, Vincents Stellvertreterin in der Leitung des KK11. Die Kollegin hatte zwar an diesem Wochenende noch Urlaub, war aber angesichts der Lage bereit einzuspringen.

Der Ermittlungsaufwand war enorm, denn alles musste schnell gehen. Krachts Handy wurde untersucht. Mit dem Navi im Auto ließ sich sein Bewegungsprofil rekonstruieren, wodurch Melias Team auf Krachts Haus in Neuss-Holzheim stieß. Zur Stunde wurde dort alles auf den Kopf gestellt. Jedes Detail aus dem Leben des Attentäters konnte bedeutsam sein.

Gleichzeitig wurden die Manager, die sich zum Meeting in der Konzernzentrale versammelt hatten, einzeln befragt. Laut ersten Aussagen hatte der Schütze seine Mutter erwähnt, die Osterkamp auf dem Gewissen hätte – was seltsam war, denn Krachts Mutter war seit über dreißig Jahren tot, wie Melia kurz darauf erfuhr.

Osterkamp war schwerer verletzt worden als der Attentäter und lag nach einer Notoperation auf der Intensivstation. Er würde im Lauf der Nacht aufwachen, hieß es.

Melia setzte Anna Winkler während der Fahrt zur Uniklinik über die Vermisstensache Solveig Fischer in Kenntnis – und über Krachts Rolle als möglicher Zeuge.

»Warum nehmen wir Vincent nicht mit?«, fragte Winkler.

»Es gab eine Meinungsverschiedenheit«, antwortete Melia.

»Worüber?«

»Tut nichts zur Sache.«

Vor dem Gebäude, in dem Kracht lag, gab es nur wenige Parkplätze, doch zum Glück war etwas frei. Während Melia ihren Wagen verriegelte, klingelte ihr Handy.

Es war Reinhard Zacharias, der treue Ex-Kollege vom Verfassungsschutz.

»Wegen Kracht«, sagte er und musste lange husten.

»Du solltest mal zum Arzt gehen«, warf Melia ein.

»War ich schon, hilft auch nichts.«

»Also – Kracht?«

»An die Akte komme ich nach wie vor nicht heran. Aber ich habe gehört, dass Kracht bei uns als Internetjunkie bekannt ist. Sag deinen Leuten, sie sollen mal das Netz nach einem *BaghlanGunner* absuchen.«

Sie bedankte sich bei Zacharias und rief umgehend den IT-Spezialisten ihres Führungsstabs an, um die Information weiterzugeben.

Im Klinikgebäude fragten sie sich zur Wachstation durch, auf der Kracht lag. Im Vorgespräch mit einem jungen Stationsarzt erfuhren sie, dass sich die Zimmer von einer normalen Station kaum unterschieden. Kracht hing an einem Gerät, das die Pulsfrequenz überwachte, außerdem die Sauerstoffsättigung des Blutes. Von einem gelegentlichen Piepsen sollten sich die Beamtinnen nicht irritieren lassen. Hüftknochen und Ohrmuschel seien beschädigt, der Zustand des Patienten ansonsten gut.

Der Arzt klopfte, sie betraten das Zimmer. Es war hell und geräumig, das zweite Bett war leer. Kracht trug ein weißes Krankenhemd. Die Decke reichte ihm bis zur Brust. Sein Kopf war verbunden. Er hat verdammtes Glück gehabt, dachte Melia. Die beiden Schüsse hätten ihn auch weit schwerer verletzen können.

»Die beiden Damen sind von der Polizei und wollen Sie sprechen, Herr Kracht«, sagte der Arzt, dann verzog er sich.

Melia und Anna nahmen sich die Stühle, die am Tisch

standen, und setzten sich an Krachts Bett. Melia stellte sich und Hauptkommissarin Winkler vor.

»Wir haben ein paar Fragen an Sie, Herr Kracht. Zunächst wüssten wir gern, warum Sie in die Räume der Firma Osterkamp eingedrungen sind.«

Der Attentäter blickte Melia entgeistert an. »Ich kenne Sie aus der Zeitung.«

»Das kann gut sein«, antwortete Melia. »Über die Leiche, die Sie und Paul Dorau auf dem Hof Ihres Schulungszentrums vergraben haben, sprechen wir gleich auch noch. Aber lassen Sie uns zuerst über heute Nachmittag reden.«

»Ich rede mit keiner Negerschlampe.«

Die Beleidigung überraschte Melia nicht. Sie beschloss, sie zu ignorieren.

»Sie haben das Recht, zu schweigen und sich von einem Anwalt vertreten zu lassen. Aber vielleicht haben Sie uns eine politische Botschaft mitzuteilen. Hartmut Osterkamp war sicher kein Zufallsopfer, oder, Herr Kracht?«

»Meine Botschaft lautet: Pack deine Niggerfotzen-Mutter und verpisst euch dahin, wo ihr hergekommen seid.«

»Ich stamme aus Bonn.«

»Du weißt genau, was ich meine. Du braunes Stück Scheiße hast im deutschen Polizeidienst nichts zu suchen.«

Anna Winkler schaltete sich ein. »Sie machen sich erneut strafbar, Herr Kracht. Unterlassen Sie Ihre rassistischen Hasstiraden.«

»Ich habe heute drei Leute getötet. Da kommt es auf eine weitere Straftat nicht an. Außerdem sage ich nur meine Meinung. Aber wenn hier schon die Neger regieren, ist das natürlich nicht mehr erlaubt.«

»Zwei Leute«, sagte Melia.

»Bitte?«

»Sie haben zwei Leute getötet.«

»Ach. Wer hat's überlebt?«

»Der, auf dessen Kopf Sie herumgetrampelt sind.«

»Respekt. Hart im Nehmen, der Kerl. Richten Sie ihm aus, es war nicht persönlich gemeint. Die beiden Wachmänner hätten sich nicht einmischen sollen.«

»Herr Kracht …«

»Verschwindet jetzt, ihr Fotzen. Hat die Polizei denn keine Männer mehr?«

Melia sagte: »Sie werden mit uns reden müssen.«

Kracht wandte den Kopf ab und starrte zum Fenster. Er leckte sich die Lippen. Schaumbläschen in den Mundwinkeln. Der Mann brauchte Flüssigkeit. Jedem anderen Patienten hätte Melia die Teetasse gereicht, aber nicht diesem Schwein.

97

DIE MEISTEN VON VINCENTS LEUTEN befanden sich noch im Hochhaus an der Speditionsstraße, um die Zeugen zu befragen. Er selbst war ins Präsidium zurückgekehrt und brütete mit einem IT-Ermittler über der Handyauswertung. Sie stellten eine Liste der Kontaktpersonen des Attentäters zusammen. Eine davon war Linda Salié – die Frau, die aus Angst vor einer Zwangsräumung aus ihrer Wohnung gesprungen und heute an ihren Verletzungen gestorben war. Auch mit Osterkamps Büro hatte Roland Kracht in den letzten Tagen mehrfach telefoniert.

Allmählich ergab sich ein Bild.

Sein Handy spielte »Gimme Shelter«. Es war Melia.

»Vincent, ich brauche dich hier in der Uniklinik.«

»Du duzt mich also noch?«

»Bitte sei nicht eingeschnappt.«

»Ich bin nicht eingeschnappt, nur fürchterlich nachtragend. Und dass ich jetzt für dich Hilfsarbeiten erledigen darf, wirkt auch nicht gerade stimmungsaufhellend.«

»Der Anschlag auf Osterkamp hat nun mal Vorrang.«

»Ist klar. Was ist schon eine tote Abiturientin gegen einen der mächtigsten Oligarchen dieses Landes.«

»Erzähl keinen Quatsch, Vincent.«

»Und eine korrupte Kollegin läuft währenddessen frei herum und hat alle Zeit, die Spuren ihres Treibens zu verwischen.«

Der IT-Kollege blickte neugierig von seiner Arbeit auf.

Melia fragte: »Bist du allein?«

»Nein.«

»Vorsicht, Vincent. Falls Tessa Schramm erfährt, was du so von dir gibst, blüht dir eine Anzeige wegen übler Nachrede.«

»Darauf würde ich es ankommen lassen.«

»Zuerst brauche ich dich in der Klinik.«

»Mich?«

»Kennst du einen besseren Verhörspezialisten?«

»Willst du mir jetzt Honig ums Maul schmieren?«

»Kracht steht auf Kerle. Jedenfalls spricht er nicht mit Fotzen, sagt er. Schon gar nicht mit einer Niggerfotze.«

Vincent schloss seinen Laptop und klemmte ihn sich unter den Arm.

»Gib mir fünfzehn Minuten«, rief er ins Handy.

98

VINCENT AKTIVIERTE DIE TONAUFZEICHNUNG seines Smartphones und ließ es in die Brusttasche seiner Jacke gleiten. Er klopfte an die Tür des Krankenzimmers und trat ein. Melia hatte ihm einiges über den Afghanistan-Veteranen erzählt. Zudem hatte er eigene Erkundigungen eingeholt, soweit das in der Kürze der Zeit möglich gewesen war.

»Tag, Herr Kracht.«

»Der Tee ist alle.«

»Dafür bin ich nicht zuständig. Aber wenn Sie mögen, drücke ich gern die Klingel für Sie.«

Der Attentäter sah ihn verständnislos an.

»Vincent Veih, Kripo Düsseldorf.«

»Verpissen Sie sich.«

»Haben Sie Schmerzen?«

»Nein, Durst.«

Vincent nahm den leeren Porzellanbecher und ging hinaus auf den Flur, wo er zuerst die Tonaufzeichnung anhielt. Das gläserne Kabuff war nicht besetzt, keine Pflegekraft zu sehen. Er öffnete die nächste Tür. Ein kleiner Raum ohne Fenster.

Er blickte auf den Wagen, mit dem das Personal das

Essen an die Betten brachte. Der Wagen war leer geräumt, aber auf der Anrichte stand eine große Thermoskanne. Vincent füllte Krachts Tasse und kehrte zu ihm zurück, nicht ohne die Aufzeichnungs-App des Handys wieder zu aktivieren.

»Danke«, sagte Kracht.

Der Patient macht Fortschritte, dachte Vincent.

»Zuerst muss ich Sie belehren, wie wir das nennen. Sie müssen nichts sagen, was Sie selbst belastet. Und Sie haben das Recht auf einen Anwalt. Falls Sie keinen kennen, organisieren wir einen für Sie. Haben Sie mich verstanden?«

»Waren ja keine Fremdwörter dabei.«

»Erst einmal mein Beileid zum Tod von Linda Salié. Ich weiß, dass die Dame wie eine Mutter für sie war.«

Krachts Augen begannen feucht zu schimmern. Während der Fahrt zur Klinik hatte Vincent das Plakat zum ersten Mal bewusst wahrgenommen, das Aktivisten überall in der Stadt geklebt hatten – die Frau, die vom Balkon sprang.

Vom Attentäter war ein Satz überliefert: *Sie haben meine Mutter auf dem Gewissen!*

»Osterkamp ist Lindas Vermieter gewesen, stimmt`s?«

»Er hat mich an einen seiner Lakaien verwiesen, aber in Wirklichkeit war Linda ihm scheißegal. Ich habe mich in Osterkamp geirrt. Er ist kein Wirtschaftsführer, sondern ein Schmarotzer am Körper des deutschen Volkes.«

Vincent gruselte es bei dieser Wortwahl. Sie erinnerte ihn an die Briefe, die sein Großvater aus dem besetzten Polen geschrieben hatte. Die Jagd auf flüchtige Juden hatte Gerhard Veih begeistert.

Vincent wartete darauf, dass Kracht weitersprach, aber der Mann drehte den Kopf zum Fenster und schwieg.

»Wie haben Sie Frau Salié kennengelernt?«

»Ihr Sohn war mit mir in Afghanistan.« Kracht lächelte versonnen. »Philipp und ich waren wie Brüder.« Er wollte sich etwas aufsetzen und stöhnte, weil der Versuch schmerzte.

Vincent fiel das Pseudonym ein, das Kracht in Internetforen benutzte.

»Baghlan«, sagte er. »Provinz Kundus, oder?«

»Ganz genau.«

Und endlich begann Kracht zu reden.

Eine gute Stunde später verließ Vincent das Krankenhaus mit dem Gefühl, einen wertvollen Etappensieg errungen zu haben. Er konnte es kaum erwarten, Melia davon zu berichten. Schon auf dem Weg zum Parkplatz rief er sie an.

»Adan«, meldete sie sich.

»Vincent hier. Ich habe ihn zum Sprechen gebracht. Und er belastet Bovert. Du hattest recht, Melia!«

»Schön.«

»Freust du dich nicht? Was ist los?«

»Mike Echternach ist schon wieder auf freiem Fuß.«

»Nein! Wie kann das sein?«

»Der Verfassungsschutz hat sich eingeschaltet.«

99

VINCENT RANNTE DIE TREPPE HINAUF, weil ihm der Paternoster zu langsam war. Er ignorierte das Stechen in beiden Knien, lief den Gang der Teppichbodenetage entlang und klopfte an Melias Tür. Er öffnete sie und blickte in ein leeres Zimmer.

Vincent wählte ihre Handynummer.

Sie meldete sich aus einer Besprechung mit dem Kripochef.

»Gib mir fünf Minuten«, sagte sie, bevor sie das Gespräch abwürgte.

Er nahm an ihrem Besprechungstisch Platz. Um die Zeit zu nutzen, führte er einige Telefonate. Dominik war aus Holzheim zurückgekehrt und beklagte sich über die große Menge an Material, das sie aus Krachts Haus mitgebracht hatten. Die Kisten standen nun im Besprechungsraum des KK11, und zu dritt würden sie Stunden für die Auswertung benötigen.

»Lasst erst einmal alles liegen und macht euch stattdessen auf die Suche nach Paul Dorau!«

»Ich dachte, der Anschlag hat Vorrang.«

»Mike Echternach ist aus dem Gewahrsam entlassen worden.«

»Wie kann das sein?«

»Frag mich nicht. Echternach darf den Burschen nicht vor uns finden.«

Endlich kam Melia herein und ließ sich auf ihren Stuhl sinken. Ihre Wangen waren gerötet, als käme sie vom Sport. Vincent beendete sein Gespräch mit Dominik.

»Was für ein Tag!«, sagte sie.

»Das waren mehr als fünf Minuten.«

»Diese Idioten bestehen immer noch darauf, dass Kracht ein Linker ist.«

Vincent hielt sein Handy hoch. »Ein astreiner Nazi. Ich habe seine ganze Wut auf der Speicherkarte.«

»Und was sagt er über Bovert?«

»Ich kann's dir vorspielen.«

»Nein, wir gehen damit zu Engel. Die Typen aus dem Ministerium sollen das ebenfalls hören.«

»Sag mir erst noch, warum Echternach frei ist.«

»Das kam von ganz oben. Echternach sei ein Informant des Verfassungsschutzes und damit für uns unantastbar. Oberstaatsanwalt Kilian meinte daraufhin, Amtsanmaßung und Hausfriedensbruch würden ohnehin keine U-Haft rechtfertigen. Solange wir ihm den Mord an Klara Dorau nicht nachweisen können, wäre er machtlos.«

»Dahinter steckt Bovert«, sagte Vincent.

»Natürlich.«

»Allmählich glaube ich dir, dass der Typ ein schlimmer Stinkstiefel ist.«

100

DIE LUFT IM BÜRO DES KRIPOCHEFS war stickig und verbraucht, wie Melia beim erneuten Betreten erst richtig auffiel. Engel hatte inzwischen sein Sakko ausgezogen und über die Lehne seines Drehsessels gehängt. Die Runde war noch komplett versammelt. Hauptkommissar Braun, der Behördensprecher. Kriminaloberrat Fessner vom Staatsschutz. Oberstaatsanwalt Kilian, der Karten fürs Theater hatte, aber inzwischen einsah, dass seine Frau das Stück alleine besuchen musste. Und zwei Anzugträger aus dem Ministerium, denen Melia vor diesem Tag noch nie begegnet war.

Vincent legte das Handy auf Engels Tisch und verband das Ladegerät mit der Steckdose. »Der Akku ist fast leer«, erklärte er. »Der Attentäter war nach kurzer Verweigerung ziemlich gesprächig.«

Melia war gespannt darauf, wie die Herren auf die Aussage des ehemaligen Elite-Soldaten reagieren würden.

»Haben Sie ihn belehrt, Herr Veih?«, fragte Kilian.

»Natürlich.«

»Gibt es Bedenken gegen die Vernehmung?«, fragte Melia die beiden Männer aus dem Ministerium.

»Nein, warum?«

»Ich weiß, dass Kracht ebenfalls als V-Mann des Verfassungsschutzes tätig war. Bovert selbst führt ihn als seinen Informanten.«

»Davon haben wir keine Kenntnis.«

Vincent sagte: »Ich überspringe mal die Belehrung und Krachts Erlebnisse in Afghanistan, die ihm ziemlich zugesetzt haben.«

Eine Viertelstunde lang hörten alle gebannt zu, dann stoppte Vincent die App.

»Das war der erste Teil«, sagte er. »Es gab also diese Linda Salié, Mutter eines Freundes, um die sich Kracht gekümmert hat. Sie beging Suizid, weil Osterkamps Wohnungsgesellschaft ihr Mietverhältnis gekündigt hatte. Was unseren Wutbürger veranlasste, in die Konzernverwaltung einzudringen, um Osterkamp zu töten. Dass er Rechtsextremist ist, haben wir alle hören können, denke ich.«

»Eine politische Tat«, sagte Engel.

»Irgendwie schon.«

»Frau Adan, Herr Fessner?«, bat der Kripochef um Stellungnahmen.

»Auch Nazis können sich über den unsozialen Wohnungsmarkt aufregen«, sagte Melia.

»Aber ein Einzeltäter, wenn wir ihm glauben können«, fügte der Leiter der Staatsschutzinspektion hinzu. »Kein NSU 2.0.«

»Ich würde es sogar als Amoklauf bezeichnen«, sagte Melia. »Wir sollten Krachts labile Persönlichkeit berücksichtigen. Der Mann schleppt ein gewaltiges Aggressionspotenzial mit sich herum. Seit der völkische Verein, für den er als Ausbilder gearbeitet hat, aufgelöst wurde, fehlt ihm jeder soziale Halt. Eine scharfe Bombe, die nur auf die Zündung gewartet hat.«

»Also sprechen wir nicht mehr von einem Terrorakt?«, fragte der Oberstaatsanwalt.

»Terror ist immer auch an eine gesellschaftliche Gruppe adressiert. Zum Beispiel ging es dem Attentäter von Hanau darum, Ausländer einzuschüchtern. Krachts Angriff galt dagegen einer ganz konkreten Person.«

»Einem wichtigen Unternehmer«, gab einer der Ministerialbeamten zu bedenken. »Also galt der Angriff unserem Gesellschaftssystem. Eigentlich das typische Muster des linksextremistisch motivierten Terrors.«

»Sie haben Kracht gerade gehört«, erinnerte Melia ihn noch einmal.

Der Anzugträger verschränkte die Arme und schwieg.

»Die Auswertung der Asservate aus Krachts Haus und seiner Internetaktivitäten werden bestätigen, dass er ein Rechtsextremist ist, und zwar von der besonders harten Sorte.«

»Wollen Sie Herrn Braun bei der Presseerklärung beratend zur Seite stehen, Frau Adan?«, fragte der Kripochef.

»Gern.«

»Dann danke ich für Ihre Arbeit. Die Öffentlichkeit wird erleichtert sein, dass der schreckliche Anschlag bereits weitgehend aufgeklärt ist.«

»Warten Sie«, sagte Vincent. »Es gibt noch einen zweiten Teil, der es ebenfalls in sich hat. Kracht war schon einmal in ein Tötungsdelikt verwickelt. Nur etwa zehn Minuten noch.«

Er startete erneut die Wiedergabe.

Melia erkannte, dass er wieder einen Teil des Gesprächs übersprungen hatte. Vincent fragte den einstigen Soldaten nach seiner Arbeit im Schulungszentrum. Wie zuvor ließ die Tonqualität zu wünschen übrig, aber die Antworten waren zu verstehen.

Offenbar hatte es Kracht großen Spaß gemacht, junge Gleichgesinnte an Waffen und im Nahkampf auszubilden, ihnen das Vorgehen beim Häuserkampf und andere Kriegstaktiken nahezubringen.

Geschickt leitete Vincent zum Vermisstenfall Solveig Fischer über und kam auf den 5. März vergangenen Jahres zu sprechen.

Kracht gab zu, dass er gemeinsam mit Paul Dorau eine Leiche vergraben hatte.

Hat einer von Ihnen die Frau erschossen?

Nein.

Wer war es dann?

Herr Bovert.

Tristan Bovert, der kurz darauf zum Chef des Landesamts für Verfassungsschutz ernannt wurde?

Ja, genau.

Melia hielt den Atem an. Der Kripochef runzelte die Stirn.

Einer der Ministerialbeamten räusperte sich, sagte aber nichts.

Waren Sie dabei?

Ja. Die Frau spionierte bei uns herum. Wir haben die Hunde losgemacht und sind ihr hinterher.

Wer ist »wir«?

Na, Herr Bovert und ich. Wir haben sie vor ihrem Auto eingeholt. Plötzlich zieht Herr Bovert seine Pistole raus und drückt eiskalt ab. Ich war geschockt, weil ich das nicht erwartet hatte. Als es dunkel wurde und die Bauarbeiter weg waren, habe ich Paul geholt, damit er mir zur Hand ging. Gemeinsam haben wir die Frau hinterm Haupthaus verbuddelt, wo am nächsten Tag ein Betonfundament gegossen wurde.

Die Sporthalle – ich wusste es, dachte Melia.

Auf der Aufnahme hielt Kracht jetzt inne. Ein Stöhnen war zu hören.

»Was war das?«, fragte Kilian.

»Seine Hüfte«, antwortete Vincent.

Später habe ich erfahren, dass die Frau eine Kollegin von Herrn Bovert war, die gegen unsere Sache gearbeitet hat. Herr Bovert hat's echt drauf. Hätte sicher auch beim Kommando Spezialkräfte seinen Mann gestanden und den Sandniggern in Arschghanistan eingeheizt. Und weil Sie gerade Paulchen erwähnt haben …

Ja?

Vor einer Woche ruft er mich an und verlangt Geld für sein Schweigen. Der Bericht in der Zeitung muss ihn dazu inspiriert haben.

Wie haben Sie reagiert?

Herzlich gelacht. Erstens hab ich keine hunderttausend Euro. Zweitens landet er selbst im Knast, wenn er mich anzeigt. Immerhin hat er geholfen, die Leiche verschwinden zu lassen. Ich hab Paulchen gesagt, dass er ein hoffnungsloser Idiot ist, und aufgelegt.

Haben Sie Bovert davon erzählt?

Na logisch. Der Mann soll doch auch was zum Lachen haben.

Vincent nahm das Gerät vom Tisch und schaltete es aus.

Es passt, dachte Melia. Damit haben wir einen Zeugen, der Bovert auch vor Gericht belasten wird.

Engel sah Kilian an und atmete scharf aus.

»Eine schwere Anschuldigung gegen einen hochrangigen Beamten«, sagte der Oberstaatsanwalt. »Ich brauche eine Kopie der Audiodatei und Ihren Bericht, Herr Veih. Und wenn Sie mir bis morgen früh bitte eine Einordnung des Ganzen aufsetzen würden, Frau Adan. Sie arbeiten ja schon länger an dieser Vermisstensache. Ich werde mich um den Durchsuchungsbeschluss kümmern, damit wir das Fundament aufreißen können. Sollten wir die Leiche finden, wäre das ein Indiz für die Richtigkeit von Krachts Aussage. Aber machen wir uns nichts vor. Bovert wird behaupten, diesen Mann nicht zu kennen. Ohne Sachbeweise oder weitere Zeugen werden wir nicht weit kommen.«

Dennoch freute sich Melia, Kilian endlich auf ihrer Seite zu wissen.

»Wir werden Kracht so bald wie möglich richterlich vernehmen«, sagte er. »Hoffen wir, dass er bei seiner Aussage bleibt.«

»Wir brauchen Paul Dorau«, sagte Engel.

»Wir kennen seine wichtigsten Kontakte«, sagte Vincent. »Ich habe drei Leute auf ihn angesetzt.«

»Hoffentlich sind die schneller als Mike Echternach«, gab Melia zu bedenken. »Den wir auf freien Fuß gesetzt haben, weil Bovert es so wollte.«

101

MIKE ECHTERNACH HATTE DAS Nötigste gepackt, denn er rechnete damit, schon morgen das Land zu verlassen. Um sich den Platz im Flieger zu verdienen, musste er nur noch eine Sache erledigen. Zum Glück handelte es sich nicht um die Liquidierung von Tessa.

Kurz vor Mitternacht betrat Mike die Klinik durch den Haupteingang.

Er stiefelte zügig am Empfang vorbei. Vor den Aufzügen wartete eine Schwester mit einem Krankenbett. Ihr Blick streifte ihn kurz, dann fixierte sie wieder die Ziffern der Anzeige.

Er ging weiter und folgte dem Hinweisschild zur Notfallambulanz. Am Schalter der Anmeldung wartete ein älteres Pärchen. Die Angestellte auf der anderen Seite hatte sich abgewandt und scherzte mit einer Kollegin.

Mike nutzte ihre Unaufmerksamkeit und nahm ganz hinten im Wartebereich Platz. Ein pickliger Jüngling, der offenbar schon länger hier saß, sah zu ihm herüber. Mike schloss die Augen, um nicht angesprochen zu werden. Dann wurde das Pickelgesicht aufgerufen und verschwand in einem der Behandlungszimmer.

Als aus dem Zimmer nebenan eine Ärztin kam, wartete Mike wenige Sekunden, dann betrat er mit raschen Schritten den kleinen Raum und drückte die Tür hinter sich ins Schloss.

Er schaltete das Deckenlicht ein. Die Neonröhren flackerten kurz, dann strahlten sie grelles Licht auf die Einrichtung. Zwei Schreibtische, Stühle, Computer. Ein Waschbecken, daneben ein Spind aus Blech.

Mike öffnete ihn. Im oberen Fach lag etwas Gestricktes, darunter hing an einem Haken ein weißer Kittel. Mike streifte ihn über, nahm einen Kugelschreiber vom Schreibtisch und steckte ihn in die Brusttasche. Der Kittel war ihm drei Nummern zu klein, aber weil er ihn nicht zuknöpfte, war das egal.

Auf dem Tisch stand ein Karton mit Latexhandschuhen. Er zupfte zwei davon heraus und zog sie an. Zur Vervollständigung seiner Tarnung griff er sich ein hellblaues Formular aus einer Ablage.

In seiner Verkleidung als Arzt machte er sich auf den Weg.

Im Aufzug drückte er den Knopf für die vierte Etage. Dort angekommen orientierte er sich wieder an der Ausschilderung. Sein Ziel war die Station, auf der Roland Kracht lag.

Zwei Schwestern kamen ihm entgegen und nahmen keine Notiz von ihm. Für den Rückweg prägte sich Mike den Grundriss des Gebäudes mit seinen vier Querflügeln ein, der auf jeder Etage derselbe war, außerdem die Lage der Treppenhäuser.

Wie von Geisterhand öffneten sich die beiden Flügel der Glastür, hinter der die Wachstation lag. Dort reihten sich leere Betten längs der Wand. Die Zeiger einer Wanduhr standen auf zehn nach zwölf. Irgendwo piepsten Maschinen.

Am anderen Ende des Flurs brannte eine gelbe Warnleuchte über einer Tür. Eine junge Krankenschwester verließ den Glaskasten, um nachzusehen. Gut so, dachte Mike, der hinter einem Mauervorsprung auf seine Chance wartete.

Dann bemerkte er, dass sich noch ein Mann im gläsernen Kabuff aufhielt. Er trug eine Polizeiuniform, die Mütze hatte er abgesetzt.

Man hatte Kracht einen Aufpasser zugeteilt.

Mist, dachte Mike. Die Bullen ahnen, was ich vorhabe.

Der Uniformierte knabberte Kekse, wartete auf die Rückkehr der hübschen Schwester und bemerkte ihn nicht. Nur zwei Meter von Mike entfernt stand ein Stuhl neben einer Tür.

Hier sollte der Beamte eigentlich sitzen.

Krachts Zimmer.

Über der Tür war ein Monitor angebracht, der eine Pulslinie zeigte. Sie wirkte perfekt, zumindest in den Augen eines Laien. Mike fragte sich, wie lange es dauern würde, bis das Gerät Alarm schlagen würde, falls das Herz zu schlagen aufhörte.

Er musste sich beeilen.

Leise drückte Mike die Tür auf, nahm dabei ein Stofftaschentuch zu Hilfe, weil Latexhandschuhen nicht immer zu trauen war, und schlich ins Zimmer. Im Schein der Notbeleuchtung erkannte er zwei Betten. Eins davon war leer, in dem anderen schlief der ehemalige Soldat und Ausbilder von Möchtegern-Umstürzlern. Der lange Kerl lag auf dem Rücken und schnarchte leise. Sein Kopfverband sah wie ein Turban aus.

Kracht war an einen Tropf angeschlossen. Die Flüssigkeit

war bereits durchgelaufen. Mike erkannte, dass er das Messer stecken lassen konnte. Es würde kein nasser Job werden – kein großes Blutvergießen.

Er trat ans Bett und zog das Etui mit der Spritze aus der Innentasche seiner Jacke. Für sein Vorhaben genügte das wenige vorhandene Licht. Er griff nach dem Zugang an Krachts Unterarm und führte die Nadelspitze in den dünnen Schlauch oberhalb der Kanüle. Dabei stieß er mit dem Fuß gegen den Infusionsständer. Es klapperte leise.

Kracht riss die Augen weit auf.

Mike erschrak.

Kracht stöhnte laut, er klang wie ein großes Tier. Seine Hand schloss sich um Mikes Gelenk und hielt es fest.

Mike schlug mit der freien Faust gegen Krachts Kopfverband. Der lange Kerl heulte auf. Sein Griff löste sich.

Mike überprüfte, ob die Nadel noch im Schlauch steckte. Oberhalb davon drückte er ihn ab, damit der Inhalt der Spritze rasch in die richtige Richtung floss. Er begann den Kolben zu betätigen.

Reines Morphium.

Die Dosis würde auch ein Pferd töten.

Die Tür flog krachend auf, der Uniformierte rannte herein. Er packte Mikes Handgelenk, drehte ihm den Arm nach hinten und entriss ihm die Spritze. Dann umschlang er Mikes Hals und versuchte, ihn niederzuringen. Sie stießen gegen das Bett und den Beistelltisch, der Infusionsständer kippte um, die leere Flasche zerschellte auf dem Boden.

Mike trat um sich und schlug dem Beamten mit dem Ellbogen auf die Nase. Der Druck gegen seine Kehle löste sich. Schließlich entwand sich Mike vollends der Umklammerung, hieb noch einmal die Faust ins Gesicht des Angreifers und türmte.

Er war bereits an der Glastür, als der Polizist nach der Krankenschwester schrie. Mit leisem Summen klappten die Flügel auf und schlossen sich wieder hinter Mike. Ein Alarmton kam aus der Richtung, in der Krachts Zimmer lag.

Mike rannte die Treppe hinunter. Er stellte sich eine flache Linie auf dem Monitor vor. Hektik auf der Station. Eine verschlafene Ärztin, die nur noch Krachts Tod feststellen konnte. Mikes Atem beruhigte sich. Ein Lächeln trat auf sein Gesicht.

Ein Raucher stand vor dem Klinikeingang und grüßte, als Mike ins Freie trat. Sobald er außer Sichtweite war, zog er den weißen Kittel aus und stopfte ihn mitsamt den Handschuhen in einen Papierkorb.

Er setzte seine Mütze auf und war wieder ganz der Alte.

Und vor meiner Abreise noch ein Sektfrühstück mit Vanessa aus dem Erdgeschoss – das wär's, dachte Mike.

FÜNFTER TAG

102

VINCENT BLICKTE AUF KRACHT HERAB, der mit halb geöffnetem Mund vor ihm lag. Der Schlauch der Beatmungsmaschine zerrte an der Unterlippe. Eine Kanüle steckte im Hals, die Sonde eines Messgeräts verschwand unterhalb des Herzens in der Brust. Auf dem Verband um seinen Kopf hatte sich ein Blutfleck gebildet – man hatte es noch nicht geschafft, die Schussverletzung neu zu versorgen.

Kracht war auf die Intensivstation verlegt worden. Keine Türen, überall Piepsen und Tuten. Niemand, der hier arbeitete, lief in normalem Tempo. Zu wenig Personal für zu viele Patienten, vermutete Vincent.

Aber Kracht lebte, das war die Hauptsache.

Osterkamp, sein Opfer, lag nur ein paar Zimmer weiter.

Vincent verließ die Station, nachdem er den Kollegen, der auf Kracht aufpasste, neu instruiert hatte. Durch die Fenster im Verbindungsgang sah er die Lichter der Stadt und den Himmel, der im Osten bereits hell wurde. Er öffnete ein Fenster und inhalierte die kalte Luft. Kein Berufsverkehr war auf den Schnellstraßen zu hören, denn es war Sonntag.

Er wählte Melias Nummer. Nach langem Klingeln meldete sie sich.

»Entschuldige, falls ich dich geweckt habe«, begann Vincent.

»Du wirst einen Grund haben.«

»Es gab einen Mordversuch gegen Roland Kracht. Gift, vermutlich ein sehr starkes Beruhigungsmittel. Der Kollege, den wir vor seine Tür gesetzt haben, konnte dem Täter die Spritze entreißen, sodass Kracht nur einen Teil der Dosis abbekommen hat. Er wird durchkommen. Aber der Täter ist leider entwischt.«

»Also hat Bovert einen Killer geschickt. Ich tippe auf Echternach.«

»Die Spurensicherung ist noch nicht fertig. Die Beschreibung, die wir haben, gibt nicht viel her. Kräftige Statur, weißer Kittel, blaue Latexhandschuhe. Mehr hat der Kollege nicht mitbekommen. Es war kaum Licht im Zimmer.«

»Wie kam der Typ mit der Spritze überhaupt an dem Kollegen vorbei?«

»Unser Mann war mal für kleine Jungs, sagt er. Willst du ihm einen Strick daraus drehen? Der Arzt, mit dem ich reden konnte, meint, dass Kracht keine bleibenden Schäden davontragen wird. Allenfalls muss die ausstehende Hüft-OP um einen Tag verschoben werden.«

Einen Moment lang war es still im Äther.

Dann fragte Melia: »Bist du noch sauer wegen Tessa Schramm?«

»Mir steht es nicht zu, die Entscheidung meiner Dienstvorgesetzten zu kommentieren.«

»Vincent, lass den Scheiß.«

»Sauer ist noch untertrieben, wenn du's genau wissen willst.«

103

VINCENT ENTSCHIED, DASS ES SICH nicht lohnte, nach Hause zurückzufahren. In seinem Büro hatte sich jede Menge Arbeit angesammelt. Administrativer Kram, der warten musste, solange er die Mordkommission leitete und sich um das Attentat auf Osterkamp kümmern musste. Er beschloss, den Morgen zu nutzen, um etwas davon zu erledigen.

Nach etwa einer Stunde am Schreibtisch seines Dienstzimmers klingelte das Telefon. Auf dem Display eine Durchwahlnummer aus dem Präsidium.

Es war Fabri. »Du siehst, wir arbeiten auch am Sonntag.«

»Schön«, antwortete Vincent und unterdrückte ein Gähnen. »Dann bin ich nicht der Einzige.«

»Wir haben Mike Echternach nach seiner Festnahme erkennungsdienstlich behandelt«, fuhr Fabri fort.

»Sag bloß, es gibt einen Treffer!«

»Ja. Halt dich fest, Vincent. Die Abdrücke ergeben eine hundertprozentige Übereinstimmung mit den Spuren, die wir auf dem Baseballschläger in der Tatortwohnung gefunden haben.«

Vincent war nun hellwach. Er musste diese Information erst mal verdauen. Also war Mike vor Ort gewesen und hatte höchstwahrscheinlich auch die Abiturientin erstochen. Über die Einmischung des Verfassungsschutzes und die voreilige Freilassung des Kerls ärgerte er sich jetzt umso mehr.

»Echternach hat doch mal zur Fakultät gehört, oder?«, fragte Fabri.

»Lange Jahre Drogenfahndung.«

»Dann sag mir eins, Vincent. Warum ist der Typ so blöd, auf einer Tatwaffe Spuren zu hinterlassen?«

»Die zwei Sanis haben ihn überrascht, er war in Panik. Den Schläger hat er dort vorgefunden, und nach Gebrauch war keine Zeit, ihn gründlich abzuwischen. Hast du bereits die Spritze von heute Nacht untersucht?«

»Sauber. Genau wie die Türklinke. Völlig clean, also gereinigt.«

»Da war er also vorsichtiger.«

»Und dann gibt es noch etwas. Ich bin mir nicht ganz sicher, aber ich finde, du solltest dir das ansehen. Ich hab da etwas durchgespielt.«

»Um was geht es denn?«

»Das ist nichts fürs Telefon. Du musst schon raufkommen.«

Fabri macht es mal wieder spannend, dachte Vincent.

Dann rief er Melia an. Sie befand sich bereits auf dem Weg zur Festung. Vincent setzte sie über Mike Echternach in Kenntnis.

»Dann sollten wir ihn sofort wieder festnehmen«, sagte sie.

»SEK?«

Er war kein Freund der Rambos, aber gestern hatten sie ihre Aufgabe ohne größere Schäden gemeistert, und Echternach musste mehr denn je als gefährlich eingestuft werden.

»Wie lange dauert das?«

Vincent zuckte mit den Schultern. »Am Sonntagmorgen?«

»Was wäre die Alternative?«

»Ein Team der Kriminalwache könnte sofort losfahren. Zur Verstärkung ein oder zwei Streifenwagen der örtlichen Polizeiwache.«

»Veranlasst du das bitte sofort?«

Vincent rief den diensthabenden Gruppenleiter der Kriminalwache an. Anschließend sprach er mit der Bezirksdienststelle Derendorf, in deren Zuständigkeitsbereich sich die Straße befand, in der Echternach wohnte. Zwei Streifenwagenbesatzungen würden das Team der Kriminalwache unterstützen.

Jetzt konnte er nur noch abwarten.

Vincent erinnerte sich daran, dass Fabri ihm etwas zeigen wollte.

104

VON IHREM BETT AUS BLICKTE LOTTE auf die Wolkendecke, die sich in der Dämmerung abzeichnete. Es würde ein grauer Tag werden. Passt zur Stimmung im Haus, dachte sie.

Sandra hatte gesagt, sie habe geahnt, dass Papa krumme Geschäfte betrieb. Die Umsätze der Praxis und der Hafenbar hätten nie und nimmer den wachsenden Wohlstand der Familie erklärt. Den Großteil seines Vermögens habe er noch zu Lebzeiten an Sandra und die beiden Töchter verschenkt. Und so erfuhr Lotte, dass sie eine lukrativ vermietete Wohnung im Nobelstadtteil Oberkassel besaß. Sandra zeigte ihr das Sparbuch, auf dem jeden Monat die Miete einging und das Lotte gehörte.

Drogengeld, dachte Lotte.

Klara hatte eine ebenso schicke Wohnung überschrieben bekommen und bereits seit ihrer Volljährigkeit über die Einnahmen verfügt. Sie hatte ihrem Mieter gekündigt und wollte eigentlich im Sommer gemeinsam mit Miran ihr Domizil beziehen. Als Lotte das hörte, brach sie in Tränen aus.

Sie hätte alles dafür gegeben, um die beiden und Papa wieder lebendig zu machen.

Jetzt habe ich nur noch Sandra, dachte Lotte.

Etwas klackte gegen die Fensterscheibe.

Sie setzte sich auf.

Es klackte erneut. Jemand warf Steinchen gegen das Glas.

Lotte stieg aus dem Bett und spähte hinunter.

Im Garten stand der Typ von neulich. Schlank, Kapuzenjacke, Rucksack. Zaghaft winkte er zu ihr hoch. Sie hatte ihn für Miran gehalten. Die Statur war ähnlich, das bärtige Gesicht mit den vollen Lippen und den fast zusammengewachsenen Brauen im beginnenden Tageslicht allerdings unverwechselbar.

Es war Paul.

Sie öffnete die Haustür. Ihr Bruder stand da, als traue er sich nicht hereinzukommen.

»Tut mir leid, was mit Klara passiert ist«, sagte er.

»Und mit Papa. Er hat sich eine Kugel durch den Kopf gejagt.«

»Ich hab davon gehört. Da gehört Mut dazu, oder? Ich könnte das nicht.«

Verzweiflung trifft es besser, dachte Lotte. Die Fassade des ehrbaren Psychiaters lag in Trümmern, nachdem die Kripo raue Mengen von Kokain in seinem Safe entdeckt hatte.

»Kann ich mal zur Toilette?«, fragte ihr Bruder.

»Und unter die Dusche. Du stinkst. Wo hast du geschlafen?«

»Drei Nächte im Auto.«

»Und davor in der Kammer über der Garage.«

»Stimmt«, sagte Paul.

Lotte konnte sich noch gut daran erinnern, dass die älteren Geschwister ihr den Zugang zu ihrem Versteck verwehrt hatten. Sie war fünf, als ihre leibliche Mutter ausgezogen war und Paul mitgenommen hatte. Erst danach durfte sie mit unter das Dach.

»An dem Abend wollte ich auch schon Steinchen an dein Fenster werfen, hab mich aber nicht getraut. Wegen Papa.«

»Komm endlich rein«, erwiderte sie. »Aber mach leise. Sandra schläft wahrscheinlich noch.«

Paul verzog das Gesicht. Lotte wusste, dass er ihrer Stiefmutter die Schuld an der Trennung der Eltern gab. Dabei hatte Papa seine zweite Frau erst später kennengelernt.

Für Lotte hingegen war die Scheidung von Markus und Gabriele das Beste gewesen, was ihr damals passieren konnte. Sie hatte sehr unter den ständigen Streitigkeiten der Eltern gelitten. Auch daran erinnerte sie sich noch.

Im Badezimmer gab Lotte ihrem Bruder ein Handtuch. Dann ließ sie ihn allein.

Sie ging in die Küche und schmierte Brote zum Frühstück. Paul musste hungrig sein.

Dabei fiel ihr ein, dass die Polizei dringend mit ihm reden wollte.

Und dass ihr Bruder in Gefahr war. Gabriele hatte einen fiesen Schläger erwähnt, der hinter Paul her war. Lotte befürchtete, dass Paul nicht zur Polizei gehen würde. Lieber würde er weiterhin davonlaufen, als sich der Wirklichkeit zu stellen.

Also legte sie das Brotmesser zur Seite, griff zum Telefon und rief Hauptkommissar Veih an.

105

VINCENT KLOPFTE AN MELIAS TÜR.

»Fabri hat mir was gezeigt, das du ebenfalls sehen solltest.«

»Moment.« Sie tippte etwas zu Ende, dann fragte sie: »Was macht die Festnahme von Mike Echternach?«

»Ich rechne in ein paar Minuten mit dem Anruf.«

Sie nickte kurz und folgte ihm hinüber in den alten Teil der Festung. Nach wie vor lag eine Spannung zwischen ihnen, die Vincent bedrückte.

Die Büros und Labore der Spurenleute lagen im zweiten Stock. An der Holztür, die das Kommissariat zum hinteren Treppenhaus hin abgrenzte, war über einem undurchsichtigen Glaseinsatz ein Blechschild mit drei Buchstaben angebracht: *KTU* – das Kürzel für *Kriminaltechnische Untersuchung*.

Im Unterschied zu Vincents Kommissariat gab es hier keine Tastatur, in die man einen Code eingab, um Zutritt zu erhalten. Er musste klingeln.

Fabri öffnete selbst. »Hereinspaziert«, sagte er.

Der Leiter des KK43 führte sie in das daktyloskopische Labor mit seinen Verdampfern, Mikroskopen und sonstigen Gerätschaften. Sie ließen sich an einem Tisch nieder, auf dem sich immer noch die Reste des Frühstücks befanden:

Becher, halb volle Kaffeekanne, ein angebissenes belegtes Brötchen auf der Zeitung. Daneben einige DIN-A4-Blätter.

Am Ende des Raums hatte ein älterer Kollege Platz genommen. Kittel, Mundschutz, Einweghandschuhe. Vornübergebeugt bearbeitete er Glasscherben mit einem Pinsel. Vincent grüßte hinüber.

Fabri sagte zu Melia: »Es geht um das Messer, mit dem der kurdische Student auf unsere Kollegin losging.«

»Haben Sie auch Blut von Klara Dorau daran gefunden?«

»Das hat Vincent auch schon gefragt. Nein, nur eine Sorte Blut. Und zwar von Tessa Schramm.«

»Aber?«

Fabri breitete die Zettel aus, die mit Zeichnungen übersät waren. »Die Fingerspuren auf dem Messer deuten darauf hin, dass Alver es mit der Klinge nach unten in der Faust hielt.«

Er schob die zweite Zeichnung nach vorn: Schulter und Oberarm, Knochen, Schlagadern, Muskelgewebe. Mittendrin eine rote Linie.

»Der Stichkanal in Schramms Bizeps führt dagegen leicht nach oben. Und zwar in einem Winkel, der für einen Angriff von vorn ziemlich untypisch wäre. Der Bericht der Rechtsmedizin ging über meinen Tisch, daher konnte ich das rekonstruieren.«

Melia verschränkte die Arme.

»Ich habe mal versucht darzustellen, wie das in Einklang zu bringen wäre.«

Auf dem dritten Blatt Papier waren verschiedene Situationen zu sehen, in denen sich zwei Figuren gegenüberstanden. Doch keine dieser Zeichnungen konnte die Richtung des Stichkanals erklären, ohne dass der Angreifer den Arm grotesk verdrehen musste. Fabri baute sich vor Melia auf und führte es mit einem Kugelschreiber in der Faust vor. Rein theoretisch war es möglich, doch dann würde man eher den rechten Arm treffen.

»Sie zweifeln also an der Notwehr-Version?« Melia klang skeptisch.

»Für eine Mordanklage reicht das natürlich nicht aus.«

»Zumal die Kollegen in Mönchengladbach nicht scharf darauf sind, unserer Star-Drogenfahnderin etwas anzuhängen«, ergänzte Vincent.

»Das bin ich auch nicht«, versicherte Fabri. »Aber ungewöhnlich erscheint mir die Spurenlage schon. Finden sie nicht, Frau Adan?«

»Und Timo Czerny meint, es könnte das Messer seiner Chefin sein«, ergänzte Vincent. »Es hat den gleichen dunkelgrünen Griff.«

»Hört, hört!«, spottete Melia.

Sie verließen die KTU.

»Kaffee?«, fragte Vincent.

Melia ging nicht darauf ein. »Du willst mir also vorhalten, ich hätte mich mit einer Kollegin verbündet, die nicht nur einen Dealer gedeckt, sondern auch einen Zeugen ermordet hat.«

Sie folgte ihm in sein Büro, wo er die Espressomaschine in Gang setzte.

»Gimme Shelter« – Vincent wischte über das Display seines Smartphones und nahm das Gespräch an.

Ein Kollege der Kriminalwache. »Der Vogel ist ausgeflogen.«

»Schade.«

Vincent aktivierte die Lautsprecherfunktion, damit Melia mithören konnte.

»Wahrscheinlich hat Echternach nicht zu Hause übernachtet«, mutmaßte der Kollege. »Würde ich auch nicht, wenn die Wohnungstür zertrümmert ist und es im Zimmer nach Blendgranaten stinkt.«

»Und ansonsten?«

»Im Badezimmer fehlen Rasierzeug, Zahnbürste und Deo. Gibt es Erkenntnisse über eine zweite Wohnung, eine Freundin oder so?«

Vincent fiel ein, was er im Bericht von Lennart Bauer gelesen hatte, der beim gestrigen SEK-Einsatz dabei gewesen war.

»Im Erdgeschoss empfängt eine Professionelle ihre Freier in der Wohnung. Mike Echternach ist angeblich sehr angetan von ihr.«

»Dann werden wir bei der Dame mal klingeln.«

Erneut begann das Warten. Vincent wäre lieber vor Ort gewesen. Die Maschine brummte. Espresso lief in die kleinen Tassen.

»Flüssiger Teer«, sagte Melia.

»Ich dachte, du magst den Kaffee so.«

»Und wie!«

Vincents Handy spielte erneut den Stones-Song. Sofort hatte er das Telefon am Ohr.

»Und?«, fragte er.

Doch es war nicht der Kollege der K-Wache, auf dessen Rückmeldung sie warteten.

»Lotte Dorau hier. Guten Morgen, spreche ich mit Herrn Veih?«

»Ja, alles in Ordnung bei Ihnen?«

»Mein Bruder ist da. Sie wollten doch mit ihm sprechen.«

Das Mädchen klang aufgeregt. Vincent warf Melia einen Blick zu.

»Gilt das immer noch?«, fragte Lotte.

106

MELIA HATTE BESCHLOSSEN, VINCENT zu begleiten, denn sie war neugierig auf Paul Dorau, über den sie so Widersprüchliches gehört hatte. Der Junge nahm eine Schlüsselrolle in gleich zwei Mordfällen ein.

Mit seinem Wissen über Solveig Fischer hatte er Kracht erpressen wollen. Und war dadurch auf Tristan Boverts Abschussliste geraten.

Melia stellte sich den Mittwochmorgen so vor: Bovert hatte Mike Echternach, seinen geheimen Mann fürs Grobe, in die Burghofstraße geschickt. Statt Paul Dorau traf Echternach nur dessen Schwester Klara an. In der Überzeugung, dass auch sie vom Schicksal Solveig Fischers wusste, stach er sie nieder – und schlug die kurz darauf eintreffenden Sanitäter zusammen, um unerkannt fliehen zu können.

Sie fuhren an einer Plakatwand mit den Anti-Osterkamp-Parolen vorbei. Melia machte Vincent darauf aufmerksam.

»Die hängen seit vorletzter Nacht überall in der Stadt«, sagte sie. Um die Stimmung aufzulockern, erlaubte sie sich einen Scherz: »Steckt sicher deine Mutter dahinter.«

»Dann zeig sie doch an«, giftete er. »Ganz böser Terror!«

Kommunikation fehlgeschlagen, konstatierte Melia.

Dann sprach sie das Thema an, das wie eine Mauer zwischen ihnen stand: »Du meinst also, ich soll mein Wort brechen und veranlassen, dass gegen Tessa ermittelt wird.« Sie war sich ihrer Sache längst nicht mehr sicher.

Bevor Vincent antworten konnte, ertönte sein Handy. Über die Freisprechanlage sprach er mit dem K-Wachen-Kollegen, während er den Wagen in den Norden der Stadt steuerte. Melia begriff sofort, dass der Versuch, Echternach festzunehmen, endgültig gescheitert war.

Der Kollege vor Ort war erkennbar enttäuscht. »Der Typ hat tatsächlich den Großteil der Nacht bei der Nutte verbracht, ist aber vor einer halben Stunde abgehauen.«

»Das nenne ich knapp verpasst.«

»Sie weiß nicht, was er jetzt vorhat. Sagt sie. Soll ich sie ins Präsidium bringen? Ich hab Laptop und Drucker dabei und könnte sie das Protokoll auch gleich hier unterschreiben lassen.«

»Cool, ja, mach das!«

Melia griff nach ihrem Smartphone und schrieb eine weitere Mail an den Kripochef. Dann telefonierte sie mit dem Leiter des Fahndungskommissariats.

Bei der erkennungsdienstlichen Behandlung war Echternach fotografiert worden. Auch war inzwischen bekannt, welches Fahrzeug der Gesuchte fuhr, einen silberfarbenen Mercedes der E-Klasse, älteres Modell. Melia gab das Kennzeichen durch.

Innerhalb der nächsten Minuten würden sämtliche Polizeidienststellen in Nordrhein-Westfalen die Daten erhalten. Oberste Dringlichkeitsstufe – überall würden Beamte ihre Augen offen halten. Zugleich ging die Ausschreibung an die Bundespolizei, die für die Bahnhöfe und Flughäfen der Region zuständig war.

Nur eine Frage der Zeit, bis Boverts Killer ins Netz geht, hoffte Melia.

»Wir sind gleich da«, sagte Vincent, bog in eine ruhige Seitenstraße und hielt nach einem freien Parkplatz Ausschau.

107

BEIM ANBLICK DER GEDIEGENEN ANWESEN musste Vincent daran denken, dass man mit Wohlstand meist Bildung und exquisiten Geschmack verband, Ordnung und gute Sitten. Wer hier wohnte, war jedenfalls Lichtjahre vom Schmutz der Stadt entfernt, vom Schweiß und den Tränen, die der Überlebenskampf für einen großen Teil der Bevölkerung mit sich brachte. Die Elite galt als Vorbild. Und solange die Illusion hielt, man könne dazugehören, falls man nur die Regeln befolgte und sich anstrengte, würde die Republik nicht auseinanderbrechen.

Dr. Markus Dorau war Teil der feinen Gesellschaft gewesen. Auf Kosten suchtkranker Menschen, die er ausgebeutet hatte, statt sie zu heilen.

Dann fiel Vincent Hartmut Osterkamp ein, gegen den die Bewohner dieser Straße kleine Würstchen waren. Selbst eine Milliarde war für Osterkamp nur Spielgeld. Er war so überlebensgroß, dass für seine Verluste immer andere bezahlen würden.

Für seine Gewinne ohnehin.

Wir leben in einer Demokratie, dachte Vincent, aber den Oligarchen gehört das Land. Für ihre Interessen setzen sie

Leute wie Tristan Bovert ein. Sie finanzieren rechtsradikale Vereine, Parteien, Milizen. Und lassen sie fallen, sobald es ihnen opportun erscheint.

Auch Paul Dorau war ein nützlicher Idiot gewesen. Fallen gelassen wie Westkreuz und das Schulungszentrum. Und gejagt von Tristan Bovert, der seine Spuren verwischen musste, um beim Verfassungsschutz am Ruder zu bleiben.

Vincent klingelte.

Sandra Dorau öffnete. Sie wirkte erleichtert.

»Sie kommen sicher, um den Bastard abzuholen.«

Melia gab ihr die Hand und stellte sich vor.

»Wir würden gern mit Ihrem Stiefsohn sprechen«, sagte sie.

Die Witwe des Psychiaters zeigte ihnen den Weg in die Küche. Arbeitsflächen aus Edelstahl, Wände aus buntem Glas, Möbel aus dunklem, wild gemasertem Holz. Lotte und ihr Bruder frühstückten an einer Art Bar, die sich an die Kochinsel anschloss. Pauls Rucksack hing über der Lehne seines Stuhls.

Er starrte Melia an. »Ich kenne Sie aus dem Fernsehen.«

Sein Haar war noch feucht vom Duschen. Der Bart war das Ergebnis von zwei, drei Wochen Wildwuchs. Der Bursche war schlank, wie es Einundzwanzigjährige meistens noch waren. Er wirkte schüchtern, als Vincent und Melia ihm die Hand gaben.

Und ziemlich nervös.

Die Stiefmutter lächelte Vincent an. »Kaffee, Perrier?«

Vincent ließ sich ein Glas Wasser einschenken, Melia ebenfalls.

»Wir würden gern mit Paul allein sprechen«, sagte er.

»Natürlich.«

Sandra und Lotte Dorau verließen den Raum und wirkten dabei fast erleichtert, als wollten sie mit Paul möglichst wenig zu tun haben.

Vincent zeichnete das Gespräch mit seinem Handy auf. Die meisten Fragen stellte Melia. Der Sohn des Psychiaters berichtete von seiner Zeit in Kameradschaften und rechten Bürgerwehren, als sei jener Paul Dorau eine andere Person gewesen. Dabei rutschte er auf seinem Stuhl hin und her, spielte mit seiner Kaffeetasse und hielt den Blickkontakt nur kurz, wie Vincent registrierte.

Stockend schilderte er, wie er und Roland Kracht die tote Solveig Fischer in die Grube legten, die sie zuvor für sie ausgehoben hatten. Der Leichnam war bereits steif. Ihre geöffneten Augen ließen die Tote für einen gespenstischen Moment lebendig wirken.

»Ich musste sie bei den Schultern nehmen. Da ist mir schlecht geworden. Hab mir fast in die Hose gemacht.«

»Können Sie uns den Ort zeigen, wo Sie das Loch gegraben haben? Finden Sie die Stelle wieder?«

Paul nickte.

Melia verließ das Zimmer, um zu telefonieren. Vincent wusste, dass sie es nicht erwarten konnte, in Osterath mit schwerem Gerät anzurücken.

Klaras Bruder erzählte weiter. Den Sommer über habe er ein Wanderleben geführt. Jobs als Erntehelfer auf den Feldern des Niederrheins, die er rasch wieder kündigte oder verlor. Als es kälter wurde, sei er zu seiner Mutter zurückgekehrt. Irgendwann lernte er Tilda kennen, die Medien- und Kulturwissenschaften studierte. Er passte sich ihren Umgangsformen und Ansichten an und übernahm für kleines Geld den Job im Buchladen, was ihm besser gefiel als das Schuften auf Äckern oder Baustellen.

Vincents Chefin kam zurück.

»Läuft«, sagte sie nur.

Paul erwähnte die Fernsehsendung, in der Melia aufgetreten und Solveig Fischers Bild gezeigt worden war. Am nächsten Tag habe er Kontakt mit Roland Kracht aufgenommen.

»Sie haben Geld von ihm verlangt«, sagte Vincent.

»Das war er mir schuldig. Er und seine Nazibande haben mein Leben zerstört. Wegen dieser Leute hat mich meine Familie verstoßen. Ich habe unter Brücken geschlafen statt in einer Villa wie dieser. Ich wurde beklaut und verprügelt. Aber das Schlimmste war, dass ich Erde auf eine Leiche mit offenen Augen schaufeln musste.«

»Kennen Sie Tristan Bovert?«

»Klar, der war öfters bei uns in Osterath.«

»Wissen Sie, wie die Frau zu Tode kam?«

»Nein, aber Roland sagte, wir würden sie auf Herrn Boverts Befehl hin vergraben.«

»Wissen Sie, was Boverts Beruf ist?«

»Ein hohes Tier beim Verfassungsschutz. Er und der General waren die absoluten Bosse im Ausbildungszentrum. Der ganze Laden hat für Westkreuz gearbeitet. Und der Verfassungsschutz ging ein und aus. Bis zu der Sache mit der Leiche gab mir das ein gutes Gefühl.«

»Was geschah nach Ihrem Gespräch mit Roland Kracht?«

»Kurz darauf war ein Typ bei uns, der sich als Polizist ausgab. Tilda hat mich deshalb angerufen, und mir war klar, dass die Nazis jetzt hinter mir her sind. Oder Bovert, wer weiß. Jedenfalls bin ich abgehauen.«

»Zu Ihrer Schwester.«

»Ich war zwei Tage bei ihr und Miran. Hab mich keinen Moment aus der Bude rausgetraut. Ich hab gehört, dass der falsche Bulle auch bei Mama und im Buchladen war. Mann, ich hatte eine Heidenangst, das können Sie mir glauben.«

»Warum sind Sie zu Klara gegangen?«, fragte Melia.

»Weil sie meine Schwester war.«

»Ich dachte, Ihre Familie hätte Sie ausgestoßen.«

»Stimmt. Aber ich wollte endlich wieder dazugehören. Habe ich nicht ein Recht darauf?«

108

EINMAL IM MONAT FRÜHSTÜCKTE Tessa mit der Familie ihres Bruders in Dormagen. Der Tisch war bereits abgeräumt. Tessa bastelte mit ihren beiden Nichten, die sie über alles liebte, bunte Fantasievögel aus ökologisch einwandfreiem Steckspielzeug. Ihr linker Arm war zwar kaum zu gebrauchen, aber sie nahm endlich Schmerzmittel und hatte die Nacht durchschlafen können.

Der Stress der letzten Tage war vergessen.

Bis ihr Handy klingelte.

Mike Echternach.

»Du darfst jetzt nicht aufhören!«, protestierte die Dreijährige.

Tessa riss sich los, ging hinaus in den Garten und nahm das Gespräch an.

»Ich muss mich für eine Weile verabschieden«, sagte ihr einstiger Mitarbeiter.

»Es heißt, dass du Klara erstochen hast. Stimmt das?«

»Wen?«

»Klara Dorau, die Schwester von Paul, hinter dem du her bist.«

»Wer behauptet denn so etwas?«

»Deswegen wird nach dir gefahndet.«

»Das muss ein Missverständnis sein!«

Tessa hörte Fahrgeräusche. Mike war im Auto unterwegs. Sie glaubte ihm nicht. Er war Boverts Killer. Und er war in Klaras Wohnung gewesen. Die Spuren sprachen eine klare Sprache.

»Warum willst du dich dann verabschieden?«, fragte sie.

»Bovert meint, es wäre besser so. Stell dir vor, er hat Zugriff auf die Firmenjets der Osterkamp Group. An Bord gibt es eine Hostess, die Champagner serviert. Und am Zielort scheint die Sonne. Auf jeden Fall besser als Knast.«

»Hast du keine Angst, dass Bovert dir eine Falle stellt?«

Die Terrassentür ging auf, die Mädchen kamen herausgerannt und hängten sich kreischend an ihre Beine. Die Große packte ihre freie Hand und wollte sie zurückzerren. Ein scharfer Schmerz fuhr durch Tessas Oberarm.

»Warum sollte er?«, fragte Mike zurück.

»Geht wieder rein!«, herrschte sie die Kids an. Dann etwas ruhiger: »Ich bin sofort bei euch, und wir spielen, was ihr wollt, okay?«

Die beiden Süßen schmollten und liefen ins Wohnzimmer. Tessa nahm das Handy wieder ans Ohr.

»Du bist so naiv, Mike.«

Einen Moment lang war es still im Äther.

Tessa musste niesen. Wenn ich an Bovert denke, beginne ich zu frösteln.

»Was schlägst du vor?«, fragte Mike.

»Sei auf der Hut. An der Sache ist ein Haken, ich weiß nur nicht welcher. Bovert vertraut prinzipiell niemandem. Also kannst du ihm auch nicht trauen. Ich mache mir Sorgen um dich. Gib mir ein Lebenszeichen, sobald es geht.«

»Mach ich. Es tut mir gut, mit dir zu reden. Du bist so

klug und denkst immer einen Schritt voraus. Deine Freundschaft ist mir eine Menge wert. Weißt du das, Tessa?«

»Ich drücke dir beide Daumen.«

Mike bedankte sich noch einmal.

So naiv, dachte Tessa.

Ein Einfaltspinsel, wie er im Buche stand.

Sie beendete das Gespräch.

Und wählte die Nummer der Chefin der Kriminalgruppe eins.

Die Nichten klopften gegen die Scheibe der Terrassentür und schnitten Grimassen.

Tessa spürte, dass sie zitterte. Sie fühlte sich fiebrig.

»Adan.«

»Steht unser Deal noch?«

»Es gibt Zweifel an der Notwehr-Version. Vielleicht doch kein suicide by cop.«

»Unsinn.«

»Warum sollte ich Ihnen vertrauen?«

»Weil ich Ihnen Mike Echternach liefere.«

»Ernsthaft? Wo steckt er?«

»Erst muss ich etwas klarstellen. Ich bin Ihre Informantin. Und Informanten schützt man um jeden Preis. Das heißt, es wird auch weiterhin keine Ermittlungen gegen mich geben. Haben wir uns verstanden?«

Adan schwieg. Das musste sie erst einmal verdauen.

Tessa erklärte: »Und falls jemand wissen will, wer Ihnen den Hinweis auf Echternach gegeben hat, dann verweisen Sie auf den Verfassungsschutz. Das macht Mike wütend auf Bovert, und umso bereitwilliger wird er gegen ihn aussagen. Darum geht es Ihnen doch, Frau Adan, oder?«

»Ihnen ebenfalls, stimmt's?«

»Wir sind uns also einig?«

»Was wissen Sie über Echternach?«, fragte die Inspektionsleiterin zurück.

»Geben Sie mir zuerst Ihr Ehrenwort.«

Wieder zögerte Adan. Tessa wusste, dass sie die Frau nicht unterschätzen durfte.

»Okay, Ehrenwort«, antwortete Melia Adan.

»Mike ist auf dem Weg zum Executive Terminal des Düsseldorfer Airports, wo Osterkamps Privatflugzeuge stationiert sind. Eines davon soll ihn ins Ausland bringen. Der Security dort ist nicht zu trauen. Soweit ich weiß, wird sie von Osterkamp Firm & Secure gestellt. Mike wird in wenigen Minuten ankommen. Sie haben nicht viel Zeit.«

»Verstanden.«

Aufgelegt.

Die Schlampe hat sich nicht einmal bedankt, dachte Tessa.

Ich kann mich nicht auf sie verlassen.

Tessa ging ins Wohnzimmer zurück, schluckte eine weitere Schmerztablette und fragte ihre Nichten: »Wollen wir ›Menschenfressende Monster‹ spielen?«

Die süßen Kleinen jubelten.

109

VINCENT STARTETE SEINEN WAGEN und ärgerte sich darüber, dass er weder Waffe noch Funkgerät bei sich hatte. Per Handy hielt er Kontakt mit der Leitstelle. Die Kollegen von der Flughafenwache an der Frachtstraße wurden alarmiert.

Paul hatte er Melia überlassen. Sie verstand es, mit ihm umzugehen.

Von der Villa der Doraus bis zum Flughafen Düsseldorf war es nicht besonders weit. Echternach konnte keinen allzu großen Vorsprung haben. Typischer Sonntagsverkehr, Vincent kam gut voran. Nach wenigen Minuten erreichte er die A44 und verließ sie an der ersten Ausfahrt wieder.

Der Executive Terminal war Privatmaschinen vorbehalten und lag im äußersten Südwesten des Flughafengeländes, abseits des gewöhnlichen Reiseverkehrs. Die Zufahrtstraße beschrieb einen Bogen. Vincent passierte eine Feuerwache. Gleich darauf kam der Terminal in Sicht.

Ein niedriger Flachbau mit Vordach. Keine Taxischlangen, kein Touristenrummel wie vor dem wesentlich größeren Hauptgebäude. Daneben ein überschaubarer Parkplatz, für den man ein Ticket ziehen musste.

Vincent ließ seinen Wagen vor dem Eingang des Terminals stehen und lief hinein. Mit gezückter Marke sprach er die Frau am Empfangsschalter an.

»Wo finde ich den Jet der Osterkamp Group, der gleich startet?«

»Sie sind leider zu spät. Das Boarding ist abgeschlossen.«

»Wie viele Passagiere?«

»Einer.«

»Etwas kleiner als ich, aber doppelt so breit? Dunkles, schütteres Haar?«

»Ja, ich glaube schon.«

»Wir müssen den Start verhindern.«

»Dafür kommen Sie zu spät.«

»Wie komme ich mit meinem Wagen auf das Rollfeld?«

»Das geht nicht so einfach …«

»Der Mann ist ein Mörder, und wenn Sie mir nicht sofort helfen, nehme ich Sie wegen Beihilfe zum Mord fest, haben Sie mich verstanden?«

Sie sprang von ihrem Stuhl auf. »Ich öffne Ihnen das Tor!«

Vincent lief hinaus, startete seinen Wagen und fuhr zum Tor, das die Angestellte gerade aufschloss. Sie deutete auf eine kleine, zweistrahlige Maschine, die bereits losrollte.

Vincent trat das Gaspedal durch und raste los.

Er hörte das Dröhnen der Turbinen. Der Flieger beschrieb eine Kurve, an deren Ende die Startbahn begann. Vincent überholte ihn, schaltete die Warnblinkanlage ein, riss das Lenkrad herum und kam mit quietschenden Reifen quer vor dem Jet zum Stehen.

Das Flugzeug umkurvte ihn mit unveränderter Geschwindigkeit, wobei es ins Schwanken geriet. Das Fahrwerk qualmte. Eine Tragfläche wischte knapp über Vincents Wagendach hinweg. Er blickte auf das Heck mit dem Leitwerk.

Die Maschine hatte sich wieder stabilisiert und erreichte die Startbahn.

Vincent gab Gas, um das Manöver zu wiederholen. In diesem Moment nahm er Blaulicht und Polizeisirenen wahr. Drei Streifenwagen fuhren von der Seite heran. Zu viert nahmen sie den Jet in die Zange, bevor er beschleunigen und abheben konnte.

Sie zwangen die Maschine zum Anhalten.

Vincent stieg aus. Die Außenwand des Jets reflektierte das blaue Flackern der Einsatzfahrzeuge. Die Turbinen kamen langsam zum Stillstand.

Er ließ sich von den Kollegen der Flughafenwache ein Megafon geben. Damit ging er zur linken Seite des Jets, wo sich hinter dem Cockpit die Einstiegsluke befand.

»Komm raus, Mike! Ich bin's, Vincent. Wir müssen reden.«

Nichts tat sich.

Im schlimmsten Fall wird das eine Geiselnahme, dachte Vincent. Ihm wurde klar, dass er nicht mal wusste, wie viele Personen sich außer dem Passagier noch an Bord befanden.

Er hob das Megafon erneut an den Mund.

In diesem Moment klappte die Luke auf. Eine junge Frau ließ sich blicken. Gebeugte Haltung, ängstliches Gesicht – kein Wunder angesichts der Schar bewaffneter Polizisten, zwei davon mit Maschinenpistole im Anschlag.

»Herr Veih?«, rief sie.

»Das bin ich.«

»Herr Echternach lädt Sie ein, mit ihm ein Glas Champagner zu trinken.«

»Komm endlich raus, Mike! Die Pulle kannst du meinetwegen mitnehmen!«

Die Flugbegleiterin verschwand. Eine Leiter wurde herabgelassen. Endlich kletterte Echternach herab, in der

Hand tatsächlich eine entkorkte Flasche. Unten angekommen drehte er sich um und ließ sich einen Rollkoffer anreichen.

Damit kam er auf Vincent zu. Keine sichtbare Waffe.

»Wer hat mich verpfiffen?«

»Es heißt, der Tipp kam vom Verfassungsschutz.«

Seine Miene verdüsterte sich. »Und sich selbst hält das feine Bovert-Arschloch für unantastbar. Ich fasse es nicht!«

110

MELIA BESTELLTE EIN TAXI, das sie nach Osterath brachte. Unterwegs musste sie Paul Dorau versprechen, dass er keine Leiche zu Gesicht bekommen würde.

Sie stiegen auf der gepflasterten Zufahrt des ehemaligen Schulungszentrums aus. Melia bezahlte und ließ sich vom Fahrer eine Quittung ausstellen.

Oberstaatsanwalt Kilian kam aus der Tür und lief ihnen entgegen. Der Wind fuhr in sein graues Haar. Er trug einen Mantel und Gummistiefel.

»Sie hier?«, fragte Melia.

»Die Show lasse ich mir nicht entgehen. Falls Ihre Prognose zutrifft, wird das ein ganz großer Fall. Ich sehe schon die Schlagzeilen, wenn ich den Chef des nordrhein-westfälischen Verfassungsschutzes anklage. Das erlebt man nicht alle Tage.«

Kilian tat, als bemerke er Paul Dorau erst jetzt. »Sie sind also unser Zeuge?«

»Paul Dorau«, stellte Melia ihn vor.

Paul nickte und wirkte genauso schüchtern wie zu Beginn der Vernehmung in der Villa des Psychiaters.

Sie folgten Kilian ins Hauptgebäude.

»Aber sagen Sie mal, Frau Adan, wie ist es Ihnen gelungen, diese Maschinerie so rasch aufzufahren – keine Stunde nach Unterzeichnung des Durchsuchungsbeschlusses?«

»Erinnern Sie sich an unser Telefonat am Mittwoch? Für mich war da schon klar, dass die Suche hier enden würde.«

Ein langer, verwinkelter Korridor führte zur Sporthalle. Dort empfingen sie Lennart Bauer von der Mordkommission sowie Hansjörg Kaminski als Vertreter der Osterkamp Hoch- und Tiefbau GmbH. Der Bauingenieur hielt bereits ein Exemplar des Beschlusses in der Hand, welcher die Polizei autorisierte, unter der Halle zu graben.

Melia wandte sich an Paul. »Zeigen Sie uns jetzt bitte die Stelle.«

Eine ratlose Geste. »Damals gab es dieses Gebäude noch nicht.«

Eine Seitentür führte ins Freie, wo die Transporter der Handwerker standen. Melia bat Paul hinauszugehen, um sich mithilfe der Nachbargebäude zu orientieren.

Als er wieder zurückkam, schien er sich seiner Sache halbwegs sicher zu sein. Er deutete auf die Ecke zu seiner Rechten.

Die Männer der Parkettfirma legten los. Sie entfernten die Dielenbretter von etwa einem Sechstel der Hallenfläche und deckten einen Großteil des übrigen Bodens mit Matten ab, um ihn vor Beschädigungen zu schützen.

Melia hatte lange im Voraus mit der Planung für diesen Einsatz begonnen. Nachdem Pauls Freundin Tilda am Freitag die vergrabene Leiche erwähnt hatte, handelte sie mit den Handwerkern eine Art Bereitschaftsdienst aus. Sie wollte dem Inhaber des künftigen Seniorenheims keine Zeit geben, den Beschluss zur Grabung juristisch anzufechten.

Zwei Maurer rückten mit Pressluftbohrern an. Es wurde

laut und staubig. Das Fundament war dicker, als Melia es vermutet hatte. Weitere Arbeiter schafften den Schutt in Wannen fort. Dann kamen die Bestatter.

Vorsichtig entfernten sie die oberste Erdschicht.

Paul wandte sich ab.

Melia brachte ihn in den Raum, in dem sie am Mittwoch mit Kaminski gesprochen hatte. Dort gab es wenigstens Stühle, Mineralwasser, eine Zeitung von gestern.

Als sie zurückkam, war Frau Dr. Schwab eingetroffen, die dem Rechtsmedizinischen Institut der Uni Düsseldorf angehörte.

Melia stellte fest, dass die Bestatter aufgehört hatten zu graben.

Sie trat näher.

Und hielt die Luft an.

Sie hatte ein Skelett erwartet, aber Solveigs Gesicht war nur zum Teil verwest. Stirn und Wangen waren bräunlich verfärbt. Die dunkelblonden, in der Mitte gescheitelten Locken waren noch da. Was den Anblick umso schlimmer machte.

Melia suchte nach weiteren Indizien dafür, dass es sich um ihre frühere Kollegin handelte. Ihr fiel die kleine Lücke zwischen den oberen Schneidezähnen auf.

Dann bewegte sich etwas in einer Augenhöhle der Leiche. Ein Wurm oder Käfer.

Melia drehte der Fundstelle den Rücken zu und atmete tief durch. Sie fürchtete, dass sich dieser Anblick für immer in ihr Gedächtnis eingebrannt hatte.

Kilian nickte ihr zu. »Dafür muss Tristan Bovert bezahlen.«

Doch in diesem Moment war das für Melia gar nicht das Wichtigste.

Sie sprach Lennie an: »Nimmst du uns mit, sobald du mit den Fotos fertig bist?«

Der Kollege nickte stumm.

Melia klopfte sich den Staub von der Kleidung und holte Paul, um mit ihm gemeinsam an der frischen Luft vor dem alten Bauernhof auf Lennie zu warten. Sie dachte an Iris, Solveigs Schwester, und an deren verzweifelte Eltern. An den Gedenkbaum vor dem Haus, in dem Solveig gelebt hatte. An die Fotos, die an dem Stamm befestigt waren.

Endlich kann ich der Familie Gewissheit geben.

111

MELIA FÜHRTE PAUL INS KASINO. Sie spendierte ihm Buletten, Salat und alkoholfreies Bier. Während Paul alles mit großem Appetit vertilgte, sprachen sie über Gott und die Welt.

Er taute auf. Melia fand, dass man sich ganz gut mit ihm unterhalten konnte. Keine Spur von rechtsradikaler Gesinnung. Dann fiel ihr jedoch auf, dass er im Wesentlichen nur wiederholte, was sie sagte, und keine eigenen Gedanken entwickelte. Sie erkannte, dass dies seine Masche war, um sich in unterschiedlichen Milieus sicher bewegen zu können. Eine Art Überlebensstrategie. Der wahre Paul blieb ihr ein Rätsel. Plötzlich bereitete der Bursche ihr Unbehagen.

Sie lenkte das Gespräch auf seine Kindheit.

Er wurde einsilbig und gab ihr zu verstehen, dass er seinen Vater nicht gemocht hatte. Der Psychiater hatte die Töchter bevorzugt und den Sohn bei jeder Gelegenheit als missraten bezeichnet. Schon lange bevor er sich einer Neonazi-Kameradschaft angeschlossen hatte.

Melias Handy klingelte. Es war Vincent.

»Fast wäre er uns entwischt, aber jetzt sitzt er im Streifenwagen auf dem Weg zur Festung und trinkt Dom Perignon.«

»Wie bitte?«

»Aus Osterkamps Bordverpflegung. So etwas Feines wird er die nächsten Jahre nicht bekommen. Auch wenn er momentan noch abstreitet, Klara Dorau getötet zu haben.«

»Leugnet er, den Baseballschläger angefasst zu haben?«

»Das nicht, aber er behauptet, das Mädchen habe schon dagelegen, als er kam. Er habe Klara für tot gehalten und Paul gesucht. Und dann seien auch schon die Sanitäter gekommen. Klingt ziemlich unwahrscheinlich, aber ich fürchte, wir müssen das Messer finden, um ihm den Mord nachzuweisen.«

Sie beendeten das Gespräch. Melia wandte sich wieder Paul zu, der inzwischen aufgegessen hatte.

»Der falsche Polizist, der im Auftrag von Tristan Bovert hinter Ihnen her war, ist festgenommen. Damit sind Sie endlich außer Gefahr.«

Paul war sichtlich erleichtert.

»Wir bringen Ihre Zeugenaussage zu Ende, dann können Sie gehen.«

Lennart Bauer hatte in Melias Büro eine Videokamera aufgestellt. Sie freute sich, den Kollegen an ihrer Seite zu wissen. Paul Dorau war ihr nicht geheuer. Ein Chamäleon, dachte sie. Entweder war er noch immer ein Nazi – oder er hatte den Faschisten nur gespielt, um zu provozieren und aufzufallen, wie seine Mutter vermutete.

Melia zeigte auf den Stuhl am Besprechungstisch, auf den die Kamera gerichtet war. Paul hängte seinen Rucksack über die Lehne und nahm Platz. Lennie schaltete die Kamera ein und setzte sich zu Paul und Melia.

»Wie lange hatten Sie Klara und Miran nicht gesehen, als Sie am Montag bei ihnen geklingelt haben?«

»Mindestens ein Jahr. Ja, das letzte Mal muss bei Omas Beerdigung gewesen sein. Die beiden haben ganz schön dumm geguckt, als ich vor ihrer Tür stand. Ich musste ihnen erst erklären, dass ich mit nationaler Gesinnung und so nichts mehr am Hut habe.«

Melia nickte und ließ sich die Ereignisse in der Wohnung an der Burghofstraße schildern. An den beiden Abenden habe das Trio Karten gespielt und eine Science-Fiction-Serie gestreamt, erklärte Paul. Am Dienstag sei er dann tagsüber allein in der Wohnung gewesen.

»Und Sie haben sich gut verstanden?«

»Klar, bestens.«

»Trotz Ihrer politischen Vergangenheit?«

»Die ist ja vorbei, wie gesagt.«

Es klopfte. Vincent trat ein und setzte sich zu ihnen.

»Aber es gab eine Meinungsverschiedenheit.«

»Gar nicht.«

»Wegen der toten Verfassungsschützerin. Klara wollte, dass Sie zur Polizei gehen oder zumindest mit Tante Tessa darüber reden. Das wollten Sie aber nicht, oder?«

»Stimmt.«

»Wie war das dann am Mittwochmorgen?«

»Nach dem Frühstück sind Miran und ich aufgebrochen.«

»Gemeinsam?«

»Ja.«

Melia kam das seltsam vor. Eineinhalb Tage lang hatte Paul sich nicht aus der Wohnung getraut. Auch am Mittwochmorgen musste er damit rechnen, von Boverts Leuten gesucht zu werden.

»Warum?«, fragte sie.

Auch Vincents Interesse war nun geweckt. Das sah Melia ihm an.

Paul zuckte mit den Schultern. »Mir fiel die Decke auf den Kopf. Ich musste mal raus. Und mich bei Nickel blicken lassen. Das ist der Buchhändler, bei dem ich arbeite.«

»Ich weiß.«

Paul gab sich gelassen, aber Melia fiel auf, dass sich die Finger seiner rechten Hand unaufhörlich bewegten. Etwas ging in dem Burschen vor.

»Was haben Sie in Ihrem Rucksack?«, fragte sie.

»Was man so braucht, wenn man ein paar Tage unterwegs ist. Waschzeug, Klamotten zum Wechseln, was zum Lesen und so.«

Sein Adamsapfel hüpfte. Er blickte kurz zur Tür.

Vincent und Lennie sitzen näher zum Eingang, dachte Melia. Falls du türmen willst, kommst du nicht weit.

Sie stand auf und griff sich den Rucksack. »Darf ich mal?«

»Hey!« Paul sprang auf.

Vincent drückte ihn auf den Stuhl zurück.

Melia zog einen Pullover hervor. Mehr Kleidung war nicht darin.

»Unterwäsche, Socken?«

»Wollte ich bei Klara in die Maschine stecken. Muss ich wohl vergessen haben.«

»Ersatzhemd, zweite Jeans?«

Schulterzucken. Er wirkte bockig.

»Besitzen Sie ein Taschenmesser?«

Wieder bewegte sich der Adamsapfel. »Nein. Und jetzt geben Sie mir sofort meine Sachen zurück. Sie haben kein Recht, darin zu wühlen!«

»Doch, hat sie«, sagte Vincent.

Lennie stand auf und postierte sich zwischen Paul und der Tür.

Melia schüttete den Rucksack über dem Tisch aus. Kulturbeutel, Tempos, ein Taschenbuch. Ein Apfel. Eine kleine Wasserflasche, halb voll.

»Hören Sie auf, das ist Polizeischikane!«

Sie tastete den Rucksack ab. Es gab noch einige Seitenfächer. Sie zog sämtliche Reißverschlüsse auf und schüttelte erneut.

Kondome. Kaugummis.

Ein Taschenmesser.

Roter Griff mit weißem Kreuz.

Lennie brachte Paul in Gewahrsam, ein paar Zellen von Mike Echternach entfernt.

Keine halbe Stunde später fanden die Kriminaltechniker winzige Reste von getrocknetem Blut unter den Griffschalen, und Melia gab dem Oberstaatsanwalt Bescheid.

Am darauffolgenden Montag gegen 14 Uhr bestätigte das Labor des Landeskriminalamts den dringenden Verdacht, dass das Blut von Klara Dorau stammte.

Am frühen Abend des gleichen Tages war Paul wieder bereit zu reden. Ohne große Gefühlsregung gestand er den Mord an seiner Schwester. Sie habe ihn die ganze Zeit herablassend behandelt. Mit ihrem Reichtum geprahlt, während er leer ausgegangen war, als Markus Dorau sein Erbe vorab verteilte.

Den Ausschlag habe schließlich gegeben, dass Klara ihm am Mittwochmorgen auf den Euro genau vorrechnete, was er seit seinem Auftauchen an Lebensmitteln konsumiert hatte. Weil er sich nicht an sämtlichen Kosten beteiligen wollte, habe sie darauf bestanden, dass er verschwinden solle.

Da sei er ausgerastet. Es tue ihm schrecklich leid, behauptete Paul.

SECHS TAGE SPÄTER

112

MELIA HATTE IHN VORGEWARNT, dass er reichlich Appetit mitbringen solle. Denn weil Yasin, der eigentliche Gast des Abends, kurzfristig abgesagt hatte, würden sie zu dritt für vier essen müssen. Dass der Geschäftsmann aus London seine Reise verschoben hatte, schien Melias Mutter nicht zu stören. Gut gelaunt bot sie Vincent das Du an.

»Ich heiße Zeinab«, sagte sie.

»Vincent.«

»Ihr wart in der Zeitung abgebildet. Ein süßes Paar, ehrlich.«

Melia verdrehte die Augen.

Ihre Mutter meinte das Foto von der Pressekonferenz, auf der sie und Oberstaatsanwalt Kilian der Öffentlichkeit die Ergebnisse im Fall Klara Dorau präsentiert hatten.

»Man darf seine Kinder nicht ungleich behandeln. Kein Wunder, dass der Junge einen Hass auf seine Schwestern entwickelt hat.« Zeinab sprach perfektes Deutsch mit leichtem Akzent, was in Vincents Ohren ziemlich süß klang.

»Noch lange kein Grund, sie abzustechen«, kommentierte Melia.

Zu Zeinabs Haushalt gehörte ein Labrador namens Nero.

Er war schon etwas älter, und meistens machte er es sich auf einem Teppich gemütlich. Nero ließ sich von Vincent kraulen und leckte ihm die Handfläche.

Als ersten Gang gab es gefüllte Salatblätter mit Rinderhackfleisch, Rosinen, Cranberrys und Pistazien, exotisch gewürzt und mit einem Klecks Minzjoghurt garniert. Vincent war begeistert.

Zeinab trug das benutzte Geschirr in die Küche. Vincents Angebot, ihr zu helfen, lehnte sie ab. Kurz darauf zischte es, als etwas in heißem Fett gebacken wurde. Nero stand kurz auf und hob die Schnauze.

»Sambusa«, sagte Melia.

»Was ist das?«, fragte Vincent.

»Wirst du schon sehen. Ich hoffe, du verträgst Chili.« Sie schenkte Wasser nach. »Magst du wirklich keinen Wein?«

»Ich hab dir doch gesagt, dass ich in dieser Woche Mordbereitschaft habe.«

»Das musst du delegieren.«

»Ist das jetzt eine Dienstanweisung?«

»Auf jeden Fall.«

Vincent zog sein Handy hervor und zeigte Melia ein Foto, das Timo Czerny aus dem Urlaub geschickt hatte. Seit gestern vergnügte er sich mit Jennifer Arnold und ihrem kleinen Sohn auf Lanzarote. Der Komparse und der Fernsehstar – es schien tatsächlich gefunkt zu haben. Auf dem Selfie wirkten die drei wie eine Familie.

Zeinab kam mit einer Platte voller Teigtaschen zurück. Sie waren mit Spinat gefüllt und schmeckten tatsächlich sehr scharf.

»Irgendjemand hat die Zeichnungen, die Fabri über die Messerführung und den Stichkanal angefertigt hat, an die Mönchengladbacher Kollegen geschickt.«

»Hab ich auch gehört.«

»Weißt du auch, dass es Tessa Schramm gar nicht gut geht? Die Wunde an ihrem Arm hat sich entzündet. Im schlimmsten Fall verliert sie ihn.«

»Müsst ihr zwei ständig über euren Job reden?«, beschwerte sich Zeinab. »Dienstgespräche könnt ihr im Präsidium führen.«

Sie wechselten das Thema, bis Melias Mutter wieder in der Küche verschwand.

»Bovert kommt ungestraft davon, wie es aussieht«, sagte Vincent.

»Das macht mich ganz fertig. Und Kilian ist wieder eingeknickt. Weil der Leiter des Verfassungsschutzes für die Landesregierung unantastbar ist.«

»Was soll man auch machen, wenn Aussage gegen Aussage steht?«

»Man müsste bei Bovert einbrechen. In seinem Büro würde man sicher genügend Beweise für diverse Schandtaten finden.«

»Du und deine kriminellen Fantasien. Aber ›Terror!‹ rufen, wenn meine Mutter Autos anzündet.«

»Wie geht es ihr eigentlich?«

»Es gab letzte Nacht wieder eine Plakataktion.«

»Hab ich nicht gesagt, dass sie dahintersteckt?«

Zeinab kam mit dem Hauptgang. Geschmortes Lamm mit Reis.

»Ist da Zimt dran?«, fragte Vincent nach dem ersten Bissen.

Die Köchin zählte auf: »Zimt, Nelke, Kumin, Kardamom, Koriander. Und Turmeric.«

»Kurkuma«, erklärte Melia. »Die Mischung heißt Xawaash. Typisch somalisch.«

Als Vincent seinen Teller leer gegessen hatte, war er pappsatt.

Melia überredete Vincent, ein Glas Rotwein zu trinken und mit ihr anzustoßen. Zeinab blieb bei Wasser und begründete ihre Abstinenz mit ihrem Glauben.

Vincent sagte zu Melia: »Hab ich dir schon erzählt, dass Mike Echternach mich auf einen Champagner in Osterkamps Flieger einladen wollte?« Er registrierte Zeinabs irritierte Miene. »Sorry, das war schon wieder dienstlich.«

»Melia sagt, deine Mutter ist ebenfalls alleinstehend. Das nächste Mal sollte sie mit uns essen.«

»Mama, eigentlich sind wir ja wegen Yasin hier.«

»Das nächste Mal koche ich«, sagte Vincent.

»Du kochst auch?«

»Natürlich nicht so lecker wie du, Zeinab.«

»Ich hoffe, du hast noch Platz für das Dessert.«

Vincent traute sich nicht, Nein zu sagen.

Es gab Baklava. Schichten von Filoteig, gefüllt mit Sirup, Nüssen und brauner Butter. Es schmeckte nach Zitrone und vor allem wieder nach Zimt und Kardamom.

»Sie macht den Teig selbst«, sagte Melia. »Was für ein Glück hat doch Nero. Täglich bekommt er ihre Cookies und Croissants.«

Eine Stunde später verabschiedeten sie sich von Zeinab und ihrem Labrador.

Vor dem Haus trennten sich dann auch die Wege von Melia und Vincent.

Es war dunkel und kalt. Leichter Regen fiel.

»Du hast eine tolle Mutter«, sagte er.

»Ich hoffe, es war dir nicht allzu peinlich, dass sie uns verkuppeln wollte.«

»War Yasin nur ein Vorwand?«

»Eigentlich nicht, aber mittlerweile bin ich mir nicht mehr ganz sicher.«

Sie lachten. Dann wurde Vincent ernst.

»Es gibt Momente, in denen ich mir wünschte, wir hätten kein dienstliches Verhältnis. Den Kollegen ein Selfie aus dem gemeinsamen Urlaub zu schicken – für uns ziemlich undenkbar, oder?«

»Wie wäre es mit einem heimlichen Kuss im Schatten eines Hauseingangs?«

Vincent berührte ihre Wange.

In diesem Moment klingelte sein Handy.

Gimme Shelter.

Vincent fluchte innerlich, als er die Nummer der Kriminalwache auf dem Display sah.

»Sorry, ich muss.«

Er nahm das Gespräch an, hörte zu, klemmte das Telefon zwischen Ohr und Schulter, notierte eine Adresse, legte auf. Dann wandte er sich wieder Melia zu.

»Eine Leichensache?«, fragte sie.

Er nickte.

»Dann mach's gut.«

Er nahm sie in den Arm. Sie drückte sich an ihn.

Sie küssten sich lange – Zimt und Kardamom.

Dann sagte seine Chefin: »Jetzt musst du aber wirklich los.«

Danksagung

EIN KURZER, ABER UMSO HERZLICHERER Dank gebührt allen Menschen, die mich auf meinem Weg als Schriftsteller unterstützt haben. Auch dieses Buch kam unter Mitwirkung zahlreicher Freunde und Helfer zustande.

Namentlich erwähnen möchte ich Jörg Iserath, den Leiter der Kriminalinspektion eins der Düsseldorfer Polizei im wirklichen Leben, der mir Einblick in seinen Alltag gewährte; Andreas Klix, Drogenfahnder des realen KK21, der mir Kenntnisse über Rauschgiftkriminalität vermittelte; Frank Lamers, Notfallsanitäter des Malteser Hilfsdienstes, ohne den ich einige Anfangskapitel nicht so hätte schreiben können.

Ohne meine Frau Kathie Wewer und meinen Bruder Klaus Eckert wäre das vorliegende Buch nicht denkbar. Ich bin glücklich, sie jederzeit um Rat fragen zu können. Sie bestärken mich, wenn ich zweifle, und korrigieren mich, wenn ich mir allzu sicher bin. Ihr Rückenwind hat mich mehrfach vor dem Kentern bewahrt.

Das gilt auch für meinen Agenten Lars Schultze-Kossack und seine Frau Nadja Kossack, die den Schreibprozess fruchtbar begleitet und mich wunderbar unterstützt haben.

Ebenso stand mein Lektor Oskar Rauch stets als aufmerksamer Ansprechpartner zur Verfügung. Die Zusammenarbeit mit ihm macht große Freude. Er und Lars Zwickies, der den Text mit besonderer Sorgfalt redigierte, machten aus einem guten Thriller einen besseren.

Damit der Text ein Buch wird, das sich auf dem Markt bewährt und seinen Weg zu all seinen Leserinnen und Lesern findet, braucht es das Engagement zahlreicher weiterer Profis. Beim gesamten Team des Heyne-Verlags weiß ich mich in besten Händen.